한국 지역문학의 논리

박태일(朴泰一)

1954년에 경남 합천서 태어나 1980년 부산대학 문리대 국문과를 졸업했다. 1991년에 같은 대학 대학원에서 문학박사 학위를 받고, 지산간호보건전문대학을 거쳐 현재 경남대 인문학부 교수로 재직중이다. 1980년에『중앙일보』신춘문예에 시가 당선되고 1991년에 김달진문학상을, 2002년에 부산시인협회상을 수상했다. 낸 책으로 시집『그리운 주막』『가을 악견산』『약쑥 개쑥』『풀나라』, 연구서『한국 근대시의 공간과 장소』『한국 근대문학의 실증과 방법』『경남·부산 지역문학 연구 1』, 엮은책『크리스마스 시집』『가려뽑은 경남·부산의 시 [1] 두류산에서 낙동강에서』『김상훈 시 전집』『예술문화와 지역가치』가 있다.

청동거울 문화점검 ㉙

한국 지역문학의 논리

2004년 5월 20일 1판 1쇄 인쇄 / 2004년 5월 30일 1판 1쇄 발행

지은이 박태일 / 펴낸이 임은주
펴낸곳 도서출판 청동거울 / 출판등록 1998년 5월 14일 제13-532호
주소 (137-070) 서울 서초구 서초동 1359-4 동영빌딩 / 전화 02)584-9886~7
팩스 02)584-9882 / 전자우편 cheong21@freechal.com

주간 조태림 / 편집 하은애 / 디자인 곽현주
영업관리 김형열

값 19,000원

ISBN 89-5749-015-9

이 책은 2003년도 경남대학교 학술저서발간연구비의 지원을 받아 이루어졌습니다.

청동거울 문화점검 29

지역문학총서 5

한국 지역문학의 논리

박태일 지음

청동거울

　지역문학에 대한 인식과 연구 방법, 그리고 실제 적용을 한 고리로 삼아 쓴 글들을 나란히 책 두 권으로 묶는다. 『한국 지역문학의 논리』와 『경남·부산 지역문학 연구 1』이 그것이다. 지역문학과 그 연구를 향한 뜻은 일찌감치 세웠던 바다. 그러나 실질을 기약하기 힘들었다. 이제 어느 만큼 글이 쌓여 모자람을 돌아보지도 않고 세상에 내보일 용기를 낸다. 『한국 지역문학의 논리』에서는 지역문학에 대한 일반론에 가까운 생각을 묶었다. 개별론은 『경남·부산 지역문학 연구 1』로 넘긴다.

　『한국 지역문학의 논리』는 크게 세 매듭으로 이루어졌다. 첫 매듭은 중심 자리로 지역문학에 대한 인식론과 그 연구 방법에 대한 논의다. 차분한 학적 검증보다 그때그때 지역문학 현장의 요구에 따라 마련된 글이다. 앞선 연구가 드물고 오래도록 돌아보지 않은 자리가 지역문학이었다. 그에 싱싱하게 맞닥뜨린 문제 제기와 고심을 읽어주면 나로서는 다행이겠다. 생각의 큰 바탕은 내가 터를 두고 있는 경남·부산 지역문학에 있다. 뜻있는 이라면 자신이 몸담고 있는 낱낱의 지역문학으로 끌어다 더욱 다듬고 키워갈 수 있을 것이다. 지역문학·지역문학 연구라는 말이 어느덧 낯설지 않는 세월에 이르렀다. 그 동안 보람이 없었다고만 못 할 일이다. 글 사이사이 지역문학과 연구가 겨레문학의 풍요로움을 살피고 그것을 새롭게 살펴 헤아리는 한 방법으로 자리잡기 바라는 뜻을 구태여 감추지 않았다.

둘째 매듭에서는 지역의 문학행정 현장과 관련된 짧은 관심을 드러냈다. 앞으로 공을 들이면서 거듭 쌓아나갈 자리다. 지역문학을 향한 목표의 한 가지는 나날살이가 이루어지는 지역 안쪽의 실천문학·생활문학에 있다. 지역사회의 문학능력을 드높이고 민주문화를 위한 터닦기에 지역문학 연구자가 힘껏 나설 일이다.

셋째 매듭은 이즈음 지역문학 현장에서 이루어진 시비론이다. 지역시인 김대봉 연구를 본보기로 삼아 지역문학 마당에 나타나는 못 마땅한 태도를 문제삼은 글이 먼저 올랐다. 이어 허만하 시집 서평으로 말미암았던 짧은 논쟁글을 붙였다. 본때 있는 논의를 펴거나 적확한 마무리에 이를 뒷날이 있을 것이다. 먼저 사실 기록을 남긴다는 뜻에서 그대로 싣는다. 이주홍 등단작 시비도 같이 할 만한 글이다. 그러나 『경남·부산 지역문학 연구 1』에 따로 자리가 마련된 까닭에 거기로 미루었다. 지역문학 연구와 비평이 지닌 주요한 쓰임새 가운데 하나는 기존 문학담론 · 지역담론에 대한 성찰과 재구성이다. 다소 낯설더라도 시시비비로 말미암을 순기능은 역기능을 크게 넘어설 것이다. 관련된 이와 기관의 실명은 그대로 올릴 수밖에 없었다. 양지해 줄 것으로 믿는다.

이 책에 실린 글들은 경남 · 부산지역문학회와 경남시사랑문화인협의회라는 두 연구 · 실천 모임 활동에 큰 뿌리를 내리고 있다. 그 첫 결실인 『지역문학연구』 창간호가 1997년에 나왔고, 1회 김달진문학제가 1996년에 열렸다. 불혹의 한 시기를 그들과 함께 한 셈이다. 결코 짧지 않은 이 시기 내내 뜻과 일을 함께 해 준 이들에게 각별한 고마움을 따로 전한다. 김창식, 이지은은 안타깝게 이미 고인이 되었다. 여러 동학 · 문인 · 제자들과 함께 했던 나날의 추억과 은원의 흔적이 글 곳곳에서 따뜻하다.

묶어놓고 보니 당위론이 앞섰다. 앞으로 더 깊어지고 넓어져야 할 것이라는 다짐이 곡진하게 표현된 바로 읽어주기 바란다. 경남 · 부산지역 안쪽뿐만 아니라, 다른 지역문학과도 나란히 힘을 키워나갈 수 있는 길을 거듭 찾을 것이다. 할 일은 많고 갈 길 또한 멀다. 이 책을 내는 데 경남대학교 학술저서발간연구비의 도움을 받았다. 박재규 총장은 경남 지역사회의 문학과 예술문화 활동에 각별하고도 꾸준한 지원을 아끼지 않으셨다. 이 자리를 빌려 새삼스러운 고마움을 따로 적는다. 책 내는 일이 나날이 어려워지고 있다. 선뜻 출판을 떠맡아 준 청동거울의 발전을 빈다.

2004년 봄
박태일

셋. 지역문학의 시시비비

하나. 지역문학의 인식과 연구

지역문학 연구의 방향 | 지역시의 발견과 해석—경남·부산지역의 경험을 중심으로 | 지역문학의 현실과 과제 | 인문학과 지역문학의 발견

지역문학 연구의 방향

1. 들머리

지역문화에 대한 관심이 부쩍 높아졌다. 그것이 이즈음과 같이 지역사회 모든 영역에 걸쳐 다채로운 풍경을 마련해 낸 적은 일찍이 없었다. 그 전망과 행태 그리고 강도에서 지역구심주의(local centripetalism)라 일컬을 만한 모습이 뚜렷하다. 지역가치를 널리 찾고, 그것을 지역의 삶 속으로 되돌려 주려는 노력이 지역 우월이나 지역 분리로 떨어지고 있지 않다. 거시 전망 위에 서 있을 뿐 아니라 그것을 이끌어 나가는 움직임도 앞 시기와 달리 훨씬 기능적이다. 그리고 무엇보다 중앙문화 흉내내기에서 벗어나 지역을 중심으로 올려세우려는 생각과 의욕이 크게 돋보인다.

한두 가지 원인에서 이런 변화가 비롯된 것은 아닐 터이다. 크게 셋으로 그것을 묶어 볼 수 있다. 첫째, 지역자치가 법으로나 행정으로 틀거리를 마련해 나가고 있는 이즈음의 제도 변화가 그것이다. 사회

변화는 구성원의 세대 이동이나 그것을 재는 이론 변화에 있다기보
다 오히려 그것을 속겉에서 끌어 잡고 있는 제도 변화로 말미암은 바
더 크다. 제도 변화야말로 사회 변화의 핵심 고리인 까닭이다. 그 속
에서 지역의 행정·경제 통합뿐 아니라 바람직한 문화 통합을 이끌어
내는 일이 지역행정부가 맡아야 할 가장 중요한 몫으로 떠오르고 있
다.[1]

　둘째, 근·현대 시기 우리 사회가 겪어왔고 이루어왔던 역사 경험에
서 원인을 찾을 수 있다. 1860년 무렵부터 백오십 년을 넘지 않는 동
안, 우리 사회는 한결같이 지역의 바탕을 무너뜨려온 쪽이었다. 왜로
(倭虜) 제국주의자들은 오로지 우리에 대한 지배와 수탈을 더하기 위
해 지역에 대한 중앙 지배를 거듭 굳혔다. 광복 뒤 우리 또한 지역을
획일화·규격화하는 일을 되풀이했다. 가부장적 정치권력과 계획경
제 논리가 그랬고, 전통을 업신여기는 풍토와 그것이 마땅한 양 가르
쳐온 학교 교육이 그랬다. 이제 우리 사회 안에서 그에 대한 반성과
반작용이 되돌릴 수 없는 힘을 얻기 시작한 것이다.

　셋째, 사회·경제 요인이다. 산업화·도시화를 거치면서 지역사회
에서도 모든 영역에서 지역 사이 이동과 이질성을 빠른 속도로 높였
다. 나아가 상품 소비 확대는 경제의 세계 교류까지 넓혀 놓았다. 정
보 권력이 이끄는 전자영상문화 또한 발빠른 변화 요인이 되고 있다.
따라서 오늘날에는 한 지역이 더는 일정한 공간과 시간을 차지한 고
유하고도 정태적인 실체로 존재할 수 없다. 지역은 다른 집단과 일으
키는 상호 관련 속에서 끊임없이 재정의되고 재구성된다.[2] 대지역이

---

1) 문화예술의 성장을 위한 공적 지원은 공공에 대한 봉사와 공공 재화의 공급이라는 뜻뿐 아니
　라, 공공 복지라는 쪽에서 다루어져야 한다. 게다가 바람직한 사회·윤리 가치에 대한 이해를
　갖춘 새로운 시민 세대의 꾸준한 성장을 뒷받침한다는 뜻도 지닌다.
　K.V. Mulcahy, 「The Rational for Public Policy and Arts」, 『Public Policy and the Arts』
　(K.V. Mulcahy and C. R. Swaim ed.), Westview Press, 1984, 55쪽.

건 소지역이건 지역끼리 이루어내는 상호작용이 지역의 본질이 되어 버린 셈이다. 새로운 전망을 갖춘 지역구심주의가 나타난 것은 자연스러운 일이다.

이제 학문공동체 안에서도 지역에 대한 관심은 필수로 올라섰다. 지역문화 가운데 가장 눈부신 자리를 마련해 왔다 할 지역문학 경우에는 더 말할 나위가 없다. 그러나 우리 현실은 아직까지 그 연구의 마땅함마저 의심받고 있는 쪽이다. 게다가 이미 나와 있는 연구 성과도 스스로가 지닌 모자람을 돌아보지 않은 것이 한 둘 아니었다. 기껏 지역 연구가의 배타적 관심이 드러난 변두리 연구로 떨어뜨리기 십상이었다.[3] 지역문학의 전통과 인습을 찾아 가리고 나누어서, 그 전통을 지역사회에 되돌리고자 하는 일과는 처음부터 멀었던 셈이다.

글쓴이는 오늘날 우리 나라 지역문학 연구가 놓인 자리를 두루 살필 만한 힘을 지니고 있지 않다. 다만 이 글을 빌려 지역 문화 통합과 지역문학 발전을 위해서 그것에 대한 바른 연구야말로 무엇보다 앞서야 될 일이라는 생각 아래, 지역문학 연구[4]가 마땅히 나아갈 바를 간추렸다. 이제 걸음을 떼기 시작한 지역문학 연구 영역에서 실질 있

---

2) 문옥표, 「지방자치와 지역문화의 활성화」, 『정신문화연구』 통권 50호, 한국정신문화연구원, 1995, 95쪽.

3) 학문공동체에서 뒷받침해 준 힘에 도움을 받기도 하면서, 이즈음 몇 해 사이 여러 곳의 문학 관련 관변단체에서 끝냈거나 마련하고 있는 일을 보기로 들 수 있다. 지역 이름을 앞세운 문학사 발간, 곧 『경남문학사』나 『광주문학사』 또는 『전북문학사』니 하는 책이 그것이다. 『경남문학사』만 하더라도 그 기술 방법이나 수준, 또는 내용의 정확도에서 낯부끄러운 데에 머물렀다. 왜냐하면 글쓴이의 의심스러운 자격은 두고서라도, 책 이름이나 작가 이름을 줄줄이 늘어놓거나 좁은 식견에 갇혀 지역문단 야사에도 들어갈 자리를 얻기 힘들 이야기에 공을 들이기 일쑤다. 정작 문학 실상과는 벗어난 개인의 너스레에다 서슴없이 문학사라는 이름을 얹어 세상에 내돌린 까닭이다. '광복 오십 주년'이니 '문학의 해'니 하는 나라 일을 틈타 맞장구도 치고, 슬쩍 세상에 이름도 더 올려놓으면서 쫓기듯이 일을 꾀한 관변단체의 일치레를 이해 못할 바는 아니다. 그러나 뜻있는 이들로부터 주제넘고 염치없는 일을 저질렀다는 비난을 받기에 이르렀다. 새로이 맞닥뜨리고 있는 지역문화에 대한 관심과 열기에 찬물을 끼얹을 뿐 아니라, 지역 문학인 스스로 제자리를 망가뜨리는 일로 떨어졌다. 차라리 뒷날을 위하여 제대로 된 작가의 뒷얘기나 문단사에 들어갈 만한 1차 자료라도 부지런히 간추리고 펴내는 일에 힘과 돈을 들이는 것이 훨씬 실속 있었다.

는 대화가 잇따르기를 바라는 뜻이다. 연구의 대상·주체·방법 그리
고 목표로 생각을 모아 나가도록 애썼다. 보기를 들 경우에는 글쓴이
가 몸담고 있는 경남·부산 지역문학이거나, 그 안쪽 소지역 경험에
먼저 눈을 돌렸다.

2. 기초 문헌의 간수와 갈무리

지역문학 연구가 바람직한 데로 나아가기 위해 무엇보다 먼저 그
바탕이 되는 대상, 곧 기초 문헌 자료를 갖추고 간추릴 뿐 아니라, 그
것을 갈무리하는 일이 이루어져야 한다. 이 일은 굳이 어느 한 영역
에만 걸리는 것은 아니다. 그럼에도 지역문학 쪽은 모자람이 너무 크
다. 지역문학 연구의 실질 대상인 문학잡지나 동인지, 작품집만 들어
보더라도 그것을 찾으려 할 양이면 땀이 한참 빠진다. 더구나 이미
얻어보기 힘들어진 것이 십에 구를 차지한다.

보기를 들자. 1950년대 경인전쟁기 우리문학사의 중심은 경남·부
산 문학이었다. 많은 창작 활동과 매체 발간이 이 지역을 중심으로
이루어졌다. 그 가운데는 개인이 낸 종합잡지였던 『신생공론』은 물
론, 『경남공론』과 같은 기관지도 있었다. 피란 문인들의 중요 작품이
실린 것은 당연한 일이다. 그러나 부산·경남 지역도서관 어디에서도
흔적을 얻기가 힘들다. 『경남공론』만 하더라도 정작 그 책을 엮었던

---

4) 지역문학을 발전시키기 위한 방안을 찾고 마련하고자 하는 글은 1980년대에 들어선 뒤부터
   드물지 않게 쓰여져 왔다. 그 경과를 짧게 줄여 놓고 있는 남송우와 최원식을 눈여겨볼 필요
   가 있다. 그러나 이 둘을 포함해 앞서 쓰여진 글들 어디에서도 지역문학 연구에 눈을 돌린 경
   우는 없다. 이 글은 주로 문학을 전공하는 이들이나 집단에서 이루어지고 있는 연구와 비평을
   함께 다루었다. 경우에 따라 그 둘을 나누어 쓰기도 했다.
   남송우, 「지역문학의 현황과 과제」, 『생명과 정신의 시학』, 전망, 1996.
   최원식, 「지방을 보는 눈」, 『생산적 대화를 위하여』, 창작과비평사, 1997.

경남도청 안에서는 한 권도 얻어볼 수 없다. 문헌 기록을 잘 갈무리하지 않는 버릇이 가까운 시기 우리 사회가 되풀이하고 있는 인습 가운데 하나[5]긴 하지만, 오십 년을 채 넘지도 않아서 지역의 중요한 문화매체가 사라져 버린 사정은 지역문학 연구 환경이 매우 참담하다는 사실을 잘 일깨워준다.[6]

기록 보존의 경험이 모자란 탓에 우리 근대 학문은 여러 영역에서 빈자리가 많다. 본데없고 겪은 바가 적으니 많은 쪽에서 왜로의 식민 책략에 따라 얽어둔 틀 위에서 놀아나거나, 잡다한 서양 쪽 지식 부스러기나 섬기는 학풍이 자리잡게 되었다. 그 숱한 문학행사에다 문화재단이 많건만 나라 안에 제대로 이름을 갖춘 문학관이 이제서야 마련되고 있는 것이 우리 실정[7]이고 보면 사정을 쉬 짐작하게 한다. 게다가 오래도록 서울 중심의 국가문학사 서술에 머물렀던 연구 풍토로 보면 지역문학 사료들이 제대로 대접받고 갖추어질 기회는 처음부터 막혀 있었던 셈이다.

이런 상태에서 지역문학 연구가 이루고 나아가고자 하나 그 처음부터 뛰어넘을 수 없는 어려움에 일을 그르치기 일쑤였다. 그러니 손쉬운 연구 대상이나 검증되지 않은 채 자주 오르내리는 작가에 다시 눈길을 줄 수밖에 없다. 지역문학 연구가 악순환을 거듭하는 것은 필연

---

5) 지나간 시기의 사건과 장소에 대한 기록을 잘 남기지 않는 나쁜 인습은 우리가 겪었던 역사의 질곡이 너무 컸고, 그 속에서 우리 스스로도 떳떳하거나 거기에서 자유롭지 못했던 데 그 배경이 있음 직도 하다. 역사 속에서 이긴 사람보다는 부조리하고도 불행하게 희생당한 사람만을 요구했던 지난 삶의 경험에서 말미암은 나름의 지혜였는지 모른다. 거기다 왜로(倭虜) 제국주의자들이 꾀했던 역사 파괴와 왜곡이 알게 모르게 거든 탓도 있을 것이다.
6) 이런 사정이 문학 쪽에만 걸리는 일이 아니라는 것을 금방 알 수 있다. 짧은 시기에 놀랄 만한 변모를 보여주었던 진해시나 울산항만 하더라도 항만사 관련 기초 문헌을 어느 정도 갈무리하고 있는지, 그것을 제대로 물어볼 데도 없을 뿐더러 있다고 한들 들을 답은 뻔할 듯싶다.
7) 1997년 11월 8일 경기도 의왕시 계원조형예술전문대학 안에 세워진 '동서문학관'이 이름에 걸맞은 첫 문학관이다. 작가의 기념관 수준에 머무는 것으로는 강원도 백담사의 '만해기념관'과 삼성출판박물관에 따로 마련된 이범선의 '학촌서실'을 비롯해 몇 있다. '동서문학관'은 1백 평에 이르는 자리에 주요 문학작품집 1,700권, 문인 친필 원고 500점, 그리고 사진 1,000점 남짓을 챙겨 놓았다. 그러나 이곳에서도 부분 자료의 단순 전시에 그치고 있어 문학관으로 지닐 바 제 몫을 다하지 못하고 있다.

이다. 게다가 연구 과정에서 잘못된 판단이나 겉핥기는 물론, 지역문학 실상을 한껏 왜곡시키는 경우 또한 적지 않았다. 지역문학 연구를 지역 구성원들이 지닐 바 심리적·문화적 전통과 문학 향유능력을 키우는 자리로 가꾸어 나가기에는 턱없이 모자란다.

연구 대상과 관련하여 짚어두어야 될 다른 한 가지는 그 범위를 넓혀 문화연구로 나아가기 위한 터닦기를 서둘러야 한다는 점이다. 지역연구는 앞선 세대가 겪어왔고 뒤선 세대가 겪어나갈 바람직한 지역가치를 세우기 위한 일에 힘껏 이바지해야 한다. 무엇보다 지역 구성원들의 행복스런 나날살이를 위한 구체적이고 기능적인 연구가 되어야 한다는 뜻이다. 부분적이고 정태적인 길로 다가서서는 바람직한 성과에 이르기 힘들다. 지역문학 연구가 문화연구로 나아갈 때 지역 구성원이 지닌 문화 학습의 욕구까지 모자람 없이 채워 줄 수 있을 것이다.

따라서 지역문학 연구를 위한 기초 문헌은 그 지역의 지난날과 오늘에 걸친 문학 관련 중요 문헌이나 구술 자료에 머물러서는 안된다. 지역문학의 일차 문헌인 작품집이나 발표매체, 그리고 작가 한 사람에 닿힌 실증 사료를 얻는 일에서 더 나아가 예사 사람들의 다양한 문필 활동, 곧 일기나 서간·자서전과 수필을 비롯한 여러 출판물, 예와 오늘에 이르기까지 갖가지 삶과 그 행태를 보여주는 여러 단위의 문서나 기록문헌까지 갖추어야 한다. 생생한 역사적 상상력이 살아날 수 있는 계기는 그 속에서 마련될 것이다. 인습으로 굳어버린 학문 영역의 벽을 허물어뜨리는 분외의 성과 또한 마찬가지다.

그런데 바람직한 지역문학 연구가 이루어지기 위해 갖추어야 할 일차 문헌이나 문화 사료를 꼼꼼히 찾아 간추리고 간수하는 일에는 심지 굳은 지역문학인이나 지역문학 연구에 보람을 얻고자 하는 이가 남달리 꾸준히 공력을 들이지 않으면 어렵다. 지금부터라도 크게 마음을 쓸 일이다. 나아가 이 일은 개인에게 떠맡겨 둘 일 또한 아니다. 제도의 뒷받침과 지역사회의 도움이 무엇보다 필요하다. 지역행정부에서 지역문학 자료나 문화 사료를 사들이거나, 기증 받아 앞으로 지역사박물관에서 부려 쓸 밑자리를 미리 하나하나 닦아나가야 한다.[8]

울산시에서 새로이 이름을 바꾼 울산광역시를 보기로 들어보자. 앞으로 세워질 시립박물관 안에 먼 옛날의 매장유물뿐 아니라, 가까운 시기의 역사문헌자료관을 따로 마련하기에 좋은 조건을 갖추고 있다. 그렇지 않으면 군이나 구와 같은 소지역에 마련되어 있는 도서관이 일을 먼저 떠맡을 수도 있다. 그 일을 영역과 장소에 따라 나누어 나가는 길도 생각해 봄 직하다. 새로 울산광역시로 들어선 언양읍에는 문학박물관을, 현대조선이 있는 울기등대 가까이에는 근대 항만사자료관을 마련해 보거나, 그런 일을 떠맡을 동호인 소모임을 지역도서관·교육청에서 힘써 지원하는 방안이 그것이다. 마산·창원·진해 지역과 같이 행정 경계는 뚜렷하나 문화심리 경계가 그리 뚜렷하지 않은 곳에서는 주요 영역의 개별 문헌자료관을 나누어 세울 수도 있을 것이다.

3. 연구 주체의 확충과 협력

지역문학 연구의 일차 문헌을 바람직스럽게 간수, 갈무리하지 않은 까닭에 지역문학 연구가 잘못에 떨어지고 겉핥기에 머물 수밖에 없

---

8) 이제는 도시 이미지도 지역 행정 속에서 시민권을 가졌다 할 만하다. 그러므로 문학관이나 미술관 또는 역사자료관과 같은 문화 기간시설을 새로 짓고 다듬어 나가는 일에 힘을 더욱 쏟아야 한다. 이런 일을 경제학에서는 '문화적인 지역공공재의 공급'이라 부른다.
池上淳(강응선 옮김), 『文化經濟學のすすめ(문화경제학 입문)』, 매일경제신문사, 1996, 57쪽.

다는 점은 앞에서 밝힌 바와 같다. 그런데 그 점은 지역문학 연구를 떠맡을 연구 주체 쪽에서 말미암은 바도 크다. 개인이건 단체건 수에서, 질에서 수준이 떨어지는 까닭이다. 게다가 지역문학 연구에 관심을 가진 쪽이라 하더라도 꾸준하게 힘을 들이는 경우는 더욱 드물다. 따라서 잘못이 깊어지고 연구 업적이 쌓이기 어려울 것은 뻔한 이치다. 지역문학 전문 연구가나 연구단체, 전공자와 같은 연구 주체를 넓히고 키워 나가는 일이 주요한 과제로 떠오른다.

지역문학 연구 주체 가운데서 가장 앞서 일을 끌고 나가며 전공자를 길러내야 할 곳이 지역대학에 마련된 국어국문학과나 관련 연구기관이다. 그럼에도 그 속을 들여다보면 관심이 너무나 미미한 쪽이다.[9] 개인으로 보아도 연구 전통을 앞서 열어 나가고자 하는 자각이 없을 뿐 아니라, 적극성도 실험성도 찾아볼 수 없다. 그러니 제 능력은 돌보지 않고 대학에 오래 몸담고 있다는 까닭만으로 한몫 보려는 질 낮은 호사가들이 오래도록 지역 문화마당에 버젓이 나돌아도 내버려둘 수밖에 없었다. 그들이 지역 행정기관과 이저런 이익을 주받

---

9) 경남·부산지역만 보기를 들어보면 대학 차원에서 지역문화에 관심을 기울이고 있는 곳은 경남대학교가 마련한 '가라문화연구소', 경상대학교가 마련한 '경남지역문화연구소', 부산대학교가 마련한 '한국문화연구소', 경성대학교의 '향토문화연구소'가 있다. 이들 가운데 거의 모두가 문학보다 역사나 철학, 고문헌 쪽으로 관심의 방향을 좁힌 쪽이다. 문학 쪽 관심이래야 지역 행정기관에서 일치레로 떼 주는 학술조사에 끼어든 행태가 많다. 이름에 걸맞은 연구 성과를 앞서 이루는 데에는 아직까지 힘이 부친다. '향토문화연구소'가 지역의 사회·생활사와 근·현대문학에까지 실속 있는 연구를 거듭해 눈길을 끈다. 국어국문학과 차원에서 보면 동아대학교에서 일찍이 부산지역 시인을 대상으로 삼아 『재부작고시인연구』를 내기도 했으나, 그 뒤를 잇지 못했다. 지역문학 연구와 학습이 대학제도 안에서 개별 강좌를 빌려 이루어지고 있는 곳은 경남대학교 국어국문학과 한 곳뿐이다. 1994년부터 대학원 과정에 마련하고 있는 '지역문학연구'가 그것이다. 이 강좌는 경남지역뿐 아니라, 나라 안에서도 처음이다. 지금껏 유일한 강좌일 듯싶다. 그럼에도 지역 예술문화 행정이나 문학경영과 같은 데에는 아예 눈을 돌리지 못하고 있다. 그밖에 다른 지역대학에서는 짬짬이 개별 연구가 나오고 있다. 그러나 개인 연구자가 지닌 부분 흥미에 머물고 있어 지역문화사의 틀을 묶고 짜나가는 데에는 턱없이 못 미친다. 정영자가 짧은 비평글을 묶은 낱책을 내기도 했다. 지역문학 자료의 발굴, 연구와 비평 그리고 홍보를 목표로 삼은 단체로는 1997년 봄 경남·부산 지역을 중심으로 일하고 있는 국어국문학 전공자들로 만든 경남지역문학회가 있다. 1997년 8월에 학회지 『지역문학연구』 1집을 내었다.
구연식과 여럿 지음, 『재부작고시인연구 : 별은 아직 빛나는데』, 아성출판사, 1988.
정영자, 『부산시인연구(1)』, 빛남, 1991.

으며, 이른바 지역문화 주도층이니 원로라는 이름을 들먹거리며 지역문학 마당을 농단해 대는 것을 두고 크게 꾸짖을 일만도 아닌 셈이다.

대학 연구기관이 보여주고 있는 움직임 또한 다를 바 없다. 지역자치 분위기에 빌붙어 지역 행정기관이나 관료층의 이익에 이용당하거나, 이른바 유력인사라 일컫는 이들의 정치적 몸가꾸기를 거들어 주는 일에 시간을 빼앗기는 경우가 드물지 않다. 게다가 대학이라는 이름 뒤에서 함량 모자라는 연구자가 너도나도 지역문화를 팔아, 실질없이 연구비나 갈라붙이려는 움직임에 멍석을 깔아주는 경우 또한 적지 않다. 지역문화를 앞세운 대학 연구기관이 지역민의 혈세와 문화 욕구를 훔치는 일에 한몫 더 거드는 데에만 머문다면, 어렵사리 마련된 그곳은 더 큰 지역문제를 일으키는 문제기관으로 떨어질 것이 뻔하다.

따라서 마땅한 힘을 갖춘 대학의 전문 연구가들이 힘껏 지역문학 연구에 나서 그 높이를 끌어올릴 수 있는 길을 찾아야 한다. 지역문학 연구 성과를 한자리로 모으고 그것을 널리 되돌리며, 전공자를 키워내고 지역민의 문화적 긍지와 학습 욕구를 채워 줄 수 있는 기능을 떠맡아야 한다. 지역민에게 문학에 관한 이해뿐 아니라 문학향유 능력을 키워주며, 나아가 지역 행정부나 단체의 문화행정을 지원하는 일에도 협력해야 할 일이다. 전공 연구자끼리, 또는 대학끼리 그 과정과 성과를 나누고 이어 나갈 수 있는 뒷받침이 되풀이 논의될 필요가 있다.

대학 스스로 이 일을 끌어안기 힘들다면 뜻있는 지역단체가 뒤를 밀어 주거나 떠맡을 수도 있다. 지역기업이나 경제단체 또는 노동단체가 그들이다. 오늘날 기업은 지역문화나 문화복지에 관심을 가지고 시민기업으로서 주민과 교류를 넓혀 나가고 있다. 지역문화에 이바지하는 일을 중요한 경영 전략으로 삼고 있다. 단순한 사회 기부나 기업 이미지를 돋보이게 하는 소극적 홍보에서 더 나아가 문화경제라는 쪽에서 보다 적극적인 뜻이 있는 셈이다. 기업이 지역문화 공공자산을 넓히는 데 노력하거나 개인에 대한 창작 지원뿐 아니라, 문학 연구에 보다 깊은 관심과 지원을 다해야 하는 까닭이다.[10]

대학제도나 기업문화와 같은 공공부문과 더불어 동호인으로 이루어진 지역문학 연구 모임 또한 곳곳에서 활발하게 일어나야 한다. 남다른 참여의식과 관심을 바탕으로 즐겁게 지역문학 활동과 연구에 대한 열정을 키워 나감으로써, 이들은 전문연구가가 지닐 수 없는 힘과 효율이라는 미덕을 갖출 수 있다. 그들이 이미 실질은 잃어버린 채, 겉늙은이들의 자리 돌려 먹는 일에 바쁜 관변 문인단체의 행태와 거리를 두면서 힘써 지역사회에 대한 책임감을 키워 나간다면, 그 성과는 매우 바람직스러울 것이다. 지역 문화현장 맨 앞에서 활동하고 있는 작가나 창작모임 또한 힘껏 나설 일이다.

민간 연구동호인 활동이 부쩍 깊어지고 현장 문화인의 일정한 이바지가 활발해지면, 지역문학 연구에 생각이 미치지 못한 지역대학도 거꾸로 그 학습 환경을 바꾸고 겉치레 연구의 인습에서 벗어날 수 있는 길을 찾게 될 것이다. 그리하여 크작은 대학과 대학 사이, 개인과 단체 사이, 전문가와 동호인 사이, 또는 예술행정 관련 기관이나 기업, 지역민 사이에 서로 맞서고 모이고 나누는 대화의 계기가 넓혀질 수 있어야 한다. 지역문학 연구의 높이는 물론 그 쓰임새도 크게 힘을 얻을 것은 당연한 일이다.

이렇듯 연구 주체를 넓혀가고 그들끼리 서로 협력하는 계기를 이끌

---

10) 오늘날 대부분 기업문화의 방향이 행정부의 정책에 뒤따르는 쪽이거나, 그 내용도 한 번으로 그치는 문화행사·운동 진흥·사회 홍보와 같은 일에 치우치고 있다. 앞으로 영역과 지원방향도 음악·미술과 같은 공연·전시 문화에서 더 나아가 문학 사업 쪽으로 바꿔야 할 뿐 아니라, 적극적인 경영 전략을 세워 다루어야 할 일이다.

어내며 지역문학 연구를 이어 나간다면, 지역문학 연구 마당에 배어 있는 중앙 종속의 분위기나 겉핥기식 접근, 또는 지역문학은 격이 떨어진다는 결정론적 단견에서 쉬 벗어날 수 있을 것이다. 지역문학이 우리문학에서 지닐 바 값어치나 지역사회에 끼칠 힘은 문서로 굳어진 게 아니다. 지역문학 연구에 기울이는 각별한 헌신에 뒤따를 결과일 따름이다. 그것은 지역구성원의 노력과 관심으로 자라 가는 사회심리·문화심리 공간이며, 제도 안에서 이루어지는 담론투쟁이라는 사실을 놓쳐서는 안될 일이다.

4. 아마추어리즘과 정실주의의 극복

지역문학 연구가 지역문화의 바람직한 발전과 전승에 맡은 바 몫을 다하기 위해서는 그 방법에서 바삐 벗어나야 될 몇 문제가 있다. 첫째, 아마추어 수준에 머문 글이 거리낌없이 나돌고, 그에 따라 지역문학 연구가 질에 있어서 하향 평준화로 치닫는 현상이 그것이다. 그로 말미암아 지역문학 연구가 지역문화에 이바지하기는커녕 문화 기득권층의 형식 갖추기를 뒤따르기 십상이었다. 함량 떨어지는 지식정보에다 설익은 생각을 끌어다 놓고 연구니 비평 흉내를 내며 떠들어대는 자리로 떨어질 위험은 늘 있어 왔던 셈이다. 그러한 위험은 소지역으로 내려갈수록 위세가 더하다. 일이 이렇다 보니 쓰잘데없는 말장난 그만두라는 핀잔을 지역사회 안에서도 흔히 듣게 된다.

둘째, 지역연고와 지역우월을 앞세운 질 낮은 정실주의를 물리칠 필요가 있다. 지역사회는 연중심사회로서 정실이 모든 일에 앞서기 쉽다. 정실에 이끌리면 원칙은 오간 데 없이 달아나고 잣대도 오락가락한다. 지역문학 연구가 제대로 된 방법론 도움 없이 학연이나 문중의 인물자랑, 또는 좁은 지역사회 안에서 주받게 될 사사로운 이해관계에 묶일 가능성이 그것이다. 그 탓에 아예 지역문학에 대한 관심은 값어치 없는 지역 우월감에서 말미암은 것으로, 또는 얼렁뚱땅해도 될 곁가지 연구라는 안일한 분위기를 퍼뜨리고 졸속을 부채질하기도 한다. 연구자 스스로 지역문학 연구가 나설 자리를 망가뜨려 온 셈이다.

게다가 줏대도 잣대도 어름한 채 정실에 따르는 인습을 오래 되풀이하다 보니, 지역 안쪽에 분권 양상까지 굳히고 있다. 지역문학 자리에 마땅하지 않은 등급과 계층이 들어선다. 경남 지역문학만 하더라도 부산이 경상남도에서 떨어져 나가고, 경남도청과 행정 주도관청이 창원에 몰려 앉게 된 일을 눈여겨볼 필요가 있다. 그 일과 더불어 도청 소재지 가까이 있던 문단조직이 행정 지원을 오로지 하며, 행세할 수 있는 기회로 적극 끌어다 붙여 중심문단을 이루어 나갔다. 연고를 앞세운 호사연구가들이 일을 도맡아 지역의 오랜 문학전통과는 거리가 먼 생각들을 퍼뜨려 놓았다.[11]

경남지역 안쪽에서 몇몇 소지역 문학이 이룩한 변화와 지속의 과정에 대한 공통 경험과 개별 경험을 아울러 배우고 나누어 읽기 위한 깊이 있는 접근은 처음부터 자리를 빼앗겼다.[12] 질 떨어지는 지역문학 호사연구가들의 잘잘못을 따져들 연구 전통이 두텁지 못했던 까닭이다. 지역문학 연구가 제대로 살아나기 위해서는 쓰임새라곤 찾아보기 어려운 거짓글이나 생각없이 내돌리는 격식 갖추기 연구·비평에 대해 매서운 꾸지람이 일어나야 한다. 저질 정실주의를 벗어나 인물자랑·연고자랑이 아닌 지역문학인의 진지한 사색과 고뇌가 지

---

11) 경상남도에서도 진주 서북쪽 소지역문학이나 낙동강 동쪽 소지역문학은 어느덧 도청 소재지 문단에서 일정한 이익을 알게 모르게 양보 받거나, 끈을 댄 몇 사람을 제쳐두고는 한참 변두리로 떨어져버린 꼴이 그것이다.

역문화에 이바지하는 힘으로 거듭 날 수 있도록 지역문학 연구가는 공을 들여야 될 일이다.

셋째, 가치중립적이니 객관적이니 티를 내며 학문이라는 허울 아래 거듭되고 있는 무기력과 지체 현상에서 하루바삐 벗어날 일이다. 연고중심 사회인 지역에서 질 떨어지는 호사연구가들이 그저 이름값이나 하려는 자세로 연구에 들어서다 보니 처음부터 논쟁은 피해야 될 일이 되었다. 문학 연구와 비평 마당에 야합과 정신실조가 큰 흐름으로 자리잡는다. 따라서 문학 연구가나 창작인 모두 알게 모르게 서로를 믿지 않는다. 처음부터 논쟁을 불러일으킬 일이나, 본때 있는 비판이 들어서기는 어렵게 된 셈이다.

연고를 말하고 정실을 앞세우는 소지역일수록 더욱 논쟁 방향을 찾고 생각을 힘써 마련해, 연구가끼리 또는 연구가와 창작인끼리 가치 정향을 위한 길항관계를 되풀이해야 할 것이다. 다양한 지역가치로 얽혀 있는 지역사회에 문학이 중요한 문화 자산으로 자리잡게 되는 계기는 잣대 뚜렷한 문제적 대화로부터 얻을 바가 크다. 황홀한 스포츠와 여가문화가 발빠르게 자리잡아 가고 있는 이즈음, 문학에 대한 지역사회의 기대는 나날이 줄어들고 있다. 지역문학의 제도적 정당성이 제대로 뿌리 내리기 위해서는[13] 기백 있는 연구나 비평이 마련

---

12) 이런 점에서 경상남도 지역 근·현대문학의 흐름을 문예지 활동을 중심으로 살피면서, 그 소지역 문학권역을 통영권·밀양권·진주권·마산권·부산권의 다섯으로 나눈 송창우의 생각에서 이끌어낼 만한 미덕이 적지 않다. 분류의 옳고 그름은 더 꼼꼼한 연구의 도움을 받아 바로 잡히거나 고쳐져야 될 일이다. 그럼에도 손쉬운 길을 좇는 문화행정에 빌붙어 경남지역 문학을 단순하게 나누어 놓은 관변문학 단체의 문학권역의 등급 가르기는 벗어날 수 있게 된 셈이다. 크게든 좁게든, 지역 안쪽에 또 다른 문학의 경계를 잡으려 할 경우는 정치·행정적 고려에 따른 획일적 구획으로는 그 본디 모습과 문화심리 영역을 묶어내기란 쉬운 일이 아니다. 보기를 들어 언양지역과 울산지역은 옛날에는 분명히 다른 역사적 경험을 거쳤다. 문화 경계가 뚜렷한 두 지역이었다. 지금은 울산광역시 행정구역 안에 하나로 모이게 됨으로 말미암아 지역의 문화심리적 동질감은 많은 부분 혼란에 빠져 버렸다. 그 지역 구성원들의 삶의 감각과는 무관한 자리에서 근대 산업화, 상품사회의 성장과 변모에 발맞춘 편의와 효율, 그리고 한결같은 이익 좇기라는 관점에서 지역의 통합·분열이 거듭된 까닭에 경남지역만 하더라도 마땅한 소문학 권역 나누기는 그렇게 손쉽지 않다.
송창우, 『경남지역 문예지 연구』, 경남대학교 대학원 석사학위 논문, 1995.

할 대화의 깊이와 강도가 큰 몫을 할 것이다.

5. 주인 의식과 지역 통합

우리 근·현대사가 한결같이 지역사회를 무너뜨리는 길을 밟아왔다는 점은 이미 앞에서 짚은 바 있다. 멀리는 왜로 제국주의자들이 꾀했던 식민지 노예 책략에서부터 중앙집권 정치구조와 놀랄 만한 산업화·공업화로 이어진 흐름 속에서 지역사회는 구성원의 계층이나 구성, 문화양태, 환경지리에 이르기까지 모든 데에서 이동이 잦아졌다. 이질감을 높여 왔다. 토박이와 외지인이 뒤섞이는 것은 어느 지역에서나 흔한 일이 되었다. 지역을 아끼고 섬기는 마음, 바람직한 지역가치에 대한 정서 경험과 정보가 모자랄 것은 말할 나위가 없다. 지역문학이 설 수 있는 바탕 또한 망가진 셈이다.

그 위에 새로운 정치·경제 주도권을 틀어 쥔 세력이 들어섰다. 토박이나 중심 씨족은 흩어진 지 오래다. 그렇지 않을 경우 그들은 발빠른 변화 속에서 제 이익을 지키기 위해 지역가치를 무너뜨리는 일에 앞장서곤 한다. 누구보다 유리한 조건을 빌려 더욱 교묘하고도 다양한 방법으로 자신들이 누려왔던 사회·경제적 기득권이나, 문화주도층으로서 누린 바 자리를 한결같이 지키기 위해 호들갑을 떤다. 이러한 지역 환경 아래서 바람직한 토박이 의식이나 주인 의식이 자리

---

13) 지역문학 연구는 지역민이 문학에 대한 바람직한 이해와 교양을 얻을 수 있도록 이바지하는 일에도 크게 애써야 한다. 왜냐하면 문학 수용자들이 문학에 대한 바람직한 이해나 교양을 갖추지 못한다면 겉치레 선전이나 유행에 사로잡히게 되고, 마침내 좋은 작가가 보다 품격 있는 문학을 창조하고 발표할 기회가 제한당하는 악순환이 일어나기 때문이다. 그렇게 되면 문학을 빌려 제 이익만을 탐하려는 이들에게 도움만 주게 될 뿐이다. 따라서 지역의 공교육 제도나 평생교육 제도 속에서 문학향유 능력을 키우고 밀어주며, 그 일을 위해 문학자원을 나누는 일에까지도 지역문학 연구가 눈을 돌려야만 한다.

잡기란 쉽지 않다.

문학마당도 사정이 이와 다르지 않다. 자신이 대접받을 수 있는 자리만을 찾아다니는, 이른바 원로로 일컬어지기를 즐기는 늙은이로부터 지역자치를 빌미로 어떻게든 힘을 얻어보고자 졸개들을 몰고 다니는 중늙은이, 문화행정 조직 가까이에서 이익이 떨어지기를 기다리며 명함을 내돌리고 다니는 문단 협잡꾼이 지역문학 안마당을 흐려 놓고 있다. 게다가 문학마당의 유행을 재빨리 살펴가며 허명을 얻으려는 문단 바람잡이까지 나돌고 있다. 새로운 지역구심주의라는 변화의 물결 앞에서 지역문학은 오히려 발목이 더욱 단단히 잡힌 꼴이다.

이러한 환경 아래서 지역문학 연구는 지역을 다채로운 문화공동체로 묶어내기 위해 지난날과는 사뭇 다른 길을 잡아 나가지 않으면 안 된다. 첫째, 지역문학 연구자는 지역문학의 인습을 물리치기 위해 오히려 지역 안에서 건전한 문화권력 갈등을 부추길 필요가 있다. 변화 계기를 이끌어내기 위한 급진적 상상력에 눈을 돌려야 한다는 뜻이다. 게다가 겉치레 양풍이나 왜풍에 휘둘린 채 눈치에만 밝은 중앙 주도권에서 벗어나, 지역 주도권을 마련하기 위한 일에 기꺼이 나설 수 있어야 한다. 지역 안밖의 갈등 관리 인자로서 지역문학 연구자·비평가가 감당할 몫이 사뭇 더해 가고 있다.

둘째, 지역문학 연구가는 모름지기 결바른 주인 의식으로 한결같아야 한다. 결바른 주인 의식이란 지역연고를 틈타 이익이나 지키려는 거짓 토박이 의식이나 배타적인 허세와는 다르다. 스스로 놓인 장소와 사건을 자기 것으로 받아들이고 가꾸며, 더 나은 길로 나아가게 하는 데 필요한 손해와 노력을 기껍게 여기는 마음가짐을 일컫는다. 어떤 일에 주인이 될 자격은 그 일에 남달리 많은 시간과 땀을 바치는 사람에게 주어져야 마땅한 까닭이다. 지역 변화가 일상으로 놓인 현실 아래서 굳어버린 명분만 찾는 토박이 의식이야말로 그것을 가로막는 걸림돌이 되기 쉽다.

셋째, 연구의 실질적 쓰임새를 늘 맨 앞에 두는 태도가 필요하다. 이제 지역문학 연구·비평이 종이 위에 말라붙은 먹물로 떨어지거나, 이른바 유력인사와 그 뒤를 따르는 이들의 사교 놀음을 거들어 주는 꾸미개로 주저앉을 수는 없다. 지역문화를 위한 제 몫의 실천궁행이야말로 지역문학 연구의 목표가 되어야 한다. 뜻 깊은 문학 제도를 받쳐주며, 지역사회 문학 현실에 대한 진지한 관심을 버리지 말아야 한다. 생활문학의 바탕을 다지는 일 또한 마찬가지다. 생존경쟁에서 상호이해로, 바람직한 문화 통합과 친교를 일구어내며 구성원의 나날살이 속에서 속속들이 거듭나는 지역문학 연구야말로 바른길로 들어섰다 하겠다.

따라서 앞으로 더욱 다양하고 복잡해질 예술행정이나, 기업의 문화경제 활동에도 지역문학 연구가 한발 더 다가서 마땅한 이바지가 있어야 할 일[14]이다. 어떠한 정책을 가지고, 얼마의 자원을 배분할 것인가를 검토하고 방안을 내놓을 수 있어야 한다. 지역사회를 위한 다양한 문학교육 프로그램을 개발하고, 각급 학교에 꾸준히 학습 내용을 뒷받침해 주는 실질에도 하루바삐 눈을 돌려야 한다. 지역문학 연구는 지역공동체에 대한 실천문학이어야 한다. 지난날의 문학연구 인

---

14) 울산광역시를 보기로 삼아도 좋겠다. 울산은 우리 나라 도시 가운데서도 천 년을 훌쩍 올라서는 오랜 역사 경험에다, 공업화·도시화가 일으킨 다양하고도 모순된 경향을 가장 잘 보여 주는 본보기 지역이다. 짧은 기간, 변화와 변동의 중심에 서 있으면서 그로 말미암은 단맛과 쓴맛을 고루 깊게 맛보고 있다. 이러한 울산지역의 문학 경험은 우리문학을 두루 이해하는 중요한 고리가 됨 직하다. 서덕출 문학사랑회니 생태문학회와 같은 특성 있는 모임이 이어져 지역의 밝은 전망을 열어 나가려는 움직임이 바람직스럽다. 장애자문학제니 아동문학제도 생각해봄 직하다. 그리고 그런 일에 지역문학 연구가 이바지할 몫이 많을 것이다. 아직까지 간추려지지 않은 서덕출 시인의 전집을 마련하고, 그것을 밑불로 삼아 일을 차근차근 준비해 볼 필요가 있다. 마산·창원·진해 지역 경우는 이와 사정이 다르다. 예술행정이나 문화산업 시장이라는 쪽에서 보면 이 세 지역은 단일 권역이다. 따라서 세 지역은 따로 따로 일을 꾀하기보다는 세 지역의 자료·사람·정보·돈·조직을 얼마나 효율 있게 나눌 것인가 하는 문제를 먼저 생각하지 않을 수 없다.

습에서 벗어나려는 대항문학이어야 한다. 굳어진 문학소통 관행을
깨뜨리는 혁신문학이어야 한다. 바람직스럽고 청신한 기운이 지역문
학 마당에 자리잡게 되는 것은 그 뒤의 일이다.

6. 마무리

지역문학은 지역가치를 이어주고 키울 뿐 아니라, 지역사회의 문화
통합을 앞서 이끌고 있는 중요 인자다. 그리고 지역문학 발전은 연구
의 도움없이는 어려운 일이다. 지금까지 지역문학이 제대로 대접받
지 못하고 지역사회 안에서조차 곁눈질 받아야 했던 까닭은 그 연구
가 크게 모자랐거나 잘못 나아간 데에 있다. 이 글에서 글쓴이는 지
역문학 연구가 바람직스럽게 나아가기 위해 할 일을 연구 대상·주
체·방법·목표라는 쪽으로 나누어 살폈다.

지역문학 연구는 국가문학 연구의 식민지가 아니다. 자격이 의심스
러운 비전문가가 학문하는 체 행세하는 저잣거리도 아니다. 지역문
학 연구가 변두리 의식과 호사취미에서 벗어나기 위해서는 무엇보다
먼저 연구 대상인 기초 자료를 찾아 간추리고, 갈무리하는 일에 꾸준
히 공을 들여야 한다. 그 범위도 문학 갈래에만 머물 것이 아니다. 지
역문화 사료 모두로 넓히고 끌어올릴 필요가 있다. 그리고 전문 연구
주체를 더욱 넓히고 그들 사이에 서로 협력해 나갈 수 있는 길을 찾
아야 한다. 그 일에 지역대학 국어국문학과가 앞서고, 관련 기관과
지역 동호인 모임 그리고 문화활동 단체들이 서로 끌고 밀어 지역문
학 연구가 지역구성원의 사회심리·문화심리 공간으로 자랄 수 있도
록 해야 할 것이다.

지역문학 연구 방법에 있어서 가장 큰 걸림돌은 아마추어리즘이 부

끄럼 없이 나돌고, 지역연고나 지역우월을 앞세운 질 낮은 정실주의
가 두텁게 뿌리내리고 있다는 점이다. 그러다 보니 지역 안쪽에 문학
실상과 떨어진 소지역 분권을 굳힐 뿐 아니라, 줏대도 잣대도 희미한
인사치레 글들이 지역문학의 무기력과 정신실조 현상을 부추기게 된
다. 연구 목표는 지역사회 안밖으로 거짓된 문화 주도권을 물리치고,
문화 갈등을 부추기며 조정하는 데까지 이르러야 한다. 지역문학을
위해 손해와 공력을 아끼지 않는 결바른 주인 의식을 바탕으로 지역
문학 연구의 실질·실천 기능이 살아나는 길 또한 그와 함께 좇아야
할 목표다.

　지역문학은 서울 중심, 국가 단위의 문학 아래 놓인 변두리 연구 자
리가 아니다. 중앙문화의 지방화·획일화·규격화가 아니라, 지역문
화의 중심화·다양화·생활화 전략이 지역문화가 나아갈 방향이어
야 한다. 전근대와 근대, 그리고 탈근대가 함께 어울려 속겉으로 발
빠르게 변모하고 있는 오늘날, 다채로운 지역 문화공동체를 꿈꾸며
사람다운 삶에 대한 진정한 감각을 얻기 위한 구체적이고도 실천적
인 과제 앞에 지역문학 연구는 나선 셈이다. 지역문학 연구는 단순히
담론에 머무는 일이 아니다. 지역문학을 창조하는 행위라는 새로운
자각이 필요하다. 바람직한 지역가치와 지역 연대에 뿌리내린 지역
문학과 그 연구를 위해 젊은 연구가들이 알뜰하게 공을 이룰 일이다.

지역시의 발견과 해석
—경남·부산지역의 경험을 중심으로

1. 들머리

한국 근대시에 대한 비평과 연구의 역사는 그 비롯됨이 멀리 올라간다. 창작과 달리, 이차언어로서 시 비평은 20세기 초반 대중매체인 일간신문이 펴나오게 된 일과 처음이 같다. 그 뒤 오래도록 우리시에 대한 비평 활동은 전문 문필가나 신문 기자, 또는 외국문학 전공자들이 나서서 이루어 왔다.

그러나 대학 공동체 안에서 그것도 영시나 고전시가의 곁자리가 아닌 곳에서 근대시 '강독'이니 '현대시론'이 개설되고, 담당 강사가 마련되어 교육과 연구에 대한 제도적 배치가 이루어지기 시작한 때는 광복기였다. 본격적인 우리 근대시에 대한 해석과 연구가 비롯된 시기라 할 수 있는 그때부터도 벌써 쉰 해를 넘어섰다.

그 사이 굵직한 근대시문학사만 하더라도 여럿이 들먹여질 정도로 양과 질에서 각고의 업적들이 쌓였다. 그러나 어디를 살펴도 지역 시문학에 대한 항은 따로 마련되어 있지 않다. 오래도록 우리에게 지역이 있었고 지역의 시가 있었으나, 지역에 대한 성찰은 드물었고 지역시에 대한 연구 또한 마찬가지였다.

이 글은 우리 근대시에 대한 해석과 연구의 전통 속에서 이제껏 가장자리로 밀려나 온전히 학문 대상으로 올라서지 못했던, 지역시 연구를 위한 한 시론으로 마련되었다. 일이 그리 되었던 까닭을 먼저 살펴본 뒤, 지역시에 대한 외연을 새롭게 짚어보고 연구 방법론에서 각별히 고려되어야 할 점을 찾아보는 순서를 따른다.

2. 근대시 이해의 전통과 지역시

한국 근대시 연구의 대종은 시인론과 연대기적 시사에 있었다. 거기다 주제·내용론이 끼어들고, 형식론이 펼쳐진 꼴이다. 다른 예능 갈래와 시 사이의 관계를 따지는 상관론은 자리가 넓지 않다. 창작론은 이즈음 들어 하나의 분과학으로 새롭게 잰걸음을 시작했다. 그러나 시 매체론이나 제도론, 수용자론은 아직까지 이렇다 할 문제틀로 자각되고 있지 않다.

이렇게 본다면 지역시에 대한 사정은 나은 쪽이다. 이름에 걸맞은 연구는 아니었다 하더라도, 지역을 단위로 삼은 시인 연구나 연대기적 관심은 여러 곳에서 부분적으로 이루어진 바가 있다. 각별히 '광복 쉰 돌 기념'이나 1996년 '문학의 해'라는 중앙정부의 정책적 고려에 따라 유행처럼 마련된, 관변 문인단체의 문학사나 대표작품집 발간[1]은 좋은 본보기다.

이들 가운데는 잡다한 인명록 수준에 머문 것도 있다. 지난 시기 지역 시문학에 대한 이해가 얕았던 탓에 나타난 선별의 잘못에서부터,

피상적인 기술로 말미암은 잘못에 이르기까지 문제가 한둘이 아니었다. 그럼에도 지역시에 대한 지역민의 이해를 드높인 계몽적 의의에다, 앞으로 일구어 나가야 할 일에 대한 문제 제기적 역할은 인정할 만한 것이다.

비록 시 쪽에만 머문 것이 아니지만, 대구·경북지역을 다룬 이강언·조두섭[2]이나 지역시민활동으로서 지역문학을 운용하고 있는 충북지역, 김영화와 현길언[3]을 비롯해 꾸준히 관련된 글을 쏟아내고 있는 제주지역 연구자의 활동은 관심 있는 이들의 눈길을 끌기에 충분하다. 지역문학을 학제에 넣고 있는 호남지역이나 경남·부산지역 또한 이에 못지않은 노력[4]을 보여주고 있으며, 지역시 연구가 제도적 위상을 지닐 수 있는 방법을 여러 길로 찾고 있다.

이즈음 들어 일고 있는 이러한 지역시에 대한 지역의 관심과 학문 공동체 안쪽의 움직임은 보다 조직적이고 집단적이다. 그렇지만 앞

---

1) 아래에서 보는 바와 같은 지역문학사 속의 한 갈래사로서, 또는 대표시 선택 과정에서 소박하나마 지역시에 대한 일차적 성찰이 이루어졌다.
   광주문인협회, 『광주문학사』, 한림, 1994.
   경남문인협회, 『경남문학사』, 불휘, 1995.
   경북문인협회 엮음, 『경북문인전집』, 새암기획, 1996.
   김상훈과 여럿, 『부산문학사』, 부산문인협회, 1997.
   발간위원회 엮음, 『광주문학대표작전집』, 광주광역시문인협회, 1997.
   추진위원회 엮음, 『전남문학 변천사』, 전남문인협회, 1997.
   충북문인협회 엮음, 『충북문학전집』, 뒷목, 1983.
   김영화 엮음, 『탐라문학 — 1900~1949』, 제주대학교 탐라문화연구소, 1995.
   대구문인협회 엮음, 『대구문학선집』, 대일, 1995.
   한국문인협회 강원도지회, 『강원도 문인의 등단 및 대표작 선집』, 강원일보사 출판국, 1996.
   양동기 엮음, 『보성문학대간 — 보성문학 600년의 발자취』, 보성문학회, 1997.
   편찬위원회 엮음, 『부산문학선집』, 부산문인협회, 1999.
2) 이강언·조두섭, 『대구·경북 근대문인연구』, 태학사, 1999.
3) 김영화, 『변방인의 세계 — 제주문학론』, 제주대학교출판부, 1998.
   현길언, 『제주문화론』, 탐라목석원, 2001.
4) 경남대학교의 경우 대학원 과정에 '지역문학연구'라 이름 붙인 강좌를 마련하여 운용하고 있다. 경남·부산 지역문학 연구가를 중심으로 『지역문학연구』를 7집까지 내고 있으며, 소지역을 대상으로 삼은 연구도 이루어지고 있다. 호남대학교의 경우, 호남문화 교과 안에 시를 포함한 지역문학을 다루고 있다.
   박태일, 「근대 통영지역 시문학의 전통」, 『통영·거제지역 연구』, 경남대학교 경남지역문제연구원, 1999.
   호남대학교 국어국문학과 엮음, 『호남문화』, 학문사, 1995.

선 시기에도 그것이 전혀 문제 되지 않은 것은 아니다. 중앙 문학매체에 '지방시단 소개'나 '지방풍토기'와 같은 방식으로 가벼운 글들은 가끔 쓰여졌다. 그러나 이럴 경우, 지역시단의 종합적인 이해나 성찰과는 거리가 있었다.

자칫 이름이 알려진 명망가의 근황이나 시인들의 이름을 늘어놓는 수준의 신변잡기가 큰 흐름을 이룰 수밖에 없었다. 지역시 문제를 지역 시각에서 꼼꼼하게 다루기 좋은 조건을 갖추고 있는 지역 문학매체나 지역 언론의 저널비평에서도 이런 사정이 나아지지 않았다. 또한 그렇게 남은 기록문헌들을 지역시 연구의 일차 사료로 활용한 보기도 찾기가 쉽지 않다.

근대시 해석과 연구의 오랜 전통 속에서 이렇듯 지역시가 관심 바깥으로 밀려나 있었던 까닭은 어디에 있는 것일까? 그것은 근대시에 대한 우리 학계의 전반적인 연구 풍토와 무관하지 않은 일일 터이지만, 몇 가지로 나누어 따로 살필 수 있겠다. 그리고 그 첫째로는 무엇보다 앞서 지역 시문학 연구를 위한 일차 사료의 모자람을 올리지 않을 수 없다.

근대시 연구의 일차 사료는 물론 문자로 된 기록문헌이다. 시집과 동인지, 시전문 잡지와 같은 문학매체에서부터 종합 교양지의 문예면과 지역신문의 문화면, 기타 기록문헌이다. 거기다 당사자의 구술 기록, 참여관찰의 자료가 덧붙여진다. 그러나 우리 근대 지역시의 전개 속에서 위와 같은 기초문헌은 거의 갈무리되고, 간추려져 있지 않다. 보존과 관리 상태가 생각보다 훨씬 뒤떨어졌다.

지역시 담론 구성의 첫 조건이 이렇게 나빠진 데에는 중앙집중적인 사회 통념 탓에, 오래도록 지역 사료들이 지역의 기관이나 공교육 제도 안에서조차 값어치 없이 다루어진 데 원인이 크다. 소중하게 갈무리하고 간추려 뒷날을 내다보는 원려가 모자랐다. 그러다 보니 지역

사료는 심각한 망실을 거쳤다. 자료 부족은 그런 사정이 오래도록 거듭된 당연한 결과다.

그리고 그것이 또 다른 원인이 되어, 정작 연구하고자 하여도 일차 사료를 얻지 못해 일을 그만둘 수밖에 없는 악순환을 거듭하게 된 것이다. 게다가 남아 있는 많지 않은 사료들조차 언제 훼손될지 모를 처지에 놓여 있다. 오늘날 우리의 지역시가 겪고 있는 사료 보존의 현주소가 여기다. 일찍이 본 바도 없고 앞으로 겪을 데도 없으니, 그에 대한 담론 구성은 늘 생각 바깥에 놓인 일인 셈이다.

둘째, 근대시 연구 방법에 나타난 파행성을 들 수 있다. 이제까지 우리 근대시 분석의 과제나 단위로서 지역시는 존재하지 않았다고 해도 지나친 말이 아니다. 중앙 서울의 이른바 유명대학 중심의 학제 편성과 교과 배치, 그를 본뜬 학습내용과 연구 풍토 안에서 그런 대접은 당연한 일일는지 모른다. 이른바 '경성제국대학' 시기, 왜로들의 '내지문학'에 대한 '외지문학'으로서, '조선 시문학'에 대해 지녔던 관심과 이 일은 맞물린다.

게다가 국가 표준이라는 규범교육의 틀 안에서 지역시가 제도적 편성과 학습의 자리로 나서기는 힘들었다. 학문적 객관성이니, 과학성이니 하는 실증적 잣대를 들먹거리는 분위기 아래서 지역에 대한 관심은 이른바 학문적 보편성을 갖추지 못한 비과학적인 태도나, 값없는 일로 몰렸다. 시의 해석과 평가 부문으로서 지역이 고려되더라도 그것은 군더더기였을 따름이다.[5]

셋째, 우리 근대시 평가 잣대의 편협성이다. 근대시의 가능성이나 존재 근거를 너무 폭 좁게 보는 데서 말미암은 일이다. 시는 우리말의 모든 가능성 가운데 있으며, 그 존재 이유를 폭넓게 증명하는 주

---

5) 이러한 통념을 부추긴 것은 앞서 본 바 중앙학문의 지역지배적 구조뿐 아니라, 지역 시문학 연구가들의 비전문성에도 한 원인이 있다.

요한 문학관습 가운데 하나로 보는 열린 눈길이 여태껏 우리 학계에
서는 모자랐다. 여러 자리에서 여러 모습으로 나타나는 시의 존재와
현실이 담론 생산과 재생산 과정을 거치면서, 우리시의 든든한 미학
으로 되돌려질 수 있어야 했다.

그러나 시의 현실과 동떨어진 형식주의 이데올로기나 국가·민족
단위 거대서사의 증거물로 시가 끌려 다니는 풍토 아래서 지역시가
제 값어치를 증명할 수 있는 자리는 아주 좁았다. 간혹 지역시가 문
제 되더라도 거대서사의 맥락 위에서였다. 우리 근대사가 겪어온 정
치·행정 권력의 중앙지배적 기획과 그것의 지역 재분배 경험은 시문
학 연구라는 학문 영역 안쪽이라 해서 예외로 놓일 수는 없었다.

지역말뿐 아니라, 지역 풍토와 사건, 그리고 그 안에서 삶을 이루고
있는 사람의 개별 경험에 뿌리를 내린, 지역가치를 풍부하게 품고 있
는 작품이나 경향들은 무시되기 일쑤였다. 그 자리에 진·선·미니 하
는, 추상적이고 어름어름하기만 할 뿐인 규범미가 자리잡게 된 것이
다. 지역 각급 학교의 교육 현장에서, 교재의 편성과 학습경험에서
지역시가 내면화할 수 있는 자리는 더욱 좁혀 들었던 셈이다.

넷째, 무엇보다 담론 생산에서 일차 책임을 떠맡고 있는, 학문 공동
체 안 근대시 전공자들의 모험심 부족이나 대학의 획일적인 편제도
지나칠 수 없다. 근대시가 창작 학습이 아니라, 학문적 대상으로 메
타화된 것은 근대시 자체의 형식적 조건에 있다기보다는 우리 나라
대학의 문학교육이 놓였던 사회·역사적 조건에서 말미암은 바가 크
다.

따라서 대학의 문학교육이 놓인 바 그 조건이 바뀐다면 근대시에
대한 학문적 비중이나 방법, 인식틀 자체가 달라져야 하는 것이다.
다른 사회 영역에 견주어 진화 속도가 비록 느리긴 하지만 대학 또한
자신의 존립을 정당화시켜 주는 바깥 현실의 변화와 긴장관계를 늦

출 수는 없다. 그럼에도 짧지 않은 근대시 연구 과정에서 우리 연구자들은 이미 있어왔던 시연구의 틀과 경계를 벗어나는 일에 매우 느리고도 조심스러운 걸음걸이를 보여주었다.

앞에서 살핀 바와 같이 연구 대상이 되는 일차 사료에 대한 보존 경험의 미숙과 망실의 인습, 중앙지배적 사회 조건에 따라 지역시를 향한 학문 공동체의 폄하, 근대시 평가 잣대의 편협함으로 말미암아 지역시에 대해 알게 모르게 더해진 훼손, 그리고 지역 대학 공동체 구성원들의 학문적 모험심 부족은 우리 근대시의 이해와 연구에서 지역시 자리를 지워버리게 한 주요 요인이다.

그리고 이러한 요인이 서로 켜와 겹으로 얽혀 우리 지역시 이해의 환경을 더욱 어렵고 값없는 것으로 만들어왔다. 시 연구의 마지막 자리는 마침내 배달겨레 문화학이나 인류학이다. 거기에 이르기 위한 꾸준한 담론 개발과 그 확대·심화의 노력은 역사학·사회학이나 자연과학·지리학이 보여줄 지역 연구의 그것과는 또 다른 특별한 의의를 지닐 것이다.

3. 지역시의 새로운 인식

지역시는 우리 근대문학 연구 영역 가운데서 비교적 낯선 문제틀이며 새로운 자리다. 그런 만큼 생각할 구석이 많고 함께 다듬어 나가야 할 데가 많은 쪽이다. 그러나 일거리가 크고 손쉽지 않다 하여 할 일을 그만둘 수는 없다. 세계역화(glocalism)를 말하고, 지역정부의 법적·제도적 자치를 떠벌린다고 해서 지역시 연구 환경이 마련된 것은 아니다. 이즈음 들어 지역문화와 지역문학에 대한 정보 요구가 많아진 것도 사실이다.

그러나 그것이 지역시에 대한 관심을 드높이게 하는 결정적 요인은 아니다. 지역시 연구는 끊임없이 이루어져야 하고, 거듭 가꾸어가야 할 자리다. 따라서 바람직한 지역시 연구에 이르기 위해서는 먼저 지역시에 대한 마땅한 외연을 다시 다잡아 둘 필요가 있다. 바람직한 연구 방향도 그 위에서 제시될 터인 까닭이다.

지역시는 지연시다. 특정 지역의 자연적·인문적 동일성과 지역가치를 공유하는 시의 창작 행위와 작품, 그리고 그 향유의 제도적 과정과 심성을 포괄하는 더 상위 개념이 지역시다. 이런 까닭에 지역시는 창작과 재창작 과정을 아우르는 동적·복합적 실체며 관념현상이라 할 수 있다. 나아가 지역시는 이미 얼개가 만들어져 있는 고정 개념이라기보다는 형성 개념이며, 앞으로 마땅히 만들어 나가야 할 당위 개념이다. 그리고 그런 뜻에서 첫째, 지역시의 인식틀에 대한 재고가 앞서야 될 일이다.

이제껏 지역은 두 가지 방식으로 존재해 왔다. 지방과 향토가 그것이다. 지방은 지역의 수직 위계에서 발견되는 양상이다. 곧 근대 민족국가의 성립과 그에 따른 국가적 기획·통치 행위에 따라 이루어진, 중앙에 의한 지방에 대한 지배와 파괴, 중앙 중심지에 의한 지방 변두리 지역에 대한 식민화의 결과가 그것이다. 그로 말미암아 지역은 중앙과 중심의 세련되고 질 높은 자리에 대해 늘 잡스럽고 세련되지 못한 자리, 그런 삶이 존재하는 곳으로 인식되어 왔다.

지역시 또한 그러한 지방이나 가장자리에 존재하는 시골시거나 변두리시에 지나지 않는 것으로 여겨졌다. 중앙의 격조 있고 질적으로 세련된 시에 견주어 질이 떨어지거나, 무엇이 결핍된 시로 이해되기 십상이었다. 정통시나 정전시와 맞서는 자리에 놓인 저급시·열등시였던 셈이다. 그들에 대한 연구나 관심이 국가적 정당성을 얻거나, 객관성을 갖춘 행위일 수는 더더욱 없는 것이다.

향토란 상위 수준의 중앙·중심지에 대해 다시 맞서는 개념으로 형성된 것이다. 중앙의 지역패권에서 벗어나기 위해 오히려 지역적 성격을 부풀리고, 지역가치에 대한 지나친 애착으로 빠져드는 지역 분리의 태도가 향토성이다. 향토시는 이러한 향토적 감각에 따르는 시다. 그리고 그러한 향토성의 과장이나 집착은 국가적 표준이라는 쪽에 서서 볼 때는 다시 어쩔 수 없는, 지역의 저급함을 말해주는 또 다른 본보기라는 혐의를 받게 되는 것이다.

지방시가 지역적 현안이나 구체적인 지역 문제에서 눈을 돌린 지역 열패감의 한 표현이기 쉬웠다면, 지역우월감으로 포장된 향토시 또한 그것의 다른 표현이기 쉽다. 자격을 갖추지 못한 지역문화 주도층들의 권력 과점이 가능한 것도 이 탓이다. 그리고 지역사랑과는 무관한, 사회심리적·제도적 배타성도 문제가 된다. 그런 문제를 벗어나는 일이 벌써 지역시가 맞닥뜨린 문제며 연구 과제 가운데 하나다.

이제 지역은 더 이상 중앙·중심에 얽매여 있는 지방이나 변두리도 아니다. 그곳을 향해 노여움만 펼쳐대거나, 자기도취의 담장을 높이 쌓아 올리고 있는 향토나 절대가치의 공간도 아니다. 지역은 그 구성원의 공동체의식을 바탕으로 이루어진 세계의 중심이라는 인식 전환이 폭넓게 일어나고 있다. 곧 중앙패권주의나 지방우월주의에 맞선 지역구심주의(local centripetalism) 의식이 그것이다. 중앙은 '우리' 지역과 떨어져 있는 또 '다른' 한 지역일 뿐이다. 지역가치와 지역 다양성뿐 아니라, 구체적으로 경험 가능한 삶터를 인식의 중심에 세우는 수평적 틀이 바로 지역구심주의다.

이렇게 본다면 이제까지 지역시는 향토시거나 지방시의 모습으로 머물러 있었다.[6] 그런데 이 둘은 지역시의 한계라기보다는 지역시의 특수한 역사·사회·문화 경험일 뿐이다. 오랜 중앙지배적 구조가 만들어 놓은 부분 양상이거나, 지역시의 역사적 경험으로 말미암아 왜곡된 모습인 셈이다. 지역시는 그런 양상을 포괄하는 더 넓고 큰 자리다. 복합적인 형성 개념이며, 동적 과정적 실체가 지역시다.[7]

둘째, 공간 단위로서 지역은 소지역(시·군 지역), 중지역(거대도시 지역), 대지역(풍토 지역)으로 나누어 볼 수 있다.[8] 그렇다고 해도 그것의 구체적인 구분이나 경계 마련이 쉬운 일은 아니다. 핵심 요소는 지역적 정체감이겠는데, 그것이 그리 단순치 않은 까닭이다. 행정·경제·신앙·풍토·제도 단위와 같은 요소와 교통망 구성, 또는 커뮤니케이션의 시공간적 토대, 일상생활의 사회심리적 감각과 같은 것이 아울러 고려되어야 한다.

우리의 경우 다른 어느 것보다 행정 구획이 가장 많이 지역 정체감에 이바지하는 것으로 여겨진다. 근대 형성의 경험 가운데서 보는 바와 같이, 지역 안쪽 요인보다는 지역 바깥쪽 요인[9]에 의하여, 그 행정 경계 변화는 매우 컸다. 그로 말미암아 지역 정체성 혼란과 파괴는 더욱 깊어졌다. 따라서 지역시 연구를 빌려 그것의 역사적 형성과 변이 과정을 따지는 일[10] 자체가 지역 단위 설정의 주요한 일거리가 된다.

둘째, 공간 단위와 함께 지역시의 시간 단위 또한 따로 매듭을 지을 필요가 있다. 그리고 이때는 한국 사회가 겪은 근대 경험의 시기와

---

6) 따라서 지역/지방/향토를 같은 수준에서 파악하는 통념과 달리, 지방과 향토를 싸안은 더 본질 개념을 지역으로 봄으로써, 인식 전환을 요구한다.
7) 현길언의 경우는 제주학의 분과학으로 제주문학의 자리를 마련하면서, 그것을 한국의 국가문학과 완연히 다른 독자적인 '주변성'의 문학으로 파악함으로써, 지역을 아예 극대화시키고 있어 눈길을 끈다.
   현길언, 『제주문화론』, 탐라목석원, 2001.
8) 더 나아가 국가연합 지역을 생각할 수 있다. 민족을 단위로 해외 동포들의 지역도 고려된다. 그러나 이들은 이 글 논지 바깥에 있는 지역학이나 지역연구 범주다. 현재로서는 소지역이 가장 유효한 연구 단위로 보인다.
9) 대표적인 경험이 조선의 국망을 겪은 뒤, 왜로에 의해 저질러진 20세기 초반의 행정구획 재편과 지명변경 획책, 1950년대 남북 분단 뒤의 지역 재편 그리고 1991년 지역자치제 실시를 앞뒤로 한 시기의 지역 통폐합이 될 것이다.
10) 글쓴이는 김영수 시인의 시조를 빌려 소지역 김해시의 공시적인 장소감을 살핀 적이 있다.
   박태일, 「김영수 시와 문학지리학」, 『한국 근대시의 공간과 장소』, 소명출판, 1999.

무관하지 않을 것이다. 그렇다고 해서 국가 문학사에서 파악하는 근대의 기점이나 종점이 지역시의 시간 단위와 바로 겹쳐질 수 있는 것은 아니다. 해당 지역마다 다른 중심 사건의 시간에 의존하는 단위 설정이 필요하다.

경남·부산지역을 보기로 든다면, 시사적 기점은 일반 역사학계에서 받아들이고 있는 바 19세기 중반보다는 국권회복의 의지를 다지는 가사들이 나타났던 19세기 후반부터 매듭을 지어보는 것이 마땅하겠다.[11] 그리고 근대 안쪽의 시기구분 또한 지역적 개별성이 무엇보다 먼저 고려되어야 할 것이다.

셋째, 지역시의 내용 범주 또한 문제다. 원칙은 지역 잘되는 길로 나아가는 데 이바지하는 내용이어야 한다는 점이다. 이렇게 보면 그 내용을 한정하는 것 자체가 무의미할 수도 있다. 그러나 이런 원칙 아래서 지역시는 지역의 정치·사회·문화적 환경과 지역 통합에 보다 가까이 다가서려는 노력을 보이는 것이어야 한다. 지역의 중심에 대한 장소사랑, 문화생활권의 공동체 의식, 토착 정서와 '우리' 의식들은 마땅한 하위 내용이 될 것이다.[12]

그렇다고 해서 특정한 지역의 정체성이 몇 개의 요소나 양상으로 쉬 정리될 수 있는 것은 아니다. 게다가 그것은 늘 변화하는 탓에 고형화·일반화시켜 바라보는 태도가 위험할 수 있다. 특정 지역의 사회문화적 정서는 겉보기와 달리 그 안쪽은 여러 성향과 세력이 서로 겨루거나 다투고 있을 뿐 아니라, 다양한 이해관계에 의해 내부 경계가 얽혀 있는 복합적인 역장(力場)인 까닭이다.

넷째, 지역시의 주체와 객체도 짚어 두어야 할 일이다. 왜냐하면 흔

---

11) 추호 박필제가 쓴 여러 국권회복기 가사·창가의 창작 시기와 맞물린다.
　　강소영, 「부산지방 개화가사 연구」, 부산대학교 대학원 석사학위 논문, 1998.
12) 소지역 통영의 지역시와 이통제사 담론, 밀양지역과 대종교적 요소는 뚜렷한 지역성이라 할 만하다.

히 지역에 깃들여 살거나 태어나 자란 경험이 있는 이들이라는 조건
을 따지기 쉬운 까닭이다. 물론 그들이 지역 정서나 지역 현실에 대
한 보다 깊은 이해를 바탕으로, 구체적인 경험 자질을 갈고 닦을 수
있는 것은 사실이다. 그러나 개인의 성장 경험이 시적 창조력이나 감
식능력과 그대로 맞물리는 것은 아니다.

지역시 향유의 주체와 객체가 지역적 연고가 많은 이일 것은 필요
조건일지 모르나, 충분조건은 아닌 셈이다. 외지인이라도 더 섬세하
고, 구체적인 경험 현실을 마련할 수 있는 것이 문학의 세계다. 주요
한 것은 주거의 유무나 태생적 성장 경험 자체에 있다기보다는 해당
지역에 대한 사랑과 지속적인 주인 의식의 있고 없음이 문제 된다 하
겠다.[13]

다섯째, 양식 범주에서 지역시는 일반시와 다른 유형을 포함한다.
모든 시의 가능성이 지역시일 수 있겠지만, 거기에다 지역시만의 특
수한 유형이 거들 수 있다. 지역의 중심 경관이나 상징 장소들에 대
한 장소시와 풍토시, 그리고 지역의 주요 사건을 다룬 사건시, 특별
한 지역가치를 실천한 이들의 삶을 다룬 인물시들이 모두 지역시의
특이성을 이루는 모습이 될 것이다.

거기다 우리 근대시의 경험 가운데서 전근대적이거나 반근대적인
것으로 업신여김을 받았던 것, 곧 근대의 역사가사나 종교가사, 일반
인의 생활시·회고시와 같은 중간양식이나 근대한시와 같은 변두리
갈래 또한 지역시를 풍요롭게 해 주는 양식이다. 사소한 문학적 경험
으로 남아 있는 것이라도 지역가치를 실현하는 주요 이음매가 된다
는 믿음이 선다면, 지역시 안으로 끌어들이지 못할 까닭이 없다. 그
런 것 또한 주류사회의 평가와는 별도로 지역인의 삶과 생각을 드러

---

13) 따라서 출향시인의 사향시, 외지 시인의 장소시나 기행시, 향토시인의 일반시와 같은 작품을
　　지역시는 그 안에 모두 아우른다.

내는 주요 장치인 까닭이다.

앞에서 살핀 바와 같이 지역시에 대한 우리의 통념은 이제 새롭게 바뀔 필요가 있다. 지역구심주의는 막을 수 없는 공기와 같다. 지역이 세상의 중심으로서, 지역민이 세계 이해의 주인으로서, 바깥 세계와 생명을 두루 손님 대접해야 하는 무겁고도 버거운 자리로 나앉은 셈이다. 지역시에 대한 해석과 연구 방법 또한 그러한 인식 전환에 걸맞은 방향 모색이 필연적인 일로 되어 버렸다.

4. 지역시 해석의 방법

지역시에 대한 연구 방법은 몇 가지로 도식화·정형화시키기 어려운 점이 있다. 지역이 겪어온 시적 경험이 다르고, 그 전통과 인습이 다른 까닭이다. 게다가 이 일에 대한 담론 구성 자체가 드물었던 까닭에 쌓인 성과를 이용한 지역과 지역 사이의 비교연구나 그것을 뛰어넘는 일반이론에 이르기는 아직 힘들다. 지역시 연구의 전문성을 어렵게 만드는 것 가운데 가장 큰 요인이 이 점이다. 이런 사실을 고려하면서 지역시 연구와 해석 방법에 있어서 몇 가지 유의점을 짚어보고자 한다.

첫째, 지역시 연구는 지역과학적 방법(regional sciences)과 지역연구적 방법(area studies)으로 크게 나눌 수 있다. 앞의 것은 지역시의 일반이론 수립을 목표로 삼은 방법이다. 그 대상은 지역과 지역 사이, 지역 안에 두루 걸친다. 과학적 보편성을 앞세우는 까닭에 어느 지역에나 통용되는 일반법칙의 발견과 공통성이 요구된다. 따라서 그 기술에는 수학적 모델의 정식화·추상화도 필요하다.

이와 견주어 뒤의 것은 한 단일 단위로서 문화권이나 지역 안쪽이

중심이 된다. 바깥과 맺고 있는 관계나 영향도 문제가 되겠지만 내부 세계의 개성발견적, 개별적 문제 인식이 중핵이다. 지역 특유의 개별적인 문화 이해가 앞서고 다른 지역과 갖는 차별성과 차이가 존중되는 것이다. 사회학이나 인문지리학적 영역이 학문적 도움을 줄 가능성이 더 많다.

둘째, 지역시 연구에 무엇보다 필요한 방법은 미시사·생활사다. 전통적인 연구 대상은 이른바 중앙 명망가나 엘리트 시인 중심, 대중매체 저널 비평의 초점이 되었던 선정적인 작품이 중심인 경우가 많았다. 더구나 민족이니 역사니 해서 거대서사의 조망 아래 놓였던 작품이 뽑힐 가능성이 높았다. 구체적인 삶터로서 지역 현실을 다룬 작품이나, 기존 시사에 이름을 올리지 못한 많은 교양시인, 주류사회에 끼어들 수 없었을 변두리 시인의 작품이 연구 대상이 되기는 쉽지 않았다.

우리 사회에 있어서 기록 보존의 경험은 또한 매우 정치적이었다. 이름을 세상에 들내지 못한 사람들의 이야기나 삶은 기록에서부터도 밀려나는 운명을 받아들여야만 했다. 우리의 근대 경험 가운데서 지역시인들의 삶과 시는 말하자면 이름 없는 이들의 작은 역사로 존재해 왔던 셈이다. 그런 까닭에 공식적 담론에서 그들에 대한 기록이 남기 힘들었고, 또한 찾기가 힘들 수밖에 없었다. 그러나 그들의 눈길로 우리시를 읽고 그 흐름을 잡아 나가는 일은 거레시의 드넓고 큰 부름켜를 읽는 넉넉한 경험일 것이다.

게다가 그들이 겪은 구체적인 나날살이의 조건들을 이용해 세계를 재구성하고 해석적 상상력을 키우는 노력 또한 보람 있게 쓰일 수 있다. 지역시에 대한 일차 자료의 모자람이 지닌 심각성도 그들의 작품이나 삶이 기록으로 남겨질 기회를 상대적으로 적게 가졌던 탓일 것이다. 따라서 작은 것을 빌려 읽는 미시사적 방법뿐 아니라, 지역 교

양시인들의 나날살이 속에서 찾아 읽는 생활사적 시각이야말로 많은 성과를 예고하는 것이다.[14]

셋째, 지역시 연구는 학제간 연구 방법에 관심을 기울여야 한다. 지역에서는 예술 영역 안쪽에서, 또는 그 안밖에서 여러 길의 삶이 섞이고 관계 맺을 수 있는 가능성이 그만큼 많다. 지연·학연·사회 관계에 의한 친밀 경험이 빈번하고, 그것들이 문학 환경으로 연관되기 쉬운 곳이 지역이다. 시화전이니 시사전, 또는 출판기념회와 같은 행태가 서울보다는 오히려 지역에 더 잦고, 지역사회에 끼친 영향이 컸던 까닭도 거기에 있다.

구체적인 삶터로서 지역을 이해하고, 지역가치를 개발하는 일은 새로운 일거리다. 이미 익은 바, 규격화된 학문적 경계나 테두리 안에서 이루어질 수 없는 다양한 문제들이 도사리고 있다. 학문적 편파성을 벗어나 다채로운 속에서 깊이 있는 해석에 이를 수 있게 하는 효율적인 것이 학제적 방법이다.[15] 구체적인 지역의 중심·현안에 대한 문제 제기와 해결 방향을 깊이 있게 보여줄 수 있는 눈길이다. 게다가 그 훈련과 적용의 역사가 길지 않다는 점에서, 이 방법은 오히려

---

14) 보기를 들어 근대 부산지역의 장소이미지 가운데 하나는 일본과 한국 사이의 주요한 다리라는 점이다. 도항증을 발급 받지 못하면 건너갈 수 없었을 뿐 아니라, 일자리를 찾아 떠났다 돌아오는 유민들, 한때는 패전민으로서 제 나라를 찾아가는 일본인 남녀, 아이들 행렬이 줄을 이었던 곳이다. 그러한 장소이미지는 일찍이 최남선이나 노자영, 임화와 같은 명망가들의 부산 장소시 속에서는 찾을 수 없다. 그러나 지역시인 박민의 「산역의 밤」과 같은 데서 그것은 뛰어나게 형상화되고 있다.

15) 보기를 들어 1920년대 해인사의 법연을 이해하지 못하면 유엽에서부터 비롯되어 이주홍과 허민의 시, 그리고 최인욱의 소설로 이어지는 문학적 고리를 이해하기 힘들다. 그리고 1930년대 범어사의 법맥을 이해하지 않으면 허영호에서 김어수로 이어지는 현대시조의 한 전통을 이해하기 어려울 것이다. 경남지역 소지역 문학을 이해하는 데 있어 불교사학의 도움은 필수적이다. 통영 소지역을 두고 볼 때, 전혁림과 유치환·김상옥·최두춘 사이에 얽어진 교유현장과 시창작, 그리고 미술의 끈끈한 상관관계를 이해하지 않고서는 그들 문학의 주요한 줄거리를 잃어버리기 십상이다. 경남·부산의 중지역을 문제 삼아도 마찬가지다. 1940년을 앞뒤로 한 시기의 부왜시 경우, 경남·부산 지역시인들의 한글·일문 부왜시는 어느 정도 맥락이 잡힌 바 있다. 그러나 그것보다 더 확연하게 드러나는 부왜한시의 경우는 전혀 손을 대지 못하고 있다. 지역 입장에서 보면 그 둘의 문제는 양식상의 차이 탓에 서로 다른 자리에서 다른 방법으로 다루어질 문제라기보다는, 지역의 정신사라는 관점에서 문학과 사회학 그리고 역사학이 한자리에서 힘을 모아 함께 풀어 나가야 할 일거리인 셈이다.

지역시 연구, 나아가 지역문학 연구의 학문적 독자성을 두텁게 해주는 장점으로 작용할 가능성까지 있다.

넷째, 지역시 연구에는 문학제도론적 방법이 요구된다. 지역시 연구의 성과가 쌓인다면 연대기적 시사 기술도 이루어지고, 주제론적 접근과 같은 탈지역적 방법도 이용될 수 있을 것이다. 그러나 지역시는 우리 근대 시문학의 경험 가운데서 작품 자체로서보다는 작품 바깥쪽, 곧 문학제도의 틀에 기대 존재해 온 측면이 강하다는 점에 먼저 눈길을 둘 필요가 있다.

소지역에서는 발표 매체가 적고, 발표 기회 또한 드물다. 게다가 소지역에서는 작품보다는 문인단체나 동호인을 중심으로 시가 내면화되고 향유되기 쉽다. 거기다 지역시는 지역 현안에 대한 실천적 관심이 두드러질 것을 요구한다. 따라서 시의 제도나 사회적 기반, 시의 교육적 효과, 문화 행정 차원의 실천적 욕구나 현실적 의의에 보다 관심을 두는 제도론적 방법이 더욱 유효하다.

또한 국가가 펴놓은 교과서의 문학정전과 달리, 그것의 구체적 실천이나 모방행위로서 학생들의 시화전이나 백일장 참가 그리고 시인 단체의 행사와 같은 지역적 경험이 시적 심성 형성에 더 구체적인 동기로 작용하기 쉽다. 시인 교사의 모습도 시에 대한 경험을 내면화한다. 시문학의 주요 장소는 오히려 지역의 학교 교실이요 운동장인 셈이다. 따라서 그러한 제도적 조건들과 그 양상을 따지는 일은 지역시의 됨됨이를 알아내는 매우 유효한 디딤돌이 될 수 있다.[16]

---

16) 다 같은 현대시조 창작이라 하더라도 『참새』동인에서 장하보로, 김상옥에서 다시 이금갑, 박재두로 이어져 나간 소지역 통영의 전통은 꾸준히 전국적 지명도를 갖고 있었던 김상옥의 지역에 대한 배려와 각급 학교의 시조학습에 많은 부분 힘입고 있다. 밀양 또한 여러 시조 시인들이 있었으나, 주로 불교 전통과 이어진 조오현, 석성우나 취미로 한때 시조를 썼던 이가원, 또는 민홍우와 같이 여느 지역에서 보듯한 개인의 개별 창작 활동에 머물고 있다. 통영지역에서 나타나는 제도적 장치와 문화자본의 꾸준한 연결을 밀양에서는 볼 수 없다. 이 점이 밀양지역에 나타나고 있는 시조 창작의 상대적 부진을 설명할 수 있는 한 틀거리가 됨 직하다.

소지역 경우, 각급 학교의 문학행사 팜플렛이나 학교 국어교사의 이동, 문화예술 행사 때 여는 백일장의 시제와 같은 지역시 안쪽의 사소한 문제들도 다룰 수 있어야 한다. 게다가 비슷한 인접 갈래, 곧 근대 한시의 시회도 다루어야 할 일거리로 남는다. 관변 문인단체나, 동호인 활동과 같은 문학 외적 환경, 문화자본이 지역 사회에서 배분되는 방식, 출판 환경과 같은 문제 또한 마찬가지다.

다섯째, 대안학문·대항학문의 방법이다. 단순히 기존 시연구를 깁는 수준에 머무는 지역시 연구가 아니다. 그것을 가로지르고 깨뜨려 이해하는, 문제 제기적이고 탈정통적인 길을 찾아 나서는 태도가 지역시 연구에 요구된다. 지역시의 실상과 그 모순 구조에 대한 문제 인식, 해결 방법의 모색, 그리고 실천적 활동을 구체적으로 보여주는 접근 방식이 필요한 것이다.

한 지역은 하나로 합의된 지역적 정체성만을 지닌 것으로 생각하기 쉽다. 앞서도 짚었던 일이긴 하지만, 사실은 보다 구체적이고 분명한 사회심리적 투쟁과 갈등의 장이기도 하다. 근대의 경험 속에서 왜곡과 은폐, 모순과 거짓 신화가 만들어지고 조작될 위험이 나라 규모 못지않다. 지역은 그러한 폐해를 온몸으로 살아가고 있는 자리다.

게다가 지역 안쪽은 다시 중앙과 지방, 중심과 변두리라는 공간 구획과 실천이 이루어져 있는 불균등한 권력 공간이다. 제도·사람·사건·매체·작품 모두에 걸쳐 과감한 문제인식과 모험심이 허용될 수 있을 것이다. 중앙의 수직적 지배구조에 대한 저항뿐 아니라, 지역 안쪽에서 만들어지고 굳어져온 여러 지역 모순에 대해서 실천적·평가적 눈길을 보여주는 방법이어야 할 것이다.[17]

지역시 연구는 기존 근대시 연구에 대한 반명제로서 지닐 바 성격을 강화해야 한다. 지역가치의 발견과 심화, 발전에 이바지하며 마땅치 않은 지역 헤게모니와 사실 왜곡에 대한 헤아림을 빌려 배달문학의 다양성과 깊이, 진실을 찾으려 한다면 많은 일을 이룰 수 있을 자리가 지역시다. 정통적·정전적인 시 연구와 해석 풍토 속에서 훼손된 가치를 찾아내고 새로운 길을 다져 나갈 일은 어제오늘의 요구가 아니었다. 이제 지역시 연구에 이르러 한 길이 마련된 셈이다.

문화에 있어서 고급과 저급의 경계는 물론 문화 그 자체에 있는 것이 아니다. 그것을 바라보고 읽어내는 공동체의 취향과 학습된 가치관으로 말미암는다. 마찬가지로 지역시 또한 그 값어치가 제 안에 미리 마련되어 있는 것은 아니다. 이른바 정전시·정통시와 다른 취향·향유 경로를 빌려 위계화되어 온 근대시의 주요한 현실이 지역시다. 한국 근대시 연구자들 앞에 지역시 연구가 비록 화려하지는 않을지언정, 즐거운 발견의 자리며 도전을 기다리는 싱싱한 모험의 자리일 수 있는 까닭이다.

5. 마무리

지역문학은 지연문학이다. 그 지역을 고향으로 섬기는 이, 그 지역에 깊은 친밀 경험과 장소사랑을 실천한 이들이 엮어내는 문학이 지역문학이다.[18] 이러한 지역문학의 하위부문으로서 지역시 또한 한 지역이 세상의 중심이 되어 나머지 지역들을 손님대접 잘해 가며 살아

---

17) 보기를 들어 지역에서는 교육자적 위상이 작가적 명성으로 급조되는 일이 흔하다. 사회적 위상이 문학적 위상으로 굳어지고 증폭될 위험에 대해서도 지역시 연구가 관심을 가져야 될 몫이다. 나아가 시인의 명성에 있어서도, 지역 안쪽의 평가와 지역 바깥의 평가가 한결같지 않을 경우가 많다. 그러한 불균형의 원인과 내용을 따지고, 그 경험을 다른 지역과 공유하는 일도 의의 있는 지역 이해 방식일 수 있다. 통영지역을 본보기로 들자면, 지역 토호 자제인 김춘수와 빈한한 계층 출신인 김상옥에 대한, 지역적 평가와 전국적 명성 사이에 나타나고 있는 엇갈림은 지역 안쪽의 묵은 계층의식이 빚어낸 한 본보기라 할 만하다.
18) 박태일, 「근대 통영지역 시문학의 전통」, 『통영·거제지역 연구』, 경남대학교 경남지역문제연구원, 1999, 381쪽.

가는 이들의 노력과 활동이 어울린 문학 현실을 뜻한다. 그런 까닭에 지역시에 대한 연구나 해석 또한 아래와 같은 결론과 길을 나란히 한다.

> 지역문학 연구는 지역공동체에 대한 실천문학이어야 한다. 지난날의 문학연구 인습에서 벗어나려는 대항문학이어야 한다. 굳어진 문학소통 관행을 깨뜨리는 혁신문학이어야 한다.[19]

근대시기 우리가 겪어온 민족적·국가적 경험을 지역의 경험으로 구체화하여 보여주고, 아울러 지역의 개별 경험이 국가 단위의 반성과 모색의 좋은 본보기로 올라설 수 있도록 하기 위한 일에 지역시 연구 또한 한몫을 거들어야 한다. 그런 까닭에 지역시에 대한 연구는 우리 근대시 해석의 경험으로 보아 아직까지 걸음마 단계에 있다. 꾸준히 이루어 가야 할 가능성의 자리다. 각 지역 단위의 사례연구와 개별 담론이 쌓여야만 지역끼리 비교나 국가적 사례 연구, 지역을 중심으로 삼은 거시적인 지역시사가 마련될 수 있을 것이다.

어느 누구라 할 것 없이 사람은 운명적으로 제가 태어난 나라의 국민이 된다. 아울러 구체적인 삶을 영위하는 지역 공동체 구성원의 한 사람이다. 국민이면서 지역민이어야 하는 딜레마는 여러 인식이나 결정·행위 과정에서 문제를 일으킨다. 지역시 연구는 그러한 딜레마를 몸으로 껴안고자 하는 학문 공동체의 관심 있는 이들이 힘써 파들어갈 만한 뜻있는 자리다.

학문적 욕구와 사회의 수요가 만나는 자리에서부터 지역시 연구의 길은 어느덧 멀리 열려 있다. 지역가치의 발견과 향유, 실천과 창조

---

19) 박태일, 「지역문학 연구의 방향」, 『지역문학연구』 2호, 경남지역문학회, 1998, 130쪽.

로 나아가기 위한 지역구심주의의 물길은 시연구에 있어서도 새롭고 도 넉넉한 풍경을 펼쳐줄 것이다. 관심을 가진 이들의 모험과 상상력이 아쉬운 시점이다.

지역문학의 현실과 과제

1. 들머리

지역문학이라는 말이 심심찮게 나돌고 있다. 지역 대학의 현대문학 전공자들 입에서나 문학 매체에서 어느새 예사롭게 쓰이는 말이 되었다. 광복기에는 '조선문학의 가장 풍부한 저수지'(한효)로서 '지방문학'이 떠올랐다. 문단 재편성과 조직 활동이 활발했던 1950년대에도 '지방문학'은 틈틈이 현안으로 이름이 오내렸다. 1960년대 군부 쿠데타를 뒤이은 국가 단위의 예술문화계 재편 과정에서도 마찬가지다.

그리고 1980년대. 1980년대는 무엇보다 지역문학의 성과가 두드러졌던 시기다. 사회 조직과 실천의 한 영역으로서 지역문학은 여러 모습으로, 여러 곳에서 활발하게 움직였다. 창작 실제보다 이론 증식과 조직 활동이 앞섰다는 한결같은 문제는 있었다. 그러나 무엇보다 국가 단위의 중심 권력을 헤쳐 나가겠다는 시도·갈등의 장으로서 지역문학을 일구고자 했던 경험은 소중한 것이다.

1990년대 중반 이후 지역문학은 새로운 국면을 보여 주고 있다. 여러 지역에서 부쩍 일기 시작한 지역문학 논의와 성과는 앞선 경우와 그 편차가 크다. 해묵은 지방적·향토적인 지역 인식[1]에서 벗어나 지역 안쪽에서, 지역의 변혁과 해체 그리고 새로운 구축의 중심틀로서 지역문학이 떠오른 것이다. 이렇게 보면 주류 담론은 아니었지만, 근현대 문학의 특정 시기마다 지역문학이 논점에서 빠지지 않았다.

지역문학의 역사적·사회적 맥락과 전개에 대한 논의 자체가 큰 일거리인 셈이다. 그러나 이 글에서 그런 문제는 뒤로 미룬다. 이즈음 들나고 있는 지역문학의 현황과 과제를 창작 현실, 연구·비평 현실, 그리고 제도 현실이라는 세 쪽으로 나누어 소략하게 짚어보고자 한다. 그런 가운데서 구체적인 본보기를 들며 다가섰던 연구·비평 현실 쪽에 상대적으로 많은 분량과 무게가 실렸다.

---

1) 이제껏 지역은 두 방향으로 인식되어 왔다. 지방적인 것과 향토적인 것이다. 앞은 지역의 수직 위계에서 드러나는 양상이다. 곧 근대 민족국가의 성립과 그에 따른 국가적 기획·통치 행위에 따라 이루어진, 중앙에 의한 지방에 대한 지배와 파괴, 중앙 중심공간에 의한 지방 변두리 지역에 대한 식민화의 결과가 그것이다. 그로 말미암아 지역은 중앙·중심의 세련되고, 질 높은 자리에 대해 늘 잡스럽고 세련되지 못한 자리, 그런 삶이 존재하는 곳으로 인식되어 왔다. 뒤는 상위 수준의 중앙·중심공간에 대해 다시 맞서는 개념으로 형성된 것이다. 중앙의 지역패권에서 벗어나기 위해, 오히려 지역 개별성을 부풀리고, 지역가치에 대한 지나친 애착으로 빠져드는 지역 분리의 태도다. 앞선 것이 지역 현안이나 생활세계에서 눈을 돌린 지역패배주의의 한 표현이라면, 지역우월감으로 포장된 뒤선 것 또한 마찬가지다. 자격을 갖추지 못한 지역 토호나 문화 주도층의 권력 과점이 가능한 것도 이 탓이다. 지역사랑과는 무관한, 사회 심리적·제도적 배타성도 문제가 된다. 새로운 지역 인식은 중앙패권주의나 지방우월주의와 다른 지역구심주의(local centripetalism)에서 비롯된 것이다. 중앙은 '우리' 지역과 떨어져 있는 또 '다른' 한 지역일 따름이다. 지역가치와 지역 다양성뿐 아니라, 구체적으로 경험 가능한 삶터인 지역을 인식의 중심에 세우는 수평적 틀이 바로 지역구심주의다.
박태일, 「지역시의 발견과 해석 — 경남, 부산지역의 경험을 중심으로」, 『한국시학연구』 6집, 한국시학회, 2002.

2. 창작 현실과 그 변화

지향하는 바를 중심으로 살필 때 작가는 세 유형으로 나누어 볼 수 있다. 전문작가와 대중작가, 그리고 교양작가가 그것이다.[2] 전문작가는 창작의 규준과 모범을 마련한다. 작가나 비평가처럼 같은 영역에서 일하고 있는 다른 동업자들을 내포독자로 삼아 작품을 내놓는다. 독자들은 실험적이거나 독창적인 작품을 그들로부터 기대한다. 전문작가에게 주어지는 보상은 주로 문학상이나 명성이다. 그들의 궁극은 문학사에서 살아남는 일이다.

이에 견주어 대중매체의 문화면이나 저널 비평, 또는 문학 정보에 어느 정도 관심 있는 독자 집단의 취향, 도서대여점 독자와 같은 자리를 겨냥해 작품을 쓰는 이가 대중작가다. 전문작가들의 기법이나 내용을 재빨리 받아들이고 흉내내면서, 눈길은 당대 유행하는 사조나 양식에 가 있다. 그들은 실험적인 작품보다 널리 흥미를 끌 만한 창작에 몰두한다. 당대 대중적인 지명도와 돈이 그들에게 주어지는 보상이다. 독자들은 그에게서 새로운 문학 정보와 즐거움을 기대한다.

교양작가는 이웃이나 가까운 친교 범위 사람들로부터 받는 인정을 창작 목표로 삼는다. 지역사회 도서관의 문학 동아리나 언론의 독자 투고란은 이들이 움직이는 좋은 활동 무대다. 자기 만족감이야말로 주요한 창작의 밀개가 된다. 바람직한 생활문학이라 할 양상이 이들로부터 말미암는다. 지역문학 실천의 가장 든든한 바탕을 이루고 있는 이들이기도 하다. 문화 복지에 대한 관심이 높은 사회나 집단일수

---

2) T. J. Roberts의 논의에 힘입어 마련한 틀이다. 그는 취향에 초점을 두어 독자를 세 유형으로 나누고 있다. 그것을 작가 분류와 관련시켜 적극 끌어들였다.
　　T. J. Roberts, 『An aesthetics of junk fiction』, The Univ. of Georgia Press, 1990, 32쪽.

록 교양작가의 활동과 성과가 두드러진다.

　전문작가를 빌려 문학사적 규준과 변화가 이루어지고, 대중작가를 빌려 문학의 유행과 재미가 마련된다면, 교양작가를 빌려 문학의 내면화가 이루어진다. 이제까지 이해해 온 바와 같이 이들을 고급·중급·저급이라는 낯익은 층위론으로 받아들이기 쉽다. 그러나 이 셋은 가치론에서 다른 것에 견주어 높다·낮다라고 쉬 말할 수 있는 것이 아니다. 이 셋 사이에 높낮이가 있다면, 그것은 문학사회의 규약·취향이나 학습에 따른 한시적인 위계화에서 말미암는다.

　이들은 나아가는 바와 향유 방식이 서로 다른, 문학사회 안쪽의 세 역장일 따름이다. 문학사회의 다양한 창작 현실은 이 셋이 마련하는 거리와 너비 안에서 결정된다. 따라서 건강한 문학사회일수록 셋 사이에 나타나는 영역 다툼과 경계 이동에 따른 긴장·갈등이 활발해지는 경향이 있다. 지역문학 안쪽에서는 그 관계가 보다 구체적이다. 다만 국가 단위 문학에 견주어 경계가 상대적으로 묽거나, 거꾸로 경계가 너무 뚜렷하여 애초부터 장과 장 사이 단절이라는, 맞서는 듯한 두 특성을 한꺼번에 내보인다.

　따라서 그러한 경계의 묽음과 장의 단절로 말미암아 지역문학 안쪽에서 드러나는 작가의 위계는 흔히 생리적 나이나 사회적 지위와 같은, 문학 외적인 것이 결정하는 인습이 두드러진다. 게다가 전문작가의 수적 열세와 지역문학 안쪽에서 드물게 나오고 있는 문학매체, 독점적인 언론·출판 환경이 그 점을 부추긴다. 지역사회 안쪽에서 작품의 높낮이나 값어치에 대한 긴장된 논쟁이나 헤아림이 일어나기 어려울 것은 당연한 일이다. 작품보다 사람이 늘 앞서게 된다.

　그렇다고 출판자본이 모여 있는 서울·경기지역 매체의 편집인이 지역문학 안에서 움직이는 가능성 큰 젊은이나 실험 작품을 선정, 거기에 투자하는 노력과 부담을 받아들이기란 쉽지 않다. 한결같이 학연·지연·문단 이익에 따른 글쓴이 선별과 관리, 또는 손에 익은 글쓴이 중심의 손쉽고 안전한 매체 발간을 버릇 삼는다. 지역문학 스스로 제 안밖으로 문학 창작에 적극적인 동기 부여가 될 만한 환경을 마련하고 키워 나가기란 어려운 현실인 셈이다.

이즈음 들어 예술문화 취향의 다양화와 위계 변동에 따라 문학에 대한 사회적 기대는 뚜렷하게 줄어들었다. 디지털영상·매체융합으로 말미암아 전통적인 글쓰기와 출판 유통 방식이 갖는 무게는 퇴조하고 있다. 앞으로 이 점은 더욱 깊어질 전망이다. 새로운 디지털 서사에 대한 창작 요구나 여러 꼴의 매체 발간, 그리고 가상공간에서 이루어지는 활발한 창작 경험은 지난 시기와 견줄 수 없을 속도와 양으로 작품 개방을 부추긴다. 물론 디지털 문화산업의 생산과 새로운 창작에 대한 사회 학습은 한결같이 서울·경기지역을 중심으로 이루어지고 있다. 그래도 새로운 지역문학 창작 현실로서 눈여겨볼 자리임에는 달라짐이 없다. 정보화로 말미암은 다면적인 지역 정보와 발빠른 지역 문제 인식은 보다 더 지역에 다가선 창작 활동을 이끌어낼 수 있는 좋은 바탕이다.

특정 소비독자 계층이나 취향을 겨냥한 세대문학 창작과 출판 증대, 게다가 응용문학 영역 또한 드높아지는 사회 수요와 맞물려 작가들의 능동적인 역할을 부추기고 있다. 독서치료나 치료시, 속독술의 본보기 글을 비롯한 다양한 응용 텍스트 개발까지 어느덧 뜻있는 작가들이 맡을 몫으로 넘겨지고 있다. 보다 직접적인 이바지가 요구되는 셈이다. 문학 창작이 지닌 사회적 쓰임새가 더욱 실질적·실천적이 되면서, 작가의 역할도 그와 맞물려 무거워지고 있는 셈이다.

따라서 오늘날 지역문학 작가들은 한국문학의 보편적 규범이나 수준을 지향하면서 지역의 생활세계 속에서 실천하는 자세를 가다듬어야 할 새로운 과제 앞에 맞닥뜨리고 있다. 그 안에서 전문작가·대중작가·교양작가 사이의 상징적 쟁론, 싱싱하고도 팽팽한 자리다툼과 경계 세우기에 게으름을 피우지 말 일이다. 그리고 그 일에 두루 필요한 바탕은 건강한 교양작가가 보여주는 문학 향유 활동의 활성화다. 이들의 욕구를 어떻게 지역문단 인습이 왜곡시키지 않고 만족스런 삶의 형태로 거듭 나도록 도와주느냐 하는 데에 지역사회 문학복지의 눈이 있다. 건전한 생활문학이야말로 지역문학 창작과 실천의 처음이자 끝인 까닭이다.

3. 연구·비평의 현실과 김대봉 연구

이제 지역문학 연구·비평의 현실과 과제를 짚어보기로 한다. 무엇보다 먼저 환영할 만한 일은 이에 대한 사회적 수요가 많아지고 있다는 점이다. 지역사회 행정부나 단체, 기관에서 주요한 지역문화 생산의 원천으로서 이를 눈여겨보기 시작했다. 지역문학 연구·비평 자체가 한국 근·현대문학의 새로운 영역으로 올라서면서 그 일을 밀고 당겨주고 있는 셈이다. 자연스레 지역문학 담론은 양과 질에서 큰 비약을 보이고 있다.

그렇다고 해서, 평단이나 학문공동체 안쪽에 뿌리내리고 있는 인습에 대한 헤아림까지 이루어지고 있는 것 같지는 않다. 지역문학 연구·비평은 국가·민족과 같은 거대담론에 따라 짧은 기간에 이루어진, 우리 근현대문학 연구 성과에 대한 반성·해체를 겨냥한다. 기능적이며 진지전적인 실천담론이다. 지나간 시기 주류 담론에 대한 문제 제기와 재구성, 새로운 지역가치를 찾아내고 들내기 위한 현장문학이다. 이러한 자리에서 볼 때, 지역문학 비평에 있어서 커다란 인습은 아첨비평과 벌말비평이다.

첫째, 아첨비평이다. 이것은 두 방향에서 이루어진다. 아래로 아첨하는 주례비평과 위로 아첨하는 머슴비평이 그것이다. 문학에 대한 깊은 정보·이해와는 겉돌면서 의전적인 서평이나 발문, 또는 당치 않은 추김말로 한결같은 해설이 주례비평이다. 이 일로도 지역에서는 비평가라는 이름을 드높이며 나도는 데 어려움이 없다. 소박한 교양작가나 자가발전이 필요한 대중작가를 위한 문단 추천서·문단 인증서를 내돌리는 일이다. 지역적 실천을 마음에 둔, 속찬 개성비평이 나올 리 만무하다.

머슴비평은 지역 토착 자본이나 이른바 유명작가의 지명도에 빌붙어, 품팔 듯이 찬사를 내돌리는 일이다. 비평가로서 자신의 위상을 위험 부담 없이 지키며, 안전하게 비평가 노릇을 거듭할 수 있는 꾀다. 지역 안쪽의 묵은 인습을 꾸짖고 긴장을 일으키며, 지역문학에 실질 있는 변화를 이끌어 내고자 하는 모험심 가득한 창조비평이 낄 자리가 없다. 작가와 더불어 다투고 화해하면서 멀리 함께 성숙해 가는 대화비평이 드물 것은 당연한 노릇이다.

둘째, 벌말비평이다. 아무렇게나 뱉는 듯한 벌말을 이저리 내돌리는 일이다. 지역 안쪽에서 절대적으로 모자라는 비평가의 수, 그 일을 눈감아주는 정실이라는 인습, 거기다 문학비평에 대한 독자의 무관심이 벌말비평을 거듭하는 데 용기를 준다. 자신이 주워들은 정보를 객관화할 힘도 모자라고, 소통을 위한 역량 수련도 거치지 않은 데서 말미암은 일이다. 어름어름한 벌말비평에 버릇 든 이일수록 현학을 부풀리며 목청을 높여, 양식 있는 독자들을 어리둥절하게 만들기 일쑤다.

아첨비평이나 벌말비평은 하루 이틀 지적되어온 일이 아니다. 그런데도 사라지지 않고 있다. 아마 그 일로 얻는 이익이 크고 달다는 뜻이겠다. 지역문학 연구 현실 또한 비평에 못지않다. 지역문학 연구는 단순히 지역 출신 문인·작품과 관련된 사항을 다루는 소극적인 일거리가 아니다. 기존 문학연구 인습에 대한 혁신을 적극 겨냥하는 일이다. 개인이나 집단이나 오랜 시간에 걸쳐 적공을 쌓아야 할 어려우면서도 실질을 좇는 일거리다.

따라서 유행에 기대보고자, 연구비를 손쉽게 얻기 위해, 아니면 연구거리를 찾지 못해 아무나 기웃거려서 될 자리가 아니다. 사정이 그런데도 지역문학 연구 마당에는 연구자의 됨됨이에서부터 의문스러운 이에 의한, 온당치 않은 결과가 나돌고 있다. 지역문학 연구에 대한 사회적 수요와 관심이 늘면 늘수록 이런 현상은 더할 것으로 여겨진다. 이익 있을 법한 곳에 사람 끓는 이치는 예나 지금이나 다르지 않는 까닭이다.

이렇게 볼 때, 지역문학 연구 현장에서 가장 큰 문제가 얌체연구다. 남이 애써 이룬 연구 결과를 끌어와 이저리 짜깁기한다. 그 다음 제 것인 양 슬쩍 내놓는다. 얌체 짓으로 의심받아 마땅한 연구다. 본보기를 하나 들어 보인다. 부산·경남에 터를 두고 어느덧 전국학회로 자라난 한국문학회라는 연구단체가 있다. 『한국문학논총』이라는 논문집을 내고 있다. 2003년 봄에 33집을 선보였다. 그런데 그 자리에는 공교롭게도 제목까지 비슷한, 두 편의 지역문학 연구물이 나란히 실려 눈길을 끈다. 박경수와 고현철[3]이 그것이다.

박경수는 연구자가 여러 사료를 찾고 간추리며 살펴 온 바, '일제 강점기 재일 한국인의 일어시 연구'와 이어진 자리에서 그것을 지역문학 관점으로 다시 다가선 글이다. 그리하여 나라잃은시기 재일 한

---

3) 둘 다 2001년도 학술진흥재단 연구비를 받아 쓰여진 글이다.
　박경수, 「일제 강점기 부산·경남 시인의 일어시 발굴 및 재조명 연구」, 『한국문학논총』 33집, 한국문학회, 2003.
　고현철, 「일제 강점기 부산·경남 지역 시인 발굴 및 재조명 연구 — 김대봉 재발굴 및 재조명」, 같은 책.

국인 가운데서 경남·부산지역 시인으로서 많은 일어시를 남긴 김병호와 조향을 다루었다.[4] 문제 인식의 연속성뿐 아니라 한발 앞선 문제 제기, 게다가 잊혀진 자료를 새로 발굴하고 간추려 논점을 세워 나가는 실증적인 노력이 돋보이는 글이다. 박경수는 부산·경남 지역 문학사의 외연을 한 켜 더하고 있다. 이름에 걸맞은 '발굴과 재조명'이다.

그런데 고현철은 사정이 사뭇 다르다. 크게 세 가지 점에서 문제를 짚어 본다. 첫째, 논문 제목과 본문의 불일치다. 「일제 강점기 부산·경남 지역 시인 발굴 및 재조명 연구」라는 큰 제목 밑에다 부제로 '김대봉 재발굴 및 재조명'이 덧붙어 있다. 그런데 이 부제는 학술진흥재단 연구비를 받기로 결정된 뒤에 붙인 이름으로 보인다. 연구비를 받는 데 손쉽도록 연구거리를 「일제 강점기 부산·경남 지역 시인 발굴 및 재조명 연구」라 커다랗고도 그럴 듯하게 붙여 계획서를 내놓은 다음, 연구 수혜가 결정된 뒤에 제목 변경 신청을 하여 부제를 달았음 직하다.

처음부터 지닌 바 능력에 부치는 연구 범위와 대상, 그리고 내용을 다시 줄여서 연구 결과물을 서둘러 내놓은 흔적인 셈이다. 김대봉 한 사람에 대한 '재발굴 및 재조명'으로 어떻게 「일제 강점기 부산·경남 지역 시인 발굴 및 재조명 연구」가 되는지 고개를 갸웃거릴 사람이 한둘은 아닐 것이다. 본디 제목을 그대로 따른다면 대상에 들 시인이 바야흐로 스물, 서른에 머물지 않는다.[5] 연구자도 그 일이 부담스러

---

4) 박경수, 「일제 강점기 재일 한국인의 일어시에 나타난 민족적 정체성」, 『우리말글』 21집, 우리말글학회, 2001.
　　　　　, 「일제하 재일 한국인의 일어시 연구」, 『성곡논총』 33집, 성곡학술문화재단, 2002.
5) 글쓴이가 고현철과 같은 해 학술진흥재단 연구비를 받아 마련한 연구로만 보아도 그 문제가 금방 드러난다. 곧 1950년 전쟁 이전에 활동한 '경남지역 계급주의 시인'으로 그 대상을 좁혀서 살핀 연구였음에도, 고현철의 방식에 따라 보면 거기에는 스물이 훌쩍 넘는 시인들이 '발굴'되어 있다.
박태일, 「경남지역 계급주의 시문학 연구」, 『어문학』 80집, 한국어문학회, 2003.

있든지 본문 들머리에서는 '재발굴 및 재조명', '발굴 및 재조명'이라 썼다가, 마무리에서는 '(재)발굴 및 재조명'이라 적고 있어 종잡을 수 없는 마음을 숨기려 들지 않았다.

게다가 핵심 연구 텍스트인 김대봉의 시집 『無心』(맥사, 1938)은 이미 1982년 영인본으로 나와 학계에 널리 알려진 자료다.[6] 김대봉은 연구자도 연구사 검토에서 짚고 있는 바와 같이 개별 논문만도 세 편[7]이나 쓰여진 시인이다. 그러한 대상 자료에, 그러한 대상 시인에 대한 '조명'이 어떻게 '재발굴 및 재조명'이 되는지 우스꽝스러운 일이다. 고현철은 「김대봉 시 연구」라 호의적으로 잡아 읽어도 모자람이 큰 글이다. 「일제 강점기 경남·부산 지역 시인 발굴 및 재조명 연구 ―김대봉 재발굴 및 재조명」이라는 제목에 따라 내놓은 본문은 배움이 미치지 못한 까닭이거나, 읽은이들을 우습게 본 결과가 아니라면 내놓기 힘든 글이다.

둘째, 문제 제기와 연구 목표 사이에 나타나는 혼란과 잘못이다. 고현철은 들머리, 곧 '서론'에서 지역 문인 연구의 필요성에 대한 문제 제기를 하고 있다. 그리고 그 첫 단락에 '지역 문인'·'지역 시인'에 대한 규정을 올렸다. 다소 혼란스럽게 적혀 있음[8]에도, 한 가지로 묶어보면 '해당 지역 출신으로서, 서울과는 그 주거와 활동에서 "큰 인

---

6) 『한국현대시사자료집성 7』, 태학사, 1982.
7) 이부순, 「시인 김대봉의 작품세계 연구」, 『서강어문』 10집, 서강어문학회, 1994.
　　한정호, 「포백 김대봉의 삶과 문학」, 『경남어문논집』 7·8합집, 경남대 국어국문학과, 1995.
　　______, 「김대봉의 동시관과 동시 세계」, 『지역문학연구』 3호, 경남지역문학회, 1998.
8) 짧은 들머리의 첫 단락에서 아래와 같은 세 가지로 거듭하면서 '지역 문인'을 규정하고 있다. "서울에서 일정 기간 이상 활동하지 않았거나 서울과 거의 연관이 없는 문인"이 그 하나다. 그래서 "서울과 큰 인연이 없이 거의 자신의 출신 지역에서만 활동한 문인"이 그 둘이다. 또한 "자신의 출신인, 서울 이외의 지역에서 생애 대부분을 활동한 문인"이 그 셋이다. 이렇게 놓고 살피면 고현철이 말하는 '지역 문인'은 "서울과 큰 인연이 없이 거의 자신의 출신 지역"에서 대부분의 문학 활동을 한 사람이다. 말하자면 실제 주거와 문학 활동 그 둘에서, 서울이나 서울과 연관을 많이 맺고 있는 이는 지역 문인이 아닌 셈이다.
　　고현철, 「일제 강점기 부산·경남 지역 시인 발굴 및 재조명 연구 ― 김대봉 재발굴 및 재조명」, 『한국문학논총』 33집, 한국문학회, 2003, 63~64쪽.

연이 없이" 거의 자신의 출신지역에서 문학적 생애 대부분을 보낸 사람'이다. 이른바 철저한 속지주의를 따르고 있다.[9]

그런 다음 둘째 단락에서 연구 목표를 드러내고 있다. 곧 앞서 말한 지역 문인에 대한 연구 '작업의 일환'으로, "서울에서 한때 거주한 적도 있긴 하지만 서울 이외의 지역인 부산·경남과 평양에서 생애 대부분을 거주하면서 활발하게 시를 발표했음에도 아직까지 정당한 평가를 받지 못한 시인"[10]인 김대봉을 '재발굴하여 재조명'하는 일이 그것이다.

그런데 연구자가 내린 규정을 그대로 따른다면 김대봉은 '지역 시인'이 아니다. 왜냐하면 그는 경남·부산 지역에서 "생애 대부분을 거주하면서 활발하게 시를 발표"한 사람이 아니기 때문이다. 더구나 서울과 '큰 인연'이 없는 시인은 더더욱 아니다. 김대봉은 "서울에서 일정 기간 이상" 결정적인 '큰 인연'을 맺으면서 활동한 시인이다. 부산 동래고보에 다니며 습작품을 발표한 시기였던 1927년을 등단한 해로 잡으면, 1943년 서울에서 사망할 때까지 16년에 걸친 문학적 생애를 보냈다. 그 가운데서 출신지인 경남·부산에서 활동한 기간은 동래고

---

9) 지역문학 연구에서 '지역 문인'을 규정하는 데는 두 길이 있다. 해당 지역 출신인가 아닌가 하는 태생 문제에 초점을 두어 살피는 경직된 '속지주의'가 그 하나다. 그러나 이 규정은 실제 지역문학 현실로 보아 실상과 벗어난 단선적·피상적 접근이다. 이에 대한 반성으로 글쓴이가 내놓은 것이 개방적인 '지연주의'다. 이것은 해당 문인의 출생 여부와는 관계없이 더 넓은 자리에서 그의 중요하고도 뜻있는 문학 창작·활동이 이루어진 곳이 어디인가를 문제 삼는다. 그것을 바람직한 지역가치로 재구성하려는 지역사회 구성원들의 지역 형성력과 맞물린 자리에서 지역문인의 성격 규정이 이루어진다. 따라서 해당 지역 태생인가 아닌가 하는 점은 변수가 될 수 있어도 상수는 될 수 없다. 보기를 들어 엄흥섭은 충청도 논산에서 태어난 작가다. 그러나 청소년기를 경남 진주에서 보냈다. 김병호·손풍산과 같은 이들이 그와 습작기를 함께한 진주 쪽 문인이다. 엄흥섭은 등단 뒤 서울로 올라가 대부분의 주요한 문학적 생애를 거기서 마쳤다. 그러면서도 줄곧 경남지역 출신 문인들의 문학적 성장과 인연을 같이했다. 각별히 경남지역 계급주의 문학의 형성과 전개에 있어 그들과 함께했던 엄흥섭의 이바지는 매우 중요하다. 따라서 '속지주의'에 따라서 그를 충청도 지역작가로 내치는 일은 경남지역 문학의 실상을 한껏 왜곡하는 일이다. 엄흥섭은 아주 중요한 경남·부산 지역문인 가운데 한 사람이다. '지연주의'에 대해서는 주1)에서 든 박태일에서 다루어졌다.

10) 고현철, 「일제 강점기 부산·경남 지역 시인 발굴 및 재조명 연구―김대봉 재발굴 및 재조명」, 『한국문학논총』 33집, 한국문학회, 2003, 64쪽.

보를 다닌 2년과 김해 명지에서 의원을 개업했던 것으로 알려진 2년을 합해 길어도 4년을 넘지 않는다.[11] 평양에서 의사수업을 하면서 머물렀던 5년을 더해 9년을 "서울 이외의 지역에서" 활동했다는 점을 적극 끌어다 놓고 보아도 사정은 마찬가지다.

의사라는 직업인으로서나 시인·문필인으로서 가장 활발하고 왕성하게 활동했던, 20대 후반부터 30대 중반 임종에 이르는 기간 동안 김대봉은 서울에 살면서, 서울에서 문학적 생애를 보냈다. 게다가 거의 모든 작품을 서울에서 발간된 매체에 발표하고 있어, 서울과 뗄 수 없는 "큰 인연을" 맺고 있다. 따라서 그가 "아직 정당한 평가를 받지 못한 시인"인가 아닌가라는 문제는 두고서라도, 연구자가 내린 규정에 따를 때, 연구 대상으로 삼고 있는 김대봉 시인은 '지역 시인'[12]이 아니다. '경남·부산 지역시인'으로서도 자격이 모자란다. 말하자면 연구 대상에 대한 사실을 왜곡하여 자신의 연구 목표에 맞게 우격다짐으로 끌어들이고 있는 셈이다.

또한 연구 목표에 이르기 위한 '작업'으로서 고현철은 자신의 연구가 "김대봉 시인에 대한 발굴 및 재조명 연구"인 만큼, "시 자료 조사 및 정리를 바탕으로 한 시작품 연보 작성 등의 서지학적 연구"[13]를 의도한다고 적고 있다. 그리하여 본문 3장에서는 "시작품 연보 오류 정정 및 재작성"을 하고 있다. 그리고 "기존에 작성된 시작품 연보에 누락된 작품에 대한 사항을 첨가하였다"[14]고 적었다. 언뜻 보면 기존의 김대봉 시작품 연보에 많은 작품이 누락되었고 오류가 많은 것으로

---

11) 그리고 그 시기 동안에 발표한 시는 많아야 10편을 넘지 않는다.
12) 출신지역에서 이룬 문학 활동을 문제 삼는다면 김대봉 경우, 출신지가 아닌 평양에서 이룬 것이나 서울에서 이룬 것이나 둘 다 지역 활동이므로, 그 됨됨이에는 차이가 없다. 그러니 서울을 강조하여, 부산·경남과 평양 활동을 들어서 '지역 시인'이라 일컫는 것은 무리다.
13) 고현철, 「일제 강점기 부산·경남 지역 시인 발굴 및 재조명 연구—김대봉 재발굴 및 재조명」, 『한국문학논총』 33집, 한국문학회, 2003, 64쪽.
14) 고현철, 위의 글, 71쪽.

여겨지도록 쓰어졌다.

그러나 고현철이 "기존에 작성된 시작품 연보", 곧 한정호(1995)[15] 에서 "누락된 작품에 대한 사항을 첨가하였다"고 한 그 작품들은 '누락'되었다 새로 '발굴'한 것과 거리가 멀다. 한정호가 김대봉에 대한 해당 논문 발표 뒤, 이어서 두 번째(1998)로 김대봉의 아동문학만을 새로 다루면서[16] 찾아내 올린 동시 목록에 죄 실려 있는 작품들이다. 그것을 그냥 옮겨와 시간 차례대로 끼워 넣었을 따름이다.[17] 따라서 좋게 말해 고현철의 김대봉 작품 연보는 한정호의 선행 연보와 연구 성과를 끌어와 교열한 수준에 머물렀다 하겠다. 새로운 작품 발굴은 한 편도 없다. 그렇게 이루어진 연보 작업이 어떻게 '발굴 및 재조명' 에 이른 '서지학적 연구'가 되는지 알 수 없는 일이다.[18]

그리고 고현철에 따르면 김대봉은 "오래도록 지속되어 온 서울중 심주의 때문에 제대로 연구되지 못한" 지역 시인이다. 따라서 그에 대한 '발굴 및 재조명'에서는 생애에 대한 조사와 연구가 당연히 큰 자리를 차지해야 마땅한 일이다. 나아가 그 부분이 어느 정도라도 새 로 '발굴 및 재조명'되지 않는다면, 연구자가 많은 분량을 잡아 적고 있는 김대봉 '시세계의 공시적 다양성'은 겉돌 수밖에 없다. 그런데

---

15) 한정호, 「포백 김대봉의 삶과 문학」, 『경남어문논집』 7 · 8합집, 경남대 국어국문학과, 1995.
16) 한정호, 「김대봉의 동시관과 동시 세계」, 『지역문학연구』 3호, 경남지역문학회, 1998.
17) 이밖에도 고현철이 본문 3장 '시작품 연보 오류 정정 및 재작성'에서 더 나아간 부분은 미미 하다. 보기를 들어 한정호는 자신이 만든 연보 비고란에다 비고라는 본디 말뜻에 걸맞도록 작품 발표 때 시인의 호 사용 여부나 시집 재수록 여부만을 밝혔다. 그러나 고현철은 거기에 다 해당 작품이 발표된 매체의 지면 성격을 밝히고, 작품에 표기된 창작 일자를 덧붙이고 있 다. 게다가 시제목이 잘못 적힌 것, 연도가 잘못 적힌 것과 거듭 올려진 것을 바로잡았다. 거 듭 올려진 것은 연작시 가운데서 그 속에 작은 제목으로 들어 있는 작품 경우, 따로 떼어 독 립된 작품으로 잡힌 경우다. 이를 개별 작품 한 편으로 보느냐, 아니냐는 입장 차이에서 빚어 진 일이다. 8년 앞서 마련된 한정호의 연보를 손질하는 수준에 머문 형국이다.
18) 앞서 마련된 한정호의 것에 따라서 고현철이 자신의 연보 작성을 하면서, 최소한 한정호에 들어 있는 작품들만이라도 연구 목표인 '발굴 및 재조명'에 걸맞게 일차 원전으로 꼼꼼하게 확인했는지도 의심스럽다. 왜냐하면 「건넌 마을」이 실려 있는 1946년판 『조선동요전집 1』은 박태일(1997)과 한정호(1998)에서 다루어졌을 뿐 아직까지 학계에 널리 알려지지 않은, 그 소개만으로도 이름에 걸맞은 '발굴'이 됨 직한 자료인 까닭이다.

도 연구자는 실질이 거의 없는 연보 작성에 지면을 낭비할 뿐, 시인의 삶에 대해서도 새로 '발굴'한 사실 하나 없이, 한정호에 기대고 있을 따름이다.

고현철의 연구 목표는 지역 시인 김대봉에 대한 '재발굴 및 재조명'이었다. 그러나 결과는 목표와 거리가 멀다. 시인 김대봉은 시인으로서뿐 아니라, 아동문학가·의사 문필가로서 여러 평론과 의학 지식의 대중적 확산을 의도하며 쓴 긴 산문들을 남기고 있다. 고현철이 적극 기대고 있는 한정호는 두 차례에 걸친 연구 논문을 거쳐, 장차 낼『김대봉 전집』을 위해 그 사이 새로 시 20편과 산문 15편을 더 '발굴'하여 놓았다. 일이 이런 터에 연구자는 지금부터 이미 8년 앞서 발표한 한정호의 연보에 머물렀다. 김대봉의 시인 활동, 곧 시작품만을 문제 삼았다 강변해도, 최소한 한정호가 새로 발굴해 두고 있는 시작품 20편 가운데서 몇 편 정도는 '발굴'이라는 형식으로 찾아내었어야 될 일이다. 그가 내놓은 연구 내용은 자신이 뜻한 바 연구 목표에 크게 못미쳤다.

셋째, 내용에 걸린 문제다. 먼저 논리 비약이 심하다. 고현철은 마무리에서 "일제 강점기 부산·경남 지역 시인 발굴 및 재조명 연구의 일환으로 김대봉을 재발굴하여 재조명한" 자신의 연구로 말미암아 "일제 강점기 이후로 그 시기를 확대하여 부산·경남지역의 시인들을 재조명"할 수 있는 "토대가 마련될 것으로 기대"하고 있다. 나아가 "다른 지역에" 그와 "유사한 연구를 할 수 있는 충분한 계기와 그 틀을 마련해 줄 것"까지 '기대'[19]한다. 35년에 걸친 나라잃은시대 어느 한 시기에 활동한 시인이 김대봉이다. 그것도 경남·부산 지역문학사 흐름으로 볼 때, 주류라기보다 변두리에 놓이는 시인이다. 김대봉을

---

19) 고현철,「일제 강점기 부산·경남 지역 시인 발굴 및 재조명 연구—김대봉 재발굴 및 재조명」,『한국문학논총』33집, 한국문학회, 2003, 87쪽.

얼른 다룬 일로, 광복 뒤 시기 "부산·경남지역의 시인들을 재조명"하는 후속 연구의 '토대'가 마련될 뿐 아니라, 다른 지역에서도 본보기로 삼을 연구라 하니, 그 느닷없음이 읽는이를 놀라게 한다.[20] 논리 비약이 이에 이르면 읽는이들이 고개를 돌릴 일이다.

다음으로 김대봉의 '시세계'를 공시적으로 살펴야 한다는 생각에 나타난 잘못이다. 고현철은 시인이 자신의 시집 『無心』에 시작품을 간추려 묶을 때, 창작 연대나 발표 연대를 그대로 따르지 않고 뒤섞어 일곱 매듭으로 묶어서 출판한 점에 착목했다. 김대봉 시를 공시적으로 살펴야 할 것이라는 터무니가 그것이다. 그러나 김대봉 시는 연보에 올려져 있는 작품으로만 보더라도 열아홉 살 동래고보 학생 시절부터 서른두 살 중견의료인이자 문필가로 자라난 13년에 걸친 동안, 곧 시인의 삶으로서 결코 짧지 않은 세월 동안 쓰여진 것이다. 그리고 그 사이 여러 주거지 이동과 다양한 문학 안밖의 일을 겪었다. 만약 그러한 세월을 거치면서 쓰여진 시들 속에 통시적인 변화가 없다고 한다면, 그는 매우 특이한 시인이다. 그 일 자체가 연구거리가 됨 직하다. 시인이 시집을 묶을 때 내놓은 작품 묶음을 터무니로 삼아, 공시적 입장에서 작품을 살펴야 한다는 연구자의 생각은 소박하기 이를 데 없다.

게다가 연구자는 이미 한정호가 『무심』에 실린 순서에 따라 만든 시작품 연보를 큰 '오류'가 있는 것인 양 비판하고서 그것을 굳이 발표 연대순으로, 다시 말해 '통시적으로' '재정리'한 바 있다. 한정호가 마련해 둔 연보를 그냥 끌어오기가 무안했던 탓에 벌인 일이 아니

었다면, 그것은 시인의 '시세계'를 살피고자 했던 다음 작업과 맞닿은 일임에 틀림없다. 그렇다면 굳이 스스로 '재정리'한 그 통시적인 작품 순서에 따라서, 곧 '통시적으로' 시세계를 따져보아야 마땅했다.

'공시적 다양성'이라는 이름을 내걸고 늘어놓은 일곱 가지에 이르는 '시세계'에도 의문이 가시지 않는다. 그 하나하나에 걸린 해석의 잘잘못은 두고서라도 김대봉의 최초 연구자인 이부순의 한 글과 한정호의 두 글, 모두 세 글에서 비슷하게 다루어졌던 매듭들을 조금씩 비틀어 내놓고 있다는 의심을 살 만하다. 시세계에 대한 새로운 '재조명'이나 관점 제시로 나아가지 못하고 선행 연구에 크게 기대는 데 머문 셈이다.[21]

굳이 다른 점을 찾자면 연구 방법일 것이다. 앞선 연구가 '내용적인 측면'에 치우친 것이었던 점과 달리, 자신은 "형식적 측면까지 아울러 파악하고 이 둘의 상관성에서 그의 시적 특성을 파악"[22]하고자 한다고 적었다. 그러나 그 '형식적 측면'이라는 것도 단순히 시가 단시형이냐 조금 더 긴 형식이냐 하는 소박한 수준에 지나지 않는다. 연구자가 의도한 대로 '형식과 내용의 상관성'이 한결같이 본문 내용에 실현되고 있지 않다. 13년에 걸쳐 한 시인에 의해 쓰여진 시작품에 일곱 가지나 되는 내용·형식의 상관적 시세계가, 그것도 공시적으로 드러나는 일 자체가 무리라는 점에 대하여 연구자는 자각이 없다.

---

21) 고현철이 나눈 일곱 가지 '시세계' 가운데서 '현실주의 성향의 동시'는 한정호의 '현실주의 동요적 단형시'에서, '비극적 정조의 단시'는 이부순에서, '이향과 향수의 시'는 이부순의 '상실 모티프와 삶의 비애의식' 또는 한정호의 '고향 또는 가족의 상실 체험'에서 다룬 것이다. 게다가 '의사 체험의 시'는 김대봉이 의사였던 까닭에 이부순과 한정호에서 공통적으로 짚었던 것이다. 그리고 '무심과 심적의 시'는 시인이 내놓은 시집 제목이었던 만큼, 이부순과 한정호가 당연히 한 특성으로 올랐다. 나아가 '결단과 비장의 시'는 한정호의 '지식인의 고뇌와 허무의식'에서, '역사의식이 두드러진 시' 또한 한정호에서 짚었던 자리다.
22) 고현철, 「일제 강점기 부산·경남 지역 시인 발굴 및 재조명 연구―김대봉 재발굴 및 재조명」, 『한국문학논총』 33집, 한국문학회, 2003, 67쪽.

이제까지 살펴본 바와 같이 고현철은 연구자가 해당 연구에 이르러야 했을 내적 필연성 여부는 두고라도 연구 제목에서부터 시작하여 문제 제기와 연구 목표, 곧 의도와 결과 사이, 그리고 연구 내용에서여러 문제점을 안고 있다. 가장 큰 문제점은 연구자 스스로 의도한바 '발굴 및 재조명'한 결과가 거의 없이 선행 연구에 고스란히 기대고 있다는 사실이다. 게다가 연구자는 해당 글이 실린 논문집을 낼때 학회 총무로 일하고 있다. 싣기에 앞서 거치게 되어 있는 외부 심사가 어떤 길을 거친 뒤, 게재 결정이 이루어졌는지 궁금해 할 연구자는 한 둘이 아닐 듯싶다. 제대로 된 심사였다면 게재가 결정되기어려웠을 법한 까닭이다.[23]

고현철은 이즈음 지역문학 마당에 나타나고 있는 얌체연구의 좋은본보기가 됨 직하다. 지역문학 연구가 더욱 활발하게 이루어지고 사회적 수요가 많아지면 이저곳에서 더욱 심심치 않게 나타날 일이다. 얌체연구에 이어 지역문학 연구에 나타나는 두 번째 문제는 아마추어연구다. 학문공동체 안에서 논문이라는 이름은 적어도 전혀 새로운 결과여서 이제까지 몰랐거나 없었던 자리를 기워주는 내용, 잘못된 바를 바로 잡아주는 내용, 또는 알려지지 않은 중요 일차 문헌이라도 발굴하는 미덕을 지닌 글에 붙이는 이름이겠다.

그러나 지역문학에 대해 제대로 된 이해도 없는 이들이 기웃거리며, 모자람이 적지 않은 글들을 내돌린다면 그 피해는 무겁다. 이제까지 지역문학 연구에 대한 요구가 적지 않게 있어 왔고 그에 따른결과도 드물지 않았다. 그런데도 지역문학 연구가 제대로 대접받지

---

23) 연구자는 해당 글의 제목을 한 달 뒤에 「김대봉 시 연구―재발굴 및 재조명」이라 바꾼 다음, 약간의 윤문을 한 뒤 그대로 전국학회에서 구두 발표를 하고 있다. 급작스런 발표 실적이 필요했을 어떤 다급한 사정이 연구자에게 있었는지 모를 일이다. 생뚱한 일 처리라는 느낌을 준다. 연구자 개인의 자세는 두고서라도, 해당 학회에 대해 공개적인 누를 끼친 셈이다. 『2003년 우리말글학회 전국학술발표대회 발표논문집』, 우리말글학회, 2003.

못한 까닭 가운데 하나가 바로 그것이다. 지역문학 연구에서 대상이 되는 작가나 작품들은 널리 알려져 있지 않은 경우가 태반이다. 그것을 틈타 충분한 노력을 기울이지 않아도 될, 누구나 손쉽게 다가설 수 있는 일거리로 지역문학 연구를 착각하기 쉽다. 아마추어 연구자에 의한 아마추어연구는 지역문학 연구를 더욱 하찮은 일거리로 만드는 일등 공신이다.

대체로 얌체연구에 맛을 들인 이가 내놓은 글은 그대로 아마추어연구이기 십상이다. 온당치 못하게 자리 잡힌 지역문학에 대한 풍문들이 문학사적 명성으로 굳어지고, 지나간 시기에 빠지거나 빠뜨린 사실은 그대로 영 잊혀지기 마련이다. 학문적 모험심으로 가득한 참신한 연구가 나오기 힘들다. 지역문학은 태생적으로 열등한 문학이라는 선입견·고정관념이나 재생산하는 글만 나돌게 된다.

이에 이르면 지역문학 연구가 앞으로 나아갈 바는 뚜렷하다. 무엇보다 개인·집단으로 오랜 시간 기초문헌부터 꼼꼼히 찾아내고 갈무리하여, 그것을 제대로 다룰 거시적인 틀과 연구 결과를 쌓아 나가는 일이 필요하다. 그리고 이제까지 이루어져 왔던 바, 단기적이고 일회적인 작업은 물리칠 일이다. 학제적 연구를 통해 마땅한 지역가치를 생산하고 재생산하는 장기적이고도 꾸준한 일처리가 이루어져야 한다.[24]

---

24) 박태일, 「지역문학 연구의 방향」, 『지역문학연구』 2호, 경남지역문학회, 1998.
      ______, 「지역시의 발견과 해석—경남, 부산지역의 경험을 중심으로」, 『한국시학연구』 6집, 한국시학회, 2002.

4. 문학제도의 세 자리

　지역문학의 현실을 말하는 자리에서 빠트리지 말아야 할 한 가지가 문학제도다. 흔히 놓치기 쉬운 문제다. 그러나 문학제도는 문학사회의 중심 틀거리이기도 하다. 그것은 학교제도와 문인 조직, 그리고 지역행정 제도와 관련시켜 세 쪽에서 살펴볼 수 있다.

　첫째, 학교제도에서 볼 때 오늘날 지역문학이 놓인 자리는 매우 어렵다. 지역문학 교과서 하나 없다. 서울·경기지역 출판자본이나 관에서 내놓은 교과용 도서로 문학에 대한 이해의 가장 중요한 취향과 심성을 내맡겨둘 수밖에 없는 것이 각급 지역학교 문학교실의 실상이다. 그렇다고 빠른 시일 안에 지역문학이 끼어들 자리가 만들어질 것 같지도 않다. 성적 계량 위주로 이끌어갈 수밖에 없는 문학학습 현장, 삶의 전체상이나 현장과 동떨어진 채 이루어지고 있는 파편화된 학습 방식이 큰 흐름이다. 지역문학은 앞으로도 오랜 기간 한결같이 잊혀진 자리, 값없는 자리로 나앉아 있을 수밖에 없을 듯싶다.

　그렇다고 각급 학교 문학학습이 안고 있는 문제를 풀기 위해 상위 대학에서 그 짐을 떠맡으려고 하지 않는 데 더욱 심각한 문제가 있다, 대학의 문학 강의실·연구실은 아직까지 지역문학 연구나 학습을 제도화할 힘을 갖추지 못하고 있다. 대학 연구 기관 또한 지역문학 연구에 대한 지원·장려책을 마련하지 못하고 있다. 연구가 쌓이지 않으니 대학이 앞서 지역학교 문학 교육을 북돋워줄 수 없다. 연구가 깊어지지 않으니 지역문학에 대한 열패감에서 벗어날 도리가 더욱 없다. 행정·정치 쪽 자리에 빌붙어 문학이 곁다리 신세를 벗어나기 힘들다.

　둘째, 문인 조직 문제다. 오늘날 우리 나라 소지역 어디를 가거나 여러 단체에서, 여러 형태로 벌이는 백일장·응모 방식의 창작 학습이 이루어진다. 게다가 그것이 제도 학습의 성적 평가나 입시와 고리 지어져 있어 어느 정도 권장되기까지 한다. 그런데 그러한 문학행사를 이끄는 문인 조직·단체가 지닌 문학에 대한 이해 수준과 운용 방식이야말로 뜻밖에 중요하다. 우리 문학의 취향을 뒷받침해 줄 젊은 학습자들에게 알게 모르게 편견과 억압을 실천할 수 있는 까닭이다. 그렇다면 장차 그 폐해가 이만저만 아닐 것이다. 지극히 당연스럽게 이루어지고 있는 백일장 시제 선정에서부터라도 보다 주의 깊은 변화가 잇따라야 한다.

게다가 문인 조직이나 단체와 관련하여 더욱 무거운 문제가 있다. 행정 권력에 바싹 다가앉은 관변적 됨됨이는 어제오늘 일이 아니니 더 말할 나위가 없다. 그런데 그것이 지난 시기부터 지역 문학 토호로 오래 자리잡은 이들의 노년까지 보장받게 해주는 우스꽝스런 관곽으로 관료화되었다. 좁은 지역에서 눈 부릅뜨고 챙겨보는 사람 적고, 비판적인 문제 제기를 담은 목소리 작은 현실을 빌미로 시민사회에 어깃장을 두는 문인 개인·단체 또한 적지 않다. 작품 창작에 관심이 있을 리 없다.

국가 단위 문학에 견주어 결코 덜하지 않은 인습이 지역문학 안에 도사리고 있는 셈이다. 게다가 그런 개인·단체일수록 지역자치와 관련된 이익에 눈 밝은 경향을 보여준다. 돈과 명예가 있는 곳에 사람이 모이기 마련이다. 오늘날 지역 문학마당 가운데서는 그 돈과 명예를 한꺼번에 지니려는 얼치기 문인들과 그 조직의 몰염치로 말미암아 일찌감치 지역 시민사회로부터 비아냥감이 되고 있는 곳이 한 둘 아니다.

셋째, 문학행정 문제다. 오늘날 문학행정은 단발적이고 근시안적인 문제 인식과 토목적 상상력·자본을 한껏 동원한, 행정만능주의가 뱉어 내놓은 기념물·행사가 지역 곳곳에 드물지 않다. 과연 그것이 그 자리에 놓여야 할 마땅한 값어치가 있는 것인지, 사회적 합의는 이루어진 것인지, 그 이념이 무엇인지 궁금한 일 처리가 다반사다. 그것들이 지역행정부의 편의와 단견에다 적지 않은 나라 세금에 힘입어, 슬쩍 들어낼 수 없을 물적 토대로 구조화되어 버리는 현실이다. 먼 뒷날을 생각할 때 크게 두려운 일이다.

경남 밀양시에서 이즈음에 마련한 박시춘 생가 복원이 좋은 본보기가 됨 직하다. 나라잃은시기 대표적인 항왜 민족종교 대종교의 중심지가 밀양시다. 그에 걸맞게 역대 단군을 모신 천진궁이 있고, 밀양 출신 광복열사비가 영남루에 있다. 그런데 그러한 영남루 공간에 버젓이 대표적인 부왜음악가 가운데 한 사람인 박시춘의 생가와 커다란 흉상을 '모셔' 놓았다. 그것도 모자라 아침부터 저녁까지 뽕짝을 틀어대고 있다. 밀양시의 역사경관 구성에서 볼 때, 아리랑문화관이나 광복기념관이 무엇보다 급한 일이라는 점을 소리 높였으나 일처리는 마냥 그리 되지 못했다.[25]

지역문학 현실을 구조적으로 떠맡고 있는 지역 문화행정이 밝고 투명해지지 않는다면, 지역사회를 위한 마땅한 문학복지는 오래도록 생각하기 힘들 일이다. 독점적 지역언론과 지역행정부 사이의 끈끈함, 지역문학에 대한 지역학교의 무관심, 지역문학 조직·단체의 제 이익 챙기기와 굳어진 관료화는 지역문학 제도 환경을 더욱 어렵고도 혼탁하게 만드는 요인이다. 무엇보다 다양한 시민사회의 생각을 담아낼 수 있는 말길 틔우기가 앞설 일이다.

---

25) 박태일, 「지역문화의 해와 지역문화」, 『지역문학연구』 7집, 경남지역문학회, 2001.

5. 마무리

　지역문학은 국가문학·중앙문학의 식민지가 아니다. 단순히 거기서 소외된 문학을 뜻하지 않는다. 문제 인식에서부터 해결 방법과 전망에 이르기까지, 지역의 구체적인 자리에 서서 생활세계의 성찰·변화를 이끌어 내는 새로운 실천문학이다. 그런 점에서 지역문학은 지역개별성과 탈지역적인 보편성이 하나로 길항하는 지역사회의 중요한 역장이다. 창작 현실과 연구·비평 현실, 그리고 제도 현실이 그 세부를 이룬다.

　지역문학 창작 현실은 발빠르게 달라지고 있다. 디지털 영상매체의 폭발과 다양한 응용문학 영역의 개발, 문학사회 구성원의 양적 증가는 지난 시기에 마련된 문학 위계와 취향, 상징권력에 큰 변동을 일으키고 있다. 이런 가운데서 전문작가·대중작가·교양작가 셋이 문학사회 안쪽에서 일구어 내는 역동적인 긴장은 지역문학 창작에 더없는 추진력이 된다. 그 가운데서 교양작가들의 건강한 생활문학은 지역사회 문학 복지를 위한 처음이자 마지막 자리다.

　이즈음 지역문학 연구·비평에 대한 수요는 부쩍 늘었다. 자체 담론 생산도 잦다. 그럼에도 인습으로 남아 있었던 아첨비평과 벌말비평은 가실 줄 모른다. 지역문학 연구 또한 한술 더 뜬다. 다른 연구자가 이룬 업적에 부끄럼없이 기대는 얌체연구와 손쉬운 아마추어연구는 지역문학 현실을 더욱 사납게 만들고 있다. 국가·민족이라는 거대담론의 그늘을 벗어나 바람직한 지역가치 발굴과 지역 형성에 이바지하는 주도동기가 지역문학 담론이다. 창의적이며 실질을 좇는 일처리가 요긴하다.

　지역문학의 주요 틀거리로서 문학제도는 각급 학교의 문학 학습과 문인 조직, 그리고 문학행정이라는 세 쪽에서 살피면 보다 직접적이

다. 그런 점에서 지역 열패감을 재생산하는 제도교육 기관의 문학학
습, 관료화·관변화된 문인 조직·단체, 편의와 무지를 무기로 들이
대는 지역행정부의 몰역사적인 문학행정이 장차 미칠 영향을 생각하
면 두렵다. 지역사회 안쪽에서 지역 개방·변혁의 디딤돌로서 문학행
정이 거듭 날 수 있도록 문학사회가 힘쓸 일이다.

한국에서 지역은 오랜 근대의 공간 경험 과정에서 속겉으로 부서지
고 일그러진 직접적인 피해자다. 그 동안 구조화되고 내면화한 지역
패배주의는 단순한 행정 조치나 법 개정으로 극복될 일은 아니다. 지
역이야말로 새로운 해체·재구성이 필요한 핵심 역장이다. 그것을 위
한 디딤돌이면서 실천담론이 지역문학이다. 바람직한 지역가치·지
역성 창발의 역동적인 드라마를 지역문학은 온전히 떠맡을 수 있어
야 할 것이다.

인문학과 지역문학의 발견

1. 들머리

인문학 위기 담론이 무르익는가 싶었다. 한껏 달구어졌던 탈근대 논의가 잦아들고 난 1990년대 중반부터다. 그러나 그 일도 어느새 세상 관심에서 밀려났는지 이즈음 들어 조용하다. 우리 사회가 화급히 다루어야 할 일이 하도 많아 거기까지 돌아볼 겨를이 없다 한다면 그뿐이다. 그렇다고 세상이 일의 중요성을 잊어버린 것은 아닐 터이다. 인문학만을 따로 떼어 다루기에 세상 일머리가 너무 크고 물살 또한 가파라 잠시 숨을 고르고 있는 듯이 보일 따름이겠다.

그럼에도 인문학을 업으로 삼고 있는 쪽에서는 이즈음 몸으로 느낄 만한 변화를 맛본다. 이저곳에서 이루어지고 있는 연구 업적이나 낯선 동향을 만나다 보면 그 기풍에서 지난날과는 사뭇 다른 새로움이 뚜렷하다. 우리 사회에 일었던 인문학 위기라는 문제 제기와 그에 대한 응답이 비로소 학계 안쪽에서 실질적인 열매로 드러나고 있는 까닭이다. 섣부른 짐작인지 모르나, 우리 인문학계도 머지않아 실질적인 세대 교체와 구조 개편을 볼 수 있을 듯싶다.

마땅한 사람살이에 대한 학적 반성이 인문학이다. 이 땅에서 이루어지고 있는 삶이 달라지면 그것을 바라보는 눈길과 드러내는 방법 또한 달라지기 마련이다. 마찬가지로 그것이 새롭게 삶의 변화를 이끈다. 지역과 지역문학에 대한 관심도 그러한 변화와 길이 나란하다. 글쓴이는 이 글에서 우리 인문학과 근대문학의 연구 경험에서 드러나는 지역 인식과 연구의 문제점을 짚어보고자 했다. 보다 큰 틀에서[1] 지역문학 연구의 필요성과 그 방향이 드러나는 쪽을 따른 셈이다.

2. 인문학과 지역의 경험

이제껏 지역은 학문 공동체 안에서 여러 형태와 방법으로 다루어져 왔다. 경제학·행정학·교육학과 같은 사회과학 쪽과 달리 역사학·철학·문학과 같은 인문학 쪽에서는 뜻밖에 지역에 대한 관심이 엷었다. 실질적인 쓰임새를 앞세운 학문일수록 지역은 중요하게 다루어졌다. 이 자리에서는 우리 근대 인문학이 안고 있는 지역 인식의 문제점을 짚어보고자 한다. 피식민과 민족 분단 그리고 정보화라는 세 핵심 경험을 축으로 삼았다.

---

1) 글쓴이는 이미 세 차례에 걸쳐 지역문학과 그 연구에 관련된 나름의 세부 논의를 편 바 있다.
　박태일, 「지역문학 연구의 방향」, 『지역문학연구』 2호, 경남지역문학회, 1998.
　______, 「지역시의 발견과 연구―경남·부산 지역의 경험을 중심으로」, 『한국시학연구』 6, 한국시학회, 2002.
　______, 「지역문학의 현실과 과제」, 『제주작가』 10호, 실천문학사, 2003.

1) 피식민 경험과 중앙패권주의

다른 여러 영역과 마찬가지로 우리 근대 인문학계가 아직까지 넘어서지 못하고 있는 큰 문제틀 가운데 하나가 식민성이다. 왜로 제국주의 식민 책략은 우리 인문학 담론의 생산과 유통 그리고 재생산의 주요 원천 가운데 하나다. 그것은 피식민자에 대해 식민자가 지닐 바 배타적 이해와 항상적 노예화 방법 창출이라는 목표에서 멀리 떨어져 있지 않다. 그런 까닭에 오늘날 우리 인문학이 이룬 성과들은 뜻밖에 허약하고 유동적인 바탕 위에 놓어 있다.[2]

말하자면 우리 근대 인문학은 이른바 '내지' 일본인에 의한 식민지 종족학·민족학적 관심에 알맞게 이바지하고 성과를 보태는 일에서 크게 벗어날 수 없는 기생학문이었다. 한국학은 식민지 모국의 서울이었던 '동경'과 식민지 수도였던 중앙 '경성'에 대한 지방학이었던 셈이다.[3] 그렇지 않다면 식민 체제가 받아들일 수 있을 만한 경계 안에서 마련된 한국적 개별성에 대한 부풀림이기 쉬웠다. 이런 가운데서 학문적 보편성이니 엄밀성은 명분에 그칠 따름이다.

지역이라는 문제틀 또한 예외가 아니다. 나라잃은시기 지역가치나

---

2) 다소 뒷북을 치는 듯이 보인다. 하지만 아직까지 한결같은 근본 문제로 가로놓여 있는 것이 식민성이다. 이 일은 학술용어에서부터 시작하여 사람·사건에 대한 이해 방식이나 그 값매김에 이르기까지 영역 곳곳에 걸린다. 따라서 평가나 해석에 대한 급작스러운 뒤바뀜이나 맞섬이 잦다. "한국 역사학과 민속학의 거인"(최광식)이라 떠받들여지고 있는 동래 사람 손진태를 본보기로 놓고 보자. 그는 기미만세의거 때 구포에서 한차례 옥고를 치렀다. 그 일로 2003년에는 '독립유공자'로서 현양이 논의되기도 했다. 한 해 앞선 2002년에는 문화관광부에서 내건 '12월의 문화인물'에 오르기도 했다. 그러나 잘 알려져 있진 않지만, 손진태는 1940년대 이른바 '국민총력운동' 시기에 척식대학 교수로서 일하면서 『녹기』, 『문화조선』과 같은 부왜매체에 부왜저술의 흔적을 남기고 있다. 광복 뒤부터는 서울대학 사학과 교수로 몸담고 있다가 전쟁통에 납북되었다. 오늘날까지 그에 대한 값매김은 상찬하는 쪽이 대세다. 그러나 나라잃은시기 식민지 예속 민속학자·역사학자로서 그에 대한 제대로 된 값매김에 이르기 위해서는 조심스럽고도 무겁게 되짚어볼 데가 여럿이다.
최광식, 「남창 손진태」, 『낙동강 사람들』 14호, 부산 북구 낙동문화원, 2003, 75쪽.
3) 박태일, 「대학의 국문학 교육과 영상문화」, 『인문논총』 14집, 경남대학교 인문과학연구소, 2001.

지역이미지에 대해 꾸준하게 일반 통념을 기능적으로 갈무리하고 되만들어 온 인문학적 자료는 이른바 조선총독부에서 지역 조사 책략으로 마련한 관변 기술물, '지리적 근대화'[4]와 함께 마련된 '안내'류의 소책자에다 간편하게 다듬어 내놓은 '사정'·'대관'·'지'와 같은 지역 문헌이었다.[5] 거기에다 사진첩·사진엽서·그림엽서와 같은 영상매체도 한몫 거들었다. 그러나 그들은 크게 두 가지 눈길에서 자유롭지 않다.

먼저 서울 중앙 조선총독부 식민 책략의 우월성과 그 판단자료로서 지닐 바 선택과 배제 과정을 한껏 거친 결과라는 점이다. 다음으로

---

4) 한국 근대 형성의 중요한 상수 가운데 하나가 '지리적 근대화'다. 이것은 국토의 공간적 통합을 뜻한다. 장소의 자족적인 가치를 넘어 여러 곳의 장소가 상대적 이점에 따라 전문화되고 기능적으로 이어짐으로써 공간의 뜻과 값어치가 넓혀지고 통합되는 과정이다. 그러나 우리의 '지리적 근대화'란 바로 제국주의 식민 책략의 실천과 관철이라는 틀 위에서 이루어졌다. 그것으로 말미암아 굳어진 굳건한 중앙의 지역 지배와 그 구조화라는 묵은 인습은 이미 오래다. 철길·행길·뱃길과 같은 교통망이 그것을 부추겼다. 지역의 중앙 접근이 쉬워졌으며, 중앙의 지역 확산 또한 빨라졌다. 그러나 그것이 식민 책략과 수탈 조건의 확산이라는 틀에서 얼마나 벗어나 지역 특유의 사회적·문화적 소통과 분산에 이바지했는가는 의문스럽다. 역사적 지역 사회 형성력으로서 한국 근대 교통망은 편리와 편익이라는 명분에 훨씬 앞서서 '내지' 일본의 동경과 하관, 그리고 부산을 거쳐 서울에 이르는 중심 통로를 따라 이루어진 제국주의의 시공간적 실천, 곧 중앙패권주의의 대표적인 도구였을 따름이다. '지리적 근대화'의 뜻에 대해서는 아래에서 도움 받았다.
김형국,『고장의 문화판촉』, 학고재, 2002, 18쪽.
5) 일문이건 한글이건 식민지 수탈 관청과 민간에서 꾸준히 마련된 근대 지역 안내 실용 문헌에 대한 통합된 관심이 앞으로 필요하다. 근대 우리의 지역 담론이 어떻게 생산·재생산되었는가를 살펴 볼 수 있는 주요한 터무니 가운데 하나인 까닭이다. 민간에서 한문이나 한글로 마련되었던 지역 '지지'나 '승람'류의 안내서 또한 식민지 사회검열을 벗어나지 못했으니 사정이 관변 간행물과 크게 다르지 않다. 종합적인 '조선대관'·'조선지지'·'조선안내기'와 같은 대지역 문헌이나 '군세개람'·'군세일반'과 같은 개별 소지역 문헌을 제쳐두고 도단위로 경남·부산지역을 다룬 낱책만을 살펴보아도 금방 아래와 같은 것이 눈에 띄인다.
『부산부세요람』, 부산부, 1923.
『부산항경제통계요람』, 부산항업회의소, 1926.
『부산항 개요』, 미상, 1927.
『부산 안내』, 조선총독부철도국, 1929.
『경남지지』, 경상남도교육회, 1930.
『부산 안내』, 조선총독부철도국, 1932.
『부산안내』, 부산관광협회, 1936.
『경남명감』, 부산일보사 사업부, 1936.
『경상남도도세개람』, 경상남도, 1937.
『부산안내』, 부산관광협회, 1939.
『부산안내』, 부산시관광협회, 1940.
『부산의 산업』, 부산부, 1942.

식민자인 일본인에게 한국을 알리고 그들의 한국 '식민'을 적극 도와주기 위한 왜곡 자료라는 점이다. 말하자면 제국주의의 머리인 일본이나 조선총독부라는 상위의 눈길에서, 그들 이익을 위해 관철된 지역 인식과 지역 담론이다. 그러한 중앙집중적·중앙독점적 지역 이해의 결과물이 거듭 우리 사회의 통념으로 내면화되고 굳어지게 된 것이다.

지역 인식의 왜곡은 피할 수 없는 일이다. 그리고 그로부터 말미암은 지역 인식의 문제를 글쓴이는 지방과 향토라는 두 길로 보고자 했다.[6] 지방적 인식이란 중앙중심주의에 대한 열등감이 표출된 바다. 서울을 올려다보고 서울과 견주어 나타나게 되는 편차에만 일방적으로 부끄러움을 갖게 되는 지역 인식이다. 이와 달리 향토적 인식이란 오히려 지역 안쪽에서 중앙에 맞서서 지니게 된 바다. 지역의 배타적 가치를 부풀리고 절대시하는 인습이 그것이다. 둘 다 지역패배주의의 양면일 따름이다.

이제껏 우리 근대 인문학에서 지역에 대한 눈길이 엷었던 까닭은 이러한 중앙패권주의 인습에 알게 모르게 젖어 있었던 탓이다. 제국주의 식민지 수탈책략에 뒤이어 광복 뒤에까지 거듭된 행정·정치적 경험이 그 인습을 더욱 굳혔다. 인문학에서 지역 문제의 필요성은 바로 이렇듯 해묵은 중앙패권주의와 지역패배주의의 속겉을 살피고 그것을 넘어서기 위한 노력에 있다. 중앙 서울을 위한 인문학이 아니라 보다 많은 지역을 위한 인문학의 노력, 곧 학적 민주화의 길이다.

---

6) 박태일, 「지역시의 발견과 연구—경남·부산 지역의 경험을 중심으로」, 『한국시학연구』 6, 한국시학회, 2002, 86~87쪽.

2) 분단 경험과 이념 획일주의

광복 뒤 우리 겨레가 겪은 가장 큰 경험은 분단이다. 민족 내부전쟁
으로서 경인년 전쟁과 그로 말미암은 분단의 심화, 그리고 경제 일방
의 근대화 경험은 우리를 독특한 됨됨이의 국가주의 사회로 이끌었
다. 반공민족주의[7]는 그것의 중요한 이념 모델이었다. 민주주의·자
유주의에 대한 거듭된 제도 학습에도 아랑곳없이 실제에서 우리 사
회의 사회심리적 경계를 더욱 두텁게 쌓아올린 이념이다. 그리하여
그것의 우월성을 뚜렷이 하는 길이 인문학에 알게 모르게 권장되었
다.[8]

이승만 행정부와 박정희 행정부를 거치는 긴 세월 동안 반공민족주
의를 꼭대기로 삼은 이념적 획일주의는 사회 여러 부문의 국가·집단
통제와 더불어 인문학의 연구 대상과 방법을 왜곡시키는 데 큰 영향
을 끼쳤다. 예술문화뿐 아니라 학술에까지 직·간접적인 국가관리 체
제가 제도화하기에 이르렀다.[9] 문학사회의 주요한 존립 바탕 가운데
하나인 문단 주도권이 우파 문인 조직 중심으로 굳어지게 되는 계기
도 여기서 말미암는다.

학문적 다원주의가 뿌리내릴 자리를 잃어버리게 된 이러한 상황 아

---

7) 자유를 위한 반공을 내세우면서 오히려 자유를 억압하는 독재를 키운 반공주의, 민족 통일을
   내세우면서 오히려 민족 분단을 더욱 구조화한 민족주의. 이 두 모순이 서로 상승적으로 마련
   한 광복 이후 한국사회 특유의 부조리 성향을 드러내기 위한 말로 '반공민족주의'를 끌어쓴다.
8) 대표적인 본보기가 경인년 전쟁에 뒤이어 1950년대 후반까지 쏟아져 나돌았던 유물론 비판
   실용철학서나 국가에 대한 충과 희생을 주제로 삼은 역사전기류, 광복 항쟁사 관련 저술이다.
9) 이념적 우월성을 보여줄 수 있는 물량적·현시적 문화기간시설 확충과 서울 비대현상을 통해
   국가주의 문화예술 정책은 자리가 잡혀갔다. 1950년대 예술원(1954), 학술원(1954), 그리고
   1960년대 한국예술문화단체총연합회(1962)와 같은 문화예술학술 기구 설립은 긍정적인 뜻
   과 함께 국가주의 이념의 구조화를 위한 부정적인 뜻을 함께 지닌다. 지역을 문제 삼았던 지
   역문화원의 설립(1965)도 사정이 다르지 않다. 사상·역사 쪽에서 본다면 학문제도의 맨 꼭
   대기에 있는 대학 학제와 그 바깥 사이에 우열론·서열화가 굳어졌다. 이른바 '재야'라는 인식
   이 그 결과다. 예술문화 정책 쪽의 꼼꼼한 내용과 변모 과정에 대해서는 아래 글에서 잘 간추
   렸다.
   구광모, 『문화정책과 예술진흥』, 중앙대학교 출판부, 2001, 149~169쪽.

래서 더욱 힘을 얻은 것은 이론적 우열론보다는 사회적 서열론이 앞서는 권위주의다. 합리적 소통에 초점을 두기보다는 혈연·지연·학연에 기대는 파벌주의다. 게다가 이념 장벽이 환한 환경 아래서 객관성·과학성을 내건 학문절대주의의 모순은 현학만 더하게 했다. 보다 많은 삶 속에 학문이 놓여야 한다는 실천적 공익성을 잃어버렸다. 그리고 이러한 인습은 아예 마땅한 덕목으로 칭송되기까지 했다.

한때는 일본을 향하여, 한때는 북녘을 향하여 민족적·국가적 자의식에 시달렸던 삶의 경험은 고스란히 인문학에 실현되었던 셈이다. 이런 분위기 아래서 지역이 인문학의 대상으로 떠오르기에는 힘이 딸렸다. 힘이 있었다 하더라도 획일화된 국가 기획에 따르는 향토적·지방적 관심에 머물기 쉬웠다. 그에 따라 지역은 다시 한 번 제 모습을 고심할 기회를 잃어버렸다. 반공민족주의의 굳건한 평균 이념틀은 흔들리지 않았다.

인문학의 분단 경험 극복 과제 가운데 하나는 바로 그러한 이념 획일주의 아래 이루어진 폐해를 헤아리며 다원주의 이념을 좇아가는 길이다. 그럴 경우 가장 많은 혜택을 볼 자리가 바로 지역이다. 그리고 그 처음은 왜로의 체제와 광복 뒤 우리 스스로 알게 모르게 왜곡·망실시킨 예외적 소수자의 삶을 찾아보는 일일 것이다. 두 번째가 좌파적 활동과 그 내용이 될 것이다. 이념 획일주의를 버리고 현실 다원주의를 기꺼이 받아들이는 학문민주주의 이상은 그리 멀리 있지 않다. 보다 많은 지역에 의한, 보다 많은 주체에 의한 인문학이야말로 지역을 문제틀로 삼는 진정한 뜻이다.

3) 정보화 경험과 학문적 일방주의

정보화 사회는 앞선 시기가 보여주었던 '지리적 근대화'와는 견줄 수 없을 정도의 엄청난 속도와 범위로 지역 통합을 이루고 있다. 국가 바깥으로 인종·기술·경제·이념·문화와 같은 거의 모든 영역에서 통합력을 보여주고 있다. 지난 시기에 볼 수 없었던 장관이다. 아울러 국가 안쪽으로도 지역과 장소를 무너뜨리며 지역 통합의 등질화 작업을 거침없이 거듭하고 있다. 디지털 방식은 어느덧 세계화·지역화를 벗어날 수 없는 나날살이의 조건으로 들어 앉혔다.

그런데 지역의 소통과 붕괴가 빨라져가는 속에서 거꾸로 지역의 비중은 더욱 무거워지고 있다. 지역의 지역다운 뜻과 값어치, 곧 바람직한 지역가치나 지역이미지가 더욱 요구된다. 그러한 요구를 장소·공간에 실천하는 일이 바로 지역의 재장소화다. 바람직한 지역가치나 지역이미지가 사람을 불러모으고 재화를 불러모으고 지역의 값어치를 재생산한다. 인문학이 새롭게 지역에 관심을 가져야 할 까닭이 여기서 분명해진 셈이다. 급변하는 디지털 시대, 지역과 세계가 하나로 압축되어 가는 속에서 진정한 삶의 공간, 삶의 중심장소로서 지역을 거듭나게 하려는 장소정치가 그것이다.

이제 지역의 개별성과 특수성이 살아 있고, 주민 복지가 이루어지는 바람직한 지역화를 위한 노력이야말로 새로운 지역 전략이 되고 있다. 경제 쪽에서 살피면 이것은 장소판촉을 위한 지역 가다듬기와 맞물린다. 장소판촉이란 나날살이가 뿌리내리고 있는 삶터의 뜻을 지역 안쪽으로 되살리고, 그 감동과 가치를 지역 바깥으로 넓혀서 마침내 지역 형성의 실질에 이바지하고자 하는 노력이다. 지역 붕괴와 지역 경쟁이 심화된 데 따른 문제를 벗어나기 위한 지역성장모델 가운데 하나다.[10]

세계화의 원심력과 지역화의 구심력은 이제 순리다. 앞선 시기 국

---

10) 김형국, 『고장의 문화판촉』, 학고재, 2002, 29~31쪽.

가주의·민족주의의 굳건한 경계는 무너지고 옮겨간다. 서열이 바뀌고 층위가 뒤섞인다. 문학과 비문학이, 문자와 영상이 하나로 묶인다. 우리 인문학이 이러한 흐름 속에서 배울 것은 다름 아니라 학문적 일방주의에 대한 반성이다. 자학문의 경계 안에서 제도적 이익만을 누리려는 태도를 벗어나고자 하는 모험심이다. 학문적 일방주의를 버리고 학제적 대화주의로 나아가는 길, 그것이 지역 해체·장소 압축 시대의 새로운 윤리다.

어느덧 지역은 우리 근대 인문학이 지난 시기 인습에서 벗어나 새롭게 성찰, 전망을 세워 나가야 할 핵심 문제틀 가운데 하나로 올라섰다. 중앙패권주의에서 지역구심주의로, 이념 획일주의에서 이념 다원주의로, 학문적 일방주의에서 학제적 대화주의로 나아가는 길 위에서 지역은 새로운 발견을 기다리는 보람 많을 자리다. 서울 중앙에 의한, 중앙을 위한, 중앙에 대한 인문학이 아니다. 지역에 의한, 지역을 위한, 지역에 대한 인문학이 되어야 한다. 지역구심주의의 실천이 그것이다.

3. 지역문학의 발견과 그 연구

문학은 구체적인 삶의 표현을 이음매로 삼은 언어활동이다. 따라서 삶의 현장인 지역이나 장소는 문학의 근원적인 연구 대상이다. 인문학 가운데서도 문학이 지역에 두드러진 연관을 갖는 까닭이 여기에 있다. 그럼에도 이제껏 이름에 걸맞은 지역문학 연구는 이루어지지 않았다. 있었다 하더라도 지방적·향토적 입장에 선 단편적인 관심이 큰 흐름이었다. 근대문학 연구의 인습은 지역문학에 대한 관심을 여러 길로 가로막았다 할 것이다.

이제 지역문학 연구는 우리 근대문학이 이룬 풍요로움을 되살려내는 한 길이자 새로운 창발의 자리로 제 몫을 거듭 키워나갈 것으로 생각한다. 이 자리에서는 기존 문학 연구에서 나타나는 문제적 경향을 짚으며 지역문학 연구의 필요성과 의의를 드러내는 과정을 빌리고자 한다. 이 일을 위해 문학 연구의 네 요소, 곧 작가·작품·독자·연구자로 줄기를 나누어 살피겠다. 그리고 그 과정에서 앞서 보았던 바 우리 근대 인문학에 나타난 세 가지의 지역 경험이 씨줄이 되어 거들 것이다.

1) 문학 주체의 다극화

문학 생산의 주체인 작가에 대해 우리 근대문학 연구에서 나타나는 인습은 크게 넷이다. 첫째, 중앙 명망가 중심의 접근이다. 한국 근대 초기문학의 주도계층은 일찍부터 식민지 엘리트 교육을 빌려 언론인·문필가로 자라났던 예속 지식인이었다. 그들은 여러 차례 격변하는 역사의 고비를 거치는 가운데서도 우리 사회의 변모 과정과 나란히 자신의 사회적 지위를 굳건히 할 수 있었다. 문학 활동에 있어서도 남다른 선택과 혜택을 받을 기회가 잦았다.[11] 그런 사정은 뒷 시기까지 크게 달라지지 않았다.

지역문학 연구에서는 그러한 명망가의 명성 확대와 그들에 대한 상위 모방만을 부추기는 연구 경향에 대한 반성을 요구한다. 그에 따라 새롭게 관심 대상으로 떠오르는 이는 나라잃은시기 신식 제도권 교

---

11) 근대문학사를 거쳐오면서 주류 문인이 받은 사회적 존경과 명망은 다른 영역의 엘리트에 견주어 매우 높았다. 그리고 그 첫자리는 서북지역 또는 서울 경기지역 중심의 엘리트나 유학생 문인이 앉았다. 오로지 새로움이란 잣대가 거의 모든 값매김에서 앞섰다. 그리고 그것은 제국주의 식민자의 모국이면서 우리 근대의 한 거울로서 일본에 비춰본 것이다. 따라서 공인된 작가란 일본어나 한글을 표기 문자로 삼은 신식 제도교육 이수자들이 주류일 수밖에 없었다.

육 바깥에 놓여 있었던 작가나 지역 문필 활동을 하면서 묻혔던 인물일 경우가 많다. 그렇지 않다면 이저런 사정으로 문학사의 앞자리에 나설 수 없었던 소수 문인들이다. 따라서 근대 작가에 대한 지역문학적 관점이란 잊혀지거나 묻혀버렸던 비엘리트 문인에 대한 발굴이나 재해석이라는 형태를 즐겨 띠게 된다.

둘째, 근대 문인의 저류에 대한 포괄적인 이해가 모자랐다. 이제껏 우리의 작가나 문학사회에 대한 관심은 중앙 문단 조직이나 관변 단체의 들난 활동[12]을 중심으로 이루어져왔다. 이들에 의한 문단·언론 정치와 사회적 인정 기제가 거듭 굳어짐에 따라 지역작가나 예외적인 소수 작가가 제대로 평가받을 수 있는 기회를 얻기란 쉽지 않았다. 그들은 좌파 작가, 남쪽에 묵은 기반을 갖지 못한 월남 문인, 이민이나 주거 이동으로 단기적인 작품 활동에 그친 이들일 경우가 대부분이다. 지역문학 연구에서 크게 관심 대상이 되는 이가 그들이다.[13] 광복 이후 우리의 주류적 문학 주체로 알려져 온 작가사회에 대한 반성이 새삼 요구되는 자리인 셈이다.

셋째, 생활문학인에 대한 관심이 모자란다. 그들의 문학 취향을 그 자체로 받아들이고, 그 값어치를 존중해주는 눈길을 갖추지 않았다. 따라서 지역 동호인 모임이나 아마추어 작가 활동은 아예 학문의 대상이 되지 않았다. 그러나 문학은 그 내용의 다양함과 아울러 그것을

---

12) 지난 반세기 우리 문학사회의 평균적 흐름은 국가주도적 중앙 관변 조직·기획 아래 큰 줄기를 마련했다. 따라서 문단의 힘이 문학의 힘이 되고, 그것이 그대로 문학사적 명성으로 굳혀지는 파행에서부터 자유로웠다 말하기 어렵다. 그 직접적인 뿌리는 나라잃은시기인 1940년대 왜로 제국주의의 침략전쟁 도구로 조직된 이른바 '조선문인보국회'와 같은 부왜단체에 있다. 이러한 관변 조직은 광복기의 긴장과 조정을 거친 다음, 대한민국 행정부의 반공주의 비호 아래 일방적이고 배타적인 수혜를 거듭했다.

13) 보기를 들어 경북·대구 지역문학 연극의 경우 이갑기와 신고송은 제쳐둘 수 없는 이다. 이들은 1920년대 후반 대구에서 시작하여 1930년대 카프 연극에 몸담아 활발하게 활동했다. 카프 해체에 빌미를 준 이른바 신건설사 사건의 주요 인물로 검거된 이다. 그러나 대구문학사 기술 속에서 그들 자리는 보이지 않는다. 이들에 대한 지역사회의 관심이야말로 경북·대구 지역문학의 풍요를 더하는 일일 뿐 아니라, 한국 계급주의 연극의 주류를 살피는 한 길이 될 수 있다.

만들어내는 여러 주체의 다양한 활동을 인정할 때라야만 마땅한 이해가 이루어질 수 있다. 구체적인 문학 현장으로서 지역의 생활세계 안쪽에서 소박한 관심과 열정을 살려내고 있는 문학 주체까지 돌아볼 수 있어야 한다.

많은 편차와 층위를 지닌 우리 근대문학 주체에 대한 폭넓은 관심이야말로 문학을 나날살이 속에서 발견하고, 그것을 빌려 행복을 추구하는 진정한 생활문학·취향문학을 북돋워가는 길이다. 우리 문학 사회의 가장 너른 밑자리를 이루는 생활문학인에 대한 연구자의 관심이야말로 문학민주주의의 출발이 됨 직하다. 지역문학 연구는 이들에 대한 관심을 빌려 문학의 구체적이고도 너른 실상에 보다 가까이 다가설 수 있는 방법으로서 거듭 날 수 있을 것이다.

넷째, 문인에 대한 다면적·종합적 접근이 가로막혀 있었다. 기존 문학 연구에서는 특별한 경우가 아니면 크게 특정 갈래, 특정 문학 활동에 기울어진 일면적 작가 연구에 머문다. 근대 작가의 경우 자신의 문학 이력을 키워 나오는 과정에서 복수 갈래 창작은 정작 흔한 일이다. 초기로 거슬러 올라갈수록 그런 현상은 더했다. 그럼에도 그가 이루어놓은 다른 문필 활동은 예외적인 것으로 지나치기 일쑤였다. 구체적인 지역과 장소에 뿌리를 둔 지역문학 연구에 이르면 이런 부분들은 보다 섬세하게 다루어질 수 있다.[14]

앞에서 살핀 바와 같이 지역문학 연구는 작가에 대한 주류적 연구 관행을 단단하게 기워갈 수 있다. 곧 중앙 명명가 중심에서 벗어나

---

14) 경남 사람 최현배나 이극로의 경우를 보기로 든다. 국어학자로만 알려진 최현배는 일찌감치 시조와 소설을 썼으며, 시사 논평을 남기기도 한 문필가다. 이극로 또한 국어학자로서 지닌 바 면모보다 경남·부산지역 대종교 활동사와 관련된 사상가·사회활동가·문학인으로서 지닌 바 면모를 죄 살펴야 모습이 온전하게 드러날 것이다. 그러나 이들에 대한 이해는 국어학이라는 특정 면모만을 부풀리는 일면적인 버릇에 마냥 머무르고 있다. 그나마 삶의 많은 자리가 꾸준히 알려져온 최현배와 달리 이극로의 경우는 최근에 이르러서야 조금씩 그 삶자리가 알려지기 시작했다.

소홀하게 다루어졌던 비엘리트 문인에 대한 발굴과 재조명, 국가주의 관변 조직 중심의 문단 활동과 주류 이념 바깥에서 잊혀졌던 예외적 소수 문인에 대한 관심, 문학 항유의 구체적인 자리를 굳건히 지키고 있는 생활문학인에 대한 관심에다 작가에 대한 입체적 접근 방식이 그것이다. 이를 빌려 우리 근대문학 주체의 다변화와 다극화를 이끌어낼 뿐 아니라, 특정 지역을 중심으로 문학사회의 역동적인 실상을 겨냥할 수 있는 방법이 지역문학 연구다.

2) 작품에 대한 개방적인 접근

작품에 다가서는 태도를 두고 볼 때 우리 근대문학 연구에 나타나고 있는 문제점은 크게 셋이다. 첫째, 이미 마련되어 있는 정전을 절대시하는 인습이다. 정전화 과정의 역사가 짧았고 그 판단 잣대에 이념적·사회적 장벽이 매우 높았던 게 우리 쪽 사정이다.[15] 그럼에도 우리 문학사회는 그 일의 앞뒤를 충분히 헤아려 살피지 않았다. 일이 그러하니 오늘날 대중적으로 명작이라 일컬어지고 있는 작품이나 교과용 작품에 대한 보다 넓은 이해와 단련의 기회는 닫혀 있는 셈이다.

실상 우리 근대문학 작품은 비록 중요작가의 경우라도 그 전모가 제대로 밝혀져 있지 않은 형편이다. 먼저 작품의 절대수에서부터 갈무리하려는 노력이 시급하다. 지역 소수 매체에 실리거나 미발굴과 같이, 이저런 사정으로 잊혀지고 묻힌 작품을 찾아내고 작가의 전모

---

15) 한국 근대문학 작품에 대한 선집이 만들어진 것은 1920년대 후반부터였다. 그러다가 광복 뒤 국가 주도의 각급 학교 국어 교과서나 개별 문학독본이 마련되면서, 근대문학 작가와 작품에 대한 정전화가 본격화되는 듯했다. 그러나 이내 이념적·사회적 경계로 말미암아 현재까지 파행적인 정전화 과정을 거쳤고 경인년 전쟁 뒤로 그 경계는 완연히 높아졌다. 그러니 그 역사 또한 기껏 50여 년을 넘어섰을 따름이다. 한국 근대문학의 정전화 과정에 도사리고 있는 허약한 밑바닥을 엿볼 수 있는 대목이다.

를 밝힐 일이 그것이다. 그런 다음 작품에 대한 새로운 검토와 해석을 빌려 문학사회의 담금질을 거듭 거칠 일이다. 문학 연구자가 거레 문학의 성과를 온당하게 아우르는 디딤돌로 뜻이 새로울 자리다.

그리고 그 일에 가장 보람 많을 방법이 지역문학 연구다. 왜냐하면 지역문학은 무엇보다 구체적인 장소와 지연이라는 확실한 얼개를 지니고 있기 때문이다. 지역의 구체적인 문제를 다룬 작품의 경우, 미학적 완성도니 하는 어름할 뿐인 잣대와 관계없이 중요하게 다루어지고 재해석될 가능성이 높다.[16] 대중문학이나 통속문학으로 알려진 작품 또한 마찬가지다.[17] 다양한 생산 주체가 마련해 놓은 여러 취향의 작품들이 지역문학에서는 훨씬 마땅하게 값매겨질 수 있을 것이다.

둘째, 이념적·사회적 편차 탓에 묻혀버린 작품들에 대한 재해석이 만족스럽지 못하다. 가장 주요한 대상에 들 것이 좌파 작가의 작품[18]과 부왜 작품이다. 거기다 지역의 구체적인 현안을 다룬 실천적 문학이나, 지역 안쪽에서 갈등을 불러일으킬 만한 문제적·실험적 작품이 연구 대상으로 들어설 자리도 넓다. 오래도록 국가 행정의 독과점적 기획 관리에 따라 마련되어 온 반공민족주의 문학 정전에 갇혀 있었

---

16) 광복기 일본에서 돌아온 우리 동포를 다룬 허현의 시 「돌아오는 그들」을 한 본보기로 들 수 있다. 이와 거꾸로 일본인 처, 그들 표현으로 ‘재외방인’의 일본 귀환 문제를 다루고 있는 박민의 「산역의 밤」과 같은 작품도 있다. 이들은 기존의 정전적 사고로 본다면 문학사 속에 끼어들 자리가 거의 없다. 그러나 부산·경남 지역문학이라는 관점에서 살피면 사정은 썩 달라진다. 이들은 특정 시기 경남·부산의 지역성을 특징적으로 잘 보여주는 작품이다. 빼놓을 수 없을 자리로 올라선다. 통속 문인으로 내쳐지고 있는 노자영의 동래온천 시 또한 같은 경우다. 이들에 대한 소개는 아래에서 얼핏 이루어졌다.
박태일, 「경남지역 계급주의 시문학 연구」, 『어문학』 80집, 한국어문학회, 2003, 315~316쪽.
______, 「지역시의 발견과 연구—경남·부산 지역의 경험을 중심으로」, 『한국시학연구』 6, 한국시학회, 2002, 91쪽.
______, 「동래온천과 노자영의 시」, 『시와사상』 겨울호, 동남기획, 1999.
17) 1950~1960년대 대표적인 통속작가였던 허문령의 『민족의 거화』와 같은 작품은 기미만세의 거 때 경남 사천지역에서 희생된 손주묵 열사를 다루고 있다. 근대 단편의 경험으로서는 희귀한 경우를 보여준다.
허문령, 「민족의 거화」, 『수양』, 수양문화연구회, 1956.

던 학문적 태업에서 벗어날 수 있는 한 길이 지역문학 연구자 앞에 펼쳐져 있는 셈이다.

셋째, 특정 주류 갈래 곧 시와 소설 작품에 치우친 접근이다. 그러다 보니 우리 문학의 다채로운 실상에서 벗어난 연구 성과를 거듭 보여준다. 가장 홀대를 받고 있는 갈래가 아동문학과 수필 쪽이다. 국가주의의 거대 관점에서 살피면 이러한 문제점이 자각되기 힘들다. 지역문학 연구는 그러한 일방적이고 딱딱한 갈래 이해 방식을 부드럽게 벗어날 수 있다. 보고문학·일기문·편지글·회고기와 같은 주변 담론들이 죄 지역문학 연구의 1차 사료로 모자람 없이 올라설 기회가 잦아질 것이다.

근대 민족어인 한글로 쓰여진 문학은 물론 한문·영어·일어로 쓰여진 작품[19]도 사정이 같다. 근대 한문학이나 근대 가사문학 또한 지역가치를 찾아내는 자료가 된다면 연구 대상에서 내칠 까닭이 없다. 작품 이해의 틀에 따라서는 영상물·노랫말과 같이 다른 영역 텍스트도 상호작용적 관점에서 적극 다루어진다. 문학을 기존의 '근대적' 개념이나 갈래 경계 안에서만 다루려는 폐쇄적인 태도는 어느덧 큰 뜻이 없다. 작품에 대한 기존 평가나 그 잣대로부터 자유로우려는 시도가 지역문학 연구에서는 이미 신선하게 살아나고 있다.

---

18) 이즈음 몇 해 동안 활발하게 일고 있는 경남·부산 지역문학 작품의 발굴·재조명 작업의 경우, 거의 좌파 쪽에 치우치고 있는 점이 그런 경향을 잘 보여준다. 가장 이즈음에 발굴된 것이 '프로레타리아 동요집'『불별』(중앙인서관, 1931)이다. 이제까지 박태일에서 이름만 알려졌던 자료다. 카프 아동문학 분과의 기관지적 됨됨이를 갖는 이 선집에 작품을 실은 8명 가운데 경남·부산 지역시인이 7명이다. 이 작품집의 발굴로 1930년대 한국 계급주의 아동문학의 실체를 한자리에서 살필 수 있게 되었다. 게다가 한국 근대 계급주의문학 발달사, 한국 아동문학사에 끼친 경남·부산지역 문인들의 독특한 이바지를 세상에 다시 한번 알렸다. 해설을 붙인 원문이 아래에 실렸다.
박태일, 「경남지역 계급주의 시문학 연구」, 『어문학』 80집, 한국어문학회, 2003, 304쪽.
박경수, 「계급주의 동시 이해의 밑거름」, 『지역문학연구』 8집, 경남·부산지역문학회, 2003.
「지역문학 발굴자료 '불별'」, 같은 책.
19) 구소련 지역의 고려족 문학이나, 중국의 조선족문학, 일본의 교포문학, 그리고 미주의 이민문학은 죄 해외 지역문학이라는 틀 안에서 수렴된다.

　지역문학 연구는 근대 국가주의·반공민족주의 문학 연구로 말미암은 작품 이해의 잣대나 방식, 또는 대상 선정의 관행과 인습을 벗어나고자 한다. 마땅한 지역가치와 지역 형성을 위한 다양한 담론을 적극 마련하고자 눈을 돌린다. 우리 문학의 열매를 풍요롭고 다양하게 거두는 데 이바지가 클 자리로 더욱 열려갈 것이다. 거기에 이르기 위해서는 비록 갈등과 시시비비가 끊이지 않더라도 작품과 갈래에 대한 개방적 상상력은 늘 필요한 바다.

3) 문학 수요에 대한 헌신과 문학복지

　문학의 향유는 독자 소비를 빌려 마무리되고 거기서 다시 거듭 난다. 연구 또한 마찬가지다. 소비자 수요에 응하지 못하고 소비자 수요를 일으키지 못하는 문학 연구는 남아 있기 힘들다. 짧게 보건 길게 보건 사회적 정합성을 얻지 못하는 학문이란 뜻이 없다. 권위주의에 빠진 현학이거나 동어반복, 오리무중의 자폐적 언어로 떨어지기 쉽다. 지역문학 차원에서 문학연구의 수요와 독자를 문제 삼는 일은 이러한 문제의식과 맞닿아 있다. 크게 셋으로 나누어 살펴보고자 한다.

　첫째, 문학은 독특한 언어 창조물이면서도 집단적 기억의 장소다. 시대 앞쪽에서 좌절과 영광의 드라마를 온몸으로 안고 살다간 사람뿐 아니라 그 뒤에서 나설 기회를 갖지 못한 소외계층이나 주변인, 예외적 개인들에 대한 구체적인 기억의 곳간이다. 그들이 터잡고 있는 구체적인 환경으로서 특정 지역이나 장소, 그리고 그 언어는 문학의 운명인 셈이다. 모든 문학은 스스로 이미 장소문학이거나 지역문학일 수밖에 없다는 뜻이다. 이것이 철학이나 역사학 또는 사회과학 쪽과 다른 문학담론의 특징이다. 무엇보다 구체적인 표현 가치야말로 문학의 문학다운 힘이다.

그런데 우리의 문학 연구는 이제껏 구체적인 지역에서 이루어진 다양하고도 세세한 문학세계에 대한 연구로 썩 들어서지 못했다. 지역의 집합적 기억을 보존하고 있는 문학에 대한 관심이 옅었다. 그 대신 중앙 중심의 국가주의 이념과 심성에 의해 왜곡되거나 획일화된 인물상이나 추상화된 지역이미지를 갈무리하는 데 머물렀다. 근대문학 연구에서 지역문학을 문제틀로 받아들인다는 것은 더 넓고 구체적으로 존재했던 삶의 총체적인 진실을 독자사회에 고스란히 되돌려 준다는 적극적인 뜻을 지닌다.

둘째, 이제껏 우리 근대문학 연구는 문학제도·문학행정을 포함한 문학사회 환경 전반에 대한 관심이 모자랐다. 작가와 작품 또는 주류적 사조에 눈길을 두는 전통적인 정전주의·작가주의 문학 이해 방식으로서는 어쩔 수 없는 일이다. 그러나 지역문학 연구는 그 바탕에서부터 문학 향유의 사회학적·실증적 관심을 살피기에 유리하다. 대상 영역과 범위가 매우 구체적인 까닭이다. 문학행정뿐 아니라 문학 교육이나 문학 공간 운영, 문학 보상제도에다 지역 언론의 문학보도 문제와 방향까지 지역문학 연구가 떠맡을 일이다.

근대문학 연구의 주류적 관심에서 벗어나 있었던 여러 세부와 다층적인 문학사회 환경에 대한 새롭고도 실질적인 논의의 계기가 비로소 마련된 셈이다. 이 일을 위해 전통적인 문학 연구 대상 바깥에 있었던 변두리 사료, 돌보지 않았던 하위 텍스트나 인접 영역 사료가 죄 활용될 수 있다. 지역문학 쪽에서 볼 때, 근대 시기 숱한 지역사료는 단순히 지리적 의미의 지역적 사료가 아니다. 소모적 오류를 범하지만 않는다면 그것은 겨레 삶의 문학적 실천 내용과 그 뜻을 한껏 되살려 내는 좋은 근거로 거듭날 수 있다.

넷째, 지역문학 연구는 보다 꼼꼼한 독자사회 연구를 가능하게 한

다. 이제까지 문학연구에서 소비자 문제는 다가서기 힘들었던 자리
다. 독자사회는 계량화·모델화에 이르기 어려운 매우 폭넓고 유동적
인 현상이었던 까닭이다. 그런데 지역문학 연구에서는 특정 지역의
독자 소비사회에 대한 실증적 이해에서부터 문화심리 이해에 이르기
까지 꼼꼼한 접근이 보다 손쉽게 이루어질 수 있다. 게다가 온·오프
라인에 두루 걸친 미시 독자에 대한 접근도 다를 바 없다.

　문학의 수요와 독자사회에 대한 관심은 무엇보다 문학연구가 세상
의 주요한 가치재로서 집단적 편익을 줄 수 있는 일이라는 믿음을 더
하게 한다. 연구자 개인으로나 사회로서나 우리의 문학 연구가 외래
이론의 실험장으로 떨어지거나, 그 이론의 우월성을 거듭 확인시켜
주는 임상실험 자리로 떨어져 있을 수 있다. 그러나 그 어느 경우든
우리의 문학 연구가 겨레문학의 풍요로움을 확인시켜 주는 데 이바
지하지 못한다면 마냥 언어적 조작으로 밀려날 위험은 크다. 세상이
당장 관심을 가지고 필요로 할 일거리를 찾아내고 빈자리를 즐겨 메
워나가려는 실용적 관점이야말로 기존의 거대담론·추상담론 중심의
문학연구에서 쉬 얻어내기 힘들 지역문학 연구의 미덕이다.

4) 연구자의 태도와 문학사회에 대한 지원

　문학사회는 연구자라는 세련된 전문독자로 말미암아 마땅한 이해
와 평가에 이르며 새 전망을 세워 나갈 수 있다. 그러므로 연구자가
지닌 바 마음가짐이나 연구에 다가서는 태도 또한 바람직한 문학연
구를 위한 지원 요소로 무겁게 다루어야 할 일이다. 이제껏 지역문학
연구 자리가 홀대를 받게 된 것도 따지고 보면 연구자 스스로 지역문
학에 대해 지닌 바 편견에서 말미암은 바가 크다. 새삼스럽게 지역문
학 연구자의 태도 변화를 문제 삼지 않을 수 없는 까닭이다.[20]

첫째, 지역문학에 관심을 가진 이들에게 박혀 있는 잘못된 생각은 패배주의다. 지역문학이 모름지기 연구 영역이나 대상으로 오를 수 있을지 믿지 못했다. 기존 권력담론이나 제도권 주류의 권위에 짓눌려 문제를 들낼 엄두를 내지 못했다. 앞선 연구가 일찌감치 쌓여 있어 위험 요소가 적은 명망 작가나 이미 여러 연구자가 돌아본 바 있어 정평을 갖춘 정전적 작품에 기대어 안정된 연구를 거듭하며 틈을 엿보는 기회주의 태도가 그것을 거들었다. 연구자 스스로 주류담론에 대해 일찌감치 자발적 노예 상태로 살 것을 선택한 꼴이다.

사정이 이러하니 연구 자체가 낯설고 위험요소가 많을 법한 지역문학 연구에 눈길을 둘 리 없다. 또 둔다 하더라도 아는 바가 적고 준비된 바가 많지 않다. 자연스레 연구 자체를 아무나 나서서 기웃거리거나 호들갑을 떨어도 될 가벼운 일로 여기기 일쑤다. 거기다 정실이나 연고를 따지며 지역 토호들의 권위주의 문학권력에 빌붙거나 그들의 늘스런 이익을 굳건히 하는 일에 한몫 거드는 아전연구도 즐겨 떠맡는다.[21) 주류담론을 향한 도전적 모험심이 지역문학 연구가에게 무엇보다 필요한 됨됨이다.

둘째, 지역은 고정된 실체가 아니다. 거듭 재장소화하고 재영역화하는 과정으로 존재한다. 그러한 역동 과정에서 지역문학 연구자가 지역 형성력의 주요 변인으로서 이바지할 몫은 크다. 지역 안쪽을 향한 구심력과 지역 바깥쪽을 향한 원심력을 알맞게 갖추어 균형감 있

---

20) 글쓴이는 지역문학 연구가 모자랐던 까닭을 지역시에 대한 연구를 본보기로 삼아 크게 넷으로 다룬 적이 있다. 연구 대상이 되는 일차 사료에 대한 보존 경험의 미숙과 망실의 인습, 중앙지배적 사회 조건에 따라 지역시에 쓰여진 학문공동체의 폄하, 현대시 평가 잣대의 편협함으로 말미암아 지역시에 대해 알게 모르게 더해진 훼손, 그리고 지역 학문공동체 구성원의 학문적 모험심 부족이 그것이다. 지역문학 연구가 모자란 까닭도 이와 크게 다르지 않으리라 여겨진다. 이 모두는 연구자의 태도와 일정하게 연관을 맺고 있다.
박태일, 「지역시의 발견과 연구—경남·부산 지역의 경험을 중심으로」, 『한국시학연구』 6, 한국시학회, 2002, 84~85쪽.
21) 이런 속에서 마련된 성과가 볼 만한 새로움과 보람이 있을 리 없다. 그러니 다시 한 번 지역문학 연구는 하찮은 일거리라는 편견을 세상 사람들에게 심어주는 악순환을 거듭한다.

는 지역 인식과 지역문학에 대한 이해가 요구된다. 그런 과정에서 마땅치 못한 지역 안쪽의 문학권력이나 모순 구조를 향한 담론 실천이 필요하다면 굳이 피할 까닭이 없다. 지역문학 연구는 기꺼이 지역 안쪽의 '시비학'[22] 자리를 떠맡을 수 있어야 한다.

셋째, 문학과 마찬가지로 문학연구의 궁극도 바람직한 인류학·생명학이다. 거기에 이르기 위해 연구자가 지녀야 할 마음바닥 가운데 하나가 이타성이다. 세상과 사람에 대해 집단적 편익을 주는 가치재로서 존재할 수 없는 이기적 언어라면 문학연구는 마침내 자신의 자리를 오래 지켜내기 힘들 게 뻔하다. 게다가 지역문학은 생활세계와 삶터를 다루는 구체적인 문학이다. 그런 까닭에 지역문학 연구는 다른 무엇보다 구체적인 생활세계 속의 가치재로서 존재 이유가 뚜렷하다.

따라서 지역문학 연구가에게 더욱 요구되는 마음가짐은 실질적 효용과 그에 대한 믿음이다. 과학적 엄밀성이니 학문 전통이니 하는 명분을 내세우기 앞서 현장을 위한 실학으로서 자신의 연구에 실질을 더하기 위해 고심해야 한다. 문학사회 현실에 대한 꼼꼼한 사랑과 문학 실천에 대한 믿음이야말로 무엇보다 필요한 덕목이다. 할 수만 있다면 기꺼이 문학에서 문화로 건너뛸 수도 있어야 한다. 그럴 수 없다면 늘 학제적 연구를 위한 연대 가능성을 열어나갈 일이다. 그런 과정을 거칠 때라야만 비로소 문학복지의 자리[23]까지 지역문학 연구

---

22) 지역은 구체적인 생활공간이며 대물림되는 지연공간이다. 그런 까닭에 내놓고 시시비비를 가리거나 담론투쟁을 벌이기 힘든 어려움이 있다. 그런 만큼 지역은 국가 단위보다 더 굳건한 모순구조가 쉽게 항존할 수 있는 곳이다. 마찬가지 이유로 담론실천에서는 분명한 대상을 향한 즉각적인 효과를 기대할 수 있다는 장점이 있다. 그 말뜻은 다르지만 '시비학'이라는 말은 조동일에서 따왔다. 그는 '인문학문'의 방법을 '수입학'·'시비학'·'자립학'·'창조학'이라는 넷으로 나누어 흥미롭게 풀었다.
조동일, 『인문학문의 사명』, 서울대출판부, 1997, 41~45쪽.
23) 문학을 비롯한 예술은 경제개발의 수단 때문에 행정 대상이 되는 것이 아니다. 지역사회를 구성하는 사람들의 복지 증진에 이바지하고 있는 까닭이다. 이 점에 대해서는 거의 모든 경제학자들도 공감하는 바다.
James Heilbrun and Charles M. Gray, 『The Economics of Art and Culture(문화예술경제학, 이흥재 옮김)』, 살림, 2000, 335쪽.

는 올려다보게 될 것이다.

이제껏 글쓴이는 우리 근대문학 연구 영역에 있어서 지역문학에 대한 새삼스러운 관심과 연구 기풍이 마련되기를 바라는 뜻을 적극 숨기지 않았다. 지역문학에 대한 관심은 마침내 민족문학의 다양성을 되살리고 겨레문학의 가능성을 새롭게 찾으려는 학적 호기심과 모험심에 맞닿아 있는 일이다. 새로운 지역구심주의 시대 문화기반사회의 주요 인자로서 지역문학 연구에 대한 필요성은 앞으로 점점 더 커져갈 것이다. 어쩌면 담론민주주의의 싹이 그 안에서 자랄지도 모를 일이다.

4. 마무리

지역문학은 국가문학·중앙문학의 식민지가 아니다. 단순히 거기서 소외된 문학을 뜻하지 않는다. 그 문제 인식에서부터 해결 방법과 전망에 이르기까지, 지역의 구체적인 자리에 서서 생활세계의 성찰·변화를 이끌어내는 새로운 실천문학이다. 그런 점에서 지역문학은 지역 개별성과 탈지역적인 보편성이 하나로 길항하는 지역사회의 중요한 역장이다. 창작 현실과 연구·비평 현실, 그리고 제도 현실이 그 세부를 이룬다.[24]

이 글에서 글쓴이는 지역문학 연구의 필요성과 방향을 살펴보고자 했다. 우리 인문학이 겪었던 지역 경험을 먼저 살피고, 근대문학 연구가 품고 있는 문제 자리를 따져 뜻한 목표에 자연스레 이르도록 하는 방법을 좇았다.

---

24) 박태일, 「지역문학의 현실과 과제」, 『제주작가』 10호, 실천문학사, 2003.

새삼스러운 바지만 우리 근대 인문학은 세 가지 중핵 경험 앞에 한결같이 노출되어 있어 그 극복이 큰 과제다. 피식민 경험에 뿌리를 둔 중앙패권주의에서 벗어나 지역구심주의로, 민족 분단 경험에 따른 이념 획일주의에서 현실 다원주의로, 그리고 다가올 디지털 혁명과 맞물려 학문적 일방주의에서 학제적 대화주의로 나아가는 방향이 그것이다. 지역에 의한, 지역을 위한, 지역에 대한 인문학이 이제 새로운 주제로 떠오르고 있다.

근대문학 연구 또한 작가·작품·독자·연구자라는 네 줄기에서 여러 문제점을 품어 왔다. 첫째, 생산 주체로서 작가에 대한 문제 경험은 넷이다. 중앙의 명망 작가 중심, 문인사회의 저류에 대한 이해 부족, 생활문학인에 대한 무관심, 작가에 대한 일면적 접근이 그것이다. 앞으로 지역문학 연구는 그들로부터 벗어나 비엘리트 문인의 발굴·재조명, 예외적 소수 작가의 복권, 문학 취향의 두터운 실천 장소로서 생활문학인에 대한 관심, 작가에 대한 다면적 접근을 향해 나아갈 일이다.

둘째, 작품에 다가서는 태도로 볼 때 문제 경험은 셋이다. 정전의 절대시, 이념적·사회적 장벽 탓에 묻혀버린 작품에 대한 몰이해, 시·소설과 같은 주류 갈래에 치우친 관심이 그것이다. 지역문학 연구는 직간접적으로 반공민족주의의 국가적 기획에 따른 정전화 과정에서 묻히고 내쳐진 작품, 바람직한 지역가치와 지역이미지 형성에 이바지하는 구체적인 장소문학뿐 아니라 하위담론·주변담론에 대한 발굴·재조명, 인접 갈래 텍스트에 대한 개방적 상상력까지 한껏 요구하고 있다.

셋째, 문학 연구는 소비자 수요에 응하지 못하면 언어 조작으로 떨어질 위험이 크다. 근대문학 연구는 문학 소비와 독자사회를 다루는 데 있어 실용적 관점을 갖추지 못했다. 지역의 역사적·집합적 기억

보존의 장소로서 문학에 대한 깨달음이 적극적이지 못했다. 문학교육·문학행정을 비롯해 문학사회의 실질 환경에 대해서도 무관심했다. 독자사회에 대한 실증 또한 마찬가지다. 지역문학 연구는 이것을 넘어 드넓게 집단적 편익을 가져다 줄 수 있는 가치재로서 자신의 자리를 겨냥하고 있다.

넷째, 문학사회의 지원 요소로서 연구자의 태도도 새삼스러운 변화에 맞닥뜨려 있다. 이제껏 문학 연구자들은 패배주의에 젖어 지역문학의 학적 가능성을 의심하고 주류담론에 대한 도전적 모험심을 지니지 못했다. 또한 연구자 스스로 지역 형성의 변인으로서 적극 의지를 다지지 못했다. 일반 연구와 마찬가지로 지역문학 연구도 그 궁극은 인류학·생명학에 가닿는다. 무엇보다 구체적인 생활세계에 뿌리를 내린 이타적인 가치재로서, 문학의 담론적 실천에 대한 믿음을 더욱 가꿀 일이다.

우리 근대문학 연구는 아직까지 깊어지고 넓혀져야 할 데가 많다. 지역문학 연구도 그 가운데 하나다. 이제 문지방을 넘어선 지역문학 연구는 지난 시기의 경험을 딛고 새롭게 자신의 자리를 가다듬고 있다. 겨레문학의 풍요를 되살려내는 반성적 인간학, 문학사회 전반을 위한 실천학, 당대 문학에 대한 최소한의 학문적 윤리학이며, 문학복지를 향한 미래담론으로서 지역문학 연구는 더 많은 관심과 노력을 기다린다. 시행착오가 많을 것이나, 그 보람과 뜻은 나날이 새로울 것이다.

둘. 지역 매체와 문학행정

소지역 문예지와 『합천문학』

1. 들머리

벌써 십 년이나 걸어온 길이다. 지역자치가 법적·행정적으로 마련된 뒤, 지역 안에서도 많은 변화가 있었다. 자치행정부의 장과 의회 의원을 지역민 손으로 뽑는 일은 겉으로 드러난 한 경우에 지나지 않는다. 긍·부정을 떠나 그 안쪽으로는 지역의 이해관계를 지역민 스스로 논의·해결해야 하는 어려운 계기와 경험을 숱하게 겪었다. 그런 일을 빌려 지역민이 지역문제에 대한 발견자며 궁극적인 해결자일 뿐 아니라, 수혜자라는 헤아림이 지역 안쪽에 더욱 뚜렷해졌다.

예술문화 분야에 있어서도 마찬가지다. 지역민 스스로 예술문화 역량을 여러 길로 찾고, 그 힘을 키우고 모아 문화복지에 한몫을 거들고자 하는 노력이 여러 길로 나타났다. 단순한 상업적 이익이나 지역 패권을 지키기 위한 기회가 아니라, 시민사회의 자발적인 성장이라는 목표 아래 여러 지역에서 여러 모습으로 드러난 바다. 이즈음 들어 군소 시나 군과 같은 소지역에서 드물지 않게 나오고 있는 문예지 또한 그러한 노력과 무관하지 않다.

경남지역의 대표적인 소지역 문예지로서 『합천문학』은 1993년에 창간호를 낸 뒤, 2001년까지 9집을 냈다. 그리고 2002년 올해 들어 10집을 준비하고 있다. 한 해에 한 권씩을 꾸준하게 내면서 해걸이 문예지로서 전통을 다져온 셈이다. 경남의 다른 데에서도 쉬 볼 수 없는 발간 경험이다. 그런 만큼 그 주체인 합천문학회 회원들의 꾸준했을 각고를 엿보게 한다. 이 글은 『합천문학』을 대상으로 경남의 소지역 문예지 간행의 현황을 살피고, 방향을 찾아보고자 하는 의도로 쓰여진다.

2. 『합천문학』의 됨됨이

오늘날 한국의 예술문화계에는 다른 많은 나라의 경우와 달리 전국적인 단체가 마련되어 있다. 그 활동에도 심심찮게 국가 이름을 버젓이 내세운다. 실제 활동의 정당성은 두고서라도 이런 현상은 한국 근대 정치사의 어두웠던 경험과 무관하지 않은 일이다. 그리고 국가 단위 안쪽에서 영남·호남이라 일컫는 대지역에다, 그 안에 다시 부산·경남이라 일컫는 중지역이 있다. 중지역을 내세운 예술문화 활동도 오늘날에는 완연히 제도화의 길을 걸어 낯익은 경험이 되었다. 소지역 단위의 활동 또한 마찬가지다.

문학의 경우라고 예외는 아니다. 그렇다고 소지역에서 문예지가 발간된 경우란 앞선 시기에서부터 흔히 찾을 수 있는 보기는 아니다. 광복 뒤 1950년대에는 주로 지역 명칭과 무관한 이름을 내건 소규모 동인지 활동 경험이 큰 흐름이었다 할 수 있다. 보기를 들어 마산의

시동인지 『낭만파』·『처녀지』·『청포도』나 거창에서 나온 경남 최초
의 여자문학 동인지 『행주치마』와 같은 경우가 그것이다.

　1960년대에 들어서면서부터는 다른 모습이 나타난다. '한국문인협
회'니 하여 '한국'을 명분으로 삼은 단체나, 『창녕문학』·『부산문예』
와 같이 지역 이름을 앞에 당당히 내건 문예지가 크작은 지역 곳곳에
서 나오기 시작한 것이다. 이른바 '혁명정부'가 꾀했던 바 '국가재건'
을 위한 예술문화계 '정리'의 결과로 말미암은 이러한 변화는, 그 뒤
오랜 동안 예술문화계에 대한 국가 단위의 획일화된 위탁 관리와 그
에 따른 소수 권력 문인들의 이익 확보라는 인습을 남기게 된 것이
다. 그러한 인습은 1980년대 권위주의 행정부가 들어서면서 다시 한
번 더 강화되었다. 중지역 경남에서 경남이라는 이름을 내건 문인단
체가 출발하고, 그 기관지 『경남문학』이 나오기 시작한 것이 한 보기
가 되겠다.

　이렇듯 지역 문학단체의 결성이나 문예지 간행에 나름의 당대 정치
상황이 많은 영향을 끼친 것을 알 수 있다. 그러나 1990년대에 들어
서서는 상황이 앞선 시기와 사뭇 달랐다. 소지역 곳곳에서 문학단체
가 활성화되고, 문예지가 나오게 된 것이다. 지역자치제의 제도화라
는 외적 환경 변화나, 그에 따른 소지역 안쪽의 지역담론 개발이라는
요인으로써 다 설명될 수 없는 흐름인 셈이다. 1993년부터 나오기 시
작한 『합천문학』 또한 그것과 자리를 나란히 한다. 그럼에도 『합천문
학』은 다른 소지역 문예지와는 출발에서부터 다른 독특한 특이성을
지닌다.

　그것은 첫째, 지역 특성에서 말미암는다. 말하자면 같은 소지역이
라 하더라도 합천은 중지역인 경남의 중심지 창원·마산과는 사뭇 다
르다. 중심지로부터 가장 멀리 떨어진 가장자리인 까닭이다. 이러한
가장자리 경험은 역사적으로는 임란 이후 정인홍의 몰락에서부터 그

한 뿌리를 두고 있다. 합천은 정치·행정·산업뿐만 아니라, 교육·사회심리에 걸치는 모든 영역에서 오래도록 궁벽한 가장자리로 밀려나 있었다. 그러한 경험은 근대 이후에도 마찬가지였다. 문학에서도 근대문학사에 끼친 바 합천 문인 한 사람 한 사람의 이른 활동에도 합천 안쪽에서는 문인단체의 조직이나 활동이 뒤늦을 수밖에 없었다. 지역 활동과 문예지 발간의 바탕이 상대적으로 오래도록 갖춰지지 않았던 소지역에서 나오게 된 것이라는 점에서 이채를 띠는 것이다.

둘째, 운영에서 내부적 자율성을 지켜가고 있는 소지역 문예지라는 점이다. 경남만 하더라도 고성·통영·김해·진해·함안과 같은 소지역 문예지는 경상남도라는 이름을 명분으로 내건 문인단체, 곧 경남문인협회의 활동에 많은 부분 종속되어 있다. 다른 눈길로 보면 경남문인협회라는 단체는 마산·창원 지역의 몇몇 문인들이 진주를 곁다리로 끌어들이면서, 가까운 소지역 문인단체에 대한 암묵적인 친교와 상징적인 관리력을 명분으로 이루어진 실체가 뚜렷하지 않은 단체다. 1980년대 권위주의 행정부의 지역 이익 배분에 끼어들어, 지역 안쪽에서 몇몇 사람의 정당성을 재생산하고 행정부 가까이에서 지역 패권을 오로지 하고자 했던 반문화적 성격이 강한 조직이었다. 그런 점에서 그러한 관변단체와 거리를 둔 조직과 운영, 활동은 눈길을 끈다.

그러면서도 『합천문학』과 합천문학회는 그 활동에서 다른 소지역 문예지와 나란한 부분도 당연히 갖추고 있다. 지역 안쪽에서 문학, 예술 기류의 향방에 주요한 디딤돌로서 지역문화 위탁 활동과 촉매 활동을 도맡아 하고 있다. 지역민에게 문화향유의 기회를 넓게 마련하고자 할 뿐 아니라, 그 결과를 작품집으로 갈무리하고 있음으로써, 이름에 걸맞은 대표성과 정당성을 얻어나가고 있는 것이다. 먼저 『합천문학』의 문헌 사항에 대한 대강을 그림으로 그려 보면 아래와 같다.

	펴낸날	쪽수	글쓴이	짜임새	특이점
1호	1993.3.26.	124	17(7)	시, 수필, 콩트	초대작품, 광고 없음
2호	1994.5.28.	158	18(5)	시, 시조, 수필, 콩트, 동화	회원특집, 회원 등단작품 소개, 초대·찬조작품, 합천문예 입상작, 광고 게재
3호	1995.5.5.	228	32(4)	시, 시조, 수필, 콩트, 동화, 단편	회원특집, 출향회원 작품, 1회 황강백일장 입상작, 광고 게재
4호	1996.4.20.	276	37(5)	시, 시조, 수필, 콩트, 동화, 단편	회원특집, 2회 황강백일장 입상작, 광고 게재
5호	1997.5.9.	332	43(10)	시, 시조, 수필, 콩트, 동화, 단편, 희곡	지역문학회순례 특집, 3회 황강백일장 입상작, 광고 게재, 문화예술 기금
6호	1998.6.27.	314	41(6)	시, 시조, 수필, 콩트, 동화, 단편, 평론	회원특집, 4회 황강백일장 입상작, 광고 게재, 문화예술 기금
7호	1999.5.4.	314	37(4)	시, 시조, 수필, 콩트, 동화, 단편, 평론	회원특집, 5회 황강백일장 입상작, 광고 게재, 문화예술 기금
8호	2000.10.6.	298	33(3)	시, 시조, 수필, 콩트, 동화, 단편	회원등단특집, 6회 황강백일장 입상작, 소규모 광고 게재, 문화예술 기금
9호	2001.11.15.	292	36(14)	시, 시조, 수필, 단편, 동화	특집 합천을 빛낸 작가, 특집 재부합천문학회 작품, 7회 황강백일장 입상작, 소규모 광고 게재, 문화예술 기금

『합천문학』은 해걸이 매체다. 그런 까닭에 굳이 발간일을 굳혀두고 낼 필요는 없다. 그럼에도 그 일정을 갖추어 두는 것이 발간에는 훨씬 효율이 클 수 있다. 창간호에서 7호까지 3월에서 6월 사이에 걸리는 날을 보이고 있는 까닭이겠다. 그런데 8호와 9호에 이르러 10월과 11월 간행이라는 시기 변화를 보여준다. 봄철 간행에서 가을 간행으로 바뀌고 있다. 이러한 변화는 원고 모집의 어려움, 짜임새 변경에서부터 회원들의 사사로운 사정이나 간행 환경의 여건 변경과 같은 여러 요인이 한꺼번에 작용한 결과일 것이다. 어느 경우든 소지역 매

체 발간의 어려움을 더하게 하는 요인이 발간 시기 확정의 문제에 연관되어 있을 것으로 짐작된다. 그러나 그것을 감안한다 하더라도 특정 시기에 내도록 하는 규칙적인 버릇이 멀리 보아 좀더 바람직한 것으로 여겨진다. 그것은 합천문학회 안밖에 대한 일종의 책임감과 의욕을 드러내는 한 방식이 될 수도 있는 까닭이다.

글쓴이 수에서는 1993년 창간호에서 2집까지 완미한 변화가 있었다. 창간호에 글을 올린 사람은 모두 17명이다. 그 가운데 축사 형태의 의례적인 글을 쓴 사람이나 기타 외부필자를 제치고 보면 모두 10명이 순순한 회원 기고였다. 『합천문학』이 처음 나오게 된 환경이 매우 어렵고 힘들었을 것임을 짐작하게 하는 숫자다. 그러나 1995년 3집에 이르면서 글쓴이의 수가 크게 늘고 있다. 의례적으로 들어가는 글의 글쓴이를 제치고 보면 회원 필자만도 28명에 이르고 있다. 회원 수가 늘어난 결과다. 출향 회원들에 대한 관심을 적극 보였고, 그들을 이끌어 들인 것도 한 영향을 미쳤다. 그런 다음부터 30명을 넘어선 뒤 40명을 오르내리는 그 수에서 큰 변화가 없다. 출향 문인이나, 외부 필자들을 필요한 자리에 이끌어 들이고, 그들의 작품을 활용하고자 하는 노력도 눈에 뜨인다.

어느덧 『합천문학』도 부분적인 회원의 들고 남에 아랑곳없이 안정적인 글쓴이를 갖추었다. 회원이 모자라고, 작품이 없어 문예지를 계속할 수 없다는 매체 발간의 기본적인 어려움 가운데 하나는 벗어난 셈이다. 이제는 매체의 기능을 드높이기 위한 안쪽의 고민이 있어야 함을 뜻한다. 마땅히 『합천문학』의 쪽수도 글쓴이의 안정화와 더불어 관례를 만들어 가는 경향을 보인다. 창간호와 2호에서 124쪽, 158쪽에 머물렀던 책이 그 뒤로 200쪽을 넘어서, 어느덧 300쪽을 오가는 부피를 보여주고 있다. 물론 매체의 부피가 주요 문제가 될 일은 아니다. 회원들의 적극적인 참여와 활발한 글쓰기, 그에 따른 안정적인 책의 부피는 서로 연관되면서 『합천문학』이 지역 문화매체로서 지닌 바 역할을 더욱 강화시켜 줄 것은 분명하다.

『합천문학』의 짜임새는 처음부터 종합문예지로 나아가고 있다. 시·소설·수필·아동문학·평론에 이르기까지 오늘날 규범적으로 쓰여지고 있는 문학창작의 거의 모든 갈래를 아우르는 의욕을 보여준다. 비록 바깥에서 빈 작품이지만, 5집에서는 희곡까지 싣는 의욕을 보였다. 소지역에서 특정 갈래에 머문 동인지가 아니라, 한정된 회원 수로 종합문예지를 펴 나가는 일은 여간 힘든 일이 아니다. 그럼에도 그러한 짜임새를 거듭 하고자 했던 데서 『합천문학』에 쏟은 발간 주체들의 사명감과 노력을 한껏 엿볼 수 있다. 앞으로도 이미 자리 잡힌 종합 문예지의 방향을 더욱 두텁게 하는 일이 과제로 남겨진 셈이다.

그런 점에서 재정에서부터 실제 작품 창작에 이르기까지 회원들이 맡을 일의 부담은 적지 않을 것이다. 가까운 지역 매체나 문학 단체와 수평적 연결을 꾀해, 의도한 편집 방침을 실현하는 방식도 그 효율성을 더 따져봄 직하다. 이미 5집에서 진주청년문학회의 작품을, 9집에서 재부합천문학회의 작품을 실은 앞선 경험을 지니고 있다. 거기다 가능하다면 특정 갈래 중심의 특집도 생각해 볼 일이다. 특정 갈래의 작가가 다른 갈래의 작품을 오가는 갈래 넘나들기도 좋은 창작 경험이 되는 까닭이다. 문학적 명성을 위한 경쟁이나 뚜렷한 제도적 경계 안에서 인정투쟁을 치열하게 벌여야 할 까닭이 없는 소지역 문학에서까지 규범적인 갈래의 순수성을 글쓴이에게 강요할 필요는 없다.

매체 발간에 따른 재정 부담이 아마 『합천문학』의 발간에 결정적이었을 것이다. 첫 호를 제외하고, 2호부터 많든 적든 광고를 편집해 넣은 일이 그 점을 짐작하게 한다. 특정 기업이나 예술문화 기금을 지원해주는 기업 메세나의 전통을 소지역에서 기대하기는 힘들다. 기부문화가 활성화되어 있지 않은 사회 분위기도 일을 어렵게 한다. 따라서 짧은 시기 안에 이 문제에 대한 해결 방안이 나오기란 쉽지 않다. 그런 점에서 5호부터 도나 군에서 지급하는 문화예술진흥기금을 받고 있는 것이 눈에 뜨인다. 앞으로도 안정적으로 확보할 수 있는 발간비 보조겠지만, 일에 결정적일 정도의 적정한 지원이 아니라 상징적인 수준이라는 것은 다 알려진 사실이다.

발간비를 회원의 회비나 몇몇 사람의 회사에 거듭 기대하기도 쉬운 일이 아니다. 그런 점에서 소규모 지역 단체나 이익집단, 또는 영리 업체로부터 지원과 후원을 어렵사리 받을 수밖에 없는 실상이다. 그리고 이 일은 결코 부정적인 측면만을 지닌 것이 아니다. 오히려 그것을 지역 안밖의 광고주나 개인, 출향인을 지역문화의 잠재적인 생산자며 현실 소비자로 끌어 들일 수 있는 적극적인 기회로 활용할 수도 있다. 새로운 관점 변이가 고려됨 직한 문제다. 광고 협조가 어차피 매체 발간비 염출에 부분적인 데 그칠 것이 뻔한 현재 상황에서 볼 때, 소지역 문화커뮤니케이션의 촉진제로서 광고 기능을 이끌어 들일 수도 있다는 뜻이다. 소지역 문예지에서 광고 게재와 그 활용 문제는 단순히 재정 협조에서 더 나아가, 매체가 나아가고자 하는 목표에 닿아 있는 문제일 수도 있다. 고심이 필요한 부분이다.

앞에서 살펴본 바와 같이 『합천문학』은 1993년 3월 창간호에서부터 2001년 11월 9호에 이르는 동안 소지역의 종합문예지로서 운영과 발간에 많은 어려움과 위기를 겪었을 것이다. 그러면서도 9호까지 내는 동안 다룬 갈래가 늘어나고, 글쓴이가 많아졌을 뿐 아니라, 책의 체재에서 다양한 기획을 시도하면서 생산적인 방향을 모색해왔다. 경남의 다른 여러 소지역 매체와 달리 해걸이 매체로서 한 번의 결호도 없었다. 회원들의 지속적인 참여도 돋보인다. 이러한 조건들은

『합천문학』의 안정적인 발간의 전통이 앞으로도 오랠 것임을 내다보
게 한다. 아래에서는 9호에 이른 『합천문학』의 경험을 중심으로 좀더
포괄적인 점에서 소지역 문예지가 관심을 가질 만한 일에 대하여 몇
가지 제언에 이르고자 한다.

3. 소지역 문예지와 그 방향

오늘날 소지역 문예지는 재원 염출, 구성원들의 조직과 활용의 어
려움, 지역 안밖으로 문화적 자극의 열세와 같은 여러 문제를 안은
채 발간되고 있다. 따라서 한 권 한 권 문예지 발간이 거듭될 때마다
싸움을 치르는 듯 힘이 들어가야만 할 일이 되고 만다. 몇몇 구성원
의 사명감이나, 개인의 희생에만 내맡기기에는 이해관계도 단순하지
가 않다. 더구나 해마다 역외유출 인구가 늘어가고 있는 데다, 문화
기반이 상대적으로 모자라는 합천지역으로 볼 때 대도시 가까운 지
역과는 다른 세세한 문제까지 겹쳐 있을 것이다. 지역 안의 여러 겹
과 켜로 얽힌 다양한 연고가 변혁을 이끌어 들이는 일을 힘들게 할
것이다.

그러나 운영에서 갈등 요소를 최소화할 수 있다면, 어느 단위의 지
역 집단보다 확실한 결속력을 갖출 수 있는 강점도 있다. 지역 예술
문화의 길라잡이로서, 지역민의 문화능력을 키우고 문화실천에 이르
게 하는 주요 이음매로서, 『합천문학』의 위상이 드높아지고 지역사회
의 기대 또한 커질 것은 당연한 일이다. 『합천문학』은 이제까지 이루
어온 남다른 업적을 바탕으로 역동적인 활동 공간을 마련하고 실천
장을 마련해 나갈 계기에 이르렀다고 볼 수 있다. 소지역 문예지의
방향과 관련하여 크게 세 가지 제언에 이르고자 한다.

첫째, 지역문학의 실천과 관련하여 작품 창작과 발표에만 머물지 않고, 지역의 문화촉매로서 지닌 바 역할을 더욱 진취적으로 맡아나가야 할 일이다. 대학이 없고, 지역 안쪽에 각급 학교 또한 많지 않은 특성을 감안한다면 『합천문학』이 나서서 지역 문학교육을 묶는 현장으로서, 각급 학교의 창작활동을 지원하고 문학적 감수성을 키우는 역할에 더 힘을 기울일 필요가 있다. 9집에 이르는 동안 해마다 황강백일장에 입상한 각급 학교 학생들의 작품을 빠뜨리지 않고 싣는 방식은 소지역 문예지가 맡아내고 있는 흔한 꼴이다.

앞으로는 그러한 갈무리 단계에서 더 나아가, 각급 학교 문예활동의 후원자이며 생산자로서 역할을 강화하는 길도 찾아봄 직하다. 청소년문학상이나 독서대회를 만들어 문학적 감수성을 이끌어 내고, 그들에게 질 높은 집단 창작캠프의 경험까지 마련해 줄 수도 있을 것이다. 그러한 경험은 지역의 자연환경·인문환경 자체를 보다 구체적으로 겪고 사랑하고 내면화할 수 있는 좋은 기회가 된다. 합천의 뒷세대들에게 오래도록 질 높은 예술문화 감각을 갖도록 부추기는데 문학은 좋은 도구다.

아울러 지역 안쪽의 다른 예술문화 단체와 연계하고, 정보화 시스템을 적극 활용하면서 지역민들에게 다양한 문학적 경험을 갖도록 지금부터 준비해 나가는 자세도 필요하다. 새로운 정보화시대의 문화능력과 그 수행이라는 쪽에서 볼 때 합천은 이제까지 오래도록 겪어온 바와 같은 변두리가 아니다. 겉으로 드러난 규범적인 문학보다 생활 속에서 다양하고 창의적인 글쓰기 경험을 할 수 있는 계기를 만드는 일이 긴요하다. 방학을 이용한 어린이 글쓰기 교실, 노인을 위한 한글배움마당, 심지어 이야기구술대회와 같이 지역 안쪽의 여러 세대, 여러 문학적 취향을 뒷받침하는 활동에도 『합천문학』이 장차 주요한 몫을 맡을 수 있으리라는 기대는 더욱 커지고 있다.

둘째, 당대적 창작 활동뿐 아니라, 지역문학의 전통 발굴과 전승의 지렛대로서 그 몫이 더욱 확대되고 강화되어야 할 일이다. 합천은 일찍부터 한국문학사에서 놓칠 수 없는 많은 선유나, 문인들이 연을 맺어온 지역이다. 가까이 근대문학만 하더라도 만만치 않은 무게를 지닌 뛰어난 문인을 내었다. 문학을 고리로 삼아 『합천문학』이 오랜 지역문화의 전통을 발굴하고, 그것을 펴는 일 또한 뜻있는 일이다. 그런 점에서 9집 향파 이주홍 특집의 경우는 마땅한 기획이었다. 합천은 향파를 앞세우며, 많은 문인을 낳은 문향이었다. 소설가 최인욱에다, 시인 손풍산, 허민, 박산운도 빠뜨릴 수 없는 이름이다.

향파는 다재다능한 문인이다. 1920년대 중반부터 소설과 아동문학·번역·시·연극활동과 같이 모든 갈래를 넘나들었을 뿐 아니라, 서화를 포함한 예능에서도 두드러진 일을 맡았다. 근대 계몽적인 문인의 전형을 보여주면서 합천지역문학의 기개를 드높인 작가다. 손풍산과 박산운은 활동 시기가 달랐지만, 한국 계급주의 문학사에 빠뜨릴 수 없는 시인이다. 허민 또한 1940년대 암울했던 시기에 향토성을 앞세워 우리 시문학사에서 이채로운 경험을 보여준 합천인이다. 최인욱은 전업작가로서 중요한 작품을 많이 남긴 대중작가였다. 이들을 빼고도 많은 합천문인을 더 떠올릴 수 있을 것이다. 『합천문학』이 지역 안쪽에서부터 그런 이들에 대한 관심을 꾸준하게 기울여, 그들의 삶과 문학에 대한 새로운 사실을 찾고 간추려 뒷날 우리 문학사의 바탕을 두텁게 하는 고리를 마련해야 겠다.

셋째, 지역가치와 지역 심성 개발의 길라잡이로서 지닐 바 몫에 힘을 기울여야 할 일이다. 하나의 지역은 그 바깥과 나란한 수평적인 일반성 위에 고유의 특이성이 어울려 지역의 개별성, 곧 지역성을 지닌다. 한 지역 구성원으로 널리 함께할 수 있는 풍토적·사회적·심리적 동일성이 지역성이다. 그것을 구성하는 여러 속성들을 지역가치라 일컬을 수 있겠다. 우리가 고향, 또는 향토라 할 때는 그러한 지역 가치가 만들어준 공통 심성과 행위를 전제로 삼은 말이다. 그리고 그 러한 지역가치는 태어나 자라는 동안 거듭거듭 학습되고 강화·수정 되면서, 지역과 지역민의 동일성을 마련해 준다.

그 가운데서 풍토는 비교적 그 형태가 크고 장기적인 것이다. 그런 만큼 그것이 구성원들에 주는 동일성 감각은 대개 무의식적인 경우 다. 거기에 견주어 사회적·심리적 동일성은 구체적이고 경험적일 뿐 만 아니라, 이해관계가 보다 뚜렷한 특성이 있다. 때로는 문중과 씨 족, 계층적 단위가 그것에 영향을 미치고 학연이 그 몫을 맡기도 한 다. 지나간 시기의 개인적, 집단적 경험이 누대에 걸쳐 오늘날의 행 위 선택과 결정에 영향을 미치기도 한다. 대지역이나 중지역 단위와 는 다른 다양한 차별적 경계와 구체적인 제도적 울타리가 있을 수 있 다는 사실에서 애써 눈을 돌릴 필요는 없을 것이다.

따라서 부정적인 지역가치를 가로지르면서 바람직한 지역가치를 강화하고, 원만한 문화적 의사소통이 이루어질 수 있는 환경을 마련 하기 위해서는 구체적이든 상징적이든 남다른 노력과 실천이 필요하 다. 소지역 문학은 단순히 문학적 기호를 서로 나누거나, 취향의 공 통성을 확인하기 위한 단계에서 더 나아갈 필요가 있다는 뜻이다. 기 존의 긍정적인 지역가치를 확대하고, 지역적 동일성을 얻어 나가기 위하여 새로운 가치를 발견, 생산·재생산해 나가는 데에도 이바지가 있어야 할 것이다. 그리고 그 일에서 장소문학 창작이 좋은 방편이 된다.

가야산과 해인사, 황강, 대야성, 합천댐 정도로 알려진 합천의 장소 이미지에서 더 나아가 새로운 장소 경험을 개발하고, 그것을 지역 안 밖으로 일깨우기 위한 여러 노력은 꼭 필요한 일이다. 그것은 이미 알려져 있는 장소에 대한 재장소화뿐 아니라, 새로운 관점에서 발견,

창조될 장소감을 포함한다. 합천은 빼어난 인문지리적 환경에다, 숨겨져 있는 많은 훌륭한 경관을 지니고 있다. 합천을 더욱 합천답게 만들어 줄 그러한 장소와 표징들에 대한 장소감과 장소이미지를 개발하고 그것을 널리 펴는 장소문학에 『합천문학』이 힘을 기울여 봄직하다. 그리고 그런 가운데서 자연스레 합천에 대한 지역사랑은 더욱 깊어질 것이다. 생태 오염과 파괴 문제를 비롯해, 다양한 지역 안쪽의 현안 문제에 대한 적극적이고도 깊이 있는 문학적 관심은 그런 바탕 위에서 가능할 것이다.

장소문학 못지않게, 인물문학 또한 지역가치 개발을 위해 필요한 일이다. 합천이라는 풍토가 낳은 주요한 인물이나 그와 관련된 설화적 전통은 지역가치의 너른 바탕이다. 죽죽·무학대사와 관련된 서사 전승 또는 남명·정인홍·조성좌로 이어지는 인물서사들은 언제든지 『합천문학』을 빌려 창작 경험으로 거듭 나기를 기다리는, 지역에서도 이미 알려져 있는 글감들이다. 이렇듯 들난 역사적 인물 말고도 합천지역을 중심으로 남다른 삶을 살았던 옛사람의 일은 또한 합천지역 문학 전통의 보고라 할 수 있다.

당대적 창작문학에 머물지 말고, 지역의 설화적·문헌적 전통을 찾고 갈무리하는 일에도 힘을 기울여야 할 일이다. 그러한 전통 위에서 바람직한 지역문학으로서 『합천문학』의 성취는 더욱 두터워질 것이다. 문화원과 같은 조직과는 서로 상보적인 입장에서 가까운 시기, 지역의 민중구술이나 생활사, 문화적 전승을 기록하고 갈무리하여, 창조적 담론 생산과 재생산의 계기를 만드는 일은 소지역 문예지가 발빠르게 찾아 들어서야 할 일거리다. 합천지역의 오랜 장소 경험, 인물, 나날살이에 대한 관심과 그것을 당대 문학 담론으로 이끌어 들이기 위한 여러 갈래, 여러 장치의 창발은 지역가치를 개발하기 위한 즐겁고도 보람된 창작 경험이 될 것이다.

4. 마무리

『합천문학』은 아홉 해에 걸쳐 나온 경남의 대표적인 소지역 종합문예지다. 이 글에서는 거기에 실린 여러 갈래, 여러 작품에 대한 문학적 특성이나 작가 개인의 성향에 대한 해명은 관심에 두지 않았다. 무엇보다 그러한 논의는 소지역 문예지가 나아가야 할 바 생활문학, 실천문학의 방향에서 볼 때 이차적으로 다루어져야 할 일거리라 여긴 까닭이다. 우리의 소지역은 가까운 시기 이민족에 의한 오랜 수탈과 식민제도의 구조화, 그에 따라 왜곡된 도시화·산업화·국가화의 길을 따라 이루어진 압축적 근대화의 폐해를 가장 깊이 겪었고, 그에 따른 문제를 가장 많이 안고 있는 삶의 단위다.

그 결과 지역 안밖 없이 진행된 도시화는 소비행태에서나 그럴 뿐이다. 몇몇 중지역의 위성 도시를 제외하면 잠재적인 격리지가 되어가고 있는 것이 오히려 오늘날 소지역의 현실이다. 그런 점에서 소지역 안쪽에 머물고 있는 재향인이나 산업화의 물살에 얹혀 지역 바깥으로 도시로 도시로 떠돌며 몸을 기댔던 출향인 모두 상처받은 지역과 그 자식이라는 공통점이 있다. 소지역은 지난 시기와 같이 중앙이나 중심지의 거대 권력·권위에 자신의 기대지평을 마련해두고 살아가는 변두리, 식민지가 아니다. 그러한 인습을 벗어나고자 하는 노력 자체가 소지역 시민활동의 핵심이 되어야 한다.

세계화와 지역화, 곧 세계역화는 벗어나기 힘든 운명이다. 그런 점에서 한국의 지역사회는 늦었지만 새로운 전통을 마련해야 한다. 『합천문학』이 맡아내야 할 적극적인 부분이 있다면 아마 거기서 비롯될 것이다. 합천의 지역성이 살아 있는 생활문학이야말로 지향할 바다. 『합천문학』은 이미 아홉 번의 묵직한 문예지를 지역 안밖으로 선보임으로써, 그 맡은 바 몫에 많은 기대를 걸게 한다. 지나온 시기 겪었을 각고와 헌신의 강도에 관계없이 이미 합천지역 문학과 예술문화 발전에 끼친 바 무거움은 누구보다 회원 스스로 느끼게 되었다.

새로운 21세기, 생명미학·지역가치가 으뜸이 되는 시대가 온다고 한다. 숱한 방법, 실천 담론들이 세상에 나돌고 있다. 이제 지역의 문제를 번화한 거대담론이나 소박한 향토애·애향심에 기대어 해결하려 했던 시기는 지났다. 구성원들이 사람답게 살아갈 수 있는 쾌적한 장소로 지역을 만드는 일은 그 안쪽에 살고 있는 이들이 맞닥뜨린 실존 문제다. 그런 점에서 합천지역의 주요한 예술문화 이음매요, 디딤돌로서『합천문학』이 보여준 모범적인 매체 실천의 전통은 거듭거듭 기억되고 격려되어 마땅할 일이다.

시인 김상훈과 거창의 문학행정

1. 들머리

지난해부터 지역 안쪽에서는 분권이라는 말이 한창 떠돌고 있다. 지역자치 10년을 훌쩍 넘긴 시기에다, 대선이라는 말잔치 마당이 열리는 기회니 그것을 놓칠 리 없다. 학계에서는 새로운 모임을 만들고, 시민사회에서는 협의회니 해서 분권을 앞세우며 시청·의회에서, 지역 사회 곳곳에서 목청을 높이고 있다. 자치에서 분권으로 말머리가 옮겨가는 일은 아주 재미있게 여겨진다. 왜냐하면 분권을 말하고 목청을 드높이는 사람들은 지난 시기 자치제 실시와 더불어 한가닥 말잔치에 참석했던 그 얼굴에 그 나물인 경우가 대부분인 때문이다.

지역자치가 행정적으로나 법적으로 외형을 갖추고 있었던 지난 세월에는 무엇하고 있다가 이제 와서 자치를 버리고 분권을 들이대며 목청을 높이는지 알 수 없을 단체·학자·문화인 또한 한둘이 아니다.

그 동안 시민사회 안쪽에서 하나하나 이루어 놓았던 지역자치의 실질적인 성과와 고심에는 아랑곳없이 하루아침에 분권담론에서 밀려나앉은 단체·개인의 비웃음은 생각보다 깊다. 아직까지도 자치니 분권이니 원론 수준의 동어반복을 거듭하는 일로 지역에 바람직한 변화가 오리라는 생각이 얼마나 터무니없는 것인가를 누구보다 잘 아는 그들이다.

2. 거창 지역문학의 줄기

한국 근대문학사 속에서 거창 소지역의 전통은 뜻밖에 엷다. 가까운 합천군의 경우는 이미 1920년대 중반부터 이주홍·이성홍을 비롯해 지역 안쪽에서 문학 습작 동아리와 소년동맹이 만들어졌다. 지역과 서울에서 아울러 매체 발표와 수련, 그리고 등단이라는 제도적 과정을 빌려 지역문학의 부피를 튼튼히 하고 있는 모습은 사뭇 인상적이었다.

그러한 자생적이고 점진적인 제도화 과정을 나는 투고시단이라 일컫거니와, 그것을 통해 합천군은 1945년 이전만 하더라도 이주홍·이성홍을 비롯해, 손풍산·최인욱·허민으로 이어지는 무게 있는 문인들을 냈다. 가까운 함양도 이와 사정이 크게 다르지 않다. 1920년대 함양에서는 『신소년』·『별나라』 지사나 소년독서회를 바탕으로 삼아 여러 젊은이들이 아동문학에 관심을 가지고, 습작을 거듭하는 소지역 문학 활동의 전통을 모범적으로 보였다.

이와 달리 나라잃은시기 오래도록 나왔던 『어린이』나 『조선일보』·『동아일보』와 같은 매체 속에서도 거창 출신자들의 습작품은 잘 보이지 않는다. 다른 소지역에 견주어 본다면 거창군은 특이한 경우다.

지역이 갖고 있는 역사적 연원과는 관계없이 근대문학에서 해당 출신이나 내세울 만한 문학인의 출현이 뜻밖에 드물고, 뒷날을 기약하고 있는 셈이다.

그런 가운데서 우리 근대문학사에서 처음으로 나타나는 거창 문인이 광복기 김상훈 시인이다. 그를 맨 앞머리로 하여 비로소 거창 지역문학은 한국 근대문학사에서 자리를 갖기 시작한다. 그러다가 우리나라 처음으로 여성들의 손으로 나온 여성 문예지로 여겨지는『행주치마』가 '여성학회'라는 곳에서 나오게 된 때가 1956년이었다.

동인들의 시·소설·체험실기에다 수필까지 올리고, 초대인사들의 작품을 싣고 있는 이 매체의 발간이 그 뒤 어떻게 이어졌는지는 알 수 없다. 창간호에 따르면 이은상 시인과 벌였던 좌담과 유치환·설창수·이경순·하택준과 같은 시인의 초대시가 마련되어 있어, 그들의 문학적 관심이 결코 지역 안쪽에 머물지 않았음을 보여준다. 물론 이것은 광복기 가까운 함양의 안의중학교 교장으로 잠시 머물렀던 청마 유치환이나 최삼한기 같은 문인 교장에 따른 지역 기류와도 이어진 흐름이라 생각된다

이어서 1962년 신중신의『사상계』시 데뷔를 처음으로 1970년대까지 신달자·표성흠·류재상·이기철·백신종으로 이어지는 문인들의 진출이 띄엄띄엄 거창 지역문학에서 이루어졌다. 그러나 사람의 수가 적은 대신 그 활동은 활발하여, 우리 문학사에서 일정한 몫을 충분히 맡아냈다고 할 수 있다. 신중신의 경우는 카톨릭적인 세계를 꾸준히 시화시킨 공로를, 신달자의 경우 시의 대중화는 물론 우리 문학의 제도적 뿌리를 튼튼히 하고 생활문학의 밑자리를 넓힌 공이 크다.

표성흠은 시에서보다 오히려『토우』와 같은 소설로 우리 문학사에 이름을 남겼다. 이기철은 대구를 중심으로 활동하면서, 독특한 언어 구사와 상상력으로 강한 개성을 쉬임 없이 보여주고 있다. 류재상과

백신종의 경우, 지역 안쪽에서 오래도록 지역문단을 이끈 공이 기억됨 직하다. 특히 류재상은 여러 권의 시집을 거듭 내어 실질적인 거창 지역문학의 성과를 지역 바깥으로 일깨워 주려 애썼다. 게다가 교사로서 일하면서 맡았던 지역 문학과 문화교양에 대한 이바지는 쉬 가늠하기 힘들 것이다.

지금의 거창지역은 거창문인협회나 거창문학회와 같은 문학 단체뿐 아니라, 문화원·박물관과 같은 기반시설을 갖춘 교육도시로 특유한 예술문화의 심성을 닦고 있다. 각별히 신중신과 표성흠이 시와 소설에서 내놓은 거창민간인학살에 대한 증언문학은 우리 근대문학사에서 눈여겨 다루어져야 할 업적이다.

3. 시인 김상훈의 자리

시인 김상훈은 거창 근대 지역문학 속에서 가장 앞머리에 놓이는 시인이다. 이 말은 단순히 작품 선후 관계에서 앞섰다는 뜻을 더 뛰어넘는 의의가 있다. 그것은 그의 시와 문학이 어쩌면 가장 '거창적'일 뿐 아니라, 매우 뛰어나다는 점에서 그렇다. 이제까지 우리 문학사에서 광복기 전위시인 다섯 명 가운데 한 사람으로서 문재를 떨친 신예 좌파 시인이라는 정도만 알려졌던 이가 김상훈이다. 그러나 그에 대한 학계의 관심은 적지 않아 이제껏 광복기 시사를 다루는 자리에서 그는 빠지지 않았다. 적지 않는 논문도 쓰여졌다.

널리 알려진 대로 그는 1919년 거창 가조 일부리에서 태어났다. 1933년 가조보통학교를 졸업하고, 1936년 서울 중동중학교에 들어갔다. 시인 유진오와는 급우였다. 1941년 연희전문학교 문과에 들어가 '만월'이라는 문학서클을 만들어 활동하였고, 이때 임화와 친교를 맺었던 것으로 여겨진다. 1943년 조기 졸업한 뒤 징용에 끌려가 원산에서 선반공으로 일했다. 1944년 지병을 빌미로 징용에서 벗어나 잠시 고향에 머문 뒤, 발군산에 입산하여 시인 김상민과 함께 '협동당 별동대'에 가담하면서 산생활을 한다. 1945년 광복을 앞두고 '협동당 별동대' 일로 피검, 옥살이를 했다.

광복으로 8월 16일 출옥, 잇따라 조선학병동맹·조선문학가동맹 조직에 가입하고, 『민중조선』을 내면서 남달리 활발한 작품 활동을 벌였다. 광복기에 그가 낸 시집은 아래와 같다. 『전위시인집』(1946, 박산운·김광현·유진오·이병철과 공동시집), 『대열』(1947), 『가족』(1948)이 그것이다. 또한 옮긴시집 『역대중국시선』(1948)을 냈고, 『푸쉬킨 시집』(1949)도 옮긴 것으로 알려지고 있다. 열정적인 젊음을 한껏 드날렸던 셈이다.

1949년 국민보도연맹에 가입하여 김상훈은 공개적으로 좌파 활동을 그친다. 그리하여 우파 잡지인 『문학』에다 작품을 싣고 있다. 그러나 1950년 경인년 전쟁이 일어나자, 인민군에 잡혀 다시 한 번 변신하지 않을 수 없었다. 의용군에 입대한 뒤 종군작가 형태로 전선에 끌려가게 된 것이다. 이어 10월 유엔군에게 쫓겨 어쩔 수 없이 홀몸으로 입북하게 된 것이 그가 영 북에 남게 된 배경이다.

북한에서 머물렀던 김상훈의 초기 생활은 아주 어려웠을 것으로 짐작된다. 1953년 남로당 계열 문인 숙청 무렵 임화와 친분이 문제가 되어 협동농장으로 쫓겨 가서 창작활동을 그만두게 된 그다. 1958년에 다시 문단에 되돌아온 뒤, 김상훈은 '고전문학편찬위원회'에 들어가 북한의 고전문학 번역 일을 앞서 이끌었다. 그 뒤에 그가 냈던 책으로는 『풍요선집』(1963), 『력대시선집』(1963), 『가요집』(1983), 『리규보작품집』(1983), 『한시집』(1985), 『중국고전시선』(1991)이 있다.

주로 고전번역과 주해 작업에 큰 공을 세웠음을 알 수 있다. 1987

년 병을 얻어 영면한 뒤 , 그의 아내 류희정이 유고시집 『흙』(1991)을 묶어냈다. 북한에서 썼던 그의 시 전모가 비로소 밝혀진 셈이다. 남쪽에서는 유족의 도움으로 신승엽이 『항쟁의 노래』(1989)를 엮어냈다. 그러나 그 속에서는 광복기 작품 가운데서 많은 것이 빠져 있다.

금실 바람 은실 바람
노랑 꽃잎 향내 묻어
아지랑이 아지랑이
봄은 자꾸 가자는데

떴다!
종다리
불길 같은 울음소리
넋이 소리 되어
하늘 가득 우는 소리

청춘을 못다 산
이 골안 젊은이의
피맺힌 그날의
한 많은 사연인가

보릿고개 넘다가
통곡을 하던
강마을 어머니의
기나긴 설움인가

못 배겨
못 배겨
안 울고는 못 배겨
내일을 불러서
몸을 태우는

종다리, 아아
갈망의 새야!
봄은 가자는데
너만 우느냐

—「종다리」

찌그러진 홀어머니의 지붕에서도
즐거이 피는 박꽃

보스락이는 봄비보다도
퍼붓는 여름비를 사랑하는 박꽃

꽃은 적어도
가을이면 보름달 같은 열매가 열지

울타리나 강담벼랑이나
무엇이나 붙잡고 깃더 오르는 버릇

박꽃은 분 바를 줄 모르는
시골처녀의 동무라서

金도령에게 시집갈 때도
바가지는 가지고 간답네

滿洲로 이사 갈 때도
바가지는 가지고 간답네

—「박꽃」

앞에 든 「종다리」는 나라잃은시기인 1944년에 쓰여진 작품이다. 시작 초기부터 쉬운 언어에다 겨레의 보편 체험을 담아내고자 했던 그의 균형 잡힌 안목이 잘 보인다. 「박꽃」은 광복기 좌파시로서는 이례적으로 제대로 간추려진 언어 통어에다 섬세한 현실 감각이 잘 옹근 작품이다. 한때 우리 시골 어디서나 만날 수 있어 길 '동무'와 같았던 '박꽃'과 '바가지'에 대한 부풀리지 않은 감각과 그 속에 담긴 농촌 해체의 경험은 매우 전형적이면서도 성공적인 농촌시의 됨됨이를 보여준다. 김상훈 시가 담고 있는 이러한 건강함은 북한 시단에서도 쉽게 사라지지 않았다.

바람아 들바람아 놀리지 말아
벼이삭 향기로워 웃음 지었다

소낙비 한바탕 지나간 뒤에
논고물 근심에 들에 나왔지

들에서 그 총각 마주 만난 건
그 총각도 논고물이 근심이었나 보지

그 다음 뜻밖에 손목 잡은 건
이랑길이 너무 좁아서란다

바람아 머리털을 흔들지 말아
이랑길이 정말로
좁아서란다

—「이랑길」

북한에서 쓰여진 작품이다. 처녀 말할이를 앞에 세워 우리 근대시에서는 보기 드물게 한껏 웃음을 담아내고 있는 작품이다. 동서양 고전시가에 대한 밝은 이해를 바탕으로 삼은 그의 든든한 시적 역량이 아낌없이 드러났다. 북한의 선동시·송축시 흐름 앞쪽에 나설 자리에 그가 있지 않았다는 점이 작용한 것일 수도 있으나, 광복기부터 한결같이 닦은 그의 시적 건강함이 온전히 살아난 까닭이겠다.

김상훈은 나라잃은시기와 광복공간에 걸쳐 겨레의 현실과 힘겨웁게 맞서고자 했던 실천적인 삶을 보여준 시인이다. 특히 그는 광복기 문학사에서 가장 뛰어나고도 많은 작품을 남긴, 열정적인 시인이었다. 동양적 고전과 토착적 정서에 바탕을 둔 그의 시는 지역 토박이말 사용, 이야기시 형식과 같이 성공한 형태적 고심을 통해 그 묘미가 한층 빛난다. 형식과 내용, 문학성과 사상성을 한 고리로 묶어내는 뛰어난 솜씨로 빚어진 그의 현실주의 시문학은 우리 민족문학의 중요한 성과로 대물림될 것이다. 그의 문학이 과거적이지 않고 미래적인 까닭이다.

거창은 조선 중기를 거치면서 이웃 합천과 함께 서울 중심의 왕조 역사에서 회유와 차별을 극심하게 받았던 지역이다. 거창에서 머잖은 곳에 있는 가야산 들머리 정인홍의 버려진 묘가 그 점을 눈으로

읽게 해 준다. 남명 선생의 수제자로서 임란 의병장이자 광해임금 때
는 대북의 영수로 개혁을 이끌었던 그다. 1623년 인조반정으로 정인
홍이 비참하게 죽임을 당한 뒤 반역향 경상 우도가 겪었던 차별과 억
압은 1728년 무신의거로 더했다. 청주 이인좌와 안의 정희량, 합천
조성좌가 중앙 노론 정권에 맞서 일으킨 지역봉기였다.

　근대시기 100년 흐름 가운데서도 거창이 겪었던 역사·심리적 소외
경험은 줄지 않았다. 거창은 남북 개발축에서 멀리 떨어진 산간지역
의 전형으로 그 숱한 개발독재 속에서도 혜택을 받지 못한 곳이다.
일찍부터 교육도시로서 자리를 굳힌 거창의 변신은 그런 점에서 매
우 특징적이면서도 효율적인 지역적 대응이었다 할 만하다. 소외와
억압, 차별과 반생명이 일상이 되어버린 세상에서 진보적인 꿈과 혁
신을 위한 문학적 실천·실천적 문학은 늘 필요하다. 그 가장 앞자리
에 김상훈의 거창문학적인 특성이 있고, 민족문학적 상징성이 있다.

4. 거창의 문학행정과 가조

　거창 가운데서도 가조는 매우 특징적인 경관을 지닌 곳이다. 둘레
로 오도산·비계산·미인봉·우두봉·장군봉·박유산과 같이 매우 험
준하고 빼어난 산을 갖춘 분지형 자연경관이다. 그것이 만들어내는
심미자본력은 매우 크다. 게다가 그 둘레로 고견사·가야 옛무덤과
같은 역사경관 또한 매우 뛰어난 됨됨이를 보여준다. 시인 김상훈의
생가와 가조온천지구가 마련되어 있는 일부리는 커다란 함박꽃 송이
속의 맑은 꽃방처럼 그 안에 들앉아 있다.

　소지역 거창의 문화행정, 그 가운데서도 문학의 뒷날을 볼 수 있는
가장 대표적인 공간이 가조지역이라 할 만하다. 나라잃은시기부터

광복공간에 걸쳐, 남다른 문학적 열정과 사회변혁에 심혈을 쏟으며 실천적인 삶을 살았던 김상훈 시인의 생가와 놀이터가 있는 곳이다. 그의 문학자산과 문학정신을 기리기 위한 사업이야말로 거창 문학행정의 출발점이 됨 직한 까닭이다. 거창군의 지역 이미지와 지역가치를 드높이는 데 꼭 필요한 이 일로 말미암아 거창문화의 정체성 확립은 물론, 지역 문화담론의 새로운 활로를 마련할 수 있을 것이다.

그리하여 이미 이 일에 디딤돌을 놓기 위해, 경남·부산지역문학회가 잔심부름을 떠맡고 경남시사랑문화인협의회를 비롯해 관심 있는 단체 회원들이 도와 주어 김상훈시인현양사업을 시작하고 있다. 먼저 1차 사업으로 2003년 여름까지 김상훈 시비를 시인의 생가가 있는 가조온천 지구 안에 세우고, 김상훈 시전집과 연구논집 발간을 마련하고 있다. 그리고 시비 건립은 울산이 낳은 대표적인 광복열사 박상진 선생을 재종숙으로 모시고 있는 시인 박종해를 위원장으로 하여 건립지와 작품 선정을 끝내고, 설계에 들어가 있는 상황이다.

그리고 시전집과 연구논집 또한 8월 발간을 목표로 하나하나 진행하고 있다. 김상훈 시인이 남긴 문학적 성과를 온전히 갈무리하고 앞으로 이어질 연구를 위한 디딤돌 작업이 시전집 간행이다. 지금까지 이루어진 김상훈 관련 연구 성과들을 한자리에 간추림으로써, 그에 대한 관심을 더욱 부추기고 이를 바탕으로 김상훈 시인의 문학사적 값매김, 지역사적 자리매김이 발빠르게 이루어질 수 있도록 하기 위한 기획이 연구논집 발간이다.

물론 이 일에는 시인의 고향 일부리 주민과 가조온천조합, 거창군과 의회, 거창 예총과 관련 문인 단체의 협조가 필수적이다. 김종철 씨를 비롯한 유족들의 헌신적인 관심 또한 일찍부터 잘 알려진 바다. 2003년 사업 첫해에 바람직한 디딤돌이 놓여진다면 해마다 거창지역 예술문화인의 손으로 가조온천지역을 활용한 김상훈 문학캠프가 이루어질 수 있을 것이다. 김상훈 시인이 경남 지역문학사에서 이바지한 바와 더불어 우리 근대 현실주의문학사에 남긴 족적을 지역 안밖에 널리 알리고, 김상훈 연구의 폭과 깊이를 이 일로 넓힐 수 있을 것이다.

청소년 시낭송회와 창작 실기, 거창지역 문화체험, 세미나와 기념문집 간행으로 이어질 수 있을 이러한 문학캠프는 지역의 예술문화복지 행정에 주요한 동기부여가 됨 직하다. 지역 안밖으로 매우 뜻있는 문학자산으로 자라날 이 일과 더불어, 바라건대 장차 김상훈 시비를 중심으로 삼아 거창문인의 문학비 건립이 이어지도록 지역사회가 뜻을 모을 수 있다면 더욱 바람직하겠다. 거창문인들의 문학 정신을 길이 빛낼 상징적인 표징물 동산이 그것이다.

따라서 김상훈시인현양사업을 중심으로 삼은 거창군의 문학행정은 아래와 같은 장기적 기대효과를 갖는다. 첫째, 김상훈 시인을 중심으로 거창 지역문화에 대한 올바른 조사·연구와 값매김을 통해 지역문화의 뿌리를 굳건히 한다. 둘째, 거창의 바람직한 지역이미지 생산과 바람직한 지역가치 창발을 위한 구심점이 된다. 셋째, 거창지역의 역사·문화 관광과 홍보 효과를 극대화하고, 지역경제 발전에 크게 이바지한다.

단기적 기대효과 또한 적지 않다. 첫째, 지역 안쪽으로 거창 지역문인의 창작 활성화를 부추기고, 거창군민의 자긍심을 드높인다. 나아가 거창국제연극제와 가조온천지구의 문화자원화에 상승적 이바지를 꾀한다. 둘째, 지역 바깥쪽으로는 출향문인과 출향 군민의 애향심을 드높임은 물론, 거창의 지역 이미지를 드높인다. 걷잡을 수 없이 이어지고 있는 역외 군민 유출과 더불어 소지역 안쪽에서는 패배감이 더욱 깊어져 가고 있다. 관심 있는 문인뿐 아니라, 거창군민들의 적극적인 관심이 필요하다 하겠다.

5. 마무리

거창 근대문학의 맨 앞자리에 놓이는 사람이 시인 김상훈이다. 김상훈현양사업이 뜻한 바대로 잘 이루어진다면, 거창군의 문화가치·지역가치에 큰 메아리를 불러일으킬 것이다. 거창 지역문학에 대한 관심과 연구도 거기서 큰 힘을 받게 될 것임은 불 보듯 환한 일이다. 거창의 문화적 정체성과 그 역사적 자존을 널리 알리고, 지역구성원들이 껴안고 있는 낱낱의 삶은 물론 지역문화의 새로운 길을 여는 첫자리에 김상훈이 있다.

거창지역은 지역자치·지역분권 담론이 떠도는 이즈음의 정세 변화에는 관계없이 일찍부터 독특한 교육도시로 실질적인 지역성을 가꾸어왔다. 비록 경제·행정적으로 변두리에 밀려나 있었으나, 새로운 세기를 맞아 거창 지역민의 삶은 결코 변두리에 머물지 않아야 할 것이다. 군 전체가 아름다운 심미자본인 곳은 많지 않다. 개발하거나 망가뜨리지 않고 삶의 짜임새를 가다듬을 수 있는 가장 좋은 방법이 교육과 예술문화다. 이미 교육도시로 자라난 거창으로서는 장차 대안교육뿐 아니라, 예술문화에 크게 힘을 쏟을 때다. 김상훈 시인은 이제 그 한가운데 있다.[1]

---

1) 이 글은 본디 2003년 4월 11일, '거창문인협회 문학세미나' 발표를 위해 쓰여진 글이다. 2003년 8월 15일 계획대로 김상훈 시인의 생가 터인 가조 일부리 온천지구 시비공원에 김상훈 시비를 세우고 그 제막식을 가졌다. 그에 맞추어 『김상훈 시 전집』(박태일 엮음, 세종출판사)과 『김상훈 시 연구』(한정호 엮음, 세종출판사)를 펴냈다.

지역문화의 해와 지역문화 커뮤니케이션

1. 들머리

2001년 새해가 밝았다. 문화관광부에서는 새해를 '지역문화의 해'
로 선포했다. 많은 행사가 한 해 내내 곳곳에서 열릴 것이다. 미처 행
사 계획을 마련하지 못한 기관이나 지역행정부에서는 부랴부랴 관련
행사를 땜질하기 위해 중앙의 지침서를 거듭 읽고, 다른 지역의 풍문
을 놓치지 않기 위해 귀를 곤두세우겠다. 한 나라의 중앙행정부에서
해마다 나라 구성원 모두를 대상으로 문화예술 진흥의 방향을 결정
하여, 그 시행 지침을 내려보낸다.

달리 보면 중앙 독점, 관 독점으로 한결같은 우리 사회의 인습을 보
여주는 한 본보기가 됨 직하다. 나라 안의 여러 지역·권역과 문화예
술 영역에서 개별적인 공론과 중장기 계획을 기획하고, 그것을 실천
해 나가는 다채로운 모습을 찾아보기란 힘들다. 사람과 돈, 그리고
담론까지도 서울에서 독식·독점하는 버릇을 버리지 않는 한 언제까

지나 진정한 지역가치의 창출은 어림없다. '지역문화의 해'라 해도 앞서 거듭되었던 여느 해의 진행 과정이나 그 결과와 다를 바 없을 것임을 점치게 하는 대목이다.

기껏 중앙 정보·화폐권력의 새삼스러운 지역 나들이 명분을 하나 더 얹어주거나, 서울·근기지역의 화려한 주시를 목표로 삼은 이른바 전통문화 발굴 행사나 급조된 문화상품 떠벌리기로 요란할지 모른다. 눈 밝은 이들이 나랏돈 갈라 먹을 수 있도록 멍석자리를 곳곳에 깔아주는 일에 그칠지도 모를 일이다. 이른바 '지역문화의 해'를 맞이하여, 각별히 지역 안쪽으로 눈을 돌려 지역문화 커뮤니케이션이 지니고 있는 문제점을 짚어 그 바람직한 방향을 찾아보고자 하는 까닭이다. 논의가 구체적인 데로 나아가도록 특정 소지역에서 문제되고 있는 현안을 아래에 먼저 내놓는다.

2. 지역문화가 놓인 자리

두 개의 그림이 있다. 경상남도 밀양시와 관련된 것으로, 처음은 밑그림이다. 아랑의 전설이 늘푸른 대처럼 살아 있는 영남루와 밀양강이 되살아난다. 무안에 있는 임란 의병장 사명대사의 땀비와 대사의 충절을 기려 세운 제약산 표충사에는 겨울인데도 사람들의 발길이 잦다. 어깨부터 눈을 뒤집어쓴 제약산이 그들을 점점이 품고 있다. 조선 유교의 커다란 봉우리 가운데 한 분인 김종직 선생의 커다란 무덤이다. 한 등성이를 더 넘어서면 동래가 낳은 여장군 박차정 열사의 애기무덤도 있다. 어느 무덤자리에서 내려다보든 나라잃은시기 35년 피어린 나날 속에서 우뚝한 무장항쟁을 벌였던 단체, 의열단의 단장 김원봉 장군 생가가 한눈에 든다. 더 멀리 눈을 들면 역대 단군의 위

패를 모셔둔 민족종교 대종교의 천진궁과 영남루, 아랑의 푸른 대숲
이 다시 한눈에 든다.
  이제는 두 번째 그림이다. 앞선 밑그림 위로 작은 그림 둘이 돋을새
김으로 겹쳐진다.

1) 윤세주 장군

  밀양 사람으로 왜로 제국주의와 맞서 싸웠던 광복전쟁의 대표적인
무장단체, 의열단과 조선의용대의 중심 인물이었다. 의열단원으로서
밀양·부산에 반입된 폭탄과 무기들이 왜로 경찰에 발각, 붙잡혀 7년
동안 갖은 고초를 겪고 1927년 옥을 나왔다. 1932년 중국의 동북삼
성으로 망명, 조선민족혁명당에 참가하였다. 1938년 중국 무한에서
창설된 조선의용대의 저명한 이론가로서 빛나는 항왜활동을 하다,
1942년 태항산 전투에서 순국하였다. 태항산에 묻혔다가 1950년 중
국 한단시로 옮겨졌다. 1982년 대한민국 건국훈장을 받았다.

2) 박시춘 작곡가

  밀양 사람으로 일본 유학시절 순회공연단을 따라다니며 여러 악기
의 연주방법을 익혔다. 1931년 남인수가 부른 「애수의 소야곡」이 널
리 알려지면서 OK 레코드사 전속 작곡가로 뽑혔다. 일본의 '연가'를
본떠 만들어진 대중가요 '뽕짝'의 대표적인 작곡가로서 오래 일했다.
왜로 제국주의의 태평양침략전쟁기에는 그들의 뜻에 따라 이른바
'국책가요'를 창작한 반민족 행위를 저질렀다. 일생 동안 「이별의 부
산정거장」, 「굳세어라 금순아」, 「신라의 달밤」과 같은 히트곡을 내었
다. 광복 뒤 연예인협회 이사장을 비롯한 대중문화계의 요직을 거쳤

다. 1982년 대중음악 창작인으로서는 처음으로 문화훈장 보관장을
받았다.

올해 밀양시에서 벌이고 있는 문화정책 사업 가운데서 대표적인 것
이 앞서 든 두 사람, 곧 박시춘과 윤세주 장군의 현양사업이다. 밀양
시에서는 노래비와 흉상을 곁들여 박시춘의 생가를 복원하고, 그의
"업적 선양과 지역문화 창달은 물론 관광수입 증대에다 문화예술의
도시 위상을 높일 것"을 기대하고 있다. 그와 마찬가지로 의열단 활동
과 대종교의 상징적인 장소인 밀양시에 윤세주 장군 기념관을 세우
고, 때맞추어 국제학술회의도 연다고 한다.

그러나 역대 단군 위패를 모셔둔 천진궁과 사명대사 동상이 서 있
는 영남루 가까이, 비록 그의 생가 가까운 자리라고 하나, 부왜의 혐
의를 받고 있는 박시춘의 현양 기념물이 함께 놓인다는 것은 마땅한
일 처리가 아니다. 처음의 드넓은 바탕 그림 위에 겹쳐지는 작은 그
림, 곧 윤세주 기념관과 박시춘 생가가 만들어주는 두 그림 사이에는
서로 심한 불균형이 있다. 한 그림은 그 존재 이유조차 의심스럽다.
민족·반민족으로 맞서는 뚜렷한 대립구도를 어떻게 밀양시의 역사
경관·생활경관으로서 한자리에 불러 앉히려 하는지 놀랍다. 밀양의
지역적 정체성이나 장소 이미지를 가꾸어 나가는 일에는 아예 무지
에 가깝다.

이러한 두 현양사업이 지니고 있는 문제점에 대해서는 지역사회에
서도 잠시 논란이 있었던 것으로 알고 있다. 그러나 보다 적극적인
의견 수렴이나, 전문가의 논의를 거친 흔적을 찾기는 힘들다. 지역
언론 또한 이 문제를 심층적으로 다루고 공론화시키는 일에 어느 정
도 앞장섰는지 의심스러울 뿐이다. '눈 깜짝할 사이' 밀양시 자치행
정부의 박시춘 현양사업은 되돌릴 수 없는 일로 굳어버린 셈이다.

지역민의 욕구와 공론이 배제된 밀실행정, 비전문가에 의한 우격다짐의 절차행정, 그리고 지역문화의 실재에 대한 인식의 피상성이다. 그것의 쇄신과 발전을 이끌어야 할 문화예술인의 무기력은 오늘날 모든 소지역이 겪고 있는 문제다. 밀양시 또한 거기에서 그리 멀지 않다. '지역문화의 해'를 맞이하여 지역문화 커뮤니케이션의 바람직한 방향을 짚어보고자 하는 앞자리에 밀양시의 경우를 보기로 끌어다 놓는 까닭이다.

3. 지역문화 커뮤니케이션의 방향

1) 지역민이 주체가 되어야 한다

지역문화 커뮤니케이션의 주체는 지역민이 되어야 한다. 지역문화의 향유, 곧 생산과 소비 그리고 전승 회로의 중심에 지역민 스스로가 놓여야 한다는 뜻이다. 지역자치의 중요 부문인 문화자치의 개념이 여기에서 비롯된다. 그런데 이 말에는 두 가지의 뜻이 담겼다. 첫째, 지역민이 문화정책이나 사업 결정 과정에 적극 참여하고, 문화담론의 주요한 생산자가 될 수 있어야 한다. 곧 절차의 민주화가 이루어져야 하며, 문화정책의 결정과 실천의 과정 자체가 지역 문화학습의 장이 되어야 한다는 뜻이다.

밀양시의 박시춘 생가 복원사업 결정이 지역민들과 마땅한 소통과정을 거쳐 이루어졌는가를 다시 뒤쫓아가 볼 필요가 있다. 비록 시의회의 토의와 의결 과정이라는 공론의 절차를 거쳤다고는 하나, 직능과는 관계없이 정치연수생들로 짜여진 지역의회가 여러 전문가, 시민의 의견을 모아 줄기를 세우고, 그것을 적극적으로 반영했을 리는 없다. 진지한 토의와 토론 또한 이루어지기 힘들다. 지역자치가 제도적으로 마련된 뒤 대의기구인 시의회가 지역 자본가나 토호들의 사교장이나, 그들의 이익을 재생산하기 위한 카르텔로 굳어 가는 현실은 이미 보아온 바다. 지역문화 행정의 수혜자임과 아울러 생산자, 전승자로서 지역민의 뜻과 생각을 받들고 공론으로 가다듬어 가는 과정 자체가 지역민의 문화능력과 문화수행력을 키우는 일이다.

박시춘 생가 복원도 마땅한 절차를 거쳤다면, 사업 자체의 문제점이 깊이 있게 논의되었을 것이다. 그리고 그 가운데서 우리 근현대 대중가요에 대한 포폄과 지역 부왜인의 처리 문제에 대한 정·부당의 논점들이 도출되었을 것은 뻔하다. 자연스럽게 박시춘 개인의 현양 사업보다는 근현대 우리 사회의 대표적인 대중문화 가운데 하나였던 대중가요뿐 아니라, 중요한 근대 신민요인 밀양아리랑을 싸안은 '아리랑문화관'이나 '한국대중음악관'의 건립이라는 발전적인 기획에 손쉽게 이르렀겠다. 박시춘 개인의 영욕뿐 아니라, 우리의 중요한 무형문화 재화 가운데 하나인 아리랑문화까지 싸안을 수 있었을 썩 좋은 기회를 밀양시는 스스로 걷어차 버린 셈이다. 지역과 지역민을 두려워하지 않은 졸속 문화정책의 결정과 시행이 그 지역문화를 억압하고, 왜곡시키는 본보기로 떨어질 위험에 놓였다.

둘째, 지역문화 커뮤니케이션의 주체가 지역민이어야 한다는 것은 지역민 다수의 이익에 이바지하는 문화행정과 배분이 이루어져야 한다는 뜻이다. 지역문화는 지역민의 추억과 심성, 생활 속에 살아 있는 실체다. 그런 까닭에 이제까지 지역문화 진흥책의 주요 부문은 화석화된 지난 시기 문화의 발굴과 보존이라는 쪽에 치우치기도 했다. 추억을 완성해 가는 그 과정에서 이념적·정치적 입장 차이와 해석의 오류 또한 함께 뒤따랐다.

그러나 지역문화란 가꾸어 나갈 지역의 미래에 대한 선취이기도 하다. 지역문화 행정의 최종 수혜자는 미래의 지역 자체다. 이제는 지역민의 단기 추억을 완성하기 위한 문화정책이 아니라, 뒷세대가 누릴 삶의 모습과 지역가치를 생각하고 그들과 함께 만들어 가는 겸손한 진흥활동이 되어야 함을 암시하는 말이다. 미래의 삶과 시간에 대한 그러한 원려는 자연스레 오늘날 지역문화 행정의 형식과 내용에 대한 강도 높은 성찰을 다시금 가능하게 한다.

따라서 밀양시로 보면 3억원이 넘는 나랏돈을 집어넣어 만들겠다는 생가 복원사업보다는 보다 작은 공간과 디지털 커뮤니케이션을 이용한, 새로운 정보·문화 향유 방식으로 나아갈 일은 예정된 순서였을 것이다. 그럼에도 산업사회의 물량주의와 획일주의 인습은 바뀌지지 않았다. 볼썽사나운 문화행정의 본보기는 고라리 사명대사의 생가 복원사업이나 밀양강 경관 파괴에서 그쳤어야 했다. 무책임한 지역 행정조직과 손쉬운 이윤 증식을 목표로 삼은 건축자본에게 오늘과 내일의 지역·지역민 모두에 걸치는 생태적·인간학적 원려를 기대하는 것은 지나친 일일 따름이다.

2) 제도 개혁과 쇄신을 겨냥해야 한다

우리 사회에서 지역이 새삼스럽게 발견되고 지역문화에 대한 담론이 공론으로 증폭된 것은 시대적 요청이었다. 좁게는 지역자치제라는 행정적·법적 제도의 도입이 그 한 축을 이룬다. 그러나 멀리 보면 근대 산업사회에서 새로운 정보사회로 옮아가는 문화변이로 말미암은 필연적인 흐름이다. 지역문화의 발견과 담론 개발은 말하자면 근대 산업사회의, 획일적인 지역파괴와 굳어진 관료행정에 대한 반성에서 말미암은 바가 크다.

새로운 생활은 새로운 미의식을 낳는다. 그리고 새로운 문화는 새로운 항유의 방식을 아울러 마련하면서 성장한다. 낡은 제도와 관행이 설자리는 점점 좁혀들 수밖에 없다. 지역문화의 정책 결정과 문화재정의 분배, 실천과 그 평가로 이어지는 소통체계의 개혁, 장의 정비가 필수적인 까닭이다. 국가 단위 삶의 폐해를 벗어나 지역을 새로운 문화사회·자치공동체로 거듭 나게 하려면, 그러한 과정을 강도 높게 밀어붙이지 않으면 어렵다. 그럼에도 지역사회의 행정 체계나 제도적 장치는 움직일 줄 모른다.

윤세주 장군 기념관이 정년퇴직한 지역행정부의 관리를 위해 새 자리를 하나 더 마련하거나, 지역 유력자의 공명심을 채워주고 그의 이해관계를 도와주는 기회로 이용당하지 않는다는 보장은 없다. 지역사회 안쪽의 굳건한 정실주의·연고주의에 힘입어 예술문화 활동을 볼모로 나랏돈을 낭비하고, 지역의 기존 문화자본과 상징권력을 나누어 가지는 자리로 문화커뮤니케이션의 장이 변질되어서는 곤란하다. 관련 공무원의 절차행정·과업행정은 이미 앞시대에 익히 보아온 바다. 지역의 문화정책을 결정하고 관리하는 기구나 제도의 획기적인 개선과 성찰을 포함하지 않은 지역문화 진흥책은 실질적인 성과를 얻기 힘들지 모른다.

박시춘 현양사업의 타당성이 검증되었다면, 그 사업을 두고 전국을 상대로 자유공모제를 끌어들일 수는 없었던 것인가? 진정한 지역가치는 지역 안쪽의 개별성뿐 아니라, 지역 바깥쪽의 보편성을 함께하는 법이다. 지역 문화커뮤니케이션의 관리 체계를 떠밀고 있는 관련 공무원들의 비전문성과 무사안일은 문화재정의 모자람에서 말미암은 것이 아니다. 오히려 버릇처럼 거듭하고 있는 졸속과 방만함에 있다. 손쉬운 관제 사이비 전문가들의 형식적인 자문과 서류 구비로 섣불리 정책 실현의 과정과 책임 소재가 마무리되어서는 곤란하다. 지역의 문화행정에서부터 강도 높은 실명제를 끌어들이는 것도 전혀 엉뚱한 일이 아닌 셈이다.

탄신 백주년을 기념하기 위해 윤세주 기념관을 따로 세운다면, 장군보다 오히려 더 우뚝하다 할 수 있는 김원봉장군현양사업은 앞으로 어떻게 하겠다는 말인가? 단군을 이음매로 민족광복 노선의 중심에 섰던 대종교와 그에 깊이 맞닿아 있는 의열단, 그리고 그것의 구심점으로서 불붙었던 밀양지역의 근대 민족사학, 윤세복·황상규·전홍표와 같은 이들의 얼과 넋에 대한 종합적이고 장기적인 현양은 또 어찌하겠다는 뜻인가? 윤세주 기념관과 관련된 문제들은 한 두 해의 문화이벤트로 끌어갈 일이 결코 아니다. 밀양의 정신사와 장소 이미지에 대한 단견과 틀에 박힌 문화예술 정책의 결정이 끼칠 악영향은 두고두고 두려운 일이다.

3) 지역사회의 민주화에 이바지해야 한다

지역은 살아 있는 개념이다. 근대 산업사회가 만들어 놓은 가족·국가라는 이원적인 단위의 삶과 산업자본의 생산·배치에 따라 저질러진 지역파괴, 그 모순을 끊고 가로지르기 위한 전략적 단위가 지역이다. 그런 뜻에서 지역은 오늘날 한국 사회의 모순을 고스란히 보여주는 축도이기도 하다. 지역이 오히려 극복 대상이 되는 셈이다.

따라서 새롭게 떠오르고 있는 지역주의는 예와 오늘에 걸쳐 마련된 지역 모순에 대한 인식을 새로 가다듬고, 그것의 극복 방안을 찾는 실천적 관점 아래 있다. 우리 사회의 소지역들이 예외없이 오래도록 지녀온 강고한 연고주의, 관언유착·정경유착, 무책임한 의전행정, 물량주의 개발자본을 고발하고 고쳐 나가는 힘센 추진력이 지역주의다.

지역문화는 그러한 지역주의의 가치와 삶의 뜻을 보존하고 새롭게 지역을 가꾸어 가는 주요 영역이자, 그 실천 동력이다. 지역과 지역

문화에 대한 이해의 적극성을 요구하는 대목이다. 지역모순을 공론화하고 개선 방안을 찾을 뿐 아니라, 그것의 대물림을 가로막는 생생한 문제인식과 실천의 자리에 지역문화 활동의 방향과 문화복지의 중심이 놓여야 한다. 입에 발린 일반론이나 선언적 명제들을 줄기차게 들먹거리는 일로 지역문화 쇄신의 실질을 얻을 수는 없다. 지역행정부와 지역언론, 그리고 시민단체와 상보적 연관·긴장을 늦추지 않으면서, 지역자치·지역민주화의 중요한 학습 모델이자 구심점으로 지역문화의 개별 현장이 거듭나야 하는 까닭이다.

이때 미래의 지역·지역 세대들에 대한 원려, 남성적 권력 뒤로 밀려난 아이·여성의 그늘진 자리와 예술문화 복지에서 소외된 이들을 배려하는 겸손, 생태적 미학과 심성을 가꾸기 위한 혁신의 과정이 지역문화 활동의 주요 내용이 될 것이다. 지역사회를 사람 살 만한 장소로 가꾸어 나가기 위한 여러 부문의 노력 가운데서 가장 중요한 실천의 자리에 지역문화가 놓이는 셈이다.

4) 예술문화인이 핵심 동력이어야 한다

지역문화 활동의 눈은 무어니 하여도 예술문화인 스스로에게 있다. 문화 거간꾼이나, 매명가, 관의 아전으로 떨어져 버린 호사가들에게 있지 않다. 지역에서 예술문화를 명분이나 볼모로 삼아 창작하고 행세했던 이들이 오히려 자신의 문화적 역량에 대한 한계를 자인하고, 그것이 드러나는 자리로 지역문화가 거듭 나야 한다. 지역의 예술문화인에게 지역문화라는 화두는 심각한 자기 검증과 반성의 계기를 뜻한다 해서 지나침이 없겠다.

지나간 시기 지역문화의 장은 예술의 변두리 가치인 사회적 지위와 위계에 의해 그 값어치가 결정되고, 그것이 다시 증식되던 물량 문화의 자리였다. 따라서 지역에서는 그림을 그리지 않는 원로화가가 엄연히 존재할 수 있었다. 게다가 예술 문화 각 영역 바깥으로 세워져 있는 경계와 그 안쪽에 도사리고 있는 굳어진 위계화는 그런 경향을 더욱 구조화시켰다. 그러나 이제 모든 분야와 영역에서 새로움과 혁신이 진행되고 있다. 문화커뮤니케이션의 매체 변화는 예술의 창작 방법과 미의식에서부터 유통, 수용 회로에 이르기까지 기존의 주류적 미의식과 제도적 관행을 훌쩍 뛰어넘는 자리로 우리를 이끈다.

이런 변화 속에서 지역문화의 장을 이끌고 있는 장년·노년층은 과연 어떤 자세로 살아남을 것인가? 가능성 있는 젊은이들에게 딴죽이나 걸고, 사회적 위계를 미학적 위계로 혼동하면서, 변화와 쇄신의 기운에 확실한 걸림돌이나 주적으로 남을 것인가? 아니면 새로운 문화의 장에 경탄과 격려를 보내는 심리적·재정적 후원자로 스스로를 물릴 것인가? 그도 아니라면 본디 뜻했던 바대로 진정한 예술문화인으로 태어날 것인가? 심각한 자기 성찰과 새로운 정위는 지역 문화인들에게 필연적이다.

그리고 그런 관점에 선다면, 멀리 나갈 것도 없다. 지역의 모든 문화인들은 당장 아들딸을 포함한 자신의 둘레만이라도 내가 몸 바쳐 이루어온 예술문화의 영역이나 그 구성원들에 대한 이미지가 어떠할까라는 물음을 진지하게 되물어 보아야 할 일이다. 나 스스로 내 둘레 사람들에게 예술문화인으로서 어떤 역할모델·모방동기였던가를 곰곰이 따져볼 일이다. 사실 우리는 너무 오래도록 시를, 수필을, 사진을, 무용을, 연극을, 그리고 궁극적으로 문화를 입에 올리며 짐짓 걸치며 다녔다. 그러나 정작 그들을 돌보고 가꾸기는커녕 그들 영역에 그나마 남아 있는 많지 않은 진정성마저 훼손시키고, 그들에 대한 세상의 작은 기대마저 망가뜨리는 데 더 열을 올리지 않았던가?

4. 마무리

지역과 지역문화 커뮤니케이션의 회로는 지역에서 시작하여 지역을 거쳐 지역 속으로 끊임없이 되돌아오는 메아리와 같아야 한다. 지나간 근대 시기 한결같았던 지역 파괴와 중앙집중에 맞서는 지역 인식의 심각성과 지역문화 담론의 적극성이 여기에 있다. 지난 시기에 마련된 제도와 지역 구성원의 심성, 그리고 근대미학의 장치를 성찰하고 가로지르려는 자기 실천의 남다른 고통이 요구된다. 지역은 가족에서 벗어나고 국가를 뛰어넘어 새로움을 찾아 나서는 발견의 자리며, 형성해 나가야 할 새 가치의 자리이다.

지역민의 추억을 간추리고, 생활세계의 삶을 재생산할 뿐 아니라, 지역 집단의 꿈을 선취해 나가는 발견과 사랑, 창조의 자리가 지역문화다. 시혜에 목을 메는 중앙문화의 식민지도 아니며, 지난 시기 지역가치의 형성에는 아랑곳없었던 지역 문화권력의 허황된 회고나 자축을 위한 잔치마당 또한 아니다. 오히려 그것에 딴지를 걸고, 그들의 거짓을 드러내며, 그들을 건너뛰어 창조의 용기가 싹을 틔우는 자리가 지역문화다. 생명과 돌출, 이단이 격려 받으며 생생한 지역가치·인간학적 가치가 진지하게 자라는 혁신의 장이 되어야 한다.

또다시 시녀 언론, 무기력한 학계, 몰염치한 협잡 문화인, 결재 도장에 갇혀버린 의전 행정이 서로 어울려 지역현실과 지역민들 머리 위에서 벌이는 네 박자 뽕짝마당으로 지역문화의 장을 그냥 둘 수는 없다. 화려한 세금 잔치, 일회적인 행정쇼는 너무 많이 보아온 바다. 지역문화 커뮤니케이션의 회로 속에서 일정한 책임을 지고 있는 모든 요소 곧 지역민, 자치행정부와 언론 그리고 문화인, 예술문화 여러 영역의 제도와 양식 모두에 신선한 바람이 깃들어야 한다. 사진·문학·공연과 같은 여러 개별 문화 영역을 거쳐 새삼스럽게 '지

역문화'에 이른, 2001년이 지닐 바 새로움이 있다면 바로 이 점에서
부터다.

셋. 지역문학의 시시비비

짜깁기 연구와 학문적 자폐
— 고현철의 김대봉론

1. 들머리

「지역문학의 현실과 과제」라는 내 글[1]이 일의 발단이었다. 창작과 비평·연구, 그리고 문학제도 셋으로 나누어 지역문학의 현황을 짚어 본 글이다. 거기서 나는 아마추어연구와 아울러 지역문학 연구에 나타나고 있는 무거운 문제점 가운데 하나로 얌체연구를 들었다. 본보기 글이 고현철 교수의 「일제 강점기 부산·경남 지역 시인 발굴 및 재조명 연구—김대봉의 재발굴 및 재조명」[2]이었다. 그 내용이 지역 언론에 알려져, 한 차례 기사로 오른 데가 『국제신문』 문화면이다.[3]

---

1) 『제주작가』 제10호, 민족문학작가회의 제주지회, 2003. 6. 25.
2) 『한국문학논총』 33집, 한국문학회, 2003. 4. 25.
3) 「'짜깁기 연구' 성년 비판 파문 예고」가 그것이다. 그 기사 전문을 아래 옮긴다.
　시인이자 국문학자인 박태일(경남대) 교수는 최근 남의 연구를 짜깁기하는 '얌체연구'가 성행하고 있다고 전제, 그 사례를 실명을 들어 비판해 지역 문단과 학계에 큰 파문이 예상된다.
　박 교수는 제주민족문학작가회의 기관지 『제주작가』 하반기 특집에 기고한 「지역문학의 현실과 과제」란 글에서 "지역문학 연구 현장에서 가장 큰 문제가 얌체연구"라며 그 사례로 지

이를 두고 고현철이 기명 반박문을 『국제신문』 지면에 내놓았다.[4] 그런데 그 글은 자신이 저지른 잘못을 전혀 깨닫지 못한 것이었다.

난 4월 발간된 한국문학회(회장 정상진 부산외국어대 교수)의 『한국문학논총』(33호)에 실린 고현철(부산대) 교수의 논문 「일제 강점기 부산·경남 지역 시인 발굴 및 재조명 연구—김대봉 재발굴 및 재조명」을 들었다.
고 교수의 이 논문은 중요한 부분에 있어 한정호(경남대 경남지역문제연구원) 교수가 발표한 「포백 김대봉의 삶과 문학」(『경남어문논집』·1995년)과 「김대봉의 동시관과 동시 세계」(『지역문학연구』·1998년)를 짜깁기했다는 것이 박 교수의 주장이다.
문제가 되고 있는 부분은 고 교수 논문의 핵심이랄 수 있는 시작품 연보. 고 교수는 논문에서 "시작품 연보를 작성하는데 있어 기존 시작품 연보(한정호 교수 논문)가 많은 참고가 되었다"면서 "이 연보에서 누락되었거나 잘못된 시작품도 적지 않았으므로 보다 정확한 연보를 재작성한다"고 밝히고 있다.
그러나 박 교수에 따르면 고 교수가 새롭게 첨가했다고 주장한 작품들은 한 교수의 1998년 논문에 실려 있는 작품들로 확인됐다는 것. 고 교수가 재작성한 시작품 연보는 기존 연보(한 교수의 95년 논문)에다 한 교수의 98년 논문에 실려 있는 작품들을 시간 순으로 끼워 넣은 것으로, 논문 제목에 분명 '재발굴'이라고 돼 있는데도 불구하고 새롭게 발굴한 작품은 하나도 없다는 것이다.
한 교수는 1998년 이후 또다시 김대봉의 시 20편과 산문 15편을 더 발굴, '김대봉 전집'을 준비하고 있는 것으로 알려졌다. 상황이 이런 데도 '김대봉 재발굴 및 재조명'이란 이름으로 수년 전 다른 사람의 연구실적을 짜깁기한 논문을 낸다는 것은 학자로서 비난을 면키 어렵다.
『한국문학논총』 제33집에 실린 문제의 논문은 2001년 한국학술진흥재단의 지원에 의해 연구되었다고 명시돼 있다. 한국학술진흥재단에 확인 결과 지원대상 논문 제목은 「일제강점기 부산·경남 지역 시인 발굴 및 재조명 연구」이다. 『한국문학논총』에 실린 논문은 '김대봉 재발굴 및 재조명'이란 부제가 붙어 있다. 부제가 있을 때와 없을 때의 연구범위는 엄청 달라진다. 연구지원 신청 제목 따로 실제 연구 따로인 셈이다. 또 이 논문은 올 5월에 열린 우리말글학회 전국학술발표대회 발표 논문집에도 실렸다. 같은 내용의 논문을 여러 학회의 논문집에 투고하는 것도 학자로서 바람직한 태도는 아니라는 지적이다.
이에 대해 고 교수는 "새롭게 발굴한 작품이 없는 것은 사실이나 연보 재작성의 초점은 발굴이 아니라 오류 정정"이라며 "선행 연구의 오류가 정정돼야 학문의 발전이 이뤄지는 것 아니겠느냐"고 반문했다(조송현기자, pine@kookje.co.kr, 2003. 6. 18).

4) 「고현철 교수, 박태일 교수 주장에 대한 반박 '논문 오류 수정……짜깁기 주장 잘못'」이다. 그 전문을 아래에 옮긴다.
박태일(경남대) 교수는 최근 발간 예정인 제주민족작가회의 기관지 『제주작가』 특집 기고문을 통해 나의 논문 「일제 강점기 부산·경남 지역 시인 발굴 및 재조명 연구—김대봉 재발굴 및 재조명」(『한국문학논총』 제33호)을 비판하고 있다. 박 교수는 글을 통해 크게 세 가지 점을 문제삼고 있다(『국제신문』 6월 18일자 19면).
첫째, 내 논문이 재발굴 논문인데도 한정호(경남대 경남지역문제연구원) 교수의 작품연보에 새롭게 발굴하여 추가한 작품이 하나도 없고, 작품연보는 짜깁기했다는 주장이다. 내 논문은 재발굴 논문이다. 선행연구의 오류를 정정보완하는 재발굴 논문은 발굴 못잖게 의미가 있다. 내가 새롭게 발굴한 작품은 없다고 치자. 내 논문의 작품연보에는, 한 교수의 두 논문의 작품연보에서 누락된 작품, 「有歌」, 『詩林』에 발표된 「永遠한 不幸」「벗에게」를 보완하고 있다. 이것만 봐도 작품연보를 짜깁기했다는 박 교수의 주장은 잘못이다.
더구나 내 논문의 작품연보는 한 교수의 작품연보에 나타난 오류를 무려 20가지나 몇 항목으로 나누어 일일이 지적하여 수정하고 있다. 그리고 그 기준을 제시하여 새롭게 작성된 것이다. 그런데도 어떻게 연보를 짜깁기했다고 할 수 있는가. 또 이렇게 재작성된 작품연보를 활용하여 시세계의 동시적 다양성, 시집 구성원리와의 연관성, 시사적 의의까지 밝혀내고 있다. 이러한 점을 밝혀서 내 논문은 재발굴로서의 역할을 충실히 하고 있는 것이다.

그냥 지나칠 수 없었다. 그리하여 나는 「지역문학의 현실과 과제」에서 짚었던 문제점들을 구체적인 물음 꼴로 되바꾸어 올리면서, 일정한 기일 안에 마땅한 답변이 없을 경우 고현철이 자신의 잘못을 받아들인 것으로 알겠다며 한 차례 더 반론 기회를 마련했다. 곧 「학자의 길과 그 엄중함—고현철 교수의 반박문을 읽고서」[5]가 그것이다.

둘째, 내 논문의 제목과 부제로 볼 때 연구의 내용이 바뀌었다는 주장이다. 내 논문은 박경수(부산외대) 교수와 함께 지방대 육성과제로 연구된 것인데, 연구계획서를 올릴 때부터 각각 논문에서 부산·경남의 특정 시인을 집중 발굴 및 재조명하는 것으로 되어 있다. 그 결과 박경수 교수의 논문은 김병호와 조향의 일어시에, 나의 논문은 김대봉 시에 집중하여 발굴 및 재조명한 것이다. 이를 분명히 하기 위해 부제를 붙인 것이며, 하등 문제가 없이 학술진흥재단에 보고가 되었다. 사정이 이런 데도 박태일 교수는 추측과 주장을 함부로 하고 있다.
셋째, 내 논문이 학술지에 중복 게재되었다는 주장이다. 내 논문은 학술진흥재단 등재후보 학술지 『한국문학논총』의 심사규정에 따라 지역이 각각 다른 세 명의 전공 심사위원으로부터 엄격한 심사를 받아 '게재' 판정을 받아서 게재된 것이다. 우리말글학회에서는 전국학술발표대회에서 구두발표를 하였는데, 이때는 복사된 발표요지 형태다. 그리고 이 학회에서 발표 의뢰가 왔을 때 구두발표는 하되 학술지에 게재하는 것은 다른 학술지에 하겠다고 양해가 되어 그렇게 한 것이다. 박태일 교수는 내 논문이 『한국문학논총』 말고 게재되어 있는 학술지가 있으면 가져오기 바란다.
내 논문은 재발굴의 역할과 중요성을 부각시킨 논문이다. 발굴논문인 한 교수의 논문에 있는 많은 오류와 한계를 지적하고, 이를 바탕으로 몇 항목으로 나누어 시사적 의의까지 새롭게 밝혀내고 고찰한 논문이다. 박태일 교수가 내 논문을 제대로 읽었는지 의심스럽다.
박 교수는 문학잡지의 글을 통해 논리와 근거를 바탕으로 하고 있는 나의 논문에 대하여 터무니없이 주장하고 있는 것이다. 근거에 입각한 논증을 통하여 논문으로 내용을 수정하고 보완하는 게 학자의 임무가 아닌가(2003. 6. 25).
5) 그 전문은 아래와 같다.
　지역문학은 우리 근·현대문학 연구에서 이제껏 제대로 돌아보지 않았던 자리다. 연구가 이루어졌다 하더라도, 지역연구라는 이름에 걸맞은 새로운 작가나 문학적 사실을 찾아내고 그 뜻을 따지는 연구가 드물었다. 그런 까닭에 지역문학 연구는 새롭고도 무겁게 다루어져야 할 일이다. 아무나, 아무렇게나 다가서서 될 일거리가 아니다. 오랜 시간과 공을 들여 찾아내고, 따지고 갈무리해 나가야 될 일감이다.
　그렇게 보면 이즈음 일고 있는 지역문학 연구에서 마땅치 않은 구석이 많다. 마침 지역문학의 현황과 과제를 두루 짚어볼 수 있는 자리가 마련되어, 그 생각을 구체적으로 드러낼 수 있었다. 내 글 「지역문학의 현실과 과제」(『제주작가』 10호, 민족문학작가회의 제주지부, 2003. 6.) 가운데서 고현철과 관련된 부분이 그것이다. 지역문학 연구에서 특히 문제가 될 만한 현실 가운데 하나가 얌체연구다. 남이 이미 이루어놓은 연구 결과를 교묘하게 짜깁기하고 더듬어 자신이 이룬 양 슬쩍 내세우는 일 처리다.
　그 좋은 본보기가 고현철 교수(부산대)가 내놓은 글 「일제 강점기 부산·경남 지역 시인 발굴 및 재조명 연구—김대봉 재발굴 및 새조명」(『한국문학논총』 33집, 2003. 4. 한국문학회) 이었던 셈이다. 글쓴이 고현철은 이미 공·사적으로 비슷한 시비를 자초했던 전력이 있다. 아직까지도 거기서 벗어나지 못한 데 대해 따끔하게 일침을 놓을 필요가 있었다. 새롭게 반성·분발할 수 있도록 이끄는 계기가 된다면, 멀리 보아 오히려 본인에게 약이 됨 직한 까닭이다. 게다가 그러한 유혹에 쉽게 휘둘릴 위험이 있는, 나를 포함한 학문 공동체 구성원에게도 엄정한 학문 자세를 다시 되새겨 보게 하는 계기가 될 수 있을 터였다.

그리고 그 내용 일부가 『국제신문』 6월 18일자 기사 「'짜깁기 연구' 정면 비판……파문 예고」
로 알려진 바 있다. 고현철은 반박문을 6월 24일자에 실었다. 「고현철 교수, 박태일 교수 주장
에 대한 반박 '논문 오류 수정……짜깁기 주장 잘못'」이 그것이다. 그런데 그 반박이라는 것이
내 글을 자의적으로 왜곡한 채 이루어지고 있다. 다소 어처구니없다. 내 글에 대한 기사가 나
가자, 고현철에게 그 전문을 이미 신문사 쪽에서 전하였다. 고현철은 그것을 죄 검토한 상태
다. 그럼에도 반성은커녕 여전히 문제를 호도하고 있다. 글쓴이로서 다시 문제를 뚜렷이 하지
않을 수 없게 된 셈이다. 먼저 고현철이 반박문에서 내세웠던 점을 짚겠다. 이어서 본디 내 글
에서 고현철이 지닌 문제로 다루었던 부분들을 다시 따지며, 본인의 해명을 기다리기로 한다.
고현철은 반박문 들머리에서 내가 자신의 글을 "세 가지 점에서" "문제 삼고 있다"고 적고 있
다. 그런데 내가 문제 삼은 것은 고현철의 글이 얌체연구의 본보기라는 전제 아래, 첫째 제목
과 본문의 불일치, 둘째 연구 의도와 결과의 불일치, 셋째 내용에 나타난 문제라는 세 틀에 걸
쳐 모두 열두 가지에 이른다. 고현철은 그것들을 자신의 독법대로 끌고 가, 첫째 재발굴 사실
여부와 연보 짜깁기 문제, 둘째 "논문의 제목과 부제로 볼 때 연구의 내용이 바뀌었다는 주
장", 셋째, "학술지에 중복 게재되었다는 주장"으로 바꾸어 해명하고 있다. 물론 기사로 알려
진 부분만을 중심으로 해명했다며 고현철이 발뺌할 수도 있겠다. 그러나 이미 내 글 전문을
검토한 바 있는 문제 당사자로서 정직한 자세가 아니다.
첫째, 재발굴 사실 여부와 연보 짜깁기 문제다. 이와 관련하여 고현철은 내 문제 제기를 크게
오독하고 있다. 문제 핵심은 왜 연구 논제가 "시인 발굴과 재조명"인데, 본인도 스스로 밝히고
있는 바와 같이 시인이나 작품을 "새롭게 발굴"하지도 않았으며, 함량 미달의 '재조명'에 머물
렀는데도 왜 '발굴'이며 '재조명'이라고 내세우고 있는가라는 점이다. 김대봉은 이미 학계에
관련 논문이 세 편이나 쓰여져 알려진 시인인 데다. 다른 작품 또한 앞선 연구에서 죄 밝혀진
사실은 누구보다 본인이 잘 알고 있다. 그런데 고현철은 이 점을 크게 견강부회했다. 제목 밑
에다 다시 부제를 달면서 '재발굴'이라 썼으니, 문제가 없다는 생각이다.
어쩌면 고현철은 학계에서 통용되고 있는 '발굴'이니 '재발굴'이니 하는 말뜻도 제대로 모르
고 있는 이가 아닌가 의심이 들 정도다. '발굴'할 힘도 모자라고 처지가 뜻같지 않아 '재발굴'
이라는 옹색한 이름을 덧붙였다는 점을 그대로 인정하기로 하자. 그렇더라도 '재발굴'은 고현
철이 쓰고 있는 바와 같이, "선행연구의 오류를 정정·보완하는" 일에 붙이는 말이 결코 아니
다.
게다가 작가 연구에서 '재발굴'이라는 말 자체가 엉뚱하기 짝이 없다. 굳이 그 말을 그대로 받
아들여, '재발굴' 정도의 말을 가져다 붙일 정도의 작가 연구라면 첫 발굴 연구가 있고 난 뒤
적어도 한 세대 정도는 잊혀져 있다가, 새로운 사실이나 작품을 뚜렷하게 추가 '발굴'한 글에
서나 붙일 만한 말이다. 교재로 대학에서 꾸준히 읽히고 있는 조동일의 『한국문학통사』뿐 아
니라. 1994년과 1995년 그리고 1998년 세 차례에 걸쳐 본격 연구가 이루어진 시인의, 죄 알
려진 작품을 다루는 연구에다 '재발굴'이라는 말을 가져다 붙이는 것은 어처구니없는 짓이다.
어쨌든 고현철이 우기고 있는 바에 따라 '재발굴'이라는 말을 문학 작품과 관련된 사항을 수
정·보완하는 일에다 붙일 수 있는 말로 용인해 두고서 살피겠다. 그리 보면 자신이 '재발굴'
했다고 밝히고 있는 사실과 관련된 해명은 셋이다. 첫째, 한정호가 일찌감치 앞서 쓴 "두 논문
의 작품 연보에서 누락된 작품, 「유가」와 『시림』에 발표된 「영원한 불행」, 그리고 「벗에게」"라
는 세 작품을 '보완'했으니, "이것만 봐도 작품 연보를 짜깁기했다는" 내 주장은 '잘못'이라
는 점이다. 무려 99편에 이르는 작품을 다룬 한정호 연보 가운데서 고작 3편의 서지 사항을
조금 더한 일로, 작품 연보를 짜깁기하지 않았다는 사실을 증명할 수 있는 게 아니다. 거의 대
다수인 '다른 것'에 걸리는 일을 해명하기에는 턱없이 모자란다.
게다가 자신이 '보완'해 연보에 추가했다고 말하고 있는 그 세 편도 고현철이 새롭게 찾아낸
작품이 아니다. 「유가」의 경우는 이미 한정호 작품 연보에 「추야삼일」이라는 이름으로 포함되
어 있는 것이다. 김대봉은 「추야삼일」을 발표하면서, 그 제목 아래 세 개의 작은 작품을 실었
다. 「유가」, 「신촌」, 「추인」이 그것이다. 그런데 한정호는 작품 연보를 만들면서 그 「추야삼일」
이라는 제목 뒤에 「신촌」과 「추인」이라는 이름만 올렸다. 「유가」를 '누락' 시킨 것이다. 한정호
가 그 작품을 찾아내지 못해서 '누락'된 것이 아니다.
「영원한 불행」은 '생활시편' 연작 가운데 하나다. 한정호 연보에서 밝혀져 있는 작품인데, 왜
뚱딴지같이 '누락' 되었다고 하는지 모를 일이다. 다만 『조선일보』(1933. 9. 27)에 첫 발표 뒤,

김대봉은 그「영원한 불행」을 떼어내 독립된 작품으로 그의 시집『無心』(1938)에 발표했다. 고현철이 밝혔다는 사실은 그것을 뒷날『시림』(1939. 3)에 다시 '재수록' 했다는 점이다. 그것을 한 가지 확인했다고 작품에 대한 '발굴'이나 '재발굴'이 되는 게 아니다. 게다가『시림』은 일찍부터 전공자들 사이에 널리 알려져 활용되고 있는 영인본『한국시잡지집성』(태학사, 1981) 안에 묶여져 있는 자료다.

「벗에게」 또한 김대봉의 유일한 시집으로서, 한정호를 비롯한 여느 김대봉 연구자들에게 기본 텍스트로 쓰이고 있는『무심』에 이미 실려 있는 작품이다. 한정호가 연보를 만들면서 실수로 빠뜨린 것에 지나지 않는다. 사정이 이러한 데도 그 셋을 내세우며, 한정호의 작품 연보를 짜깁기하지 않았을 뿐 아니라, 대단한 '재발굴'을 한 것인 양 목청을 높이고 있다.

둘째, 고현철은 한정호 "작품 연보에 나타난 오류를 무려 20가지나 몇 항목으로 나누어 일일이 지적하여 수정"하였다고 한다. 그대로 따라 읽으면 한정호가 만든 작품 연보에 '상당히' 많은 '오류'가 '내재' 하고 있고, 자신은 그것을 바로잡아 큰 일을 이룬 것으로 여기게끔 읽는 이들을 이끈다. 그리고 그 일을 한정호의 작품 연보를 자신이 짜깁기한 것이 아니라는 터무니로 내세웠다. 그런데 "무려 20가지나" 된다는 그 '오류'는 99편에 이르는 긴 작품 연보를 만들면서, 시의 제목을 잘못 옮겼거나 발표 연도에서 잘못 적은 것에 지나지 않는다.

연보를 처음 마련한 연구자가 실수한 부분들을 자신의 말대로 '수정'한 것이다. 그 같은 '수정'이 뜻있는 '재발굴'이라며, 짜깁기하지 않았다는 터무니로 내세운다. 그 옹색함에는 놀랄 따름이다. 그렇게 뜻있는 '수정'을 했다면, 한정호와 더불어 많지도 않은 김대봉에 대한 본격적인 선행 연구자 두 사람 가운데 한 사람인 이부순의 이름을 논문에서 내내 김부순으로 적어 놓고도 태연한 자신의 잘못부터 바로 '수정' 했어야 옳았다.

셋째, "재작성된 작품 연보를 활용하여, 시세계의 동시적 다양성, 시집 구성원리와 연관성, 시사적 의의까지" 밝혔다는 점이다. 고현철은 작품을 한정호와 마찬가지로 시간 순서에 따라, 곧 통시적으로 나열했다. 그런데도 그는 바로 이어진 시세계 부분에서는 그 시간 순서를 무시한 채, 공시적으로 연구하고 그렇게 해야 되는 까닭을 장황하게 늘어놓고 있다. 말하자면 고현철이 말한 대로 통시적으로 "재작성된 작품 연보를 활용"한 것이라면 당연히 통시적으로 시세계가 접근되었어야 할 일이다. 자신의 표현과 달리 "재발굴로서의 역할을 충실하게 하고" 있지 않다. 억지로 서로 연관성을 꾸미려는 속임수에 지나지 않는다. 그가 했다는 공시적 연구는 통시적인 작품 연보를 만들지 않고서도 가능한 일이 아닌가.

그리고 둘째 문제, 곧 "논문의 제목과 부제로 볼 때 연구의 내용이 바뀌었다"는 주장과 관련하여 고현철은 내가 "추측과 주장을 함부로" 하고 있다고 적었다. 그런데 내가 글에서 문제 삼은 것은 "제목과 부제로 볼 때 연구의 내용이 바뀌었"다는 점이 아니다. 학술진흥재단과 연구자 사이에 있었을 행정적 처리 문제의 위법성/적법성 문제는 더더욱 아니다. 자신의 편의에 따라 교묘하게 연구 제목과 부제에서 말장난을 하고 있는, 엄정하지 못한 고현철의 학문하는 자세를 문제 삼은 것이다. 그런 사실을 모르지 않을 법한 사람이 내 뜻을 왜곡하고 있는 셈이다.

곧 처음 학술진흥재단에 연구비 신청을 할 때,「일제 강점기 부산·경남 지역 시인 발굴 및 재조명 연구」라며 광범위하고도 그럴 듯하게 제목을 붙여 내놓았다. 그리고 수혜가 결정된 뒤, 연구 결과를 내놓을 시점에 이르러자, 그에 합당한 연구 결과를 내놓을 형편이 못되는 까닭에, 고현철은 연구 범위와 대상을 아예 확 줄일 수밖에 없었다. 마침내 김대봉 한 개인의 연구로 결과 보고로 마무리해야 될 지경에 이른 셈이다. 이에 고현철은 부제「김대봉 재발굴 및 재조명」을 본디 제목 뒤에다 슬쩍 붙여 내놓았다. 자신이 이루고자 뜻한 바 연구를 실질 없는 용두사미로 끝내고도 부끄러움이 없는 그 연구 자세를 내가 문제 삼은 것이다.

학계의 관행에서 볼 때「일제 강점기 부산·경남 지역 시인 발굴 및 재조명 연구」라는 제목 아래 이루어진 연구라면 적어도 몇 사람에 대한 실질적인 '발굴과 재조명'이 이루어져야 할 일이다. 이미 학계에 널리 알려진 한 사람의 시인을 대상으로, 그것도 이미 알려진 작품들을 가지고 이루어진 글에 붙일 제목이 아님은 고현철 스스로 더 잘 알 것이다. 「일제 강점기 부산·경남 지역 시인 발굴 및 재조명 연구—김대봉 재발굴 및 재조명」이라는 제목 아래 이루어진 이번 결과물을 만약 제자가 있어 석사학위 청구 논문으로 고현철 자신에게 제출되었다고 가정해 보라. 누구보다 펄쩍 연구 결과가 잘못되었음을 짚으면서, 선생 노릇 호되게 하려 들 것이 뻔하다.

세 번째로, 내가 자신의 논문이 "학술지에 중복 게재되었다는 주장"을 했다는 점이다. 그에 대하여 고현철은 한국문학회의『한국문학논총』에 게재한 것과 그 뒤 우리말글학회에 발표요지 문을 실으며 구두 발표하게 된 경과를 장황하게 늘어놓았다. 그리하여, 자신의 '논문'이 다른 데 게재되어 있다면 어디 한 번 가져와 보라고 기세 등등하게 말하고 있다. 그런데 딱하게도, 나는 내 글 어느 곳에서도 고현철이 자신의 논문을 "학술지에 중복 게재"했다고 주장한 바가 없다. 그러니 그의 말을 그대로 따른다면 나는 학술논문집에 게재한 '논문'과 학술발표회장에 서 구두 발표요지로 내놓은 '논문'의 차이도 모르는 사람이 된다. 내 글의 문제 제기를 크게 왜 곡하고 있는 셈이다.

나는 내 글 각주에서 4월에 학회지에 실은 논문과 불과 한 달 뒤인 5월에 대구로 가서 구두 발 표한 요지 논문, 그 두 글이 내용에서 달라짐이 없이 제목만을 바꾸어 발표하고 있는데 나타 난 문제점을 짚었던 것이다. 곧 4월 논문 수록시 제목을「일제 강점기 부산·경남 지역 시인 발굴 및 재조명 연구 — 김대봉 재발굴 및 재조명」라 했던 것을 5월에는「김대봉 시 연구 — 재발굴 및 재조명」으로 발표하고 있다. 따라서 거의 같은 논문을 같은 제목 아래 발표하지 않 고 서로 다른 곳에서 다른 제목으로 내놓고 있는 것은 본인 스스로 자신의 연구 결과가 지닌 문제점, 곧「일제 강점기 부산·경남 지역 시인 발굴 및 재조명 연구」라는 제목을 앞세워 내놓 기에는 무리가 큰 논문이라는 점을 잘 알고 있었을 탓에 낸 꾀라는 점을 나는 말하고자 했다. 그런데 고현철은 이런 일을 두고, 우리말글학회에서 "구두 발표 의뢰가 왔을 때 구두 발표는 하되 학술지에 게재하는 것은 다른 학술지에 하겠다고 양해가 되어" 구두 발표를 하게 되었다 고 엉뚱하게 해명하고 있다. 그런 양해를 받을 때 내용은 같으나 제목이 서로 다르다는 사실 을 말했을 리 없는 고현철이다. 우리말글학회 당사자들이 그들에게 와서 구두 발표하기로 한 고현철의 글이 이미 다른 학회지에 실린 글로서, 내용은 같으나 제목이 다르게 되어 있다는 사실을 알았더라면 어떤 반응을 보였을까? 또한 고현철은 구두 발표를 할 때 "복사된 발표요 지 형태"로 했다고 말하면서, 그 글을 '논문'이 아닌 가벼운 글인 양 슬쩍 끌어가고자 한다. 참 고로 발표요지문집은 그 이름을『2003년 우리말글학회 전국학술발표대회 발표논문집』으로 삼고 있어 '논문' 임을 밝히고 있으며, "복사된 형태"가 아니라 인쇄된 형태임을 짚어둔다.

어쨌든 고현철의 글「일제 강점기 부산·경남 지역 시인 발굴 및 재조명 연구 — 김대봉 재발 굴 및 재조명」은 본인이 이저리 궁리하여 제목을 고쳐 보는 노력에도 아랑곳없이, 스스로 두 번째로 바꿔 내놓은 제목을 따라「김대봉 시 연구—재발굴 및 재조명」으로 해서 처음부터 실 었다 하더라도 그 내용이 제목에 크게 못 미치는 결과라는 데에는 달라짐이 없으니 딱하다.

마침내 고현철은 반박문 끝에 이르러, 자신이 내놓은 글은 "재발굴의 역할과 중요성을 부각시 킨 논문"이라 스스로 추켜 세운 다음, "터무니없는 주장"을 그치고 자신과 같이 "학자의 임무" 를 다하는 길로 들어서라며 은근하고도 준엄하게(?) 나를 질책까지 하고 있다. 그런데 고현철 의 반박문은 앞에서 살핀 바와 같이 내 글을 자의적으로 왜곡하며 딴전을 피운 데 지나지 않 는다. 읽는이들을 우롱하고 있어 속임글로 올릴 만하다. 고현철의 반박문을 재반박하는 이 글 을 쓰지 않을 수 없게 된 셈이다.

그러나『국제신문』지면에 고현철의 반박문에 대한 내 재반박문을 올릴 기회가 주어지지 않았 다. 고현철은 이미 지상에 반박문을 실었던 터다. 그런데 그 반박을 이끌어낸 당사자인 나의 재반박문이 같은 지상에 실리지 못하도록 처리된 일은 마땅하다 할 수 없다. 어떤 힘이 작용 한 것인지는 알 수 없으나, 신문사 쪽에서는 '파문 예고'라는 기사로 다루었을 처음과 달리 학 문 안쪽 문제로 보아 감당하기 까다롭거나 성가신 일거리로 여겼음 직하다.

그런데 문제는 그리 간단치 않다. 처음 문제를 제기한『국제신문』의 기사와 그에 대한 고현철 의 반박문만을 지상으로 읽게 된 일반 독자 쪽에서는 내가 잘못이 많아 재반박문을 내놓지 못 하는 것으로 비쳐질 수 있는 까닭이다. 고현철의 반박문이 죄 옳다는 오해를 살 위험이 있다 는 뜻이다. 따라서 온라인을 통해서라도 고현철이 요구하고 있는 바 "근거에 입각한 논증을 통해" "학자의 임무"를 다하기 위해 이 글을 쓴다. 오히려 분량에 제한이 없으니 잘 된 일이 다.

이제 고현철에게 묻는다. 앞에서 잠시 말한 바와 같이 이미 내 글「지역문학의 현실과 과제」에 서 나는 첫째 제목과 본문의 불일치, 둘째 연구 의도와 결과의 불일치, 셋째 내용에 나타난 문 제라는 세 틀 위에서 모두 열두 가지에 이르는 세부 문제를 짚었다. 그 세부 문제만을 다시 또 박또박 짧은 물음 형식으로 고쳐 올린다. 하나하나 답변을 다하여 자신하고 있는 바 "학자의 임무"를 지키기 바란다.

첫째, 왜 자신의 논문 전체에 걸쳐 그 연구 목표를 표현할 때, "재발굴 및 재조명"·"발굴 및 재조명"·"(재)발굴 및 재조명"이라 종잡을 수 없이 여러 가지로 나누어 쓰고 있는가? 내 생각에는 자신의 연구 결과가 제목에 합당하지 않은 데에 따른 부담감을 얼렁뚱땅 넘어가려 하다 보니 생긴 혼란이거나, 학자로서 최소한의 양식이 살아 있었던 까닭으로 보인다.

둘째, 자신이 '발굴'·'재발굴'과 '재조명' 대상으로 삼고 있는 김대봉 시인은 가까운 시기 세 차례에 걸친 본격 연구가 있었던 시인이다. 그리고 그의 『무심』은 1982년에 영인이 되어 잘 알려져 있는 시집이다. 그러니 고현철의 글은 그냥 「김대봉 시 연구」 또는 「김대봉을 중심으로」라는 부제를 달아도 그 결과에서 모자람이 큰 논문이다. 그런데 왜 굳이 「김대봉 재발굴 및 재조명」이라 했는가? 내 생각에는 「일제 강점기 부산·경남 지역 시인 발굴 및 재조명 연구」라는 무거운 제목에 합당한 연구라는 냄새를 풍기기 위한 꾀로 여겨진다.

셋째, 고현철이 규정하고 있는 바 '지역 문인'은 '서울과 큰 인연이 없이 거의 자신의 출신 지역에서 대부분의 문학 활동을 한 사람'이다. 그런데 김대봉은 고현철이 내린 규정에 따르면 '지역 문인'(지역 시인)이 아니다. 왜냐하면 문학 활동을 한 16년(1927~1943) 동안 김대봉은 자신의 출신지인 '부산·경남에서' 습작기 2년을 포함해 길어도 4년을 넘지 않는 기간 머물며 작품 활동을 했을 따름이다. 게다가 거의 모든 작품을 서울에서 내는 매체에 발표하고 있다. 가장 중요한 문학적 생애를 서울에서 겪고 서울 매체에다 발표한, '서울과 결정적인 인연을 맺고 활동한 시인'이 김대봉이다. 아직까지도 김대봉이 지역 문인이라 생각하는가? 아니면 자신이 내린 지역 문인 규정에서부터 잘못되었음을 늦게라도 인정하겠는가?

넷째, 한정호가 공들여 작성한 긴 작품 연보에다 고현철은 '기껏'(본인은 '무려'라 적고 있다) 20가지밖에 되지 않는 시 제목이나 게재 날짜의 잘못을 바로잡는 수준의 수정·교열을 했다. 그러나 그 일은 자신이 뜻한 바 '발굴'·'재발굴'에 이른 '서지학적 연구'와 거리가 뚝 떨어진 일이다. 한정호가 만든 연보에 기대 대부분의 작품은 고현철이 쉽게 확인했을 수 있다. 하지만 자신의 연보에 떳떳하게 김대봉의 작품이 실린 문헌으로 적고 있는 『조선동요전집』은 복사본으로라도 만져 본 적은 있는가? 답하기 바란다. 『조선동요전집』은 본디 책이름이 『조선동요전집 1』이다. 고현철은 본 적도 없을 자료다. 그냥 한정호의 작품 연보에서 따 옮겼는지, '서지학적 연구'를 제대로 거쳤는지 알 수 있는 좋은 본보기다.

다섯째, 고현철은 "제대로 연구되지 못한" 김대봉에 대한 "발굴 및 재조명"을 연구 목표로 삼겠다고 했다. 그렇다면 시인의 삶에 대해서도 당연히 "제대로 연구"하여 "발굴 및 재조명"이 이루어졌어야 될 일이다. 한정호가 이미 두 차례의 글을 빌려 밝힌 김대봉의 생애에서 더 "발굴 및 재조명"된 사실이 자신의 글에서 한 가지라도 있는가? 았다면 적어 보라.

여섯째, 김대봉은 현재 확인된 바로 시에서만 모두 120편을 남기고 있는 이다. 그 가운데 한정호가 이미 여러 해 앞서 두 차례에 걸친 글을 통해 모두 99편을 찾아 연보에 올렸다. 고현철은 그 99편만을 대상으로 '(재)발굴'을 수행했다. 그런데 고현철이 논문을 발표한 2003년 4월 현재 한정호는 시에서만 21편을 더 '발굴'하여 전집을 준비 중이다. 21편이나 되는 작품들이 겉으로는 고현철 논문 작성 당시 '미발굴'로 남아 있었던 셈이다. 그 가운데서 몇 편이라도 고현철이 '발굴'했더라면 제법 떳떳했을지 모를 일이다.

사정이 그러한 데도 작품 한 편도 고현철이 '(재)발굴'하지 못한 것은 한정호의 연보에 전적으로 기대 작품 연보를 만들고, 시인 연구를 한 까닭이 아닌가? 고현철이 스스로 들먹이고 있는 바 '학자의 임무'에 대한 최소한의 자각만 있었더라도 자신의 독자적인 조사, 곧 인터넷 검색·마이크로 필름 확인과 같은 일을 통해 몇 편은 '발굴'할 수 있었을 터였기 때문에 묻는 물음이다. 8년 전 한정호가 처음 연보를 만들 때에는 그런 혜택을 누릴 시스템이 제대로 되어 있지 않았다는 점을 참고로 적어 둔다.

일곱째, 고현철에 따르면 나라잃은시대 특정 시기에 활동한 김대봉 한 사람을 '재조명'한 자신의 일로 나라잃는시대 '부산·경남 지역' 미발굴 시인에 대한 발굴이 마무리되고, 나아가 장차 광복 이후 시인들을 재조명할 수 있는 '토대'가 마련될 것으로 기대하고 있다. 게다가 다른 지역으로 넓혀서도 "유사한 연구를 할 수 있는 충분한 계기와 그 틀을 마련해 줄 것"까지 기대했다. 말하자면 은근히 학계에 이바지가 큰 논문이라 자평하고 있는 셈이다. 논리 비약이 너무 심하다고 생각하지 않는가? 내 조사에 따르면 현재로서 나라잃은시대 35년에만 한정해서 볼 때, 김대봉 수준이나 그 이상의 문학사적 위치를 지니고 있으면서 새롭게 발굴·조명을 기다리고 있는 경남·부산지역 미발굴 시인은 30여 명에 이른다.

여덟째, 김대봉은 열 아홉 습작기에서부터 서른 두 살 장년기에 걸치는 13년 동안 다양한 삶과 문학 활동을 거친 이다. 게다가 고현철에 따르면 일곱 가지나 되는 화려한 시세계를 보여주고 있다. 따라서 그런 시인의 작품에 통시적인 변화가 없다면 매우 이례적이다. '조명'이 꼭 필요한 흥미로운 일 거리인 셈이다. 고현철은 김대봉 시의 통시적 변화 양상을 따져 보려 시도라도 해 보았는가? 시인 연구를 하겠다고 나선 연구자임에도 불구하고, 처음부터 작품세계의 통시적 변모에 대해서는 고려조차 하지 않았던 것으로 보이는 까닭이다.

아홉째, 한정호가 통시적으로 마련한 첫 작품 연보(1995)에다 동시 작품을 발굴한 둘째 목록(1998)을 끼워 넣은 뒤, 고현철은 한정호와 마찬가지로 '통시적으로' 연보를 '재정리'한 바 있다. 그리고 그렇게 "재작성된 작품 연보를 활용하여" 시세계를 살폈다고 한다. 그런데 정작 시세계에 이르러서는 공시적으로 접근하고 있다. 게다가 앞에서 잠깐 밝힌 바와 같이 시세계에 대한 공시적 연구는 통시적으로 '재정리'된 연보 없이 이루어질 수 있는 일이다. 고현철의 말은 앞뒤가 맞지 않는다. 일이 급한 탓에 저지른 단순한 실수인가? 그렇지 않으면 힘이 부쳐 '학자의 임무'에 소홀했던 까닭인가? 고현철이 그리 길지도 않은 논문의 논지를 전체적으로 통어할 능력이 없는 연구자라고는 믿지 않는 탓에 던지는 물음이다.

열째, 고현철은 김대봉의 시세계를 일곱 가지로 나누어서 '재조명'하고 있다. 그렇다면 그 일곱 가지 시세계 가운데 고현철이 독자적으로 마련한 시세계는 무엇인가? 일곱 가지 모두 앞선 세 연구 논문에서 언급된 부분들을 적당히 늘여 재조립한 것에 지나지 않는다.

열한째, 고현철은 앞선 김대봉 시 연구들이 내용에 치우쳤다고 비판했다. 그리하여 자신은 형식을 아울러 고려해, 내용/형식의 상관성을 따지겠다고 했다. 시도적인 노력이다. 그러나 13년에 걸쳐 쓰여진 한 시인의 99편에 머무는 작품에, 그것도 자신이 나누어놓은 바와 같이 일곱 가지나 되는 시세계에 변별되는 내용/형식 상관성을 갖추기란 아주 힘들다. 개별 작품 기술 부분에 이르러 고현철이 소박하게 시의 길이니, 청자/화자와 같은 문제를 다루어 그 분위기를 풍기는 일로는 많이 못 미친다. 그래서 전체적으로 그 내용/형식의 상관성은 종잡을 수 없이 어름어름하다. 일곱 가지 시세계에 걸맞은 내용/형식 상관성을 쉬 알아챌 수 있도록 도표로 그려 주기 바란다.

열두째, 자신의 글이 "세 명의 전공심사위원으로부터 엄격한 심사를 받은 뒤" 게재 결정이 이루어진 것이라 고현철은 반박문에 적고 있다. 나는 고현철의 글이 스스로 의도한 바 "발굴과 재조명"한 결과가 거의 없이 선행 연구에 고스란히 기대고 있어 "제대로 된 심사였다면 게재 결정"이 어려웠을 법하다고 적었다. 그 심사위원과 심사서, 그 경과를 죄 공개하라고 요구하기란 학회 관행으로 볼 때 어려운 일이다.

다만 자신이 학회 총무로서 심사를 의뢰하여 "엄격한 심사"를 했다고 말하고 있으니, 그 세 전공 심사위원 가운데서 자신이 몸담고 있는 부산대학교나 부산·경남 지역에서 벗어난 곳에서 일하는 심사위원이 한 사람이라도 있었기를 바랄 뿐이다. 그러면서 한 가지만 묻겠다. 자신의 논문을 "엄격한 심사"를 거친 뒤 "게재 판정을 받아서 게재"했노라 말하고 있는 고현철의 말은 예사로 보면 심사위원 세 사람 모두에게서 '게재 가' 판정을 받은 것으로 읽힌다. 사실이 그런지 매우 의심스럽다. 두리뭉실하게 "게재 판정"이라 표현하지 말고, 그 세 사람이 내린 '판정'의 결과를 밝혀주기 바란다. '게재 가', '수정후 게재', '게재 불가(반려)'와 같이 한국 어문학회 논문심사에서 널리 쓰이고 있는 공통의 잣대가 그것이다.

앞에서 든 열두 가지가 내가 「지역문학의 현실과 과제」에서 세부적으로 문제 삼았던 점이다. 그렇다고 문제가 이뿐이라는 뜻이 아니다. 구체적인 본문 기술에 걸린 것들은 아예 다루지도 않았다. 제목과 본문 사이 거리, 의도와 결과 사이 거리, 논지 전개의 문제를 중심으로 크게 짚어본 것만 열둘에 이른 셈이다. 고현철의 글은 많이 양보해서 보더라도 학계 관례상 문제가 큰 글이다. 연구사라는 연구 영역이 있느니 만큼 내가 따지지 않았다 하더라도 언젠가는 거기서 밝혀질 일이었다. 연구자들의 태만과 무지, 그리고 정실이라는 인습에 찌든 어쭙잖은 연구 결과물들이 논문이니 학문이니 하는 그럴듯한 이름을 걸친 채 지역사회에 나돌게 된다면, 그 피해는 궁극에 가서 고스란히 지역사회 학문 공동체 구성원들에게 돌아오기 마련이다.

자신의 잘못이나 문제점에 대한 지적을 받고 금방 흔쾌히 받아들이고 고치려 드는 사람은 큰 사람이다. 흔치 않다. 거의 모든 사람의 경우, 부끄러워하거나 뒤늦게라도 고치려 노력하는 모습은 보인다. 그런데 고현철은 부끄러워하기는커녕 오히려 노기를 띤 채, 나를 "터무니없이" 자신을 음해나 하면서 자신과 달리 '학자의 임무를' 모르는 사람으로 몰고 있다. 고현철

그 물음을 던진 뒤 열하루가 지난 뒤에까지 고현철의 답변이 없었
다. 그리하여 나는 명예 회복을 위하여 「고현철 교수의 공개 사과를
요구합니다」[6]를 빌려 고현철의 공개 사과를 요구했다. 그에 대하여

교수는 모름지기 내 물음 열두 가지에 대한 답변을 피하지 않음으로써, 스스로 잘 따르고 있
다고 여기고 있는 바 "학자의 임무"에 충실하기 바란다. 온라인은 충분히 열려 있다. 만약 답
변이 제대로 이어지지 않는다면, 자신의 논문이 내가 말한 바 얌체연구의 좋은 본보기임을 스
스로 인정한 것으로 알겠다(http://www.pusannews.co.kr/독자투고와 고현철 투고 반론문
「고현철 교수, 박태일 교수 주장에……」 밑의 시치미, 2003. 6. 27).

6) 아래는 그 전문이다.
　2003년 6월 17일 『국제신문』 문화면 기사 「'짜깁기 연구' 정면 비판……파문 예고」로 일게
된 바, 고현철(국문과) 교수의 짜깁기 연구를 처음 문제삼은 박태일입니다. 그 기사가 나간
뒤, 고현철 교수는 6월 24일 반론문 「고현철 교수, 박태일 교수 주장에 대한 반박 '논문 오류
수정……짜깁기 주장 잘못」을 『국제신문』 문화면에 실었습니다.
　그러나 그에 대한 저의 재반론은 어떤 까닭에서인지 『국제신문』에 싣기 어렵다는 연락을 받
았습니다. 문제를 제기한 저에 대한 온당하지 않은 신문사의 일처리였습니다. 그래서 저는
재반론문을 『국제신문』 해당 기사 바로 밑과 독자투고란에 올림으로써, 최소한의 반론권을
행사하였습니다. 그리고 그 글의 존재 또한 고현철 교수에게 신문사 측에서 바로 통보하였
습니다.
　재반론문 「학자의 길과 그 엄정함—고현철 교수의 반론문을 읽고서」에서 저는 처음 문제 제
기한 글, 「지역문학의 현실과 과제」에서 다루었던 열두 가지 문제를 물음 형식으로 되고쳐
고현철 교수에게 또박또박 답변할 것을 요구하였습니다. 그리고 그 물음에 대한 답변이 없
을 때는 고현철 교수가 자신의 잘못을 인정하는 것으로 알겠다고 분명하게 적었습니다.
　오늘은 그 글 게재일이자 고현철 교수가 제 글을 인지한 날로부터 11일째 되는 때입니다. 충
분히 기다린 셈입니다. 아직까지 저의 재반론문에 대한 답변이 없는 것은 고현철 교수 스스
로 6월 24일의 반론문이 스스로 잘못된 것임을 고스란히 인정하고, 저의 「지역문학의 현실
과 과제」와 재반론문 「학자의 길과 그 엄정함—고현철 교수의 반박문을 읽고서」에 이의가
없다는 것으로 알겠습니다.
　그런데 문제는 침묵으로 마무리될 일이 아닙니다. 고현철 교수는 반론문에서 저의 글, 「지역
문학의 현실과 과제」와 그에 대한 신문의 처음 보도가 잘못이라고 썼습니다. 그리고 그에 대
한 저의 재반론문은 신문지상에 실리지 못하고, 온라인판에, 그것도 댓글과 독자 투고 형식
으로 실리게 되었을 따름입니다. 따라서 관심 있는 일반 독자들은 고현철 교수의 반론만 온
당하고, 저의 글과 신문 기사는 잘못이었다고 오해하도록 일이 되어버렸습니다.
　이제는 저의 명예를 지키기 위하여, 고현철 교수에게 정중하게 요구하지 않을 수 없게 된 셈
입니다. 문제의 발단이 된 『국제신문』 오프라인 지상에 정정/사과기사를 올려주실 일이 그
것입니다. 만약 이번에도 어물쩍 넘어가고자 한다면, 그 다음 일 처리에 대해서는 고현철 교
수 본인이 소롯이 책임져야 할 것임을 미리 말씀드립니다.
　그래도 반론 기회는 더 열어 두겠습니다. 제 재반론문에 대한 답변이 오래 없어 고현철 교수
는 잘못을 인정한 것으로 여겨집니다. 아직까지도 자신이 짜깁기 얌체연구를 한 것이 아니
라고 생각한다면, 11일의 시간을 드렸음에도 불구하고, 다시 더 시간을 드리겠다는 뜻입니
다. 『국제신문』 독자투고란과 이 자리에 바로 댓글을 달아 자신의 떳떳함을 밝혀주시기 바랍
니다.
　이 일을 궁금해 할 일반 독자들에게 그간의 경과를 보여드리기 위해, 이 글 아래 저의 첫글
「지역문학의 현실과 과제」, 그리고 그 이후 이루어졌던 『국제신문』 기사, 이어진 고현철 교
수의 반론, 다시 저의 온라인상의 재반론문을 이번 기회에 올려놓겠습니다. 고현철 교수도
바람직한 일처리로 여기시리라 생각합니다.
　이번 일은 버릇처럼 이루어져온 바 고현철 교수의 학문 자세에 대한 자연스럽고도 당연한

고현철 교수의 답변, 「박태일 교수에 답하는 글」[7]이 올랐다. 그런데 글 흐름은 처음 『국제신문』에 올렸던 반박문과 마찬가지였다. 자신에게 잘못이 없다는 우기기, 딴전 피우기로 한결같다. 학문하는 태도에도 자폐적인 것이 있을 수 있다면, 그에서 멀지 않을 성싶다. 아마 고현철로서는 문제가 없는 자신의 '엄정한' 학문 연구를 내가 얼토당토않게 '폄하'하고 있다고 굳게 믿고 있는 모양이다. 그렇다면 얼마나 분하고 답답한 노릇일까. 한 두 차례 반론문으로 그칠 일이 아니다. 이제 고현철에 한 발 더 들어서면서, 담론 수준을 달리해야 겠다. 학문공동체 바깥에 있는 예사 사람도 쉬 이해할 수 있을 자리에서 생각을 꼼꼼하게 나눠 보는 수밖에 없다.[8]

글은 「박태일 교수에 답하는 글」의 내용 순서를 좇아서 이루어질 것이다. 그 과정에서 앞선 내 글, 박태일 1과 박태일 2에서 뒤로 밀려

학문 공동체의 엄정한 문제 제기입니다. 1999년에 구모 교수와 있었던 한 차례 시비와는 그 성격과 강도, 그리고 환경이 크게 다르다는 점을 누구보다 고현철 교수 본인이 분명히 자각하고 있을 것으로 압니다.

오랜만에 들어서는 국문과 홈페이지에 즐거운 일로 제 이름을 올리지 못해 매우 자괴스럽고, 통탄스럽습니다. 아무쪼록 고현철 교수는 핵심을 분명히 하여, 앞으로 엄중한 학자로 거듭날 것임을 반론문을 쓸 때와 마찬가지로 공개적이고도 당당하게 다짐해 주시기 바랍니다. 저의 명예회복을 위한 최소한의 요구입니다(http://www.bkorea.net/자유게시판, http://www.pusannews.co.kr/독자투고, 2003. 7. 7).

7) 부산대학교 국문학과 누리집, http://www.bkorea.net/자유게시판, 2003. 7. 10.
앞으로 이 글에서 다루어진 텍스트들은 아래와 같은 일컬음을 병행한다. 그리고 호칭은 편의를 좇아 줄였다.
이부순, 「시인 김대봉의 작품세계 연구」, 『서강어문』 10집, 서강대학교 국문학과, 1994(이부순1994)
한정호, 「포백 김대봉의 삶과 문학」, 『경남어문논집』 7·8합집, 경남대학교 국문학과, 1995(한정호1995)
한정호, 「김대봉의 동시관과 동시세계」, 『지역문학연구』 3호, 경남지역문학회, 1998(한정호1998)
고현철, 「일제 강점기 부산·경남 지역 시인 발굴 및 재조명 연구 — 김대봉의 재발굴 및 재조명」, 『한국문학논총』 33집, 한국문학회, 2003(고현철 1)
박태일, 「지역문학의 현실과 과제」, 『제주작가』 10호, 민족문학작가회의 제주지회, 2003(박태일 1)
고현철, 「고현철 교수, 박태일 교수 주장에 대한 반박 '논문 오류 수정……짜깁기 주장 잘못'」(고현철 2, 반박문)
박태일, 「학자의 길과 그 엄중함 — 고현철 교수의 반박문을 읽고서」(박태일 2, 반론문)
박태일, 「고현철 교수의 공개 사과를 요구합니다」(박태일 3)
고현철, 「박태일 교수에 답하는 글」(고현철 3, 재반박문)

두었던 본문의 속내까지 내려설 수 있을 것이다. 고현철 1이 짜깁기에 기대 마련된 암체연구의 결과물이 아니라는 반박이 지닌 거짓을 좀더 속속들이 들여다볼 수 있기를 바란다. 글이 뜻밖에 길어지고 말이 거듭되는 지루함을 군이 피하지 않기로 했다. 고현철과 나 사이에 가로놓여 있는 먼 거리를 메우면서 밝은 마무리에 이르기 위해서는 필요한 꼼꼼함이다.[9] 먼저 고현철의「박태일 교수에 답하는 글」전문을 옮긴다.[10]

(1) 7월 중 발간 예정인 문학 잡지의 글을 그전에 신문사에 보내어 6월 18일자『국제신문』의 기사형식을 통해 그 중요내용이 알려진 박태일 교수의 주장에 대하여, 나의 반박 내용의 타당성이 신문사의 확인 및 인정 과정을 통하여 받아들여져 6월 25일자『국제신문』에 나의 반박문이 게재됨으로써 일단락이 난 것으로 생각한다. 그런데도 박태일 교수는 자신이 신문을 통해 주장한 중요내용에 대해서는 한 발 물러서면서 다른 질문들을 들고 나와 답변을 요구하고 있다. 이런 상황에서 신문사 측이 박교수 재반론 주장의 게재를 거절하니까, 박교수는 마치 신문사 측에 "어떤 힘이 작용"된 것으로 함부로 추측하면서 국제신문의 온라인상「독자투고」를 통하여 재반론의 주장을 올려놓았다. 그리고 자신의 질문에 내가 답변을 하지

---

8) 다만 이 글이 늦게 올려진 점에 대해서는 미안하게 생각한다. 나로서는 바빴던 셈이다 한 달을 넘기는 사이 교육자로서 향파 이주홍의 됨됨이를 살핀 논문을 한 편 끝내고, 그 동안 준비를 마무리하여『김상훈 시 전집』을 펴냈다. 경남 거창 출신으로 광복기에 두드러진 활동을 했던 시인이다. 더불어 그의 시비를 고향 거창 가조에 세우는 일을 끝마쳤다. 게다가 이어서 지역문학 자료 수집차 일본 출장까지 며칠 이어졌다. 그 일들은 일찌감치 시한이 잡혀 있었던 것이어서, 늦출 수가 없었다. 고현철과 벌이고 있는 이번 논란의 무게를 내가 가볍게 보아서 일 처리가 뒤로 밀린 것은 아니다. 모두 경남·부산 지역문학에 대한 마땅한 관심과 발전을 위해 이루어진 일이니, 양해해 줄 것으로 믿는다. 나 또한 이 재반론문에 대한 고현철의 답변은 천천히 시간을 가지고 기다리겠다.
9) 고현철이 스스로 말하고 있는 바와 같이 마땅한 연구를 한 것이라면, 찬찬히 읽은 뒤 하나하나 빠뜨리지 않고 생각을 펴줄 것을 믿는다. 지금 겪고 있을 법한 분하고 답답한 심정은 깨끗하게 풀어 버려야 될 일 아닌가.
10) 단락 앞에 붙여진 번호는 내가 임의로 붙였다.

않으면 자신의 주장이 옳은 것으로 알겠다고 일방적으로 말한 바 있다. 이런 상황에서 내가 일일이 답변을 할 의무가 어디에 있는가. 또한 나는 박교수 주장의 중요내용에 대하여 일정한 절차를 거친 공식적인 반박을 하여 그 반박의 정당성을 널리 인정받았다고 판단한다. 그래서 온라인상 「독자투고」에 올려져 있는 박교수의 질문에 굳이 답변을 하지 않았다. 그러니까 이제는 박 교수가 자신의 질문에 대답을 하지 않았으니 자기 주장이 옳고, 자기 주장이 옳으니 자신에게 사과하라고 일방적으로 요구하고 있다. 사실 진작부터 사과를 요구할 사람은 반박의 정당성을 인정받은 나였고 또 내가 이 문제를 어떻게 할까 고민하고 있었는데, 이렇게까지 나오니 한마디로 어처구니가 없다. 상황이 이래서 굳이 그 질문에 답변을 해야 하는가 하는 생각도 여전히 들지만, 나도 지면의 한계를 지닌 『국제신문』에 게재된 나의 반박문의 보완 설명을 통하여 사실을 보다 구체화해야 할 필요성이 생기게 되었다. 서로 연관이 되는 사항은 묶어서 다루기로 한다.

(2) 첫째, 박태일 교수가 한 내 논문의 작품연보가 한정호(경남대 경남지역문제연구원) 교수의 작품연보를 짜깁기했다는 주장에 대하여 『국제신문』에 게재된 나의 반박문을 통하여 사실은 그렇지 않다는 점이 널리 인정을 받았지만, 박 교수가 아직까지 짜깁기 운운하고 있으므로 사실을 보다 구체적으로 들어 그 주장이 잘못됐다는 점을 더욱 명백히 하고자 한다. 내논문은 재발굴논문이다. 선행연구인 발굴논문의 오류를 정정 및 보완하고 이를 통해 새로운 사항들을 새롭게 밝혀내는 재발굴논문은 발굴논문 못지않게 의미가 있다. 나는 내 논문에서 얼마 되지 않은 선행연구를 '연구사검토'를 통하여 일일이 들어 그 성과와 한계를 밝혔다. 선행 연구 가운데 가장 중요한 논문인 한정호 교수의 논문에 대해서는 다음과 같이 언급하였다.

김대봉과 그의 시작품에 대한 연보가 작성되어 연구의 기초작업이 이루어진 본격적인 논문으로는 유일하게 한정호의 「포백 김대봉의 삶과 문학」이 있다. 이 논문은, 김대봉의 연보와 무엇보다도 그의 시작품 연보를 자세히 정리하고 있어 김대봉의 시에 대한 연구의 바탕을 마련한 상당히 의미 있는 논문이 된다. 여기에서 김대봉의 시적 특성과 그 변모 양상을, 전기는 '현실인식'이 두드러지는데 이는 '현실주의 동요적 단형시'와 '지식인의 고뇌와 허무의식'으로 드러나며, 후기는 '상실의식'이 두드러지는데 이는 '고향 또는 가족의 상실 체험'과 '현실 극복의 문학적 방안'으로 드러나고 있다고 파악하고 있다(주8 : 한정호, 「포백 김대봉의 삶과 문학」, 『경남어문논집』 7·8합집, 경남대 국문과, 1995. 12). 하지만, 이 논문은 연구의 기초사항이 되는 연보, 특히 시작품 연보에 누락되어 있거나 잘못 파악되어 있는 것이 상당히 있다(주9 : 한정호는 이후에 김대봉의 동시만을 대상으로 한 논문 「김대봉의 동시관과 동시세계」, 『지역문학연구』 제3호, 경남지역문학회, 1998. 9를 발표하는데, 여기에서 빠진 동시 작품 연보가 보완이 된다. 하지만 동시까지 포함한 시작품 연보상에 오류가 여전히 상당히 내재하고 있으므로, 연구의 기초작업을 위하여 이를 지적하고 시작품 전체의 정확한 연보 작성이 필요한 것이다). 김대봉의 시에 대한 올바른 접근을 위해서는 우선 그 연보부터 정확하게 작성되어야 하는 것이다. 따라서 이 논문은 보다 정확한 연보 작성의 필요성을 남기고 있는 것이 된다.

또한 김대봉의 시적 특성을 시적 세계의 측면에 초점을 맞추어 파악하여 그의 시가 지니고 있는 형식 미학적 측면이 간과되고 있다. 그리고 김대봉의 시를 전기의 '현실인식'과 후기의 '상실의식'이라는 변모 양상을 드러내고 있는 것으로 파악하고 있는데, 김대봉이 활발하게 시작 활동한 일제 강점기인 1930년대에는 현실인식과 상실의식이 서로 넘나들 수가 있는데, 현실인식과 상실의식이 하나의 쌍이 되어 이것이 변모 양상으로 파악할 수 있을까 하는 문제가 제기될 수 있다. 그리고 김대봉의 시적 특성이 1930년대에는 어떤 문학사적 의의를 지니고 있는지 하는 점에 대한 해명이 마련되어 있지 못하고 있다.

(3) 그래서, 그 다음에 "따라서, 본 연구는 이미 이루어진 김대봉의 시작품 연보의 오류를 지적하고 그 연보를 정확하게 작성하는 기초작업에서 출발하여, 그의 시적 특성을 내용적인 측면만이 아니라 형식적인 측면까지 아울러 파악하고 이 둘의 상관성에서 그의 시적 특성을 파악하고 나아가 김대봉의 시가 지니고 있는 시사적 의의를 해명해 가는 방향으로 진행하고자 한다"라고 하여 내 논문이 한 교수 논문의 작품연보의 오류를 정정하고 작품연보를 보완하며 연보 작성의 원칙에 의하여 작품연보를 재작성하고자 한 것이고, 또 이렇게 재작성된 작품연보를 활용하여 시세계를 고찰하고, 나아가 시사적 의의를 밝히겠다고 한 것이다.

(4) 다시 한번 언급하지만, 내 논문은 선행연구인 발굴논문의 오류를 정정 보완하고 이를 통해 새로운 사항들을 새롭게 밝혀내는 재발굴논문이다. 그래서 발굴논문을 중심으로 선행연구에 대한 연구사 검토를 한 그 다음 항목을 '시작품 연보 오류 정정 및 재작성'이라고 하여 여기에서, "시작품 연보를 작성하는 데에 앞에서 언급한 이미 작성된 시작품 연보가(주 10 : 한정호, 「포백 김대봉의 삶과 문학」, 『경남어문논집』 제7·8합집, 경남대 국문과, 1995. 12, 265~267쪽. 「작품 죽보기」) 많은 참고가 되었다. 그래서 시작품 연보를 작성하는 데에 도움을 받은 점도 상당히 있지만, 이 연보에서 누락되었거나 잘못된 시작품도 적지 않았으므로 이를 밝히고 보다 정확한 시작품 연보를 재작성하여 제시함으로써 김대봉의 시에 대하여 올바르게 접근할 수 있는 기초작업을 하는 데에 도움을 주고자 한다"라 밝히며 시작품 연보의 오류를 정정 및 보완하고 일정한 원칙을 제시하여 정확한 연보를 재작성까지 한 것이다. 이와 같이, 내 논문은 논문 구성상 필요한 여러 가지 사항들을 하나하나 먼저 다 밝히고 본문은 바로 이에 따라 몇 항목으로 나뉘어 명백히 진행되고 있는 것이다.

(5) 내 논문에는 한 교수의 논문에서는 제목조차 전혀 파악이 되어 있지 않은 「유가」, 『시림』에 수록된 「영원한 불행」 「벗에게」를 일제 강점기 당시의 신문 · 잡지 및 김대봉의 시집을 일일이 뒤져 찾아서 보완하고 있다. 일일이 뒤져 찾아서 보완한 것도 일종의 성과라면 성과다. 특히 『시림』에 수록된 「영원한 불행」은 제목이 '시월 외 1편'으로 되어 있는데, 본문을 보면 「시월」 「신촌」 그 다음으로 「영원한 불행」이 있다. 제목으로는 2편으로 제시되어야 할 작품이 실제에서는 3편으로 제시되어 있는 것이다. 그래서 제목으로 보면 이 「영원한 불행」이 누구의 작품인지 알 수 없게 되어 있다. 아니나 다를까, 발굴논문인 한정호 교수의 논문의 작품연보에는 『시림』에 수록된 「영원한 불행」이 빠져 있는 것이다. 이 「영원한 불행」이 역시 김대봉의 작품이라고 확증할 수 있는 것은 이 작품이 『조선일보』(1933. 9. 27)에 발표된 연작시 「생활시편」 가운데 한 편이기 때문이다. 김대봉의 작품과 그리고 그 연보를 꼼꼼하게 따져야만 이 작품이 김대봉의 작품임을 알 수가 있고 『시림』에는 재수록된 것이구나 하는 점을 확인할 수 있는 것이다. 그래서 내 논문은 발굴논문에는 누락되어 있는 작품을 일일이 대조하여 찾아서 보완하고 있는 것이 된다. 큰 성과는 아니더라도 찾아서 보완한 성과는 인정이 되어야 한다.

(6) 내 논문에서 일제 강점기 당시의 신문 · 잡지 및 김대봉의 시집을 일일이 뒤져 대조한 결과, 한정호 교수 논문의 작품연보에는 오류가 무려 20가지나 되었다. 발굴논문의 연보에서 오류가 20가지나 된다는 점은 상당한 문제가 있다고 하지 않을 수 없다. 만약, 이 오류가 정정 및 보완되지 않는다면 발굴논문 이후의 연구는 발굴논문의 오류를 고스란히 안은 채 계속될 수밖에 없는 것이 아닌가. 그래서 재발굴논문의 역할이 필요하고 중요하다고 하지 않을 수 없는 것이다. 한 교수 논문의 시작품 연보에 드러나 있는 오류는 다음과 같다. 시작품의 제목이 잘못되어 있는 것이 「야

가('밤거리'라는 뜻, 한자로 쓰어 있음)의 점경」이 「아가(한글로 쓰어 있음)의 점경」으로 된 경우 등 네 작품이다. '야가'와 '아가'의 차이는 얼마나 큰가. 더구나 작품연보에는 내용은 드러나지 않고 제목만 드러나는데 제목이 틀렸다는 점은 상당한 문제라고 하지 않을 수 없다. 또, 시작품의 발표연도가 잘못된 경우가 네 작품이다. 작품연보는 작품 제목, 발표지, 발표연도로 구성되는데, 발표연도가 잘못된 것도 작품연보의 작성에서 필수적인 순서의 문제 등을 포함하여 여러 문제를 발생시키는 점이 된다. 그 다음은, 같은 내용의 작품인 줄 모르고 한 교수의 작품연보에서 중복시킨 경우가, 『조선일보』(1933. 9. 27)에 발표된 연작시 「생활시편」 중 「무제」가 「엄마는」이라는 제목으로 바뀌어 시집 『無心』에 실려 있는 것 등 일곱 작품이었다. 같은 내용의 작품이 중복되어 있는 점을 밝혔다는 말은, 일제 강점기 당시의 신문·잡지 및 김대봉 시집의 내용을 일일이 파악하여 작품의 내용을 숙지한 후에야 가능한 일이 된다. 더구나 작품 제목이 바뀐 경우는 더욱 그렇다. 같은 내용의 작품인 줄 모르고 작품연보에서 중복시킨 경우는, 작품 수를 파악하는 데에 결정적인 방해 요소가 된다. 그런 면에서도 중복된 작품을 파악하는 것은 중요한 사항이 된다. 그 다음으로, 한 교수의 작품연보에서 연작시 여부가 불분명하고, 연작시의 큰 제목과 작은 제목이 같이 처리되어 있는 경우를 바로잡은 것이 다섯 연작시 작품이었다. 이 경우는 연작시를 전체 한 작품으로 처리하는 경우나 각각 다른 작품으로 처리하는 경우 모두 작품 수를 파악하는 데에 상당한 방해요소가 된다. 이 일도 역시 일제 강점기 당시의 신문·잡지 및 김대봉의 시집을 일일이 대조하여 찾아서 보완하지 않으면 가능하지 않는 일이다.

(7) 나아가, 내 논문의 작품연보는 한 교수 논문의 오류를 정정 및 보완했을 뿐만 아니라 작품 연보를 작성하는 원칙을 내세워 재작성한 것이다. 앞에 지적한 오류를 정정 및 보완하면서도 내 논문의 작품연보가 한 교수

의 작품연보와 달라지기도 했지만, 연보 작성의 원칙을 내세워 작품연보
가 또 달라지기도 한 것이다. 그리고 일제 강점기 당시의 신문·잡지 및 김
대봉의 시집을 일일이 살펴 연구에 도움이 될 만한 사항들을 활용할 수 있
도록 비고란을 통하여 밝혀놓았다. 이와 같은 노력 끝에 내 논문의 작품연
보는 한 교수 논문에 드러나 있는 작품연보의 오류를 정정 및 보완하고 나
아가 새롭게 재작성된 것이다. 노력 끝에 이루어진 다른 사람의 성과를 어
떻게 아직까지 짜깁기 운운하면서 쉽게 폄하할 수 있는가.

(8) 둘째, 박태일 교수가 내 논문 내용의 일부를 폄하하는 주장에 대하
여 그것이 폄하될 내용이 아니라는 점을 분명히 하고자 한다. 내 논문의
'연구사 검토'와 이 반박문의 앞에서도 밝혔듯이, 내 논문의 작품연보는
작품연보로 끝나지 않고 이 작품연보를 활용하여 김대봉 시세계의 동시적
다양성을 밝혀내고 있다. 그런데, 박태일 교수는 내 논문을 주의 깊게 읽
어보지 않고 "작품연보를 활용한 것이라면 당연히 통시적으로 시세계가
접근되어야 할 일이다"고 언급하고 있다. 그러면, 모든 시인의 작품연보는
기본적으로 시간적 순서를 감안해야 하므로 모두 다 통시적 변모로 파악
해야 한다는 말인가. 그리고 '통시적'과 '통시적 변모'는 분명한 차이가 있
는 말이 아닌가. 나는 분명히 '통시적 변모'라는 보다 분명한 용어를 썼던
것이다. 내가 작품연보를 활용하여 김대봉 시세계를 통시적 변모가 아니
라 동시적 다양성으로 파악해야 한다고 한 것은 작품연보의 순서에 따라
김대봉의 시세계가 일정하게 구획이 되지 않는 점을 밝혀내었기 때문이
다. 이러한 경향은 김대봉 작품연보의 아래에까지 지속이 된다. 그래서 김
대봉의 시세계를 동시적 다양성으로 파악해야 한다고 한 것이며, 이를 시
집의 구성원리와도 연관시키면서 다음과 같이 파악하였다.

(시집의) 이 여섯 부가 앞에서 정리한 시작품 연보와 어떠한 시간적 질서도

이루고 있지 않다는 점을 알 필요가 있다. 앞의 시작품 연보에서 알 수 있는 바와 같이, 시집에 수록되어 있는 시작품 가운데 (시간상으로) 제일 먼저 쓰여진 작품은 「텅 비고 싶어」인데 전체 여섯 부 가운데 「상춘곡」에 수록되어 있고, 그 다음은 「보리피리」인데 전체 여섯 부 가운데 「점상집」에 수록되어 있고, 그 다음은 「자서」인데 「無心편」에 수록되어 있고, 그 다음은 「환향」인데 「나의 향가」에 수록되어 있고, 그 다음은 「차라리 울어줌이」인데 「단현의 비명」에 수록되어 있다. 이것은 그의 시세계와 그 바탕이 되는 미학이 통시적으로 변화되기보다는 공시적으로 다양화되어 있다는 점을 말하고 있는 사항이 된다. 다시 말하면, 김대봉의 시세계는 통시적인 변모양상으로 파악해야 하는 게 아니라 공시적인 다양성으로 파악해야 하는 것임을 알 수가 있다.

(9) 나아가 내 논문은 시세계의 공시적 다양성을 구체적인 작품의 예를 들어 내용과 형식의 상관성이라는 점에서 일일이 살펴보고 있다. 물론 내용과 형식의 상관성은 아주 큰 개념이 된다. 그래서 특정 시인의 구체적인 시세계 그것도 몇 가지로 나누어지는 다양한 시세계의 개별 유형에서는 모든 면에 맞추어 내용과 형식의 상관성을 갖추기는 사실상 매우 힘들다. 이 경우, 내용과 형식의 상관성이 특징적인 것에 집중되게 마련인 것은 바로 이 때문이다. 그런데도, 박 교수가 "내용/형식의 상관성은 종잡을 수 없이 어름어름하다"라고 하여 내 논문의 일부 내용을 폄하하는 것은 이치에 맞지 않는 일이다. 내 논문에서는 시세계의 몇 가지 유형에 따라 동시와 단시의 경우 화자의 겹침과 고정됨, 이향과 향수의 시의 경우 깊은 향수와 절제된 형식, 의사 체험 시의 경우 철저한 과학적 인식의 바탕과 청자지향적 성격을 통한 감정 과잉노출의 이중성, 무심과 심적의 시의 경우 무심의 절제된 감정과 그 형식, 결단과 비장함의 시의 경우 과도한 감정과 강렬한 어조, 역사의식이 두드러진 시의 경우 가장 긴 형식과 청자지향의 어조 등으로 각각 내용과 형식의 상관성을 밝힌 것이다. 그리고 몇 유형의 개별성

과 함께 김대봉의 긴 시의 경우 공통적으로 청자지향적 성격을 보인다는 등의 공통점도 파악하여 밝혔다. 이와 같이 내 논문은 작품연보를 활용하여 시세계의 공시적 다양성을 시집 구성원리와의 연관성이라는 점에서 밝히고, 시세계를 내용과 형식의 상관성이라는 면에서 고찰하고 있는 논문이다. 이를 분명히 하기 위해 '연구사 검토'와 앞에서 언급한 것처럼 한 교수 논문의 한계를 살펴보고, '연구사 검토'를 통해서 이부순이 파악하고 있는 김대봉의 시세계인 '시적 출발과 단형의 시세계' · '시와 의술의 인간주의'라는 전기의 두 유형과 '상실 모티프와 삶의 비애의식' · '허무와 죽음의 자장'이라는 후기의 두 유형이라는 관점의 한계를 또한 살펴보면서, 두 논문에서 통시적 변모로 파악하고 있는 바의 문제점을 지적하고 시세계의 공시적 다양성이라는 분명한 논지를 펴고 있는 것이다.

(10) 내 논문은 김대봉 시의 시사적 의의까지 밝히고 있는 논문이다. 이 점은 내가 처음 다루고 있는 사항인데, 시사적 의의는 발굴논문과 재발굴 논문에서도 꼭 다루어져야 할 사항이다. 왜냐하면 아무 시인이나 발굴과 재발굴되어야 하는 것이 아니라, 시사적 의의가 있는 시인이 발굴과 재발굴되어야 하기 때문이다. 지금까지 알려지지 않은 시인이 얼마나 많은가. 그러면 이 모든 시인이 다 발굴과 재발굴대상이 되어야 하는가. 시사적 의의가 꼭 필요한 이유가 바로 여기에 있다. 발굴논문이라고 할 수 있는 한 교수의 논문에는 이러한 사항이 다루어지고 있지 않다. 그래서 재발굴논문인 내 논문에서 이를 주요하게 다룬 것이다. 발굴논문의 작품연보의 오류를 정정 및 보완한 데다가 원칙에 의하여 작품연보를 새롭게 재작성하고 나아가 이를 바탕으로 하여 시세계의 동시적 다양성, 시집 구성원리와의 연관성, 시사적 의의까지 새롭게 밝혀내고 고찰한 내 논문은 그래서 재발굴논문으로서의 역할을 충실히 하고 그 중요성을 부각시킨 것이 된다. 사정이 이런데도 어떻게 그렇게도 쉽게 폄하할 수 있는가.

(11) 셋째, 내가 김대봉을 지역시인으로 규정하여 다루고 있는 점을 또한 문제삼고 있다. 나는 김대봉에 대하여 "일제 감점기에 등단하여, 서울에서 한때 거주한 적도 있긴 하지만, 서울 이외의 지역인 부산·경남과 평양에 생애 대부분을 거주하면서 활발하게 시를 발표"한 시인으로 표현하였다. 이를 박태일 교수는 내가 마치 김대봉에 대하여 "서울과 큰 인연이 없이 거의 자신의 출신 지역에서 대부분의 문학 활동을 한 사람"으로 표현한 것으로 정리하고 있다. 김대봉을 포함한 상당수의 일제 강점기의 지역 문인들의 경우, 그들이 발표한 작품의 매체가 서울에서 발행된 신문·잡지인 경우가 허다한 것이다. 내가 한 표현은 이러한 사항에 대한 분명한 인식이 내재해 있는 것이다. 그러면, 작품연보까지 오류를 정정 및 보완하고 원칙에 의하여 새롭게 재작성한 내가, 김대봉이 시를 발표한 매체인『조선일보』·『동아일보』등의 신문,『신동아』·『조선문단』등의 잡지가 서울에서 발간된 것인지 모른다는 말인가. 참으로 어처구니가 없다. 따라서, 박태일 교수가 마치 내가 표현하고 있는 것으로 정리하고 있는 말은 내가 실제로 표현한 말과는 얼마나 차이가 있는가. 또한, 김대봉의 시내용을 보면, 그가 시를 발표했을 때 어디에 거주했든지 간에 부산·경남과의 친연성을 아주 강하게 드러내고 있다. 그래서 내 논문에서는 시세계를 다루면서 "이 시(「환향」)는 1932년 10월에『신동아』에 발표된 작품인데, 김대봉이 1929년 고향을 떠나 평양에 있는 평양의학전문학교에서 1933년 졸업을 하여 1934년 고향인 김해로 돌아올 때까지 의학 공부를 한 것을 보면, 여기에 나타나 있는 '환향'의 체험은 실제로는 이향 가운데 상상 속에서 이루어진 환향임을 알 수가 있다."라고 파악했던 것이다. 그리고 "이 시(「탁랑의 낙동강」)가『신동아』에 발표된 시기 1933년은 김대봉이 아직 평양에서 고향인 김해로 돌아온 1934년 이전이라는 점을 감안하면, 여기서 수탈된 장소로 등장하는 '낙동강'은 이곳에만 한정되지 않고 조선 전체로 확장될 수가 있다"고 파악했던 것이다. 물론, 기본적으로 이 시는 제목 '탁랑의 낙동

강'에서도 알 수 있듯이 김대봉의 고향인 김해와 부산지역에 초점이 가 있
는 것은 누구나 알 수 있는 사항이 된다. 따라서, 김대봉은 내가 실제로 표
현한 바에 따라 지역시인이며, 그 가운데에서도 마땅히 부산·경남의 지역
시인에 포함될 수 있는 것이다. 박태일 교수 자신도『가려뽑은 경남·부산
의 시 **1** 두류산에서 낙동강에서』를 엮으면서 지역문학을 "그 지역을 삶의
친밀 영역으로 사랑하고 추억을 가꾸며, 섬기는 이의 문학"으로 정의하면
서, 구체적으로는 "대상 시인들은 경상남도(이 경우, 부산까지 포함하는
용어)에서 태어나 자랐거나, 중요한 문학 생애를 거친 사람"으로 부산·경
남지역의 시인을 정의하면서 김대봉을 포함시키고 있지 않았는가.

(12) 넷째, 박태일 교수는 내 논문이 한국학술진흥재단 등재후보 학술
지『한국문학논총』의 심사규정에 따라 지역이 각각 다른 세 명의 전공 심
사위원으로부터 엄격한 심사를 받아 '게재' 판정을 받아서 게재된 것임을
밝혔는데에도 불구하고, '게재', '수정후 게재', '게재 불가'에도 '게재'라
는 표현이 있는데 이 가운데 무엇인가를 묻고 있다. 참으로 어처구니가 없
다. 우선, 자신이 무슨 권리로 이것을 묻는가. 또 내가 그런 것까지 대답할
의무가 있는가. 학회 활동을 하는 사람이라면, '게재'는 '게재'고 '수정후
게재'는 '수정후 게재'고 '게재 불가'는 '게재 불가'인 줄을 누구나 다 안다.
그리고 '게재'는 심사위원 가운데 세 명 모두 '게재'와 두 명 '게재' 한 명
'수정후 게재'의 경우에 해당한다. 자신도 학회 활동을 하는 사람으로서
어떻게 이런 것을 모르는 척할 수 있는가. 그리고 지역이 각각 다른 세 명
의 심사위원이라면, 당연히 부산·경남 지역 외의 다른 지역 심사위원이
포함되어야 가능하지 그렇지 않다면 어떻게 가능하겠는가. 학술지『한국
문학논총』부록에 첨부되어 있는 '한국문학회 논문심사' 규정을 보면, 심
사위원은 논문의 주제와 관련된 전문학자라는 규정이 있고 그 중에서도
심사위원에 선정될 수 있는 자격이 규정되어 있고 또한 심사위원의 지역

별 안배라는 규정이 있다. 박태일 교수는 학계의 이런 사항을 모르는가.

(13) 박태일 교수가 설사 또 다른 사항을 들고 나오더라도 내가 거기에 일일이 답변할 의무는 없다. 박 교수도 김대봉의 시에 대하여 많은 관심을 갖고 있는 것으로 보이는데, 지금까지 쓰여진 몇 편의 김대봉에 대한 논문에 새롭게 추가하고 보완할 사항이 있으면 학계의 일정한 절차를 거쳐 게재가 되는 학술지의 논문을 통하여 해주면 관심 있는 동학과 후학들에게 도움이 될 것으로 생각한다(고현철 3).

이번 재반박문에서도 고현철은 앞서와 마찬가지로 자신의 잘못을 받아들이지 않고 있다. 내가 반론문에서 제기했던 논점은 슬쩍 벗어나 딴전을 피웠다. 답하기 곤란한 문제에 대한 해명은 벗어나면서 제 뜻대로 우격다짐을 거듭하는 방법이다. 그것도 반박 기법이라 할 수 있는 일이다. 그냥 넘어가기로 한다. 고현철이 세세한 사안을 묶어 해명하는 길을 따름으로써, 오히려 고현철의 글을 모두 되짚어 볼 수 있게 되었다. 더 잘 된 일이다. 위에서 보는 바와 같이 고현철은 모두 4가지로 묶어 내 문제 제기에 대한 해명을 꾀했다. 첫째 한정호 작품 연보 짜깁기에 대한 해명, 둘째 자신의 연구 내용에 대한 내 폄하와 관련된 반박, 셋째 지역시인 규정의 잘못에 대한 해명, 넷째 논문 게재 심사의 불투명성에 대한 반박이 그것이다. 나는 그 넷에다 글 머리말과 마무리 자리, 곧 학문적 정당성 왜곡 문제와 김대봉에 대한 내 관심을 왜곡한 곳을 더해 모두 6장으로 나누어 생각을 하나하나 얹는다. 고현철 3의 본문 흐름에 죄 걸리는 반론인 셈이다.

2. 학문적 정당성 왜곡

이번 논란은 「일제 강점기 부산·경남 지역 시인 발굴 및 재조명 연구」라 스스로 내세운 연구 목표에 걸맞지 않은 결과를 「일제 강점기 부산·경남 지역 시인 발굴 및 재조명 연구 ― 김대봉의 재발굴 및 재조명」이라는 이름 아래 고현철이 내놓았던 데서 말미암는다. 앞서 이부순과 한정호 두 사람이 애써 마련해 놓은 성과에 슬그머니 기대 내놓은 암체연구였던 셈이다. 그리하여 같은 학문을 업으로 삼고 있는 데다, 경남·부산 지역문학 연구자 가운데 한 사람으로서 나는 그 문제점을 짚고, 고현철을 비롯해 관심 있는 이들이 살펴 헤아리기를 요구했다.

그런데 그에 대하여 고현철은 연구 목표로 내세운 '발굴'은 없었다 하더라도,[11] 자신의 글은 한정호가 만들어 놓은 작품 연보를 수정·보완하여 '재발굴'한 일이니, 문제될 것이 아니라는 입장이었다. 어느덧 학술 차원의 논의를 벗어나기 시작한 셈이다. 고현철 글에서 「김대봉 재발굴과 재조명」이라는 부제는 이차적이다. 누구나 쉬 알 수 있는 사실이다.[12] 이미 연구비를 수혜하기 위해 굳어져버린 제목은 어쩔 수 없이 따른다 하더라도, 본디 뜻한 바 연구 목표를 감당할 만한 사정이 아니었다면 부제에서는 달라져야 했다. 「일제 강점기 부산·경남 지역 시인 발굴 및 재조명 연구 ― 김대봉을 중심으로」 또는

---

11) "새롭게 발굴한 작품이 없는 것은 사실"(기사문의 고현철 해명 자리), "내가 새롭게 발굴한 작품은 없다고 치자"(고현철 2).

12) 고현철 본인이 교정을 잘 보았으리라 생각되는 글 게재지 『한국문학논총』 33집의 해당 쪽 위에 적힌 날개글조차도 「일제 강점기 부산·경남 지역 시인 발굴 및 재조명 연구」로 되어 있다. '김대봉의 재발굴 및 재조명'이라는 부제가 없다. 이 일을 두고 고현철은 자리가 모자란 탓이었다라고 변명할 수도 있다. 그렇다면 굳이 길게 「일제 강점기 부산·경남 지역 시인 발굴 및 재조명 연구」로 올리지 않고, 시각적으로 더욱 단정한 「일제 강점기 부산·경남 지역 시인 발굴」과 같은 정도로 줄일 수도 있었을 것이다. 그런데 그렇게 하지 않은 것은 「일제 강점기 부산·경남 지역 시인 발굴 및 재조명 연구」가 완결된 한 묶음이었던 까닭이다.

「일제 강점기 부산·경남 지역 시인 발굴 및 재조명 연구—김대봉론」
이 보다 바른 이름이었다. 나아가 연구비 수혜에 따라 미리 주어진
이름이라는 조건조차 없었더라면, 논문집 발표 뒤 이어졌던 구두 발
표에서 고현철이 내놓은 제목대로「김대봉 시 연구—재발굴 및 재조
명」이 그나마 보다 정직한 이름이다. 누구보다 고현철 자신이 잘 알
만한 사실이다.

　굳이「일제 강점기 부산·경남 지역 시인 발굴 및 재조명 연구—김
대봉의 재발굴 및 재조명」이라며 학계 상식과 달리 번잡스럽고도 무
리한 제목을 붙이게 된 일은 수사적 과장에서 말미암았다. 자신의 김
대봉 연구가 짜깁기에 크게 기대 마련되었다는 사실에 따른 부담감
을 떨쳐 버리고, 혹 있을 읽는이를 눈속임하기 위한 일이다. 그러나
세상은 그리 호락호락하지 않아 고현철의 속내와는 달리 여러 사람
이 그 글을 읽은 바 있다. 그리고 크게 놀랐다. 내 문제 제기는 그들
가운데서 자연스럽게 나온 바다. 글쓰기 꾀에도 높낮이가 있는 법인
데 고현철의 것은 너무 빤해 사정이 딱하다. 수정·보완이 발굴과 한
가지 뜻인가 아닌가라는 입만 아픈 시비도 어느덧 거쳤다. '발굴'이니
'재발굴'이니 하는 말을 앞세운 글에서 한 편의 새로운 작품이라도 내
놓을 수 없는 사정이다. 그렇다면 기껏 스무 가지의 수정·보완 사항
이 지닌 뜻이 온데간데없을 것이라는 사실을 아직도 고현철은 모른
다고 한다. 이제 고현철 재반박문의 들머리부터 찬찬히 짚겠다.

1) 사전 기사에 대한 불만

　①7월 중 발간 예정인 문학 잡지의 글을 그 전에 신문사에 보내어 6월
18일자 '국제신문'의 기사형식을 통해 그 중요내용이 알려진 ②박태일 교
수의 주장에 대하여, 나의 반박 내용의 타당성이 신문사의 확인 및 인정

과정을 통하여 받아들여져 6월 25일자 국제신문에 나의 반박문이 게재됨으로써 일단락이 난 것으로 생각한다. 그런데도 박태일 교수는 ③ 신문을 통해 주장한 중요내용에 대해서는 한발 물러서면서 다른 질문들을 들고 나와 답변을 요구하고 있다. 이런 상황에서 신문사 측이 박 교수 재반론 주장의 게재를 거절하니까, 박 교수는 마치 신문사 측에 "어떤 힘이 작용" 된 것으로 함부로 추측하면서 국제신문의 온라인상 '독자투고'를 통하여 재반론의 주장을 올려 놓았다. 그리고 자신의 질문에 내가 답변을 하지 않으면 자신의 주장이 옳은 것으로 알겠다고 일방적으로 말한 바 있다. 이런 상황에서 내가 일일이 답변할 의무가 어디에 있는가. 또한 ② 나는 박 교수 주장의 중요내용에 대하여 일정한 절차를 거친 공식적인 반박을 하여 그 반박의 정당성을 널리 인정받았다고 판단한다. 그래서 온라인상 '독자투고'에 올려져 있는 박 교수의 질문에 굳이 답변을 하지 않았다. 그러니까 이제는 박 교수가 자신의 질문에 대답을 하지 않았으니 자기 주장이 옳고, 자기 주장이 옳으니 자신에게 사과하라고 일방적으로 요구하고 있다. 사실 진작부터 사과를 요구할 사람은 ② 반박의 정당성을 인정받은 나였고 또 내가 이 문제를 어떻게 할까 고민하고 있었는데, 이렇게까지 나오니 한 마디로 어처구니가 없다. 상황이 이래서 굳이 그 질문에 답변을 해야 하는가 하는 생각도 여전히 들지만, 나도 지면의 한계를 지닌 '국제신문'에 게재된 나의 반박문의 보완 설명을 통하여 사실을 보다 구체화해야 할 필요성이 생기게 되었다. 서로 연관이 되는 사항을 묶어서 다루기로 한다.

첫단락 첫문장 ① 자리다. "발간 예정인 잡지의 글을 그 전에 신문사에 보내어"라고 적으면서 반박문을 시작했다. 책으로 나오기 앞서 자신의 문제를 다룬 기사가 난 일을 두고 마음이 많이 불편했던 탓이겠다. 내가 서둘러 기삿거리를 보내 자신이 애꿎게 피해를 더 보게 되었다는 마음자리를 감추지 않았다. 글 내용이라는 본질과는 관계없이 내 글이 지니고 있는 설득력을 누그러뜨려 보겠다는 생각이다. 짧게나마 기사로 오른 과정을 고현철에게 알려주는 것이 도리겠다.

내가 「지역문학의 현실과 과제」를 실은 『제주작가』는 6월 안에 나올 예정이었다. 원고 마감일은 5월 25일이다. 그러나 나는 마무리가 늦어 6월 5일에야 원고를 보냈다. 기일을 많이 넘기게 되어 『제주작가』 편집실에 누를 끼치게 된 셈이다. 그리고 실제 책이 출판되어 깔린 때는 날짜가 밀린 7월 둘째 주였다. 그러나 『제주작가』 10호 간행일은 예정되었던 6월의 25일로 적혀 있음을 일러둔다. 내 글의 기사화는 5월 31일, 제2회 이주홍문학제의 문학세미나 행사장에 발표를 위해 갔다 거기서 『국제신문』 담당기자와 우연히 만나 갖게 된 대화가 빌미였다. 그 자리에서 이저런 이야기 끝에 내 글의 내용이 알려지게 되었다. 흥미를 느낀 기자의 요청에 따라 마무리되면 보내주기로 약속이 이루어졌다.

그리하여 『제주작가』에 원고를 넘기고, 약속대로 『국제신문』에도 원고를 보냈다. 말하자면 내 글이 담당기자의 요청에 따라 신문사로 보내져서 기사화 가능 여부의 검토와 『제주작가』의 출판교정이 본디 2~3주 정도 시일 안에서 함께 이루어질 일이었다. 그런 사정을 알 리 없는 고현철을 탓할 바는 아니다. 하지만, 고현철이 쓴 "7월 중 발간 예정인 문학 잡지의 글"은 '6월 중 발간 예정인 문학 잡지의 글'로 바로 잡아야 옳다. "6월 중 발간 예정인 문학 잡지의 글을 6월 초 신문사와 미리 있었던 약속에 따라 보내어져"로 고쳐져야 앞뒤 경과에 바른 월이 된다는 점을 일러둔다.

기삿거리가 지니고 있는 값어치의 높낮이에 따라서 언론에서 사전 보도는 흔한 일이다. 정보 가치가 높다고 생각한다면 몇 년 뒤에 이루어질 결과에 대한 예측만으로도 사전 기사가 이루어지는 것이 언론문의 특성이다. 먼저 사전 기사로 다룰 필요가 있다는 판단을 거친

다면 신문사 쪽에서는 언제든지 그리 할 수 있는 일이다. 그리고 그 정보 가치는 오롯이 신문사 쪽 눈매에 달린 문제다. 내 글로 말미암은 의제는 민감한 학문공동체 안쪽 문제로 보인다. 그렇지만 대중에게도 바람직스럽지 않은 학계의 속사정을 일깨워줄 수 있는 일로 정보 가치가 만만찮은 것일 수 있다.

그러니 결과로 볼 때 게재 예정된 글의 내용이 미리 알려진 일이나, 발간 뒤에 관련 기사가 나가게 된 일에는 고현철이 곱씹어 보는 바와 같은 큰 차이가 없다. 이 글도 『제주작가』가 서점에 깔린 지 한 달을 넘긴 현재 쓰여지고 있다. 게다가 고현철의 사태 파악 수준으로 볼 때 논박이 한참 더 이어져야 할 참이다. 발간 사전 기사든 사후 기사든 고현철의 얌체연구가 지니고 있는 무거운 문제점과 그에 대한 내 문제 제기라는 본질에는 달라짐이 없다는 뜻이다. 그렇다고 『제주작가』 출판에 앞서 신문 기사로 내 글 내용의 일부가 알려진 일 처리를 애꿎게 탓하는 마음 바닥을 이해 못할 바는 아니다. 그렇다 해도 "7월 중 발간 예정인 문학 잡지의 글을 그 전에 신문사에 보내어"라고 적어 불똥을 딴 데로 돌려 보고자 한 일은 잘못 들어선 길이다.

2) 기사문과 투고문의 차이에 대한 착각

이제 자신의 기명 "반박문이 게재"되고 그에 대한 내 반론문이 기사로 실리지 않음으로써, "정당성을 널리 인정받았다"고 말하는 데 따른 고현철의 심한 착각 문제 ②다. 내 반론문이 『국제신문』 오프라인 지상에 오르지 못하자 그것을 온라인 신문으로 넘기게 된 까닭이 여기에 있다. 읽은이들이 고현철과 같은 생각을 할 개연성이 높아 최소한의 반론권을 얻기 위한 일이었다. 당사자인 고현철이 바로 그 예상된 우려를 한 치도 빗나가지 않은 데서 내 판단이 옳았던 셈이다.

그 착각은 위에서 본 대로 세 차례 표현을 바꿔가면서 거듭된다.

박태일 교수의 주장에 대하여, 나의 반박 내용의 타당성이 신문사의 확인 및 인정 과정을 통하여 받아들여져 6월 25일자 국제신문에 나의 반박문이 게재됨으로써 일단락이 난 것으로 생각한다.

나는 박 교수 주장의 중요내용에 대하여 일정한 절차를 거친 공식적인 반박을 하여 그 반박의 정당성을 널리 인정받았다고 판단한다. 그래서 온라인상 '독자투고'에 올려져 있는 박 교수의 질문에 굳이 답변을 하지 않았다.

반박의 정당성을 인정받은 나였고

고현철은 자신의 생각이 그럴듯하다고 굳게 믿고 있다. 나는 해당 신문사 기자에게 내 원고를 보내주면서 그와 관련된 자료를 죄 보냈다. 원고를 쓸 수 있도록 빌미를 준 고현철의 글, 고현철이 짜깁기 원텍스트로 삼은 이부순·한정호의 세 논문, 고현철이 다시 구두 발표한 발표논문집이 그것이다. 그 셋을 함께 보내 신문사 쪽에서 충분하게 견주어볼 수 있도록 했다. 그런 과정을 거쳐 내 글이 마땅하고 보도 가치가 높다고 판단했다면 기사로 오를 것은 당연한 일이다. 거기다 신문사에서는 한발 더 나아가 기사를 작성하는 과정에서 고현철에게도 자신의 글에 대한 시비점을 미리 알려주고 구두 답변을 들었다. 본인의 확인 과정까지 거친 뒤, 곧 이저런 객관적 검증 과정을 나름대로 성실하고 공정하게 거친 뒤에도 문제가 크다는 담당기자의 판단 아래 해당 기사「'짜깁기 연구' 정면 비판 파문 예고」를 신문사에서 내보낸 것이다. 일이 그런데도 자신의 반박문만 신문 지상에 실리고 내 반론문이 실리지 못하게 된 일을 두고, 자신의 "반박 내용의 타당성이 신문사의 확인 및 인정 과정을 통하여 받아들여져"라며 서둘러 기정사실로 둘러치고 있다. 여기에 끼어든 착각은 정도가 크다. 그것을 셋으로 나누어 밝히겠다.

첫째, 신문에 실린 글 가운데서 개인이 실명으로 올린 투고문과 기자 이름으로 내놓은 기사문 가운데 어느 것이 더 신문사 쪽에서 본 '타당성' 있는 글인가. 그것을 모를 만큼 고현철이 사리 판단에 문제가 있는 이로는 보이지 않는다. 더 쉽게 말해 내 의견이 담긴 「지역문학의 현실과 과제」, 그것이 나오게 된 선행 자료에다 고현철 당사자의 의견까지 듣고 나서 신문사 문화부 기자가 내놓은 기사문과 그 기사에 대한 반박문으로 올린 당사자 고현철 개인의 글, 이 둘 가운데서 어느 것이 더 "신문사의 확인 및 인정 과정을" 통하여 "정당성이 널리 인정된" 글인가라는 뜻이다. 고현철이 우격다짐으로 끌어다 대고 있는 바와 같은 착각이 끼어들 염려가 컸다. 거듭하거니와 고현철의 반박문에 대한 내 반론문이 『국제신문』 오프라인 지상에 오를 수 없는 상황임을 알게 되자, 온라인 지면으로나마 그 기사 아래 시치미와 독자투고를 빌려 내 생각을 올린 까닭이다.

둘째, 고현철 스스로 학문 공동체 구성원 가운데 한 사람으로서 자격지심을 갖고 있는 게 아닌가 싶다. 고현철은 자신이 지니고 있는 학문적 입장이나 같은 전공 영역 교수인 내 생각보다 대중신문사의 지면에서 자신의 학문적 정당성을 보증받았았음을 강변하는 구차스러움을 깨닫지 못하고 있다. 내가 고현철과 같은 경우였더라면 문제제기자인 박태일의 반론문이 오프라인 지상에 실려 떳떳하게 자신의 입장이 지상토론을 통하여 받아들여지는 길을 얻고자 했을 것이다. 해당 신문사에다 공정하게 내 반론문의 게재 요청까지 했음 직하다.[13]

그렇지 않다면, 신문사 쪽에다 강하게 항변하여 자신의 기사에 대한 정정 보도나 해당 기자 또는 신문사를 상대로 사과 기사를 요구했어야 옳다. 기껏 내 반론문이 실리지 못한 까닭이 내 본디 글이 잘못된 것이어서 그리된 일이고, 그런 까닭에 자신은 "반박의 정당성을 널리 인정받았다고 판단한다"는 말로 서둘러 사람들을 호도하지는 않았을 것이다. 엄정한 학자의 길을 가야 한다고 나에게 은근히 훈계하듯이 말한 이가 고현철이다. 그로서는 앞뒤가 뒤바뀐 주장인 셈이다.[14]

셋째, 고현철의 반박문에 대한 나의 반론문이 실리지 못한 일에 대한 해석 방향의 문제다. 본디 내 문제 제기에 잘못이 있었다. 그것에 바탕을 두고 쓰여진 처음 신문 기사문도 당연히 오보였다. 그 뒤 고현철의 반박문이 실린 일은 "신문사의 확인 및 인정 과정을 통하여" 자신의 '정당성'을 보증받고 명예회복이 된 길이었다. 그런 까닭에 나의 반론문 게재 요구는 '거절'당했다. 일이 이렇게만 되었더라면 고현철로서는 얼마나 바람직한 줄거리인가. 그런데 고현철은 그 일에 대한 해명을 자신에게 유리한 쪽으로만 끌어다 댔지, 더 넓게는 보지 못했다. 내 반론문이 실리지 않은 일은 고현철을 보호해주는 쪽으로 작용된 까닭일 수도 있다는 데로 생각이 미치지 않았다. 나는 반론문에서 아래와 같이 썼다.

나의 재반박문이 같은 지상에 실리지 못하도록 처리된 일이 마땅하다

---

13) 그러나 고현철은 괘념치 말기 바란다. 실제로 게재 요청까지 하지 않아도 될 일이다. 온라인 상의 올림글도 공적인 점에서는 큰 차이가 없는 까닭이다. 오히려 이즈음에는 오프라인 지면보다 훨씬 더 쉽고 빈번하게 접촉할 수 있다. 나의 반론문이나 이 재반론문은 비록 온라인에 독자투고의 형식을 빌긴 했으나, "일정한 절차를 거친 공식적인" 것이다. 그러니 고현철은 오프라인 지면상의 투고문 게재 유무에다 무게를 두지 말고, 또박또박 자신에게 제기된 문제들에 대한 충실한 학술적 답변으로써, 자신의 학문적 정당성을 보증받는 길로 나아가기를 권한다.
14) 신문사 쪽이나 해당 기사를 처음 내놓았던 담당기자에게 지금이라도 고현철의 반박문 게재가 신문사로부터 '확인 및 인정 과정'을 '정당하게' 받은 일이라고 밝혀보라. 그들은 어처구니없이 웃고 말거나, 아마 크게 화를 낼 것이다.

할 수 없다. 어떤 힘이 작용한 것인지는 알 수 없으나, 신문사 쪽에서는 '파문 예고'라는 기사로 다루었을 처음과 달리 학문 안쪽 문제로 보아 감당하기 까다롭거나 성가신 일 거리로 여겼음 직하다(박태일 2).

부드럽게 썼지만 신문사의 공정하지 못한 일처리에 대한 내 입장을 밝힌 셈이다. 그런데 고현철은 "어떤 힘이 작용한 것인지는 알 수 없으나"라고 썼던 그 힘을 자기 "반박의 정당성을 널리 인정"받은 쪽으로만 한껏 끌어다 썼다. 신문의 일반독자들이 모두 고현철의 정당성을 보증해 주기 바라는 쪽으로 '힘'을 작용시키기 위해 신문사에서 내 반론문을 싣지 않았다고 생각하는가? 대중의 통념에 너무 큰 충격을 줄 문제라 이어질 폭발력을 미리 묻어 버리기로 한 일일 수도 있다. '교수' 고현철을 서둘러 '보호'해야 할 필요성을 느낀 탓에 알게 모르게 일 모양새가 그리 흘러가게 된 것일 수도 있다. 차분히 생각해 볼 여유를 갖기 바란다. 그리고 그 답은 환하다. 왜냐하면 내 반론문과 거듭된 반박 과정이 보통의 경우와 달리 뜻밖에 『국제신문』 지상에 이어지지 않음으로써, 결과적으로 가장 이득을 보고 있는 사람이 누구인가를 생각해보면 알 일인 때문이다. 자신의 글이 지닌 정당성 유무를 반박문 게재 유무에 두고 있는 고현철이다. 나는 평소 한문숙어는 잘 쓰지 않는 버릇이 있다. 그러나 이 경우에는 적반하장이라는 말을 고현철에게 고스란히 보내지 않을 수 없다.

이제 첫 단락 둘째 문장이다. 내가 박태일 2에서 "신문을 통해 주장한 중요내용에 대해서는 한발 물러서면서 다른 질문들을 들고 나와 답변을 요구하고 있다"고 말한 자리다. 고현철이 자의적인 왜곡을 일삼았다. 신문에 기사로 실리게 된 내용은 내가 "신문을 통해 주장한 중요내용이" 아니다. 신문사에서 내 글 원문에 제기된 여러 가지 문제점과 그에 대한 자체 "확인 및 인정 과정"을 거쳐 그 가운데서 신문사 쪽에서 핵심이라 생각했던 세 가지 내용만을 선별해 내놓은, 기사화된 '중요내용'일 따름이다. 내 글에서는 각주로밖에 다루지 않았던 논문 이중발표의 문제점을 신문 기사 쪽에서는 오히려 시비 사항 셋 가운데서 세 번째 문제점으로 올려 놓은 것이 좋은 본보기다.

내가 반론문에서 물음 형식으로 제기했던 내용들은 이미 내 글 원문에서 죄 다루어진 것이다. 그러면서 신문에 기사화되지 않았던 '중요 내용' 12가지다. 말하자면 내 반론문은 앞머리에 고현철이 반박문에서 나름의 반박거리로 내세웠던 3가지 사항에 대한 반론을 먼저 싣고, 이어서 그 12가지를 물음 형식으로 바꾸어 뒤에 제시하는 짜임새로 이루어져 있다. 그러니 나는 "신문을 통해 주장한 중요내용에 대해서는 한발"도 '물러선' 것이 아니다. "다른 질문들을 들고" 나온 것은 더욱 아니다. 고현철의 문장을 그대로 읽으면, 내가 논리가 궁색해져 다른 핑곗거리를 가져온 듯한 문맥을 만들어 놓고 있다. 그 사정을 더 알리기 위해 내 반론문의 해당 두 곳을 올려둔다.

내 글에 대한 기사가 나가자, 고현철에게 그 전문을 이미 신문사 쪽에서 전하였다. 고현철은 그것을 죄 검토한 상태다. 그럼에도 반성은커녕 여전히 문제를 호도하고 있다. 글쓴이로서는 다시 문제를 뚜렷이 하지 않을 수 없게 된 셈이다. 먼저 고현철이 반박문에서 내세웠던 점을 짚겠다. 이어서 내 글에서 고현철이 지닌 문제로 다루었던 부분들을 다시 따지며, 본인의 해명을 기다리기로 한다.

이제 고현철에게 묻는다. 앞에서 잠시 말한 바와 같이 이미 내 글「지역문학의 현실과 과제」에서 나는 첫째 제목과 본문의 불일치, 둘째 연구 의도와 결과의 불일치, 셋째 내용에 나타난 문제라는 세 틀 위에서 모두 열두 가지에 이르는 세부 문제를 짚었다. 그 세부 문제만을 다시 또박또박

물음 형식으로 고쳐 올린다. 하나하나 답변을 다하여 자신하고 있는 바 "학자의 임무"를 지키기 바란다(박태일 2).

"짜깁기 연구"에 대한 기사가 나간 뒤, 내 글 전문을 검토한 사람이 고현철이다. 그런데도 글에서 문제삼은 전반적인 문제의 핵심, 짜깁기 앙체연구에 걸리는 12가지 사항은 답변하지 않고 신문 기사를 통해 겉으로 드러났던 문제들만 세 가지로 묶어두고 반론문을 내놓았다. 이번 자신의 재반박문도 "사실을 보다 구체화할 필요성"에 따른다 했다. 그러면서도 자신의 반박문에 대한 "보완 설명"이라는 명분으로 "서로 연관이 되는 사항을 묶어서 다루"겠다며 내가 제기한 구체적인 문제점과 물음을 비껴 가버린 고현철이다. 누가 "중요내용에 대하여 한발 물러"선 태도를 보인 것인가.

스스로 답변할 처지가 아니어서 한발 '물러설 수밖에' 없다면, 읽는이들을 혼란스럽게 할지 모르니 자신이 묶어 둔 서너 가지 논점만을 가져가 달라고 내게 정중하게 부탁을 해야 할 일이다. 나는 본디 글에서 "한발"도 "물러서지 않았"다. 그런 까닭에 「지역문학의 현실과 과제」에서 다룬 여러 문제점 가운데서 신문에서 다루어졌으며 고현철이 재반박에서 문제로 묶어 올린 그 세 가지를 먼저 다루고, 그래도 남아 있었던 12가지를 물음으로 뒤쳐 고현철에게 자꾸 "물러서지" 말고 구체적이고 명료하게 밝히라고 말했던 것이다. 내가 "한발 물러서면서", 그것도 "다른 질문들을 들고" 나왔다고 자의적으로 정황을 왜곡시켜 고현철이 얻을 것이 무엇인지 궁금하다.

3. '작품 연보' 짜깁기의 속겉

이제 둘째 단락부터 여덟째 단락에 이르는 자리다. 이곳에서 고현철은 자신이 한정호의 작품 연보를 짜깁기한 것이 아니라는 터무니를 길게 끌어다 대고 있다. 먼저 둘째 단락에서 고현철은 이렇게 썼다.

박태일 교수가 한 내 논문의 작품 연보가 한정호 교수의 작품 연보를 짜깁기했다는 주장에 대하여 '국제신문'에 게재된 나의 반박문을 통하여 사실은 그렇지 않다는 점이 널리 인정을 받았지만, ① 박 교수가 아직까지 짜깁기 운운하고 있으므로 사실을 보다 구체적으로 들어 그 주장이 잘못 됐다는 점을 더욱 명백히 하고자 한다. 내 논문은 재발굴논문이다. ② 선 행연구인 발굴논문의 오류를 정정 및 보완하고 이를 통해 새로운 사항들 을 새롭게 밝혀내는 재발굴논문은 발굴 논문 못지않게 의미가 있다.

인문학계 논문에 '재발굴 논문'이라는 꼴이 있다. 고현철 1을 읽고 서 비로소 알게 된 사실이다. 납득이 되지 않는 말이다. 그런 말이 아 예 성립하기 힘들다고 생각하는 사람이다. 사실 고현철은 자신이 말 하고 있는 바 '재발굴 논문'이 어떤 것인지, "그 사실을 보다 구체적 으로" 보여줄 다른 본보기를 한 편이라도 들면 좋겠다. 고현철이 쓰고 있는 '재발굴 논문'이라는 규정이 굳이 가능하다면, 내 식견으로 볼 때 김대봉 연구의 경우에는 한정호(1995)가 거기에 해당된다. 이부순 (1994)은 김대봉에 대한 '발굴 논문'으로서 처음 쓰여진 것이다. 한정 호는 이부순과 달리 작가 생애를 처음으로 '발굴'해서 생애 연보까지 만든 데다, 많은 작품을 '발굴'해 내어 작품 연보까지 처음으로 만들 었다. 게다가 한정호(1998)에서는 김대봉이 아동문학가였음을 처음으로 밝혔다. 아동문학 비평가·동시인으로서 이제까지 밝혀지지 않았던 됨됨이를 '발굴'하여, 새롭게 작품을 더하고 그의 동시관과 동시세계를 밝혔다. 그러니 이부순의 '발굴 논문'에 대하여 한정호(1995)가 이른바 '재발굴 논문'이 된다. 그리고 한정호(1995)에 대하여 거듭 한정호(1998)가 '재발굴 논문'이 되는 셈이다.

그런데 왜 한정호(1995)나 한정호(1998)에서 논문 제목에 '재발굴'이라는 말이 쓰이지 않았을까. '재발굴 논문'이라는 말 자체가 학계 관행상 잘못인 까닭이다. 보통의 경우에 한정호가 한 일과 같은 '재발굴'이 이루어진 논문들은 굳이 '발굴이니 재발굴'이니 하는 말을 붙이지 않는다. 앞선 논문에 대한 그 정도의 사실 발굴과 조명은 무게로 보아 학술 연구 논문에서 갖추어야 할 지극히 당연한 자질이다. 대부분의 작가론에서 대상 작품을 새롭게 더하지 않거나, 작품 세계 이해에 있어 새로운 관점을 제시하지 않으면 '논문'으로 성립되기 힘들다는 사실은 학문 공동체 구성원에게는 상식이다. 그래서 '재발굴 논문'이라고 이름을 붙이고 있는 현대문학 영역 논문은 내가 아는 범위에서는 아직까지 한 편도 없다. 이제 고현철은 2003년에 들어서 한국 근·현대 어문학계의 전통과 달리 놀라운 생각과 용어를 들고 나온 셈이다. '발굴은 하나도 없이 선행 연구를 수정·보완한 글을 재발굴 논문'이라고 한다는 규정이 그것이다.

고현철에 따르면 이부순의 발굴 논문에 대하여 한정호의 논문 두 편은 이름 그대로 '재발굴'이 이루어진 글이다. 그런데 고현철은 앞선 논문들에 견주어 새롭게 '재발굴'한 것이 없다. "발굴논문 못지않게 의미가" 있을 만한 "새로운 사항들을 새롭게 밝혀"내고자 한 "재발굴 논문"이 아니다. 굳이 '재발굴 논문'으로서 값어치가 있다면 잊혀질 법했던 이부순과 한정호의 논문 두 편을 학계에 '재발굴'해 준 공이 있을 따름이다. 그렇다면 그 점만을 글에서 뚜렷이 해야 할 일이다.

자신이 ‘수정 및 보완’한 일이 ‘재발굴’인 양 세상을 속이려 들면 아니 된다. 다시 한번 고현철의 논문 제목이 「일제강점기 부산·경남 지역 시인 발굴 및 재조명 연구 — 김대봉 재발굴과 재조명」이었다는 점을 짚어둔다. 이부순과 한정호 논문의 ‘재발굴’이 없었더라면 고현철의 이른바 ‘김대봉 재발굴과 재조명’은 불가능했다. 특히 한정호의 작품 연보는 고현철에게 결정적인 도움을 준 것이다.

1) 짜깁기의 내용

이제 고현철이 말한 바, ‘재발굴 논문’으로서 자신이 다시 만든 작품 연보 안쪽을 살펴본다. 내가 ① “아직까지 짜깁기 운운하고 있으므로 사실을 보다 구체적으로 들어 그 주장이 잘못됐다는 점을 더욱 명백히 하고자” 한다고 고현철이 밝히고 있는 내용들이다. 한정호는 어렵사리 처음으로 김대봉 생애 연보와 작품 연보를 만들었다. 특히 작품 연보에서 빠졌던 동시 작품 목록은 한정호(1998)에서 밝혔다. 그런데 고현철은 그 둘, 곧 한정호(1995)와 한정호(1998)를 한자리에 뒤섞어 연보를 ‘재작성’한 다음, 그 작품 상세 정보에서 실수나 잘못이 있는 곳을 20곳에 걸쳐 ‘정정 및 보완’을 하였다. 그것들을 그림으로 그려 보이면 아래와 같다.[15]

---

15) 굵게 처리된 곳이 ‘수정·보완’된 내용이다.

순번	한정호 연보	고현철 정정	정정 내용	정정 내용
1	秋夜三日, 新村, 秋人	秋夜三日 : **有歌** : 新村 : 秋人	'有歌' 누락 보완	1. 한정호에서 실수로 빠뜨림 2. 원문을 확인 못한 것이 아니라, '유가' 미입력 3. 실제 제목은 '有歌'가 아니고 **'有歎'**임
2		벗에게	누락 작품 보완	1. 한정호에서 실수로 빠뜨림 2. 시집 『무심』 목차와 본문에 실린 작품이나, 작품명을 빠뜨림
3		건넌 마을	누락 작품 보완	1. 한정호(1998)의 발굴 작품 2. 누락 작품이 아닌데도, 고현철이 누락 작품으로, 정정했다고 말함 3. 고현철이 착각한 듯
4	永遠한 不幸 말만의 세상 爭鬪 無題	**생활시편** : 1. 永遠한 不幸 2. 말만의 세상 3. 爭鬪 4. 無題	연작시로 보고 큰제목 이름 밝힘	1. 작성자의 관점 차이 2. 이들 가운데 2편이 시집 『무심』에는 개별 작품으로 발표되었던 까닭에 한정호에서는 독립된 작품으로 보고 넷을 죄 따로 올림
5	傷春曲	傷春曲 : 1. **相殺(兩面生活)** 2. **幻影** 3. **葉書한章**	연작시 안에 들어 있는 세부 작은제목 작품명 밝힘	1. 작성자의 관점 차이 2. 한정호에서는 연작시로 보고 큰제목만 밝힘
6	小夜曲	小夜曲 : 1. **間男** 2. **떠나지요** 3. **못 옛케거늘**	연작시 안에 들어 있는 작은제목 작품명 밝힘	1. 작성자의 관점 차이 2. 한정호에서는 연작시로 보고 큰제목만 밝힘
7	卓上語	卓上語**(十篇)**	비고란에다 시집에는 '**卓上語**(四句)'임을 밝힘	1. 작성자의 관점 차이 2. 한정호에서는 연작시로 보고 큰제목 이름만 밝히고, 덧붙여져 있는 '十篇'이라는 말을 적지 않았음

8	아가의 點景	**夜歌**의 點景	아가 → 夜歌	1. 한정호에서 글자 틀림 2. 한정호의 교정 잘못
9	詛呪의 西京	**咀**呪의 西京	詛 → 咀	1. 한정호에서 한자 틀림 2. 한정호의 교정 잘못
10	내마음 나의 이디오피아	내마음 나의 **에**디오피아**여**	이디오피아 → 에디오피아여	1. 한정호에서 글자 틀림 2. 한정호의 교정 잘못
11	瓔兒譜	**嬰**兒譜	瓔 → 嬰	1. 한정호에서 글자 틀림 2. 한정호의 교정 잘못
12	水壑 38. 10. 1	水壑 1938. **9.**	10 → 9	1. 날짜 수정 2. 출판사 편집상 잘못(한칸 씩 위로 올라감) 3. 한정호 교정 잘못
13	十月 38. 10. 13	十月 1938. 10. **1**	13 → 1	1. 날짜 수정 2. 출판사의 편집상 잘못(한 칸씩 올라감) 3. 한정호의 교정 잘못
14	秋夜三日 38. 10	秋夜三日 1938. 10. **13**	→ 13	1. 날짜 수정 2. 출판사의 편집상 잘못(한 칸씩 올라감) 3. 한정호의 교정 잘못
15	懺悔 32.	懺悔 **1938. 10**	32 → 38. 10	1. 날짜 수정 2. 한정호에서는 시집『무 심』에 실린 작품임을 밝혔 음에도 연도를 잘못 기입
16	엄마는		비고란에「무제」 → **시제「엄마는」**	1. 중복 작품 확인 2.「무제」는 연작시 가운데 하나였기에, 시집『무심』 에 실린「엄마는」을 한정 호에서는 개별 작품으로 인정 3. 내용까지 확인하지 못한 점 한정호 잘못
17	相殺		비고란에 → **시집「相殺」**	1. 중복 작품 확인 2.「相殺」은 연작시 가운데 하나였기에, 시집『무심』 에 실린「相殺」을 한정호 에서는 개별 작품으로 인

			비고란에	정
				3. 한정호 연보에서는 따로 밝히지 않았고, 큰 제목 「傷春曲」이라고만 밝힘
18	還鄕		비고란에 → 시집「幻影」	1. 중복 작품 확인 2. 「幻影」은 연작시 가운데 하나였기에, 시집『무심』에 실린「還鄕」을 개별 작품으로 인정 3. 한정호 연보에서는 따로 밝히지 않았고 큰 제목인「傷春曲」이라고만 밝힘
19	十月 시림1 39. 3		비고란에 「十月」이 『시림』에 재수록	1. 중복 작품 확인 2. 시집『무심』에 실리고, 뒤에『시림』재수록 부분 3. 따로 입력했으니 한정호 잘못
20	영원한 불행 비고 : 시집		비고란에 「영원한 불행」이 『시림』에 재수록	1. 재수록 여부만 확인 2. 한정호 연보와는 관계없음

　고현철이 '무려' 스무 가지나 '재발굴' 했다는 세목과 내용이다. 잘 살펴보면 선행 연구자 한정호의 엄밀한 개인 실수로 말미암은 잘못 2개,[16] 터무니없이 고현철이 착각한 곳 1개,[17] 연보 작성자의 관점 차이 곧 연작시 안에 들어 있는 개별 작은제목 작품들을 처리한 방식 차이에서 말미암은 것 3개[18]다. 그리고 한정호의 교정과 출판사의 편집상 잘못이 겹쳐 나타나게 된 9개[19]에다, 중복과 재수록 여부를 꼼꼼하게 밝히지 않은 것이 5개[20]다. 고현철의 엉뚱한 착각까지 끼어든 데다 거의 자구 수정에 머무는 '수정 및 보완' 사항 스무 가지가 지닌

---

16) 그림 1, 2항.
17) 그림 3항.
18) 그림 4, 5, 6항.
19) 그림 7, 8, 9, 10, 11, 12, 13, 14, 15항.
20) 그림 16, 17, 18, 19, 20항.

무게는 어지간한 이들이라면 쉬 판단할 일이다. 99편에 이르는 작품을 이저 곳에서 찾아내어 처음으로 연보를 만드는 과정에서 흔히 나올 수 있는 잘못이다.

어쨌든 한정호 작품 연보를 고현철이 '재작성'하면서 '정정 및 보완'한 데는 소극적이나마 뜻이 있다. 그 다음 연구자들이 김대봉 연구를 하는 데 도움이 된다. 그런데 그러한 '정정 및 보완' 사항은 학계 관행에서 볼 때 그 구체적인 내용과 선행 연구자의 노고에 대한 고마움을 드러내는 각주 한두 개로 지나쳐도 될 만한 수준의 것이다. 그런데도 고현철은 그렇게 처리할 수 없었다. 한결같이 '재발굴'이라며 과장을 거듭했다. 연보 작성 자체가 한정호의 것에 따른 짜깁기였던 까닭이다. 읽는이들에게 그 점을 숨기기 위한 고육지책이었던 셈이다.

작품 연보는 처음 만들 때 많은 공력이 들어간다. 또 엮는 이의 생각에 따라 여러 꼴로 만들 수 있다. 고현철도 한정호가 통시적으로 만든 첫 본보기를 그대로 따르지 않고, 스스로 김대봉의 시세계에서 강조했던 바 일곱 가지 '공시적 다양성'을 마음에 두었더라면 크게 일곱 가지 작품 내용에 따라 새롭게 '재작성'한 작품 연보를 만들 수도 있었을 법했다. 그러나 고현철은 '공시적 다양성'에 있어서조차 앞선 연구자들의 틀을 따를 수밖에 없는 사정[21]이었다. 그런 까닭에 작품 내용에 따라 마련했다면 아주 논리적이었을 '공시적'인 연보는 엄두도 내지 못했다. 작품 한 편 새로 발굴하지 못한 채 한정호 연보 안에 갇혀 이리저리 수정·보완 사항을 찾아내는 일로 '작품 연보 재작성'의 어려움을 빠져 나가기에 힘이 부친 마당이니 당연한 귀결이다.

한정호는 연보 작성과 동시 목록을 보인 두 논문 뒤인 1998년부터 현재까지 『김대봉 전집』을 내기 위해 시와 동시 그리고 시조에서만

---

21) 이 글 4. 2), 3)에서 밝혀질 것이다.

새로 작품 21편을 발굴했다.[22] 그 양과 질에서 한 작가의 작가론을 크게 재구성[23]할 만한 작품들이다. 나는 이 사실을 두고, "일제강점기 당시의 신문·잡지"를 "일일이 뒤져 찾아" 연구를 이루었더라면 왜 이 가운데 한 편도 발굴하지 못했는지, 재반론문 여섯 번째 물음으로 고현철에게 답변을 요구한 바 있다. 그러나 고현철은 그에 대해서 묵묵부답이다. 그러면서도 "일일이 뒤져 찾아" 열심히 연구했다는 궁색한 분위기만 거듭 피워대고 있을 따름이다.

게다가 발굴해 놓았던 시 99편 말고 한정호가 더 찾아 연보에 올렸던 김대봉의 소설·수필·평론과 같은 자료들은 왜 고현철이 연보를 '재작성'하면서 아예 범위에 넣지 않았는지도 궁금하다. 자신이 붙인 부제대로 '김대봉 재발굴과 재조명 연구'가 글의 목표였다면 시로서, 그것도 한정호가 죄 찾아놓은 작품만으로 다가서서는 이름에 걸맞은 '재발굴과 재조명 연구'이기 힘들다는 사실을 누구보다 잘 알았을 고현철이다. 혹 글 제목에다 '시인' '발굴'이라 붙였으니, 시만 다루었다고 발뺌하더라도 구차스러움은 더한다.

고현철은 '서론'에서 김대봉을 "의사로서 투철한 삶을 살아간 인물"이며, "평생을 시인이면서 의사로 살아간 그"[24]라 일컬었다. 하다 못해 소설과 수필은 제쳐두고라도, 의학수필은 당연히 갈무리하여 다루어졌어야 될 법한 일이 아닌가. 그런데도 연구 대상 작품은 한정호가 마련해 둔 시 99편에서 덜하지도 더하지도 않았다. 시작품 연보

---

22) 「秋夕달」「벗의 무덤」「녯記憶」「가을마지」「東萊城」「朝鮮 靑年아」「묵상」「내 몸과 내 마음」「哀魄通情」「가을밤」「마을의 저녁」「지난 생각」「落葉소리」「실명여탄」「수수껵기의 고개」「농촌소문」「어머니!」「別後」「진리」「迷妄」「無常 ― 韓仁澤 형을 弔함」이 그것이다. 게다가 소설이나 수필, 문학평론, 의료논설도 모두 13편이나 더 발굴했다. 「民謠에 對한 私見」「新興童謠에 對한 片見」「童謠壇 現象과 展望」「戀愛의 淸算」「刀圭界 人物論」「먼저 女子다워라」「쥐의 사랑」「결핵의 일광요법」「고칠 수 없는 줄 알엇던 꼽추는 어떤 병인가」「疼痛論」, 「凍傷의 處置」「봄철의 疾患과 '비타민'」「학질과 그 治療」,『蛔虫』,「生活과 科學」이 그것이다. 김대봉의 미발굴 작품 수는 모두 36편이 되는 셈이다.
23) 고현철식 용어로 바꾸면 '재발굴'이 되겠다.
24) 고현철1, 64쪽.

를 재작성하는 일만으로도 힘이 딸린 처지니, 나머지 의료논설이니 수필·소설 쪽은 돌아볼 일이 아니었을 것임은 짐작되는 바다. 고맙게도 이미 만들어져 있는 한정호의 연보 작품명과 게재일에 따라 해당 지면의 작품을 찾아낸 뒤, 수정·보완할 거리를 "일일이 뒤져" 본 것이다. 그런 다음 그 일에 '재발굴'이라는 이름을 얹은 뒤, '미발굴 시인 발굴과 재조명'이 제대로 이루어진 양 두리뭉실 넘어가고자 했다.

2) '수정·보완' 사항의 과장과 왜곡

아직까지 고현철이 나에 대해 가진 불만은 한결같다. 아마 자신의 노력을 만족스러울 만큼 인정하지 않은 탓이겠다. "일일이 뒤져 찾아서 보완한 것도 일종의 성과라면 성과"라고 말한 이가 고현철이다. 나는 '성과'가 없다고 말하지는 않았다. "큰 성과는 아니더라도 찾아서 보완한 성과는 인정"한다. 고현철의 말대로 '성과'는 '성과'인데, '발굴'과 같은 '큰 성과'가 아니라는 뜻이다. 말 그대로 '보완한 성과' 다. 그렇다면 그 사실만을 똑똑하게 밝혔다면 문제 될 일이 아니다. 왜 스스로 "발굴한 성과가 없다고 치자"[25]라 쓸 수밖에 없는 처지임에도 구차스럽게 '재발굴'이니 하는 말로 어름하게 끌어가고자 한 것인가. 고현철의 비학문적 태도와 그렇게 할 수밖에 없도록 일이 되어버린 근본 문제, 곧 짜깁기 얌체연구를 내가 문제 삼았음을 다시 한번 말해둔다.

일이 이렇다 보니 고현철은 작품 연보를 만든 다음, 그렇게 엮은 요령과 정정·보완 사항을 네 가지로 들어 밝히는 일로 본문을 삼아 늘

---

25) 고현철 2.

어놓았다.[26] 고현철은 김대봉에 대한 사전 이해와 앞선 연구 성과를
모르는 이들에게는 자신의 작품 연보가 한정호의 것에 대한 짜깁기
가 아니라 새롭게 많은 것을 밝혀내어 성과가 큰 업적처럼 읽히도록
쓴 셈이다. 당연히 연보 작성 요령을 밝힌 본문에서는 과장과 왜곡이
한결같다. 고현철이 네 가지로 나누어 들어보이고 있는 수정·보완
사항의 본문은 그 처음이 아래와 같은 단락으로 이루어져 있다.

> 첫째, 기존에 작성된 시작품 연보에 누락된 작품에 대한 사항을 첨가하
> 였다. 이를 차례대로 밝히면 다음과 같다. 「농부의 노래」「갈매기」「나의
> 소원」「나룻배 사공도」「추야삼일」 중 「유가」「벗에게」「건넌 마을」(고현
> 철 1).[27]

"기존에 작성된 시작품 연보", 한정호(1995)에서 "누락된 작품에 대
한 사항을 첨가"하였다고 한 뒤, "이를 차례대로 밝"힌 작품명 일곱이
그 아래 적혀 있다. 따라서 이 단락을 예사로 읽으면 누락되어 있었
던 작품 일곱 편을 고현철이 새로 '발굴'하여 올린 것으로 읽힌다. 이
가운데서 「추야삼일」 중 「유가」는 한정호가 연작시 속에 든 세 개 소
제목 작품 가운데서 둘만 적어 실수로 연보에서 빠뜨린 것이다. 「벗
에게」는 기본 문헌인 시집 『無心』에 실린 작품이다. 한정호가 실수로
작품 연보에서 빠뜨린 것이다. 좀더 조심스럽게 글을 죽 읽어 내려온
독자들이라야 「농부의 노래」도 이미 한정호(1998)에서 새롭게 발굴
해 올린 김대봉의 등단작임을 고현철이 말하고 있는 '서론'의 각주
1) 자리를 기억할 수 있었을 것이다. 따라서 꼼꼼한 독자라도 「농부

---

26) 고현철은 보통의 경우와 달리 작품 연보를 논문 끝에 부록으로 올리지 않았다. 본문에 그냥
　 올리고 있는 점이 특이하다. 그런 다음 그 작성의 요령과 정정·보완 사항을 네 가지로 나누
　 어 늘어놓았다.
27) 71쪽.

의 노래」를 제치고 난 나머지 여섯 편은 '누락'되어 있었고 그것을 고현철이 '발굴' 해 놓은 작품으로 읽히도록 쓰여져 있다.

이 가운데서 「갈매기」 「나의 소원」 「나룻배 사공도」 「건넌 마을」 네 편은 한정호(1998)의 발굴 동시로 이미 갈무리되어 있었던 작품이다. 그런데도 고현철은 그 점을 각주나 비고에서 처리하지 않았다. 보통의 연구자였더라면 이 작품들이 한정호(1995)의 처음 연보에서 빠지게 된 까닭, 곧 김대봉의 동시를 다룬 글(1998)에 올라 있어 '누락'되었던 것을 자신은 단순히 끼워 넣었을 따름임을 밝혔을 것이다. 그런데 고현철은 그리할 수 없었다. 자신의 연보에 엄연히 '비고'란까지 만들어 둔 처지임에도, 그런 솔직한 친절을 읽는이에게 베풀지 않았다. 정직하지 못한 글쓰기였으니 당연한 일처리다. 자신이 새로 만든 연보가 많은 '재발굴' 성과를 지닌 양 읽히도록 하기 위해서는 어쩔 수 없는 더듬수였던 셈이다. 아마 그러한 꾀가 고현철이 여덟째 단락에서 말한 바와 같은 "연보를 작성하는 원칙"이었다.

내 논문의 작품 연보는 한 교수 논문의 오류를 정정 및 보완했을 뿐만 아니라 작품 연보를 작성하는 원칙을 내세워 재작성한 것이다. 앞에 지적한 오류를 정정 및 보완하면서도 내 논문의 작품연보가 한 교수의 작품연보와 달라지기도 한 것이다. 그리고 일제 강점기 당시의 신문 잡지 및 김대봉의 시집을 일일이 살펴 연구에 도움이 될 만한 사항들을 활용할 수 있도록 비고란을 통하여 밝혀 놓았다.

될 수 있는 대로 읽는이들에게 고현철의 연보가 한정호 연보에 대한 짜깁기가 아니라, '재작성'한 사실이 많다는 것을 드러내기 위해서라면 한정호의 업적을 왜곡하더라도 어쩔 수 없다는 매운 마음가짐이 그것이다. 그러니 '비고란'은 있어되 스스로 밝힌 바, 다른 연구자들이 "연구에 도움이 될 만한 사항들을 활용할 수 있도록 비고란을 통하여 밝혀 놓"는 일과는 거리가 먼 겉치레였을 따름이다. 그런 점을 보다 환하게 드러내도록 하기 위해 나는 재반론문의 네 번째 물음을 고현철에게 준 것이다. 위에서 고현철이 자랑스럽게 올려두고 있는 작품「건넌 마을」을 두고 건넨 아래와 같은 물음이 그것이다.

넷째, 한정호가 공들여 작성한 긴 작품 연보에다 고현철은 '기껏'(본인은 '무려'라 적고 있다) 20가지밖에 되지 않는 시 제목이나 게재 날짜의 잘못을 바로잡는 수준의 수정·교열을 했다. 그러나 그 일은 자신이 뜻한 바 '발굴'·'재발굴'에 이른 '서지학적 연구'와 거리가 뚝 떨어진 일이다. 한정호가 만든 연보에 기대 대부분의 작품은 고현철이 쉽게 확인했을 수 있다. 하지만 자신의 연보에 떳떳하게 김대봉의 작품이 실린 문헌으로 적고 있는『조선동요전집』은 복사본으로라도 만져 본 적은 있는가? 답하기 바란다.『조선동요전집』은 본디 책이름이『조선동요전집 1』이다. 고현철은 본 적도 없을 자료다. 그냥 한정호의 작품 연보에서 따 옮겼는지, '서지학적 연구'를 제대로 거쳤는지 알 수 있는 좋은 본보기다(박태일 2).

있다/없다라 답하면 될 간명한 물음에도 고현철이 답변을 못한 것은 지극히 당연하다. 한정호 연보 내용을 그대로 끌어다 놓은 까닭이다. 사정이 이런 데도 고현철은 재반박문 여섯째, 일곱째 단락에서 자신의 작품 연보는 한정호의 앞선 연보에서 "적지 않게" "누락되거나 잘못된 시작품"을 밝혔다고 했다. 그리고 그 일을 위해, "일제 강점기 당시의 신문·잡지 및 김대봉의 시집을 일일이 뒤져 찾아서 보완"했다는 점을 다섯 차례에 걸쳐 거듭하고 있다.

① 일제강점기 당시의 신문·잡지 및 김대봉의 시집을 일일이 뒤져 찾아

서 보완(여섯째 단락).

②일제강점기 당시의 신문·잡지 및 김대봉의 시집을 일일이 뒤져 대조한 결과(일곱째 단락).

③일제강점기 당시의 신문·잡지 및 김대봉 시집의 내용을 일일이 파악하여(일곱째 단락 중간).

④일제 강점기 당시의 신문·잡지 및 김대봉의 시집을 일일이 대조하여 찾아서 보완(일곱째 단락 마지막 부분).

⑤일제 강점기 당시의 신문·잡지 및 김대봉의 시집을 일일이 살펴(여덟째 단락).

자신이 매우 '학문적인' 자세로 열심히 자료를 찾기 위해 노력한 것으로 지겹도록 강조했다. 그러나 이렇듯 거듭된 동어반복이 사실은 "일제 강점기 당시의 신문·잡지 및 김대봉의 시집을 일일이 뒤져 찾아" 보지 못한 데서 나온 수사적 과장으로 여겨지니 사정이 딱하다. 물론 영인본으로 나와 누구나 볼 수 있는 120쪽짜리 "김대봉의 시집" 『無心』은 예외다. 그래서 "사실을 보다 구체화해야 할 필요성"[28]에 따라 나는 반론문에서 고현철에게 짧게 물었던 것이다.

여섯째, 김대봉은 현재 확인된 바로 시에서만 모두 120편을 남기고 있는 이다. 그 가운데 한정호가 이미 여러 해 앞서 두 차례에 걸친 글을 통해 모두 99편을 찾아 연보에 올렸다. 고현철은 그 99편만을 대상으로 '(재)발굴'을 수행했다. 그런데 고현철이 논문을 발표한 2003년 4월 현재 한정호는 시에서만 21편을 더 '발굴'하여 전집을 준비 중이다. 21편이나 되는 작품들이 겉으로는 고현철 논문 작성 당시 '미발굴'로 남아 있었던 셈이다.

---

28) 고현철 3.

그 가운데서 몇 편이라도 고현철이 '발굴' 했더라면 제법 떳떳했을지 모를 일이다.

　사정이 그러한 데도 작품 한 편도 고현철이 '(재)발굴' 하지 못한 것은 한정호의 연보에 전적으로 기대 작품 연보를 만들고, 시인 연구를 한 까닭이 아닌가? 고현철이 스스로 들먹이고 있는 바 '학자의 임무'에 대한 최소한의 자각만 있었더라도 자신의 독자적인 조사, 곧 인터넷 검색·마이크로필름 확인과 같은 일을 통해 몇 편은 '발굴'할 수 있었을 터였기 때문에 묻는 물음이다. 8년 전 한정호가 처음 연보를 만들 때에는 그런 혜택을 누릴 시스템이 제대로 되어 있지 않았다는 점을 참고로 적어 둔다(박태일 2).

이 물음에 대해서도 고현철은 답변을 하지 못했다. "일제 강점기 당시의 신문·잡지"를 "일일이 뒤져 대조한 결과"라며, 주요 기관의 많은 자료실에 있는 귀한 문헌들을 어렵사리 찾고 뒤적여가며 김대봉 작품 찾기에 큰 공력을 들인 것으로 문맥을 끌고 간 이가 고현철이다. 스스로 했는가 남을 시켰는가는 알 수 없으되, 한정호가 만들어 둔 작품 연보를 들고 누군가 해당 지면을 "뒤져 대조한" 것만은 사실일 것이다. 그런 일은 대학원 과정으로 올라갈 필요도 없이, 학부 고학년 정도면 손쉽게 할 수 있는 일인 까닭이다. 게다가 "일일이 뒤져 대조"했다는 그 자료들은 영인되어 학계에 잘 알려져 있는 텍스트다. 어지간한 대학 도서관에서는 갈무리가 되어 있어 금방 가져다 볼 수 있다. 고현철의 재직교 부산대학교 도서관은 그런 자료가 어디 못지않게 갈무리된 곳이다.

이제 김대봉 작품 연보를 다시 만들면서 고현철이 "일일이 뒤져 대조"하였다는 "일제강점기 당시의 신문·잡지 및 김대봉의 시집"의 속내를 들여다볼 차례다. 그것은 모두 18종에 지나지 않는다. 그 가운데서 영인이 되어 있지 않아, 복사본으로라도 간직하고 있지 않으면

볼 수 없는 자료는 내가 고현철에게 본 적이 있는가를 물었다가 답변을 묵살당했던 『조선동요전집 1』 하나뿐이다. 그것을 제치고 난 출전 17종 가운데서 영인본 시집 『無心』을 빼면 "일제 강점기 신문·잡지"는 다시 16종이 남는다. 그 가운데서 『맥』을 비롯해 5종은 『한국시잡지집성』[29]이라는 단일 영인자료집 속에 한꺼번에 들어 있는 것이다. 『조선일보』·『동아일보』를 비롯한 나머지 12종[30]이 영인 단행본으로 나와 있는 "일제 강점기 신문·잡지"의 정체다. 마침내 고현철이 "일일이 뒤져 대조"했다는 개별 자료는 그 수를 헤아리기도 힘든 "일제 강점기 신문·잡지" 가운데서 영인 시집 1종을 포함해 14종의 영인본 자료집에 지나지 않는다.

따라서 고현철이 다섯 차례나 거듭 강조하고 있는 바, "일제 강점기 당시의 신문·잡지 및 김대봉의 시집을 일일이 뒤져 대조"했다는 말의 속사정은 이렇다. 한정호가 고맙게 미리 마련해준 대로 '일제 강점기 당시의 신문·잡지·김대봉 시집에 이르는 14종의 영인본' 자료 속에서 작품명과 출전, 그 연대를 참고하여 거꾸로 해당 작품을 찾아낸 뒤 "일일이 대조"한 것이다. 그 사정을 모르는 이들은 "일제

---

29) 『한국시잡지집성』, 태학사(영인본), 1981.
　　모두 다섯 권으로 엮여져 있는 영인 자료집이다. 이 가운데서 『아』는 1권에, 『맥』은 3권에, 『시학』·『시림』·『시건설』은 4권에 실려 있다.
30) 마이크로 필름으로 갈무리되어 있어 쉬 볼 수 있는 것도 있으나, 영인에 초점을 맞추어 출전을 적는다.
　　『혜성』(영인본, 원곡문화사, 1976)
　　『어린이』(영인본, 보성사, 1977)
　　『동광』(영인본, 한국학문헌연구소, 1977)
　　『조선일보』(『영인 조선일보 학예면 초』, 한국학연구소, 1978)
　　『조선문학』(영인본, 국학자료원, 1982)
　　『신인문학』(영인본, 국학자료원, 1982)
　　『조광』(『조광(1935~1944) 영인본』, 도서출판 깊은샘, 1983)
　　『삼사문학』(영인본, 현대사, 1980년대 초반)
　　『비판』(영인본, 현대사, 1980년대 초반)
　　『조선문단』(영인본, 태학사, 1985)
　　『신동아』(『신동아 학예면』 영인본, 태학사, 1991)
　　『동아일보』(『동아일보 학예면 초』 영인본, 월촌문헌연구소, 1991)

강점기 당시의 신문·잡지 및 김대봉의 시집을 일일이 뒤져 대조"했다는 고현철의 노력에 누구나 쉽게 감명을 받을 일이다. 말은 맞되, 수로 헤아릴 수 없을 "일제 강점기 당시의 신문·잡지"라는 1차 문헌의 실상을 아는 이들 입장에서는 속임수에 지나지 않는다. 남이 마련해둔 2차 자료인 논문을 1차 자료로 활용하는 마당이니 자연스러운 표현이라는 짐작은 가는 바다. 하지만 문장력의 높낮이로 말미암은 문제가 아니라면, 문맥을 그렇게 끌고 가서는 결코 안 될 일이었다.

사정이 이러하므로 자신이 재작성한 작품 연보가 짜깁기가 아니라 "무려 스무 가지나 찾아내어 수정·보완"해 '재발굴'의 의의가 큰 양 과장하고 있는 고현철의 작품 연보에서도 잘못은 금방 나타난다. 일곱째 단락에 떳떳하게 한정호에서 '누락'되었던 작품으로서 수정·보완한 것이라 이름을 올리고 있는 작품 「유가」는 본디 이름이 「유탄」이다. 한정호가 '실수'로 빠뜨려 놓은 작품명이다. 그도 '실수'를 저지른 것이다. 모든 연구에는 부분적인 잘못이나 실수가 늘 있게 마련이다. 다른 사람의 도움을 받아 수정·보완해야 할 사항은 어느 때나 나올 수 있다는 뜻이다. 고현철이 자랑스럽게 부풀리고 있는 '무려 20가지'나 되는 자구 수정·보완 사항은 사실 본격적인 논문에서는 각주 한둘로 그 과정과 의의를 설명하면 될 일이라는 점을 한 번 더 짚어둔다.

그런데도 고현철은 재반론문 내내 한정호 연구를 큰 잘못이 있는 양 끌어내렸다. 자신의 수정·보완은 커다란 성과인 양 끌어올리고자 했다. 학문하는 이로서 떳떳하지 못한 태도다. 대부분의 선량한 연구자들은 선행 연구에 나타난 연구자의 순수한 실수나 분명한 잘못, 학술적 오류와 같은 사항은 따로 나누어 짚으면서 자신이 한 일이 지니고 있는 의의를 뚜렷하게 밝힌다. 그리하여 뒷날 다른 연구자가 비슷한 연구에 다가설 때, 그 경과를 알 수 있도록 정직하게 기술하는 것이 일반적이다.

작품 연보 쪽은 아니지만, 고현철 스스로 글 내내 연구자 이부순을 일곱 차례에 걸쳐 김부순이라 적고 있는 것은 고현철의 실수였을 것이다. 한정호가 만든 99편에 해당하는 작품 연보에서 실수와 출판사 편집 잘못, 그리고 연보 작성자 관점 차이로 나타난 것일 뿐인 스무 가지 사항을 열심히 들먹이며, "발굴논문의 연보에서 오류가 20가지나 된다는 점은 상당한 문제가 있다"고 한결같이 '폄하'한 이가 고현철이다. 그러한 이의 '재발굴' 글에서 금방 보인 「유탄」과 '김부순'만 들더라도 여덟 가지 잘못이 튀어나왔다. 어느 쪽에 더 "상당한 문제"가 있는 일인지 차분하게 헤아려 볼 일이다. 게다가 고현철의 글 속에서 보이는 바, 어문학 전공 교수의 실수로 보기에는 뜻밖에도 너무 많은 비문·오문들을 죄 들어 보인다면 그것이 '기껏' 스물에만 머물지 않는 마당이니 참으로 점입가경이다.

고현철은 자신의 '재작성' 작품 연보가 자료를 "일일이 뒤져 대조한 결과"라는 사실을 밝히기 위해서 반박문 일곱째 단락 끝부분에서 아래와 같이 말하고 있다.

　① 시작품의 발표연도가 잘못된 경우가 네 작품이다. 작품연보는 작품 제목, 발표지, 발표연대로 구성되는데, 발표연도가 잘못된 것도 작품연보의 작성에서 필수적인 순서의 문제 등을 포함하여 여러 문제를 발생시키는 점이 된다. 그 다음은 ② 같은 내용의 작품인 줄 모르고 한 교수의 작품연보에서 중복시킨 경우가, 『조선일보』(1933. 9. 27)에 발표된 연작시 「생활시편」 중 「무제」가 「엄마는」이라는 제목으로 바뀌어 시집 『無心』에 실려 있는 것 등 일곱 작품이었다. 같은 내용의 작품이 중복되어 있다는 점을 밝혔다는 말은, 일제 강점기 당시의 신문·잡지 및 김대봉 시집의 내용을 일일이 파악하여 작품의 내용을 숙지한 후에야 가능한 일이 된다. 더구나

작품 제목이 바뀐 경우는 더욱 그렇다. ② 같은 내용의 작품인 줄 모르고 작품연보에서 중복시킨 경우는 작품 수를 파악하는 데 결정적인 방해 요소가 된다. 그런 면에서도 중복된 작품을 파악하는 것은 중요한 사항이 된다. 그 다음으로, 한 교수의 작품연보에서 연작시 여부가 불분명하고, 연작시의 큰 제목과 작은 제목이 같이 처리되어 있는 경우를 바로잡은 것이 다섯 연작시 작품이었다. 이 경우 ③ 연작시를 한 작품으로 처리하는 경우나 각각 다른 작품으로 처리하는 경우 모두 작품수를 파악하는 데에 상당한 방해요소가 된다. 이 일도 역시 일제 강점기 당시의 신문·잡지 및 김대봉 시집을 일일이 대조하여 찾아서 보완하지 않으면 가능하지 않은 일이다.

고현철이 ① "시작품의 발표연도가 잘못된 경우"라 말하고 있는 네 작품"은 출판 편집을 할 때 그림이 한 칸씩 밀려 올라간 까닭에 나타난 3개[31]의 잘못과 1938년을 1932년으로 잘못 적은 1개[32]다. '출판사의 편집상 잘못'도 한정호가 교정을 볼 때 잡아내었어야 했다. 그렇지 못했으니 한정호의 잘못은 잘못이다. 고현철에게는 자신이 공들여 수정·보완했다는 사항이 하나라도 아쉬운 마당이다. 한정호 작품 연보에 흠집을 내기 위해서는 그런 사정들을 고현철이 알았다 하더라도 밝힐 필요가 없다. 이어서 고현철은 "작품 수를 파악하는 데 결정적인 방해 요소가 된다"며 "같은 내용의 작품인 줄" 한정호가 "모르고 작품연보에서 중복시킨" 경우를 "일곱 작품"으로 짚었다. 무엇이 "일곱 작품"인지 알 수 없으되, 아마 그림 4, 5, 6, 7항과 16, 17, 18항을 뜻하는 것이겠다. 그런데 이들은 다시 4항과 16항이 연작시 「생활시편」 한 작품에 걸리는 경우다. 5항과 16, 17항은 연작시 「상춘

---

31) 그림 12, 13, 14항.
32) 그림 15항.

곡」한 작품에 걸리는 경우다. 그러니 그 일곱 가지라 한 것도 작품수로 본다면 4작품과 관련된 일일 따름이다. 그러나 고현철은 마냥 한정호 연보의 허점을 부풀려야 하는 까닭에 사항 하나하나를 따로 떼어내 일곱으로 갈라 붙였다. 그 구체적인 내용이야 앞서 든 그림에 잘 나타나 있으니 되풀이하지 않겠다.

그런데 그 일곱에 드는 것이 죄 연작시 경우라는 데 눈길을 줄 필요가 있다. 한정호는 원칙적으로 연작시를 작은제목으로 나뉘어 있으나 큰 제목 아래 한 편의 개별 작품으로 본다. 다만 시집『無心』을 엮을 때, 김대봉이 그 가운데에다 작은제목을 앞에 내세워 실었을 경우[33]에는 그것을 연작시에서 떼내, 따로 개별 작품으로 보았다. 그래서 연작시「생활시편」가운데 문제가 둘 생겼다. 연작시의 큰제목 안에서 네 개에 이르는 작은제목 가운데서 한 개가 시집에 독립되어 실린 탓에 그 큰제목「생활시편」을 적지 않았던 것이 4항이다. 그리고 16항이 그에 대한 짝이다. 연작시「상춘곡」경우는 5항과 17, 18항이 해당된다.「생활시편」과 달리 연작시 안의 작은제목 작품 3개 가운데서 2개가 개별작품으로 시집에 발표되고 있었다. 그래서 그 2개를 개별작품으로 보고 따로따로 올리면서[34]「상춘곡」[35]에서는 그 작은제목 작품 3개를 죄 보이지 않고, 큰제목만 적어두었다. 그래서 5항과 17, 18항이 한 짝이다. 그리고 나머지 그림 6항의 경우는 연작시「소야곡」아래 3개의 작은제목 작품이 있었으나, 그것들을 밝히지 않고 큰제목「소야곡」만 올려 고현철에게 수정·보완, 곧 '재발굴'할 수 있는 기쁨을 안겨 준 것이다. 크게 보아 관점 차이로 문제가 되었던 셈이다. 그러나 연작시 세 편 곧「생활시편」·「상춘곡」·「소야곡」에서 나

---

33) 그림 4항.
34) 그림 17, 18항.
35) 그림 5항.

타나게 된 이런 사정들은 모른 체 두고 고현철은 한정호가 그것들을 "같은 내용의 작품인 줄 모르고" 그랬던 것처럼 슬쩍 무겁게 몰아가고 있다.

게다가 그는 ②에서 연작시 경우, 시인의 전체 작품수를 세는 데 매우 중요하다는 사실을 잘 자각하고 있다. 결국 문제 핵심은 큰제목 아래 여러 편의 작은제목을 가지고 있는 연작시 경우 그것을 한 편의 개별 작품으로 볼 것인가, 작은제목을 달고 있는 여러 편을 하나하나 따로 떼어내 개별작품으로 볼 것인가에 있다. 거기에 따라 큰 차이가 생긴다. 고현철도 잘 알고 있는 바다. 그리고 한정호 작품 연보에서 고현철이 수정·보완했다는 6개나 되는 사항이 모두 이 문제와 관련이 있다는 점을 잠시 살펴본 셈이다. 말하자면 고현철에게 '재발굴'을 하도록 한 빌미가 여기에 있었다. 고현철이 짚었다시피 "같은 내용의 작품인 줄 모르고 작품 연보에서 중복시킨 경우, 작품 수를 파악하는 데 결정적인 방해 요소가"가 된다. 마찬가지로 "연작시를 전체 한 작품으로 처리하는 경우나 각각 다른 작품으로 처리하는 경우 모두 작품수를 파악하는 데에 상당한 방해요소가 된다" 참으로 올바른 지적이다.

그렇다면 도대체 고현철은 연작시의 경우 작품 편수 산정을 어떻게 했다는 말인가? "연작시를 전체 한 작품으로 처리하는 경우나 각각 다른 작품으로 처리하는 경우" 그 둘 가운데 어떤 입장을 취했는가를 밝혀야 할 일이다. 어떤 입장을 취했으며, 김대봉의 시 작품수는 모두 몇 편으로 보아야 된다는 뜻인가? 큰제목을 가진 연작시 경우, 한정호와 같은 원칙에 따라 한 편으로 본다면 그가 한정호 연보에서 "누락되었거나 잘못된 시작품도 적지 않으므로" 수정·보완했다고 내세웠던 항목 가운데서 적어도 "적지 않게" "누락되었거나 잘못된 시작품"에 관한 4개 항목[36]은 그 수정·보완의 뜻이 사라지게 된다.

　그렇지 않고 연작시 큰제목 아래 있는 작은제목 하나하나를 개별
작품으로 본다면, 그가 애써 연작시 속에 들어 있는 작은제목 작품명
을 수정·보완하여 작품명을 밝힌 항[37]은 새로운 '작품' 보완으로서
의의가 크다. 그런데 이럴 경우, 연작시 개념에 대한 놀라운 생각이
고현철에 의해서 학계에 제시되게 된다. 연작시의 큰제목은 개별 텍
스트 규정력이 없다는 사실이 그것이다. 연작시라는 유형 자체가 지
닌 뜻이 사라질 판이다. 이제 고현철은 자신이 '재발굴'하려고 한 대
상 작품에 대한 명확한 앎이 어느 정도인지 밝혀야 할 입장이다.

　재반박문의 여덟 개 단락이나 길게 활용하면서 "박 교수가 아직까
지 짜깁기 운운하고 있으므로 사실을 보다 구체적으로 들어 그 주장
이 잘못됐다는 점을 더욱 명백히 하고자 한다"고 했던 이가 고현철이
다. 그런데 앞에서 살핀 바와 같이 그 어느 것 하나 속시원하고도 '명
백히' 밝혀진 것이 없다. 오히려 새롭게 확인한 것은 짜깁기에서 머
물지 않고, 더 나아가 읽는이들에게 그것을 숨기기 위해 수사적 과장
과 왜곡까지 일삼고 있다는 사실이다. 첫 왜곡은 더 큰 왜곡을 부르
고, 첫 과장은 더 큰 과장을 찾게 되니 고현철의 이어진 동어반복이
마냥 딱하다 할 따름이다. "노력 끝에 이루어진 다른 사람의 성과를
어떻게 아직까지 짜깁기 운운하면서 쉽게 폄하할 수 있는가"[38]라고
고현철은 따지듯 말하고 있다. 하지만 그렇듯 "쉽게 폄하"될 만큼 짜
깁기 능력에 모자람이 많았다고 말할 수밖에 없는 형국이니 더욱 그
렇다.

---

36) 그림 5, 6항과 16, 17항.
37) 그림 5, 6항.
38) (8)단락.

4. 내용에 나타난 왜곡과 모순

이제 아홉째 단락에서 열셋째 단락에 이르는 데다. 고현철이 두 번째 해명 자리로 마련해 둔 곳이다. 이 자리에서 고현철은 내가 자신의 "논문 내용의 일부를 폄하하는 주장에 대하여 그것이 폄하될 내용이 아니라는 점을 분명히 하고자 한다"고 했다. 그리고 김대봉 시집 『無心』의 '구성원리'와 그에 따른 시세계의 '공시적 다양성', 그 '내용과 형식의 상관성', 나아가 '시사적 의의'까지 밝히고 있음을 열심히 들이대고 있다. 말하자면 문제가 된 「일제 강점기 부산·경남 지역 시인 발굴 및 재조명 연구 ― 김대봉의 재발굴 및 재조명」의 본문 내용과 그 의의를 나름대로 죄 변호하고 있는 셈이다. 그런데 먼저 짚어둘 일은 고현철은 착각에 빠져 있다는 사실이다. 나는 고현철 글 "내용의 일부를 폄하하는 주장"을 한 것이 아니다. 처음부터 짜깁기에 뿌리를 내린 채 이저리 다른 사람의 생각을 뒤섞다 보니 나타나게 된, 모순과 왜곡으로 얼룩진 글 모두를 '폄하'하다 못해 완곡하게나마 꾸짖었다. 문제를 뚜렷이 해 두기 바란다.

1) '연보 활용'과 자기 모순

먼저 두 차례에 걸쳤던 내 반론문 속의 연보 작성 활용에 관한 단락을 올린다. 그 다음에 고현철의 재반박문 단락을 보이겠다.

셋째, "재작성된 작품 연보를 활용하여, 시세계의 동시적 다양성, 시집 구성원리와 연관성, 시사적 의의까지" 밝혔다는 점이다. 고현철은 작품을 한정호와 마찬가지로 시간 순서에 따라, 곧 통시적으로 나열했다. 그런데도 그는 바로 이어진 시세계 부분에서는 그 시간 순서를 무시한 채, 공시적으로 연구하고 그렇게 해야 되는 까닭을 장황하게 늘어놓고 있다. 말하자면 고현철이 말한 대로 통시적으로 "재작성된 작품 연보를 활용"한 것이라면 당연히 통시적으로 시세계가 접근되었어야 할 일이다. 자신의 표현과 달리 "재발굴로서의 역할을 충실하게 하고" 있지 않다. 억지로 서로 연관성을 꾸미려는 속임수에 지나지 않는다. 그가 했다는 공시적 연구는 통시적인 작품 연보를 만들지 않고서도 가능한 일이 아닌가(박태일 2).

아홉째, 한정호가 통시적으로 마련한 첫 작품 연보(1995)에다 동시 작품을 발굴한 둘째 목록(1998)을 끼워 넣은 뒤, 고현철은 한정호와 마찬가지로 '통시적으로' 연보를 '재정리'한 바 있다. 그리고 그렇게 "재작성된 작품 연보를 활용하여" 시세계를 살폈다고 한다. 그런데 정작 시세계에 이르러서는 공시적으로 접근하고 있다. 게다가 앞에서 잠깐 밝힌 바와 같이 시세계에 대한 공시적 연구는 통시적으로 '재정리'된 연보 없이 이루어질 수 있는 일이다. 고현철의 말은 앞뒤가 맞지 않는다. 일이 급한 탓에 저지른 단순한 실수인가? 그렇지 않으면 힘이 부쳐 '학자의 임무'에 소홀했던 까닭인가? 고현철이 그리 길지도 않은 논문의 논지를 전체적으로 통어할 능력이 없는 연구자라고는 믿지 않는 탓에 던지는 물음이다(박태일 2).

내 논문의 '연구사 검토'와 이 반박문의 앞에서도 밝혔듯이, ① 내 논문의 작품 연보는 작품 연보로 끝나지 않고 이 작품 연보를 활용하여 김대봉 시세계의 동시적 다양성을 밝혀내고 있다. 그런데, 박태일 교수는 내 논문을 주의 깊게 읽어보지 않고 "작품 연보를 활용한 것이라면 당연히 통시적으로 시세계가 접근되어야 할 일이다"고 언급하고 있다. 그러면, ② 모든 시인의 작품연보는 기본적으로 시간적 순서를 감안해야 하므로 모두 다 ③ 통시적 변모로 파악해야 한다는 말인가. 그리고 '통시적'과 '통시적 변모'는 분명한 차이가 있는 말이 아닌가. 나는 분명히 '통시적 변모'라는 보다 분명한 용어를 썼던 것이다(고현철 3).

"시인의 작품 연보는 기본적으로 시간적 순서를 감안해야" 한다. 그러나 그것은 만드는 이의 관점이나 의도, 방법에 따라서 여러 가지 꼴로 엮어질 수 있다. 마치 한정호가 굳이 상세한 정보를 연보에다 죄 적지 않아 고현철이 수정·보완하여 '재발굴' 할 수 있는 다행스러운 기회를 준 것과 같다. 내가 말한 요체는 고현철이 매우 뜻있는 연구 작업의 결과인 양 내놓은 자신의 '통시적 작품 연보'를 왜 스스로 무시하고, 그에 따른 "통시적 작품세계"를 따지지 않았는가 하는 점이다. 아직까지도 자기 "논문의 작품 연보는 작품 연보로 끝나지 않고 이 작품 연보를 활용"하였다고 말하고 있는 이가 고현철이니 더욱 그렇다.

　일반적인 연구의 경우, 통시적으로 작품 연보를 만들어 놓고도 거기에 걸맞은 논지만 마련된다면 공시적으로 작품 세계를 따질 수 있다. 그런데 고현철 경우는 스스로 "논문의 작품연보는 작품 연보로 끝나지 않고 이 작품 연보를 활용하여" "김대봉 시세계의 동시적 다양성을 밝혀내고 있다"고 굳게 말했다. 그렇게 하지 않았던 탓에 문제가 일어나게 된 것이다. 고현철의 자가당착을 짚은 말인데, 무슨 '통시적'·'통시적 변모'의 차이 운운하면서 어벙한 소리를 거듭하는지 모를 일이다. 혹 그가 말하는 바 작품 연보를 활용했다는 뜻이 그냥 작품을 확인하는 데 쓰였다는 뜻 정도라면 고현철의 말이 옳다. 그냥 넘어가도 될 일이다. 그러나 텍스트에 대한 그러한 접근을 뜻하는 말로 "작품연보를 활용"했다는 구절을 썼다면, 그것은 이미 학술 차원에서 다룰 문제를 벗어났다. 더 덧붙일 말이 없겠다.

2) '시집 구성원리' 파악의 잘못

고현철이 선행 연구인 이부순·한정호와 달리 자기 연구가 지니고 있는 뛰어난 됨됨이로 줄기차고도 득의만만하게 내세우고 있는 틀이 '공시적 다양성'이다. 이 말은 일반적으로 가져다 쓸 수 있는 것이다. 그런데 김대봉 시 연구에서 '공시적 다양성'이라는 틀을 처음으로 적용시킨 이는 사실 이부순이다. 이부순의 해당 부분과 고현철의 설명을 이어 옮긴다.

앞서 밝혔듯이 김대봉의 창작 활동 기간은 10년 남짓한 짧은 기간이었고, 게다가 창작 연대를 확정할 수 없는 작품들이 많아서 <u>그의 시세계의 통시적 변화를 추적하기는 힘들다. 하지만 가능한 범위에서 통시적 흐름을 최대한으로 살리면서 그의 시세계가 갖는 공시적 다양성을 체계화하는 방향으로 논의를 전개하고자 한다</u>(이부순 1994).[39]

이제까지 김대봉의 시세계를 네 유형으로 살펴보았다. 10년이란 기간은 어떤 정신구조의 변화를 추적하기에는 너무 짧은 시간이라 <u>그의 작품세계에 나타나는 통시적 변화와 지속의 망을 파악하기는 어려웠다.</u> 본고에서는 그가 시인으로 출발한 비교적 초기의 양상을 두 유형으로 분류하여 살피고 그 이후의 시세계 역시 두 유형으로 고찰하였는데, 이러한 <u>구분이 엄격한 통시적 변화를 의미하는 것은 아니다. 다만 그의 작품들에 혼류하는 공시적 다양성에 초점을 두어 분류, 유형화한 것일 따름이다</u>(이부순 1994).[40]

---

39) 「머릿말」, 282쪽.
40) 「맺음말」, 299쪽.

한 교수(한정호) 논문의 한계를 살펴보고, '연구사 검토'를 통하여 이부순이 파악하고 있는 김대봉의 시세계인 '시적 출발과 단형의 시세계', '시와 의술의 인간주의'라는 전기의 두 유형과 '상실 모티프와 삶의 비애의식', '허무와 죽음의 자장'이라는 후기의 두 유형이라는 관점의 한계를 또한 살펴보면서, 두 논문에서 통시적 변모로 파악하고 있는 바의 문제점을 지적하고 시세계의 공시적 다양성이라는 분명한 논지를 펴고 있는 것이다(고현철 3).

앞선 이부순과 뒤선 고현철 진술 사이에 있는 사실 왜곡은 조금만 주의 깊은 이라면 금방 알 수 있다. 이부순의 초점은 '통시적 변모로 파악'하는 데 있지 않다. "공시적 다양성을 체계화하는 방향으로", "혼류하는 다양성에 초점을 두어 분류, 유형화한 것일 따름"이라며 '공시적 다양성'에 있다는 사실이 똑똑하게 드러나 있다. 그런데도 고현철은 앞선 이부순을 '통시적 연구'였던 것으로 왜곡하고 있다. 자기 글의 내용을 합리화하고, 짜깁기에 기댄 것이 아니라 전혀 '새로운' '재조명'을 한 양 눈속임하기 위한 일이다.

김대봉 시세계를 파악하는 일에 있어 개별적으로 '공시적 다양성'이라는 틀거리를 들이댄 것은 이부순이다. 왜 고현철은 이 자리에다 각주를 달아 선행 연구자 이부순에게 빚진 부분을 밝히지 않았을까. 보통의 됨됨이를 갖춘 논문이라면 각주 한둘로 죄 설명될 한정호 작품 연보의 수정·보완 사항을 그득하고도 꼼꼼하게 본문 한 장을 따로 마련해 늘어 놓던 태도와는 사뭇 뒤바뀌었다. 이 자리에 각주를 달게 되면 고현철이 받고 있는 전면적이고도 결정적인 영향관계를 읽는이들이 너무나 쉬 알게 될 것을 염려한 탓인가. 이부순의 글은 '벌써' 9년이나 지난 글이다. 게다가 지금은 나오고 있지도 않은 『서강어문』이라는 대학의 학과 논문집에 실렸다. 이미 잊혀졌을 만큼 하

찮다 여긴 까닭인가.[41]

그런데 조금만 더 본문으로 들어서 보면 고현철이 내세운 생각에는 많은 허점이 도사리고 있다. 고현철이 김대봉의 시세계를 공시적으로 다가서야 한다는 생각에 이르게 된 까닭은 먼 데 있지 않다. 고현철은 한정호(1995)에 따라 통시적인 작품 연보를 재작성했다. 그것을 '활용'하여 김대봉 시집 『無心』을 살펴보니 작품 배열이 모두 여섯 묶음으로 나뉘어 있었는데, 그것은 통시적으로 되어 있지 않았다. 고현철은 그 공시적 배열에 눈길을 주었다. 고현철이 밝혀냈다고 하는 시집 '구성원리'가 이것이다. 그래서 고현철은 김대봉 시세계는 '공시적'이고 '다양성' 있게 따져야 한다는 생각에 이르렀다. 말하자면 고현철이 김대봉 시세계를 '공시적 다양성'으로 파악해야 하는 까닭은 발표 시점을 무시한 시집 『無心』의 작품 배열과 부별 편성에 있었다. 해당 글의 '4. 시집 『無心』의 구성원리'에서 그 부분을 따옮겨 본다.

① 기존의 논문 두 편에서는 그의 시집의 구성원리에 대해서는 별로 주목하고 있지 않고 있다. 하지만, 김대봉 자신이 그의 유일한 시집을 묶어 내면서 시집을 전체 여섯 부로 구성하고 있는 점은 단순하지 않다. 왜냐하면 여섯 부의 각각이 김대봉의 시세계와 그 바탕이 되는 미학이 서로 구분되고 있는 점과 연관되기 때문이다.

우선, 이 여섯 부가 앞에서 정리한 시작품 연보와 어떠한 시간적 질서도 이루고 있지 않다는 점을 알 필요가 있다. 〔…중략…〕 이것은 그의 시세계

---

41) 여기서 하나 더 덧붙여 둘 점이 있다. 고현철 1, 고현철 2에서는 '공시적 다양성'이라 거듭거 듭 썼던 그 말을 이번 재반박문에 이르러서는 갑자기 '동시적 다양성'으로 바꾸고 있다. '공시적 다양성'과 '동시적 다양성'은 같은 뜻으로 쓸 수 있다. 문제될 일이 아니다. 혹 '공시적 다양성' 조차도 이부순의 용어와 틀임이 뒤늦게나마 읽는이들에게 알려질까 봐 바꾼 것은 아 닐 것이다.

와 그 바탕이 되는 미학이 통시적으로 변화되기보다는 공시적으로 다양화되어 있다는 점을 말하고 있는 사항이 된다. 다시 말하면, 김대봉의 시세계는 통시적 변모양상으로 파악해야 하는 게 아니라 공시적인 다양성으로 파악해야 하는 것임을 알 수가 있다(고현철 1).[42]

② 하지만 「상춘곡」과 「단현의 비명」의 경우, 각자 그 세계를 지향하고 있으면서도 제목이 '상춘'·'비명'에서도 환기되는 바와 같이, 여기에 수록되어 있는 일부의 작품들은 그 시적 세계가 서로 넘나들고 있다. 그리고 「단현의 비명」과 「無心편」의 경우 제목의 '단현'·'無心'에서도 환기되는 바와 같이, 여기에 수록되어 있는 일부의 작품들은 그 시적 세계가 서로 넘나들고 있다. 따라서 시집 『無心』은 전체 여섯 부로 구성되어 있지만 엄밀하게 나눌 수 있는 세 부와 서로 넘나들 수 있는 세 부로 이루어져 있어, 시집 『無心』을 통해서는 김대봉의 시세계를 네다섯으로 구분해 볼 수 있는 것이 된다(고현철 1).[43]

시집 안쪽의 작품 배열은 시인이 시집을 낼 무렵 지녔던 바, 작품 배열·편성의 '의도'에 따른 결과일 뿐이다. 짧지 않은 기간, 곧 1927년 등단한 뒤부터 시집 간행연도인 1938년까지 쓰여진 작품들을 골라내 놓고 한 권의 시집을 묶으려 한 김대봉이 자신의 생각에 따라 작품을 갈라 놓은 '의도'가 연구자 고현철의 '논리'가 되어서야 어디 연구라 할 법한 일인가. 시인론을 쓰겠다는 연구자로서 설령 시인의 '의도'가 자신의 분석·해석 결과와 같아 그대로 따라야 할 경우라도 그런 결론에 이르기 위해서는 마땅한 논리를 갖추어야 한다. 시인의 의도를 존중하여 그대로 따랐다면 왜 김대봉 시세계의 특성, 곧 '공

---

42) 11쪽.
43) 12쪽.

시적 다양성'을 시집의 작품 배열·편성에 나타난 그대로 여섯[44]으로
나누지 않고 고현철은 하나 더 늘여 일곱으로 나누어 놓고 있는가?

물론 이런 물음에 대하여 고현철은 "수록되어 있는 일부의 작품들
은 그 시적 세계가 서로 넘나들고 있"는 까닭이라고 할 것이다. 그래
서 그는 "서로 넘나드는" 것과 "엄밀하게 나눌 수 있는" 것을 모아
"시집 『無心』을 통해서는 김대봉의 시세계를 네다섯으로 구분해 볼
수 있는 것"이라고 따옴글에서 말했다. 그렇다면 문제는 더 커진다.
앞서 김대봉 시세계의 가장 큰 특징인 "공시적 다양성"을 이끌어낸
터무니가 시집 안의 작품 배열과 부별 편성, 곧 '구성원리'였는데 그
것이 자기 모순에 빠져버리게 되는 까닭이다. 겉으로는 여섯 부로 나
뉘어 있지만 서로 넘나드는 것이 세 부에 걸친다면 처음부터 그 부별
편성의 뜻이 어디에 있었다는 말인가. 게다가 시집 부별 편성에 "서
로 넘나드는" 것이 있음[45]을 알아낼 정도로 연구자 고현철의 안목이
끼어든 것이라면 이 정도 문제는 눈치를 채지 못할 리 없다. 그런데
도 고현철은 그러한 자체 모순을 깨닫지 못하고 있다. 그 "서로 넘나
드는" 시세계에 대한 판단을 기껏 시집 부별 편성 의도와 작품 '제
목'에서 "환기되는 바"에 미루어 이끌어내는 소박한 자세에 머물고
있으니[46] 당연한 결과인지 모른다.

고현철이 김대봉의 시세계에 다가서고 있는 '공시적 다양성'은 앞
선 이부순·한정호의 글과 구분되는 자신의 독특한 연구 성과라는 점
을 드러내기 위한 노림수일 뿐이다. 실제 작품이나 작가에 대한 깊이
있는 이해 위에서 이루어진 일이 아니다. 짜깁기로부터 비롯된 겉치

---

44) ①에서 보는 바와 같이 '여섯' 부에 걸친다는 사실은 모두 세 차례에 걸쳐 강조되고 있다.
45) 물론 김대봉 시세계의 넘나듦, 곧 '혼류' 문제도 그 뼈대는 이미 이부순이 짚었던 것이다. 그
　　것이 고현철에서는 시집 부별 넘나듦으로 살짝 바뀌었을 따름이다.
46) 연구자의 연구 작업은 기본적으로 텍스트에 대한 메타텍스트다. 작품 외적 문맥이나 작가의
　　의도와 같은 부수적인 것들로부터 떨어져 보다 추상화·범주화·구조화된 자리에서 텍스트
　　를 분석·해석하기 위한 일이라는 사실은 굳이 말하지 않더라도 고현철이 잘 알 것이다.

레 얌체연구는 결과적으로 자신의 말을 스스로 뒤집는 자기 모순에 빠지고 말았다.

3) '공시적 다양성' 설정의 영향관계와 자기 모순

이제 한발 더 김대봉의 시세계, 고현철 스스로 말한 바 '공시적 다양성' 속으로 들어선다. 그 특성 설정에서부터 이내 큰 문제가 여럿 도사리고 있다. 사실 김대봉 시집 『無心』은 김대봉 연구의 기본 텍스트로 모자람이 없다. 그러나 거기에 실리지 않은 작품 또한 적지 않다. 그리고 그것은 크게 두 경향을 드러낸다. 첫째, 시집 간행 시기인 1938년 무렵 왜로 제국주의 검열 체제에 걸려들 만한 사회적·역사적 현실성을 자각하고 있는 작품들이다. 김대봉이 1930년대 초반에 쓴 작품들이 크게 이에 든다. 아직까지 계급주의 성향을 드러내는 작품이 우리 문단에서 활발하게 창작될 무렵이다. 그런 작품들을 시집에 싣지 않은 것은 카프 해체 이후의 전형기 국면을 거쳐 이른바 '국민정신총동원운동'로 나아갔던 왜로 제국주의자의 탄압과 직·간접으로 관련을 맺고 있다. 그들에 의한 사회 검열의 결과였든, 시인 스스로 지녔던 자기 검열의 결과였든 시집에는 실리지 못했던 것이다. 다시 말해 김대봉 시집 『無心』의 작품 선택과 부별 배열의 '의도'에는 시집 간행 무렵인 1938년의 시대적 상황이 큰 변수였다.[47] 김대봉 시집에 실린 작품은 이미 무거운 선별 과정을 거친 것이란 뜻이다.

---

47) 이 점은 고현철도 얼핏 깨닫고 있다.
　"어떤 경향의 작품은 시집에 수록하고 있지 않은 것으로 파악되므로 시집에 수록하지 않은 시작품을 그의 다양한 시 세계에 포함하여 살펴야 한다. 이는 […중략…] 이른바 역사의식이 뚜렷하게 드러나고 있는 시편들이다. 이는 시집 『무심』을 엮은 때가 일제의 단발마적인 압제가 극한에 달해 있을 때인 1938년이라서, 위험 부담이 있는 시편은 시집에 수록하지 않은 것으로 보인다. 하지만 김대봉의 시 세계 전체를 살펴보기 위해서는 마땅히 이 부분을 놓치지 않고 포함해서 다루어야 하는 것이다." 고현철 1, 12~13쪽.

　그런데도 고현철은 김대봉의 시세계를 공시적으로 파악해야 한다는 터무니를 단선적으로 시집에 실린 작품의 부별 편성에서 찾았다. 10년을 넘는 기간 동안에 죽 이루어진 개별 작품 발표 시점과 시집에 선별·배열된 시점 사이에 시간적, 곧 통시적 거리가 멀다. 고현철은 그것을 어떻게 설명할 참이었을까. 자연스러운 시간 흐름에 따른 거리가 아닌 까닭이다. 조금만 생각이 깊었더라면 김대봉 작품 세계 파악에 결정적인 영향을 미칠 만한 선택과 배제 과정을 포함한 것이라는 사실을 알 일이다. 그러나 고현철은 김대봉 시세계에 대한 공시적 접근의 터무니를 김대봉이 시집에 싣기 위해 작품을 선택·배열했던 1938년 현재 역사적 시점 위에서 찾았다. 시집의 작품 배열과 부별 편성에서 작품 발표순, 곧 통시적으로 그것을 늘어놓지 않았던 까닭에 김대봉의 시세계를 공시적으로 보아야 한다는 생각이 얼마나 어리석고 잘못된 것인가는 금방 드러난다. 이부순·한정호의 연구에 따른 것이 아니라, 자신의 독특한 방법에 따라 이루어진 연구라는 점을 강조하기 위해 공시성을 강조하다 보니 스스로 빠져든 잘못인 셈이다.

　둘째, 1938년도에 나온 시집 『無心』에 실리지 않은 작품은 동시 쪽이다.[48] 시집의 편성과 배열에서는 거의 무게가 없다. 그리고 김대봉 시의 역정에서 동시 창작과 발표는 주로 초기에 이루어진 일이다. 앞서 사회적·역사적 현실성이 드러나는 작품들에서 본 바와 마찬가지로 동시 창작과 시집 간행 사이에는 분명한 시간적 거리가 가로놓여 있다. 이러한 통시적 변모를 고현철은 또 어떻게 설명할지 궁금하다. 고현철이 주장하고 있는 바, 부별 작품 편성의 논리에 따른 시집 '구성원리'로 볼 때 '공시적 다양성'을 보여주고 있는 시세계의 한 특성

---

48) 동시는 「보리피리」 한 편이 실려 있을 따름이다.

으로 '동시'가 끼어들 자리는 없다. 그런데도 고현철은 본문 '5. 시세
계의 공시적 다양성'의 첫째 특성으로 김대봉의 "현실주의 성향의 동
시"를 들이대고 있다.

　이제는 '시집 구성원리'로 보아 김대봉 시세계를 '공시적 다양성'
이라는 틀로 다가서야 한다는 논리에 나타나는 거듭된 자기 모순을
깨달았을 성싶다. '공시적 다양성'의 전제가 된 시집의 '구성원리' 파
악에서부터 잘못이 있었다. 그에 따라 나눈 '공시적 다양성' 조차도
서로 넘나들면서 뚜렷하지 않아 일곱 가지 시세계로 늘어놓았던 고
현철이다. 그런데도 '공시적 다양성'을 보인 시세계의 처음에 올린 것
이 그 무게로 보아 시집에 실리지 않았다고 말해야 옳을 동시세계였
다는 점은 크게 잘못된 일 처다. 시집 '구성원리'로부터 시세계 접
근의 방법과 틀을 마련해 둔, 그 바로 뒤에서 스스로 그것을 무너뜨
린 까닭이다.

　이제까지 김대봉 시세계를 '공시적 다양성'으로 따지는 일에 왜곡
과 자기 모순이 있음을 살핀 셈이다. 그런데, 그렇게 나누어 놓은 다
양한 시세계의 내용 또한 문제가 많다. 세 가지로 나누어 짚겠다. 첫
째 그가 나눈 일곱 가지 시세계, 고현철의 용어로 말하면 '시적 지향'
은 앞선 연구자들의 글에서 죄 다루었던 것이다. 첫째 특성으로 내세
우고 있는 "현실주의 성향의 동시"는 한정호(1995)의 "현실주의 동요
적 단형시"와 한정호(1998)의 "현실주의 동시"에서 끌어왔다. 둘째
특성으로 내세우고 있는 "비극적 정조의 단시"는 이부순의 "애상적
정조"에서 언급한 것을 뒤친 것에 지나지 않는다. 셋째 특성인 "이향
과 향수의 시"는 이부순의 "상실 모티프와 삶의 비애의식", 한정호
(1995)의 "고향 또는 가족의 상실 체험"에서 다루었던 특성이다. 넷
째 "의사 체험의 시"는 김대봉이 의사 시인이었던 까닭에 당연히 이
부순의 "시와 의술의 인간주의", 한정호(1995)의 각주 31)에서 짚었

던 됨됨이다. 다섯째 "無心과 심적의 시"는 『無心』이 김대봉의 유일한 시집 제목이었던 만큼 이부순에서 "허무와 죽음의 자장", 한정호(1995)에서 "현실극복의 문학적 방안"으로 짚었던 자리다. 여섯째 "결단과 비장의 시"는 한정호(1995)에서 "지식인의 고뇌와 허무의식"으로 살핀 내용이다. 그리고 마지막 일곱째 "역사의식이 두드러진 시"는 한정호(1995)의 "고향 또는 가족 상실 체험"에서 다루었던 것이다.

고현철이 말하고 있는 일곱 가지 "공시적 다양성"이라는 됨됨이는 이렇듯 죄 앞선 연구에서 마련되었던 것을 끌어다 뒤쳐 놓은 것이다. 새로운 특성 파악이 된 자리는 한 곳도 없다. 일이 그런데도 그 사실이나 내용을 밝히는 각주 하나 제대로 올리지 않았다. 자신이 받고 있는 이부순·한정호의 일방적인 영향관계를 읽는이들에게 드러내지 않기 위해서는 어쩔 수 없는 꾀었다. 다른 나라에 견주어 훨씬 느슨하게 적용받고 있는 우리나라 학계 관행에서 볼 때도 많이 양보한 영향 관계의 경계조차도 어느덧 멀리 넘어섰다. 그래서 나는 재반론문에서 아래와 같이 물었으되, 고현철은 그에 대한 답변을 하지 못했던 것이다.

열째, 고현철은 김대봉의 시세계를 일곱 가지로 나누어서 '재조명' 하고 있다. 그렇다면 그 일곱 가지 시세계 가운데 고현철이 독자적으로 마련한 시세계는 무엇인가? 일곱 가지 모두 앞선 세 연구 논문에서 언급된 부분들을 적당히 늘여 재조립한 것에 지나지 않는다(박태일 2).

둘째, 그런데 문제는 일곱 가지 '공시적 다양성'에 이르게 된 터무니와 그 됨됨이에만 있는 것이 아니다. 더 밑바닥 문제가 남아 있다. 습작기를 포함해서 김대봉이 십삼 년에 걸친 작품 발표 기간 안에서 일곱 가지나 되는 공시적인 시세계가 변별될 수 있느냐 하는 점이다. 앞선 연구자들은 김대봉의 시세계를 고현철과 달리 크게 4개로 나누고도 다시 둘로 묶었다. 그 까닭이 어디에 있다고 생각하는지 궁금하다. 게다가 고현철이 나누어 놓은 일곱 가지 '시적 지향'의 내용이 서로 같은 수준에서 범주화될 수 없는 것이라는 사실[49]은 쉬 알아챌 일이다. 그런데도 무리하게 일곱 가지로 늘어놓은 것은 앞선 연구자와 다른 자신의 개별성을 꾸미기 위해 어쩔 수 없었던 무리수였다.

셋째, 더 결정적인 문제점은 고현철이 일곱 가지 "공시적 다양성"이라며 내놓은 김대봉의 시세계는 크게 보아 김대봉 고유의 시세계가 아니라는 데 있다. 김대봉의 작품 활동 시기, 곧 계급주의 시의 성장과 전향으로 급하게 이어졌던 그 무렵 시단의 큰 흐름이다. 굳이 내세운다면 의사 체험시만이 오롯이 김대봉의 것이다. 도대체 어디까지가 스스로 열심히 '재조명' 했다고 하는 김대봉의 고유한 시세계인지, 그리고 어디까지가 일반적인 흐름인지 깨닫지 못했던 까닭에 본문 뒤에 이르러 '시사적 의의' 인식에서 소박한 겉치레에 마냥 머물 수밖에 없었던 고현철이다.

4) '내용과 형식의 상관성'에 나타난 둘러대기

이제 열한 번째 단락이다. 그 첫 문장에서 고현철은 자신이 말한 바 김대봉 "시세계의 공시적 다양성"은 "구체적인 작품 보기를 들어 내용과 형식의 상관성이라는 관점에서 일일이" 살핀 것이라 밝히고 있

---

49) ① "현실주의 성향의 동시", ② "비극적 정조의 단시", ③ "이향과 향수의 시", ④ "의사 체험의 시", ⑤ "무심과 심적의 시", ⑥ "결단과 비장함의 시", ⑦ "역사의식이 두드러진 시"가 그 일곱 가지다. 이 가운데서 ④는 체험 유형, ①③⑤⑦은 체험 양상을 보인 것이다. 그리고 ②⑥은 화자의 정서 문제다. 그리고 ①에서 보는 바 갈래에다. ②에서 보는 바 형태 문제까지 끼어들었다.

다. 말하자면 내가 재반론문에서 '형식과 내용의 상관성'을 간명하게 그림으로 그려 보이라고 한 데 대한 나름의 답변인 셈이다. 그러나 이어진 두 번째 월에서 고현철은 바로 그 형식과 내용의 상관성에 관한 변명부터 올리고 있다. 일컫기를 "물론 내용과 형식의 상관성은 아주 큰 개념이 된다. 그래서 특정 시인의 구체적인 시세계 그것도 몇 가지로 나누어지는 다양한 시세계의 개별 유형에서는 모든 면에 맞추어 내용과 형식의 상관성을 갖추기가 사실상 매우 힘들다"라 적은 바가 그것이다. 말하자면 자신의 두 번째 월에서 바로 첫 월의 진술을 뒤집고 있다. 이 부분에 대한 내 물음과 그에 대한 고현철의 답변 부분을 거듭 올려둔다.

고현철은 앞선 김대봉 시 연구들이 내용에 치우쳤다고 비판했다. 그리하여 자신은 형식을 아울러 고려해, 내용/형식의 상관성을 따지겠다고 했다. 시도적인 노력이다. 그러나 13년에 걸쳐 쓰여진 한 시인의 99편에 머무는 작품에, 그것도 자신이 나누어 놓은 바와 같이 일곱 가지나 되는 시세계에 변별되는 내용/형식 상관성을 갖추기란 아주 힘들다. 개별 작품 기술 부분에 이르러 고현철이 소박하게 시의 길이니, 청자/화자와 같은 문제를 다루어 그 분위기를 풍기는 일로는 많이 못 미친다. 그래서 전체적으로 그 내용/형식의 상관성은 종잡을 수 없이 어름어름하다. 일곱 가지 시세계에 걸맞은 내용/형식 상관성을 쉬 알아챌 수 있도록 도표로 그려 주기 바란다(박태일 2).

내 논문에서는 시세계의 몇 가지 유형에 따라 동시와 단시의 경우 화자의 겹침과 고정됨, 이향과 향수의 시의 경우 깊은 향수와 절제된 형식, 의사 체험의 시의 경우 철저한 과학적 인식의 바탕과 청자지향적인 성격을 통한 감정 과잉노출의 이중성, 無心과 심적의 시의 경우 無心의 절제된 감정과 그 형식, 결단과 비장함의 시의 경우 과도한 감정과 강렬한 어조, 역사의식이 두드러진 시의 경우 가장 긴 형식과 청자지향의 어조 등으로 각각 내용과 형식의 상관성을 밝힌 것이다. 그리고 몇 유형의 개별성과 함께 김대봉의 긴 시의 경우 공통적으로 청자지향적 성격을 보인다는 등의 공통점도 파악하여 밝혔다(고현철 3).

고현철의 답변과 해명이 모름지기 '형식'에 걸리는 사항인가 아닌가는 따로 놓고 보더라도, 고현철은 자신의 답변으로 충분히 '내용과 형식의 상관성'이 해명되었다고 생각한다. 그러나 그렇지 않으니 낭패다. 여기서는 짧게 한 가지만 다시 짚어 두겠다. "동시와 단시의 경우 화자의 겹침과 고정됨", "이향과 향수의 시의 경우" "깊은 향수와 절제된 형식", "의사 체험의 시의 경우" "청자지향적인 성격을 통한 감정 과잉노출", "無心과 심적의 시의 경우" "無心의 절제된 감정과 그 형식", "결단과 비장함의 시의 경우 과도한 감정과 강렬한 어조", "역사의식이 두드러진 시의 경우 가장 긴 형식과 청자지향의 어조"들로 너절하게 늘어놓고 있는 이것은 물론 김대봉 시 안에서 나타나는 상대적 특성일 수 있다. 그러나 그것은 김대봉 시의 고유한 내용과 상관된 형식성이 아니다. 연구 결과로 내놓고 있는 지적들은 김대봉이 주로 작품을 발표한 1930년대는 물론, 일반적인 시의 경향에서도 멀지 않다. 고현철이 넓은 뜻에서 '형식'이라 한 것, 곧 동요·단시의 시점 단일화, 장시형, 청자 지향성, 구체성과 역사성이 있는 작품에서 호흡이 길어짐과 같은 현상이 그것이다.

고현철이 "공시적 다양성"이라는 시세계와 그 형식성이라고 말한 자리에 과연 김대봉 개인의 고유한 형식적 탐구나 개발이 있는가? "결단과 비장함을" 드러내는 시인데도 "절제된 형식"을 보여준다든가, "역사의식이 두드러진 시"인데도 "절제된 형식"을 보여주거나

"청자지향의 어조"를 보여주지 않을 때, 그것이야말로 김대봉의 시세계에 걸맞는 개별적 형식 특성이 됨 직하다. 바탕에서부터 김대봉 시에 대한 깊은 접근 없이 앞선 이들이 애써 이룬 바에 소롯이 기댈 수밖에 없었다. 그러면서도 자신의 개별 성과를 마련하고자 '형식' 문제를 끌어와 부풀리다 보니 그렇듯 피상적이고도 일반적인 됨됨이를 내용에 걸맞은 형식성이라며 둘러대게 된 셈이다.

5) '시사적 의의' 인식의 겉치레

이제 열두 번째 단락이다. 이 자리에서는 자신의 글이 '폄하'할 수 없을 "시사적 의의까지 밝히고 있는" 글이라는 점을 말했다. '시사적 의의'를 밝히고 있는 반박 자리와 '6. 시사적 의의' 전문을 아래에 함께 올린다.

내 논문은 김대봉 시의 시사적 의의까지 밝히고 있는 논문이다. 이 점은 내가 처음 다루고 있는 사항인데, 시사적 의의는 발굴논문과 재발굴논문에서도 꼭 다루어져야 할 사항이다. 왜냐하면 아무 시인이나 발굴과 재발굴되어야 하는 것이 아니라, 시사적 의의가 있는 시인이 발굴과 재발굴되어야 하기 때문이다. 지금까지 알려지지 않은 시인이 얼마나 많은가. 그러면 이 모든 시인이 다 발굴과 재발굴대상이 되어야 하는가. 시사적 의의가 꼭 필요한 이유가 바로 여기에 있다. 발굴논문이라고 할 수 있는 한 교수의 논문에는 이러한 사항이 다루어지고 있지 않다. 그래서 재발굴논문인 내 논문에서 이를 주요하게 다룬 것이다(고현철 3).

김대봉이 시인으로서 활동한 시기는, 앞에서 제시한 시작품 연보를 보면, 몇 작품을 제외하고는 거의 30년대에 집중되어 있다. 그리고 그의 시세계는 위에서 자세하게 살펴본 바와 같이 공시적 다양성을 지니고 있는 것으로 파악된다.

1930년대 시의 큰 지형에 대해서는 1930년대 시 양상을 전반적으로 다루고 있는 연구성과를 따라 정리하면 다음과 같다.[50]

첫째는 시문학파를 중심으로 한 탈이데올로기와 순수서정시

둘째는 주지주의 계열의 온건한 모더니즘과 초현실주의 계열의 과격한 모더니즘의 시

셋째는 생명파를 중심으로 한 생의 본바탕을 탐구한 시

넷째는 일제 강점기의 궁핍한 현실을 반영하고 비판하고 있는 현실주의의 시

① 김대봉의 시세계는 이 중에서는 현실주의의 시 경향에 가깝다고 볼 수 있지만, 이렇게 본다면 그의 시세계 가운데 '역사의식이 두드러진 시'가 여기에 속하고 '결단과 비장함의 시'는 그 성향 면에서 이와 가깝다고 볼 수 있으며 현실주의 성향의 동시는 그 성향은 같지만 '동시'로 그 장르를 확장한 것이 된다. 그리고 김대봉의 시세계는 이외에 앞에서 살펴본 바와 같이 '비극적 정조의 단시', '이향과 향수의 시', '無心과 심적의 시', '의사 체험의 시' 등으로 ② 크게 그 성향을 구분할 수 있을 정도로 공시적 다양성을 지니고 있는 것이다.

이와 같은 ③ 공시적 다양성의 시적 세계를 펼쳐 보이고 있는 그 자체가 1930년대에는 드문 경우로서 김대봉이 시적 탐색에 적극 힘썼음을 의미한다. 앞에서 살펴본 바와 같이, 이러한 ④ 다양한 시적 성향은 거기에 상응하는 시적 형식과 형상화 방법을 취하고 있음을 볼 때에 더욱 그렇다고 볼

---

50) 본문에서는 각주 18로 처리된 부분이다.
　김용직, 「서정, 실험, 제 목소리 담기—1930년대 한국시의 전개」, 『한국현대문학사』, 현대문학, 1989. 『한국 현대시사의 쟁점』, 시와시학사, 1991. 소재 정효구, 「1930년대 순수서정시 운동의 시대적 의미」 ; 최혜실, 「모더니즘의 의미와 한계」 ; 최두석, 「1930년대 후반의 지적 상황」 참고.

수 있다. 그리고 ⑤ 동시까지 장르를 확장하여 현실주의 성향의 동시를 모범적으로 보여주고 있는 점도 상당한 의의를 지니고 있는 것이다. 또한 김대봉은 그 당시로서는 ⑥ 아주 드물게도 의사를 직업으로 하면서 시를 발표한 시인인데, 의사로서 보고 느낀 바를 형상화한 '의사 체험 시'는 그만의 독특한 시적 지향에 해당하는 것이 된다. 오늘날 ⑦ 부산 문단에는 다른 어느 지역보다도 의사를 직업으로 하면서 시를 쓰고 있는 의사 시인이 많은데, 한국 근현대시사에서 김대봉은 ⑧ 의사 시인의 한 선례이면서 한 원형이 되고 있는 것이다(고현철 1).[51]

앞선 재반박문에서 고현철은 자신의 글이 "시사적 의의까지 밝히고 있는" 첫 '논문'이며, "재발굴 논문인" 자신의 "논문에서 이를 주요하게 다룬 것"이라 했다. 그런데 문제는 그가 말하고 있는 바와 달리 첫째 "시사적 의의까지 밝히고 있는" 첫 '논문'이 아닐 뿐더러, 둘째 그가 "주요하게 다룬 것"이라고 하며 내세운 "시사적 의의"가 자체 모순을 지닌 겉치레 말로 한결같다는 데 있다. 뒤에 옮겨 놓은 본문을 보면 고현철은 "1930년대 시의 지형"에 대하여 '현실주의 시'를 포함해 네 가지로 적고 있다. 그런데 한정호는 이미 김대봉 시가 놓인 시사적 위상을 '시사적 의의'라고 같은 표제 아래 기술하지는 않았지만, 1930년대 계급주의 시와 자리를 가까이 하고 있는 동반자 시인이라 규정했다. 게다가 한정호(1998)에서는 김대봉의 아동문학 세계도 '현실주의'에 든다고 일찌감치 밝혔다. 동반자 시인이면서도 엘리트 계층인 의사 시인이라는 됨됨이로 볼 때, 장차 김대봉이 놓일 바 독특한 시사적 의의를 예시한 바 있다.[52] 고현철은 그러한 앎에서 한 발 나아간 '재발굴'·'재조명'은 하지 못하고, 현실주의 동시니 현실

주의 시인이니 하면서 한정호에서 이루어진 성격 규정과 용어만 좇
아가며 끌어다 놓고 있을 따름이다. 사실 고현철은 선행 연구자의 연
구 문헌이 지닌 맥락을 제대로 찾아 들어갈 만한 눈길조차 갖추지 못
한 것이 아닌가 의심스럽다.

　이제 그가 내세운 "시사적 의의"가 자체 모순을 지니고 있음을 살
필 차례다. 그것을 세 가지로 나누어 다루겠다. 첫째, 고현철은 본문
①에서 보는 바와 같이 김대봉의 시를 "이 중에서는 현실주의의 시
경향에 가깝다고 볼 수 있"다고 말하고 있다. 김대봉 시를 1930년대
시사에서 볼 때 그 앞에 제시된 네 가지 유형 '중에서는', 현실주의 시
경향에 '가깝다고 볼 수 있지만'이라고 하여 조건을 붙여둔 것이다.
어벙하게 만들기 위한 수사 전략이다. 왜냐하면 만약 김대봉 시를 현
실주의 성향의 시로 보지 않는다면, 앞 자리에서 고현철이 길게 늘어
놓고 있는 바 몇 연구자들을 통해 파악한 "1930년대의 시의 큰 지형"
제시는 불필요한 군더더기로 떨어지기 때문이다.

　그러나 이러한 조건항은 그 뒤와 연결시켜 볼 때 바로 문제를 드러
낸다. 이어진 ②에서 보는 바와 같이 김대봉 시는 "크게 그 성향을 구
분할 수 있을 정도로 공시적 다양성을 지니고 있는" 까닭이다. 그리

---

52) 김대봉 시의 '시사적 의의' 규정과 관련된 한정호의 말마디들을 올려 본다. 고현철의 '시사
　적 의의' 규정과 견주어보기 바란다. 먼저 한정호(1995)다. "김대봉의 문학적 출발은 슬픔이
　배어 있는 현실주의 동요적 단형시에서부터 비롯되었다"(237쪽). "1930년대 초반 그의 작품
　들은 그 무렵 계급주의 계열의 작품들과 목소리를 같이하고 있다"(240쪽). "그는 흔히 말하
　는 '동반자 작가'의 계열에 속한 것으로 보인다"(240쪽). "1930년대 초반 그의 작품들은 사
　회주의사상에 바탕을 두고 나라 현실에 대한 직접적인 토로를 보여준다"(246쪽). "그의 한
　결같은 문학적 성향은 현실주의에 바탕을 두고 있음을 확인할 수 있다"(257쪽). "10년 남짓
　한 김대봉의 작품세계를 일관하는 문학적 성향은 현실주의에 바탕을 두고 있음을 확인할 수
　있다"(262쪽). 다음으로 한정호(1998)이다. "현실적 체험을 중요시하는 계급주의 동시관을
　보여준다"(11쪽). "1930년대의 아동문학에 있어서 계급주의 동시관의 중요한 일면이 잘 드
　러난다"(13쪽). "그의 계급주의 동시관은 '동심주의 동시관'에 맞서 아동의 '사회성과 현실
　성의 추구'라는 시대적 요청으로 받아들여진 것으로 여겨진다"(15쪽). "그의 동시들은 그의
　계급주의 동시관, 특히 '사회성과 현실성'의 추구라는 그의 주장을 잘 실현하고 있는 셈이
　다"(19쪽). "이상에서 볼 때, 김대봉은 나라잃은시기의 동시인들에게 사회성과 현실성을 강
　조하는 계급주의 동시관을 펴며, 그에 걸맞는 동시 작품을 스스로 만들기 위해 노력했음을
　확인할 수 있었다"(24쪽).

고 그러한 ③"공시적 다양성의 시적 세계를 펼쳐 보이고 있는 자체가 1930년대에는 드문 경우"라 했다. 게다가 그것은 김대봉이 "시적 탐색에 적극 힘썼음"을 뜻한다고 한발 더 나갔다. 김대봉 시가 "현실주의의 시 경향"이라고 뚜렷이 규정해 버린다면 당장 그 다음 기술과 모순이 있게 된다. 고현철로서는 애써 앞쪽에 "1930년대 시의 큰 지형"을 그럴듯한 일반 이론인 양 마련해두고도, 김대봉을 그 어느 한 성향에 귀속시키지 못하고 그 '중에서는' '가깝다고 볼 수 있지만' 이라는 조건을 달았다. 그래야만 뒤의 부분과도 겉으로는 맞물리게 되는 까닭이다.

둘째, 고현철은 김대봉 시세계의 "공시적 다양성" 일곱 가지를 다시 갈라붙였다. 말하자면 "역사의식이 두드러진 시", "결단과 비장함의 시", "현실주의 성향의 동시"는 앞서 보인 "현실주의의 시 경향"에 든다. 그리고 그 나머지가 "비극적 정조의 단시", "이향과 향수의 시", "無心과 심적의 시", "의사 체험의 시"다. 고현철의 기술에 따른다면 "크게 그 성향을 구분할 수 있을 정도로 공시적 다양성을" 보여주고 있는 보기다. 그런데 이들은 이미 그가 현실주의 성향이라고 갈라붙인 건너 쪽에 놓인, 한마디로 '비현실주의 시 경향'을 보여주는 것이다. 다시 말해 김대봉 시는 고현철의 기술을 따르더라도 1930년대의 시사적 위상에서 볼 때, 현실주의 시 경향과 비현실주의 시 경향을 아울러 보여주고 있다는 점이 금방 드러난다. 그런데 그는 그렇게 시세계를 단순화시킬 수 없었다. 왜냐하면 이부순·한정호와 달리 자신이 일궈낸 고유한 연구 결과라며 꼭 껴안고 있는 그 "공시적 다양성"을 포기할 수 없었기 때문이다. 그러니 고현철은 김대봉의 다양성이 1930년대 시의 성향으로 볼 때 특이한 경우며, 시적 탐색 또한 적극적인 것이었다는 쪽으로 끌고 갈 수밖에 없었다.

사실 1930년대 시는 카프가 해체된 1935년을 경계로 그 앞과 뒤

시기에 변화가 크다. 앞선 시기에 계급주의 시나 현실 감각이 두드러진 시·동시를 남겼던 이들도 죄다 전향하여 내면 윤리를 따르거나 비역사적인 면모를 보인다. 김대봉은 그러한 1930년대 시인들의 커다란 흐름과 궤를 같이하고 있는 여러 본보기 가운데 한 사람일 따름이다. 고현철은 넓게 1930년대 시의 흐름을 꿰뚫는 안목 위에서 김대봉 시의 '시사적 의의'를 끌어내지 못했다. 앞서 한정호(1995)·한정호(1998)에서 제시된 '현실주의', '현실주의 동시'와 같은 용어에 짓눌려 그것을 따르고자 하니 어름한 수사적 월로 논지를 채울 수밖에 없었다. 일이 그렇지 않고 만약 김대봉 시에 대한 자신의 '시사적 의의' 규정이 옳다고 한다면, 고현철은 모름지기 김대봉이 다른 여느 시인들과 견주어 뚜렷하거나 두드러진 시사적 특성을 밝혀야 했다.

셋째, 또 한 문제가 불거진다. 김대봉의 시세계는 "현실주의 시 경향에 가깝다"하고, 그의 "현실주의 성향의 동시는 그 성향은 같지만 동시로 그 장르를 확장한 것"이라 했다. 문맥에 따르면 일반시를 먼저 창작한 다음 관심 갈래를 동시로 넓혀 나간 것으로 읽힌다. 그러나 그 말마디를 호의적으로 받아들여 갈래의 '확장'이라는 말은 앞뒤 개념이 아니라, 동시 개념으로 읽도록 한다. 그렇더라도 문제가 있다. 왜냐하면 김대봉의 동시는 1927년부터 1940년까지에 이르는 시 발표 시기 안에서 볼 때, 습작기를 포함하여 1932년까지 발표된 것이 모두다. 말하자면 김대봉 시의 초기에 드는 작품이다. 스스로 '재작성' 해 둔 작품 연보를 보면 고현철도 금방 알 수 있을 일이다. 김대봉 시에서 동시는 성인시와 앞뒤 관계로 뚜렷한 통시적 변모를 보여주고 있는 것이다. 그리고 이 점은 1920년대~1930년대 경남·부산지역 문인들이 가장 흔하게 거쳐온 경우이기도 하다. 당장 고현철이 말하고 있는 바, "공시적 다양성의 시적 세계를 펼쳐 보이고 있는 그 자체가 1930년대에는 드문 경우"라 한 진술이나, 김대봉이 "시적 탐색에 적극 힘썼음"을 보였다는 "시사적 의의" 기술에 뿌리부터 잘못이 있게 된 셈이다. 김대봉 시에 대한 자기식의 진지한 탐구가 아니라, 남들이 이루어 놓은 결과를 뒤섞어 겉만 따르다가 만 얌체연구로서는 당연한 귀결이었던 셈이다.

일이 이런데도 김대봉의 "시사적 의의" 파악에서 동시 문제는 아직까지 고현철에게 문제로 남는다. 그것은 다시 둘로 나누어 볼 수 있다. 먼저, 고현철은 김대봉이 "동시까지 갈래 확장하여, 현실주의 성향의 동시를 모범적으로 보여주는 시사적 의의를 지니고 있는 것"이라 자신 있게 말했다. 모름지기 제대로 아는 바가 있다면 고현철은 "현실주의 성향의 동시"를 '비모범적으로'나마 보여주고 있는 여느 시인의 본보기를 한 번 들어주었으면 좋겠다. 경남·부산 지역시인이 아니더라도 좋다. 왜냐하면 10편밖에 되지 않는 동시작품을 남긴 김대봉이 "시사적 의의" 파악에서 '모범적'인 "현실주의 성향의 동시" 인으로 일컬어지려면 당대 여느 시인과는 아주 각별한 특성을 틀림없이 보여주었기 때문이다. 그러나 고현철은 알맞는 본보기를 내놓지 못할 것이 뻔하다. 한정호(1998)에서 기본 전제가 된 '현실주의 동시'라는 '시사적 의의'와 그 규정을 그대로 따다 놓는 짜깁기였던 까닭이다. 김대봉과 비슷한 시기 활동했던 경남·부산지역 현실주의 시인들이 거의 대부분 김대봉보다 더 '모범적인' 현실주의 동시를 창작했다는 사실을 알 리 없는 고현철이다.

다음으로, 고현철이 김대봉의 동시 세계를 규정하고 있는 바 "현실주의 동시"라는 말을 어떤 뜻으로 끌어다 쓰고 있는지도 스스로 밝혀야 하겠다. 왜냐하면 이 용어는 김대봉의 동시관과 동시 세계를 발굴해 다루고 있는 유일한 글인 한정호(1998)에서 한정호가 내린 연구 결론이며, 그가 쓴 용어다. 그런데도 고현철은 작품 연보의 "수정 및 보완"을 할 때는 그렇게 꼼꼼하게 죄 살피던 눈길은 온데간데없이 이

자리에 이르러서 인용이나 각주 하나 없이 두리뭉실하고도 불친절해
졌다. 그렇다면 아래와 같은 작품은 고현철의 눈길로 볼 때 어떤 성
향의 것으로 서로 규정될지 몹시 궁금하다.

> 발동선 나루배[53] 잘단이는대
> 녯날의 배사공 어듸로간나
> 저건너 갈밧이 팔린그날에
> 이사꾼 떠날 때 가티갓단다
>
>   —김대봉, 「나룻배 사공도」
>
>
> 부자영감 논에서 놀고먹는 거머리
> 거머리 배를 찔너라
>
> 모심으는 아버지 피를 빠는 거머리
> 거머리 배를 찔너라
>
>   —손풍산, 「거머리」 부분

앞서 든 「나루배 사공도」는 고현철이 김대봉의 동시가 '현실주의'
시라는 것을 드러내기 위한 본보기로 본문에 가져다 놓은 따옴시다.
뒤에 올린 작품은 김대봉과 같은 시기 경남·부산 지역시인으로 활발
하게 활동한 손풍산의 동시 작품이다. 뒤선 작품은 고현철의 생각에
따르면 어떤 성향에 들까. 그가 두리뭉실하게 끌고 온 현실주의 시를
어떻게 규정할까. 앞에서 본보기로 든 김대봉의 「나룻배 사공도」와
작품 「거머리」의 됨됨이를 제대로 비교·대조할 수 있다면, 스스로 김

---

53) 고현철 1에서는 '나루배'를 '나두배'라 잘못 적고 있다. '수정·보완' 할 사항이다.

대봉의 '시사적 의의' 가운데서 '현실주의 동시'라 한 데서는 한정호에 기대지 않은 고현철 나름의 생각이 어느 정도 있었다 믿어줄 참이다.

앞에서 나는 고현철이 자신의 글에서 매우 뛰어난 업적인 양 내세웠던 김대봉 시의 '시사적 의의'가 사실은 겉치레 말일 따름이며 자기 모순을 거듭하고 있음을 살폈다. 그 까닭이 우리시의 흐름에 대한 연구자의 피상적인 안목과는 또 달리, 선행 연구에 대한 비판적 검토는커녕 전적으로 그들에 기대 성급하게 생각을 뒤섞다가 이르게 된 결과임을 살핀 셈이다. 그런 가운데서 오로지 김대봉이 지닌 바 가장 개별적인 특성이 있으니, 그것이 의사 체험시다. 앞선 연구자를 비롯해 고현철도 그 점을 중요하게 다루었다. 그에 대한 고현철의 이해 수준을 볼 수 있는 해당 따옴시와 해석 부분을 짧게 옮겨본다.

> 육체가 썩으면 영혼도 썩는다.
> 오! 사라진 인생의 봄이여.
> 잃어버린 눈알 끊어진 발
> 오장의 퇴화를
> 통제할 정신이 육체를 지배ㅎ지 못하거늘.
>
> 〔…중략…〕
>
> 병은 사람의 적 자연 적의의 노예이다.
> 항쟁하라, **善醫**여,
>
> ─「병실」 부분

위에 인용한 시와 같은 의사 체험 시들은, 앞에서 살펴본 현실주의 성향의 동시와 비극적 정조의 단시와는 달리, 형식적으로 상당히 긴 작품으로 되어 있다. 김대봉은 의사 체험 시에서는 철저하게 과학적 인식을 드러내고 있는 것으로 파악된다. "육체가 썩으면 영혼도 썩는다"는 발화는[54] 정통적인 시적 발상에 입각한 발화이기보다는 엄격한 과학적 인식에 입각한 발화에 해당한다. 과학에 따르면, 육체가 죽으면 영혼도 죽는다. 시적 태도에서는 영혼이 보다 중요할지라도 과학적 태도에서는 육체가 보다 중요한 것이 된다. 그래서 "정신이 육체를 지배하지 못하거늘"이라는 발언이 이 시의 한 구절로 직접 드러나 있는 것이다. "잃어버린 눈알 끊어진 발"이라고 너무도 냉정하게 묘사되어 있는 구절은, 이러한 과학적 인식에 따른 철저한 객관적 태도에 입각해서 형상화되고 있는 구절인 셈이다. 김대봉이 의사 체험 시에서 인생과 문학을 일치시키는 방법은 바로 과학적 인식에 입각하여 시를 쓰는 점에 있다.

　〔…중략…〕

　이와 같이 의사로서의 직업에 투철한 자기 인식과 의술의 인간주의의 선언이라 할 수 있는 의사 체험 시는[55] 철저하게 과학적 인식에 바탕을 두고 있지만 인간을 질병으로부터 구제하려는 태도가 청자지향적 성격을 통하여 직접적으로 강렬하게 드러나 감정이 과잉 노출되는 묘한 이중성을 지니고 있는 시 양상을 드러내고 있는 것이다(고현철 1).[56]

　옮긴시에 대한 해석이 은근히 흥미롭다. 특히 "과학에 따르면"의

---

54) '는'의 교정 잘못이다. '수정·보완' 할 사항이다.
55) 본문에서는 각주 16으로 처리된 곳이다.
　　김부순, 앞의 논문, 앞의 책, 287쪽.
　　김부순은 이부순의 잘못임을 이미 앞에서 밝혔다. '수정·보완' 사항이다.
56) 78~79쪽.

그 '과학'과 "과학적 인식/태도", 그리고 "정통적 시적 발상", "시적 태도"라는 말뜻이 썩 궁금하다. 그러나 그 점은 여기서 제쳐둔다. 유독 김대봉이 1930년대 다른 시인들에 견주어 각별한 시적 특성과 의의를 지닌 자리로 다루어야 할 점이 의사 체험시를 썼다는 데 있다는 사실에만 관심을 갖도록 한다. 그러나 그 '시사적 의의' 파악 또한 실상과 겉돈다. 이 부분만이라도 좀더 깊이 있고 폭넓게 따졌 들었더라면, 고현철은 적어도 '재조명'이라는 이름에 걸맞은 연구로 한발 다가설 법했다. 의사 체험시를 썼다는 지적만으로는 '시사적 의의'가 될 수 없는 까닭이다.

게다가 의사 체험시를 해명하고 있는 본문에서 고현철은 김대봉의 경우, "철저하게 과학적 인식에 바탕을 두고 있지만 인간을 질병으로부터 구제하려는 태도가 청자지향적 성격을 통하여 직접적으로 강렬하게 드러나 감정이 과잉 노출되는 묘한 이중성을 지니고 있는 시 양상"을 보인다고 했다. 그런데 호의를 가지고 읽어도 이러한 "묘한 이중성"은 "인간을 질병으로부터 구제하려는 태도"에서만 유독 나타나는 개별 양상이 아니다. 여러 다른 시들에서도 볼 수 있는 모습에 지나지 않는다. 김대봉이 의사 체험시를 남겼는데 그래서 어쨌다는 뜻인가?

의사 체험시를 더 위에서 묶으면 의료체험문학, 의료문학 정도가 되겠다. 거기에는 여러 가지가 있을 수 있다. 고현철은 모를 사실이지만 김대봉이 활동했던 1930년대만 하더라도 시사적 무게가 김대봉보다 덜하지 않은 다른 의사 시인이 있었다. 결핵요양원에서 낸 잡지 매체에다 문인을 비롯해 일반 환자들이 겪고 내놓은 치료문학 작품까지 있다. 이러한 의료문학 가운데서 김대봉이 의사 시인으로서 드러내고 있는 바 특성이나 개성을 뽑아 올려 시사적 의의로 다루어야 할 일이 아닌가?

게다가 김대봉 경우는 근대 신식의료 기관의 학습과 현장 경험을 겪은 엘리트 시인이다. 그러면서도 의사나 의료 전문인을 상대로 한 의학 전문지가 아니라 의학의 대중적 계몽을 위하여 신의학 전문잡지 『대중의학』을 손수 내어 재정을 떠맡았다. 쉽게 대중들이 근대 의료 지식에 접할 수 있도록 일반잡지에 여러 편의 쉬운 생활 의학 논설을 열심히 써내고 있는 점 또한 아주 각별한 경우다. 근대 의학 지식의 실천적·민중적 확산을 깊이 고민한 의사 시인이었던 셈이다. 바로 이 점이 그 무렵 우리의 전통 동의학을 밀어내면서 제국주의 식민책략의 주요 규율권력 장치로 완연히 틀 잡혀 가고 있었던 신의학의 여러 자장 가운데서 의사 시인 김대봉이 보여주고 있는 매우 유별난 자리다. 그리고 이러한 면모는 그의 시가 지닌 중요 특성인 현실주의적 됨됨이, 곧 동반자적 문학 활동과 끈끈하게 이어져 있다. 따라서 고현철이 한국 근대 의사학에 조금만 관심을 가지고 이런 점들에 다가섰더라면, 앞선 두 연구자와 꼭같이 의사 체험시를 중요 특성으로 올렸다 하더라도 고현철 개인 연구자의 새로운 '재발굴'·'재조명' 성과는 크게 빛날 뻔했다.

그런데 그렇듯 빛날 자리를 두고, 고현철은 김대봉의 의사 체험시가 지닌 '시사적 의의'를 "오늘날 부산문단에 다른 어느 지역보다 의사를 직업으로 하는 시를 쓰고 있는 의사 시인이 많은데, 한국 근현대시사에서 김대봉은 의사 시인의 한 선례이면서 한 원형이 되고 있는 것이다"라며 어름하고도 뚱단지 같은 말[57]로 한결같다. 오늘날 부산에 의사 시인이 많은 까닭이 김대봉의 영향이라는 뜻인지, 한국 근대시사 모두에 걸쳐 모든 의사 시인들의 귀감이 될 원형으로 영향을 미치고 있다는 뜻인지도 모를 어름한 생각이다. 말하자면 학술 수준

---

57) 뚱단지 같다는 뜻은 그 논리뿐 아니라, 비문법적인 월에서 드러나는 바를 아울러 일컫는다.

에서 다루기 민망한 피상적이고 무책임한 '시사적 의의' 파악이라는 뜻이다. 기존 연구 결과의 언저리만 슬슬 돌며 쓴 까닭에 너무나 빤한 이야기를 거듭할 수밖에 없었던 결과다.

고현철이 주장하고 있는 바와 달리, 그의 글은 첫째 "시사적 의의까지 밝히고 있는" 첫 '논문'이 아닐 뿐더러, 둘째 그가 "주요하게 다룬 것"이라고 하며 내세운 "시사적 의의"는 도무지 의의를 찾기 힘든 겉치레라는 사실을 살폈다. 그가 '결론'에서 다시 한번 줄여서 내놓고 있는 바, "1930년대의 시적 지향에서 다양한 시적 성향을 탐색한 점과 현실주의 성향의 동시의 모범적인 사례를 남긴 점 그리고 한국 근현대시사에서 의사 시인의 한 원형으로서 의사 체험시라는 독특한 시적 지향을 보인 점" 들과 같은 김대봉 시의 "시사적 의의"는 책임지기 힘든 일반화의 결과일 따름이다. 성근 짜깁기로부터 말미암아 마침내 이르게 된 자연스런 자리다. 고현철은 자체 모순에다 피상적인 일반론을 떠도는 데서 한결같이 벗어날 수 없었던 셈이다.

이제까지 고현철의 본문 내용에 나타나는 짜깁기 연보 작성 사실, 그에 따라 저지르고 있는 여러 왜곡과 자기 모순 사항을 살폈다. 곧 '시집 구성 원리' 파악의 잘못과 그로부터 말미암은 '공시적 다양성' 설정의 문제점, '내용과 형식의 상관성'에 나타난 둘러대기, '시사적 의의' 인식의 피상성과 자기 모순이 그것이다. 곳곳에 덕지덕지 얼룩진 짜깁기와 그 영향은 고현철의 글을 볼썽사납게 만들어 놓았다. 지금쯤은 고현철도 자신이 지닌 문제의 핵심을 심각하게 깨닫기 시작했을 것으로 믿는다.

5. 지역문인 규정의 잘못과 김대봉 이해의 수준

이제부터 열셋째 단락이다. 이곳에서 고현철은 내가 문제 제기한 바 지역시인에 대한 개념 규정의 잘못에 대하여 긴 변명에다 왜곡을 거듭하고 있다. 그가 파악하고 있는 지역문인에 대한 개념 규정이 이루어지고 있는 곳은 고현철 글의 '서론'이다.

한국문학 연구에서, ① 서울에서 일정 기간 이상 활동을 하지 않았거나 서울과 거의 연관이 없는 문인의 경우에는 오랫동안 지속되어 온 서울중심주의 때문에 제대로 연구되지 못한 면이 많다. 그래서 ② 서울과 큰 인연이 없이 거의 자신의 출신 지역에서만 활동한 문인들이 정당한 평가를 받지 못한 채 한국문학사에서 잊혀진 경우도 상당히 많아 그 지역은 물론 한국문학 전체의 지형 속에서 제대로 연구되어야 하는 일을 정체시킨 면이 있었음을 부인하지 못할 것이다. 근래 지역문학에 대한 연구가 서울중심주의에 대한 반성과 지역화 및 상대주의에 따라 지역문화의 발굴 및 고취에 힘입어 활기를 띠고 있지만 아직 그 성과가 미흡한 것이 현 실정이다. 그런 면에서 ③ 자신의 출신인, 서울 이외의 지역에서 생애 대부분을 활동한 문인 가운데 역량 있는 문인을 발굴하여 재조명하는 일은 한국문학의 지형을 넓혀 새로 짜고 그 연구를 심화시키는 데에 기여할 것임에 틀림없다.

본 연구는 이러한 작업의 일환으로 일제 강점기에 등단하여, ④ 서울에서 한때 거주한 적도 있긴 하지만 서울 이외의 지역인 부산·경남과 평양에[58] 생애 대부분을 거주하면서 활발하게 시를 발표했음에도 불구하고 아직까지 정당한 평가를 받지 못한 시인인 포백 김대봉을 재발굴하여 재조

---

58) '에서'의 교정 잘못인 듯. '수정·보완' 사항이다.

명하고자 한다. 본 연구의 연구방법은 시인 발굴 및 재조명 연구인 만큼,
시 자료 조사 및 정리를 바탕으로 한 시작품 연보 작성 등의 서지학적 연
구를 비롯한 역사주의 연구방법과 시 세계와 시사적 의의를 해명하기 위
하여 정신사적 관점과 미학적 관점을 병행한 분석적 연구방법을 활용하고
자 한다.

포백 김대봉은 1908년 경남 김해에서 출생하여 동래고보를 거쳐 평양의
학전문학교를 졸업한 후 의원을 개업하여 진료하고 세균학 교실에서 연구
활동도 하였으며『대중의학』을 주재하기도 하는 등 의사로서 투철한 삶을
살아간 인물이다. 그는 동래고보 재학 시절『조선일보』(1927. 9. 13)에
「농부의 노래」를 발표하면서 문단활동을 시작하였다. 1938년 6월에 창간
되고 1939년에 종간된『맥』동인으로 활동하였으며, 1938년 10월에는 이
동인지를 낸 맥사에서 시집『無心』을 출간하였다. 평생을 시인이면서 의
사로 살아간 그는 1943년 3월 환자로부터 발진티푸스가 전염되어 짧은 생
애를 마감하였다[59](고현철 1).[60]

셋째, 고현철이 규정하고 있는 바 '지역 문인'은 '서울과 큰 인연이 없이
거의 자신의 출신 지역에서 대부분의 문학 활동을 한 사람'이다. 그런데 김
대봉은 고현철이 내린 규정에 따르면 '지역 문인'(지역 시인)이 아니다. 왜
냐하면 문학 활동을 한 16년(1927~1943) 동안 김대봉은 자신의 출신지
인 '부산·경남에서' 습작기 2년을 포함해 길어도 4년을 넘지 않는 기간

---

59) 고현철 1에서는 각주 1로 마련된 곳이다. 죄 적어보면 아래와 같다.
　　작가의 생애에 대한 자세한 사항은 한정호, 「포백 김대봉의 삶과 문학」,『경남어문논집』제
　　7·8합집, 경남대 국문과, 1995. 12. 특히 이 논문에서 작성하고 있는 「작가 해적이」를 참고
　　하기 바란다. 다만 이 이 연보 가운데, 김해읍에 의원을 개업한 연도가 이 논문의 본문과 달
　　리 1935년으로 되어 있는데 본문과 같이 1934년으로 통일되어야 한다. 그리고 이 연보에서
　　는『동아일보』(1929. 10. 29)에 「무제」를 발표하여 등단한 것으로 되어 있는데, 이는 이후의
　　논문인 한정호, 「김대봉의 동시관과 동시 세계」,『지역문학연구』제3호, 경남지역문학회,
　　1998. 9에서『조선일보』(1927. 9. 13)에 「농부의 노래」를 발표하여 등단한 것으로 바로 잡
　　혀져 있음을 이 자리에서 밝힌다.
60)「1. 서론」전문, 63~64쪽.

머물며 작품 활동을 했을 따름이다. 게다가 거의 모든 작품을 서울에서 내는 매체에 발표하고 있다. 가장 중요한 문학적 생애를 서울에서 겪고 서울 매체에다 발표한, '서울과 결정적인 인연을 맺고 활동한 시인'이 김대봉이다. 아직까지도 김대봉이 지역 문인이라 생각하는가? 아니면 자신이 내린 지역 문인 규정에서부터 잘못되었음을 늦게라도 인정하겠는가?(박태일2)

　나는 김대봉에 대하여 "일제 강점기에 등단하여, 서울에서 한때 거주한 적도 있긴 하지만, 서울 이외의 지역인 부산·경남과 평양에 생애 대부분을 거주하면서 활발하게 시를 발표"한 시인으로 표현하였다. 이를 박태일 교수는 내가 마치 김대봉에 대하여 "서울과 큰 인연이 없이 거의 자신의 출신 지역에서 대부분의 문학 활동을 한 사람"으로 표현한 것으로 정리하고 있다. 김대봉을 포함한 상당수의 일제 강점기의 지역문인들의 경우, 그들이 발표한 매체가 서울에서 발행된 신문, 잡지인 경우가 허다한 것이다. 내가 한 표현은 이러한 사항에 대한 분명한 인식이 내재해 있는 것이다. 〔…중략…〕 따라서 박태일 교수가 마치 내가 표현하고 있는 것으로 정리하고 있는 말은 내가 실제로 표현한 말과는 얼마나 차이가 있는가. 또한, 김대봉의 시내용을 보면, 그가 시를 발표했을 때 어디에 거주했든지 간에 부산·경남과의 친연성을 아주 강하게 드러내고 있다. 〔…중략…〕 따라서, 김대봉은 내가 실제로 표현한 바에 따라 지역시인이며, 그 가운데에서도 마땅히 부산·경남의 지역시인에 포함될 수 있는 것이다. 박태일 교수 자신도 『가려뽑은 경남 부산의 시 ❶ 두류산에서 낙동강에서』를 엮으면서 지역문학을 "그 지역을 삶의 친밀 영역으로 사랑하고 추억을 가꾸며, 섬기는 이의 문학"으로 정의하면서, 구체적으로는 "대상 시인들은 경상남도(이 경우, 부산까지 포함되는 용어)에 태어나 자랐거나, 중요한 문학 생애를 거친 사람"으로 부산·경남지역의 시인을 정의하면서 김대봉을 포함시키고 있지 않았는가(고현철 3).

맨 앞에 올린 글은 고현철의 '서론' 전문이다. 곧 지역문인에 대한 규정과 김대봉이 지역문인으로 연구 대상이 될 수 있는 터무니가 드러난다. 두 번째 올린 글은 내 반론문이다. 고현철이 내린 지역문인 규정과 김대봉의 실질 사이에는 서로 모순이 있음을 밝혀, 고현철이 연구의 주요 요소 가운데 하나인 지역문인 규정에서부터 잘못을 저질렀다며 답변을 요구했던 자리다. 그리고 세 번째 올린 글은 고현철의 재반박문에서 내 물음에 대한 답변과 해명을 한 부분이다.

1) 선행 규정에 대한 딴죽걸기

먼저 첫 단락이다. 연구의 문제 제기를 뚜렷이 하기 위해 '지역문인'을 규정하고 있는 자리다. 고현철에 따르면 '지역문인'은 번호를 붙여둔 ①, ②, ③과 같은 조건을 지닌다.

> ① 서울에서 일정 기간 이상 활동을 하지 않았거나 서울과 거의 연관이 없는 문인
> ② 서울과 큰 인연이 없이 거의 자신의 출신 지역에서만 활동한 문인
> ③ 자신의 출신인, 서울 이외의 지역에서 생애 대부분을 활동한 문인

이 셋 가운데서 공통 분모를 뽑아보자. 먼저 출생지 문제에서는 "자신의 출신인", "자신의 출신 지역"이라는 표현에서 보는 바 지역문인이 되기 위해서는 해당 지역 출생이어야 한다는 첫 조건이 드러난다. 그 다음 문학 활동 지역에 대한 문제다. "서울과 거의 연관이 없는", "거의 자신의 출신 지역에서만 활동한", "자신의 출신인, 서울 이외의 지역에서 생애 대부분을 활동한"이라는 규정을 내리고 있다. 곧 '서울과 연관이 거의 없이 자신의 출신지에서 생애 대부분을 활

동' 한 사람이어야 한다는 두 번째 조건이 그것이다. 이 둘을 묶어 보면 고현철이 규정하고 있는 '지역문인'은 내가 썼듯이 "서울과 큰 인연이 없이 거의 자신의 출신 지역에서 대부분의 문학 활동을 한 사람"이다.

그리고 연구 대상인 김대봉이 '지역문인'이 되는 터무니로 고현철이 내리고 있는 규정을 살피면 내가 번호 ④를 붙인 자리에서 드러난다.

(김대봉은) 서울에서 한때 거주한 적도 있긴 하지만 ④서울 이외의 지역인 부산·경남과 평양에 생애 대부분을 거주하면서 활발하게 시를 발표했음

그런데 김대봉은 "서울 이외의 지역인 부산·경남과 평양에서 생애 대부분을 거주하면서 활발하게 시를 발표"한 시인이 아닌 까닭에 문제가 된 것이다. 김대봉의 삶에 관해서는 죄 한정호의 조사 연구를 따온 까닭에 깊은 이해가 있을 리 없는 고현철이다. 김대봉은 고현철 ④의 글쓰기 버릇에 기대 적어보면 아래와 같은 시인이다.

⑤ (김대봉은) 경남 김해에서 태어나 평양에서 한때 머문 적도 있긴 하지만, 서울 지역에 거주하며 중요한 문학적 생애의 대부분을 보내면서 활발하게 시를 발표했음

④와 견주어보면 김대봉에 대한 이해에 커다란 문제가 있음이 뚜렷해졌다. ④의 "서울 이외의 지역"에서 "생애 대부분을 거주하면서 활발하게" 활동했다는 고현철의 표현과 '서울 지역에 거주하며 중요한 문학적 생애의 대부분을 보내면서 활발하게 시를 발표' 했다는 표현

사이에 가로놓인 거리는 멀다. 게다가 그렇게 잘못된 김대봉에 대한 이해는 고현철이 앞서 내려두고 있는 바와 같은 '지역문인' 규정, 곧 '서울과 큰 인연이 없이 거의 자신의 출신 지역에서 대부분의 문학 활동을 한 사람'과도 커다란 거리가 있게 된다. 내가 본디 반론문에서 질문 형식으로 올린 두 번째 따옴글이 그래서 쓰여진 것이다. 말하자면 고현철 자신의 규정과 해명으로 볼 때 김대봉을 지역문인으로 넣을 수 없다는 자체 모순을 내가 짚었다. 그런데 고현철은 글의 본뜻은 모른 체한 뒤, 내가 자신의 규정에 따라 끌어낸 '지역문인' 개념을 어느새 '김대봉'을 규정한 것으로 엉뚱하게 덮어씌우고 있다.

이를 박태일 교수는 내가 마치 김대봉에 대하여 "서울과 큰 인연이 없이 거의 자신의 출신 지역에서 대부분의 문학 활동을 한 사람"으로 표현한 것으로 정리하고 있다.

다시 한번 짚거니와, 내 글 해당 월의 주어는 '김대봉'이 아니라 '지역문인'이다. 잘 살펴보기 바란다. 호의적으로 보아 고현철의 이러한 반박은 두 가지 점에 대한 혼란에서 나타난 것으로 여겨진다. 첫째 고현철이 서론에서 말한 바 지역문인 규정의 세 번째, "자신의 출신인, 서울 이외의 지역에서 생애 대부분을 활동한 문인"을 따로 떼어내 그대로 받아들이는 경우다. 곧 김대봉은 1908년 경남 김해에서 태어나 1943년 서울에서 머물다 영면하기까지 문인으로서가 아니라 자연인으로서 26년 남짓한 세월을 경남과 평양 지역에서 보냈다. 그러니 자연인 김대봉의 기주지로 본다면, "서울 이외의 지역에서 생애 대부분을 활동한 문인"임에 틀림없다. 이때 '활동'이라는 말뜻은 일상적인 삶을 뜻하는 것으로 받아들여야 한다는 전제가 미리 마련되어 있어야 한다.

그런데 이를 그대로 따르면 바로 큰 문제가 나타난다. ③에 이르기 앞서 고현철이 규정하고 있는 두 가지 앞선 규정, ①"서울에서 일정 기간 이상 활동을 하지 않았거나 서울과 거의 연관이 없는 문인", ② "서울과 큰 인연이 없이 거의 자신의 출신 지역에서만 활동한 문인" 과 바로 맞선다. 분명히 앞의 두 규정에서 고현철이 말한 바는 자연 인으로서 단순 거주를 뜻하는 표현이 아니다. ①, ②에서 '활동'이 문 학인으로서 활동을 뜻한다는 점은 누구나 쉬 알아볼 수 있다. 또한 자연스럽게 자연인으로서 "대부분의 생애" '거주' 활동을 뜻하는 것 이 아니라 문학적 '인연' 활동으로 읽힌다. 내가 그의 규정을 하나로 묶은 대로 고현철의 지역문인 규정은 "서울과 큰 인연이 없이 거의 자신의 출신 지역에서 대부분의 문학 활동을 한 사람"인 셈이다.

그런데 고현철은 "지역문인들의 경우, 그들이 발표한 매체가 서울 에서 발행된 신문·잡지인 경우가 허다한 것"인데, 그것도 모른단 말 인가 하고, "참으로 어처구니"없어 하고 있다. 고현철은 자신의 글 어 디에 지역문인 규정 조건 가운데 하나로 작품 발표 매체의 출판 소재 지가 언급되어 있는가를 꼼꼼하게 보기 바란다. 어디에도 없다. 짐작 해 볼 수 있는 자리가 있다면, 아래와 같은 곳이 있을 따름이다. "서 울에서 일정 기간 이상 활동을 하지 않았거나 서울과 거의 연관이 없 는 문인"이라는 규정 ①이다. 여기에서 거주지 규정인 앞의 "서울에 서 일정 기간 이상 활동"에 바로 이어져서 나오는 "서울과 거의 연관 이 없는"이라는 말이 앞선 것에 대한 쓸모없는 동어반복이 아니라면, 출판처·친교 활동과 같은 문인 개인의 문단 '연관'을 뜻하는 것으로 자연스럽게 읽힌다. 다른 하나는 "서울과 큰 인연이 없이 거의 자신 의 출신 지역에서만 활동한 문인"이라는 규정 ②다. "거의 자신의 출 신 지역에서만 활동한 문인"이라는 부분이 무엇보다 '문인'으로서 '활동'을 뜻하는 것이고, 그 '활동'이 또한 자연스럽게 친교·출판 활동과 같은 문학 활동을 암시함은 너무나 뚜렷하다.

그러니 문제는 처음부터 지역문인 규정을 바르게 내리지 못했고, 게다가 김대봉의 문학적 이력에도 밝지 못했던 고현철 자신에게서 말미암았을 따름이다. 내가 고현철에게 반론으로 준 물음은 발표 매체 소재지 하나에만 머문 것이 아니다. 그와 아울러 주거 여부와 문단 친교 활동을 포함하는 총괄적인 '문학적 생애'를 뜻하는 것임은 해당 월을 살피면 금방 알 일이다. 그래서 나는 "가장 중요한 문학적 생애를 서울에서 겪고 서울 매체에다 발표한, '서울과 결정적인 인연을 맺고 활동한 시인'이 김대봉이다."라고 적었던 것이다. 그런데 고현철은 그 가운데 발표 매체 소재지만 똑 떼어내 문제 핵심을 슬쩍 피해 나가면서 흥분하는 모습을 짐짓 연출했다. 문인의 삶을 말하면서 "문학 활동"이니, "인연", "연관"이니 하는 말을 상식적인 수준과 달리 엉뚱하게 쓴 채 억지를 부리고 있는 자신의 글에 문제가 있는가 없는가를 잘 헤아려 볼 일이다.

그리고 이번 재반박문에서는 뒤늦게 고현철 '서론'에서 내놓은 지역문인 규정에는 없었던 조건을 하나 더 끌어들이고 있다. 문학 작품의 내용에 출신 지역과 '친연성'이 있어야 '지역문인'일 수 있다는 조건이 그것이다.

김대봉의 시내용을 보면, 그가 시를 발표했을 때 어디에 거주했든지 간에 부산·경남과의 친연성을 아주 강하게 드러내고 있다. 〔…중략…〕 따라서, 김대봉은 내가 실제로 표현한 바에 따라 지역시인이며

고현철은 김대봉이 "어디에 거주했든지 간에 부산·경남과의 친연성을 아주 강하게 드러내고 있다"며 지역시인이라는 점을 강조하고 있다. 그 보기로 「환향」이니 「탁랑의 낙동강」이니 하는 작품을 들이

댔다. 그러나 사실 본문의 그 작품 해명 자리에서 고현철이 다루었던 것은 다른 사정이었다. 「환향」의 경우에는 그가 나누었던 김대봉의 일곱 가지 시세계 가운데서 "이향과 향수의 시"를 설명하기 위한 것이다. 그런대로 고향 "부산·경남과의 친연성을" 강하게 드러낸 작품에 낀다. 「탁랑의 낙동강」 경우는 "역사의식이 두드러진 시"를 보여주기 위해 끌어다 놓았을 따름이다. 게다가 고현철 자신이 재반박문에서 되풀이하고 있는 바와 달리 시가 담고 있는 고향 현실에 대한 해석 방향은 오히려 사회 현실세계로 넓혀진다는 거꾸로 된 쪽이었다.

　　제목 중의 '낙동강' 자체가 역사성을 환기시키는 자연물로 일반화되어 있는 것인데, 그 앞에서 수식하고 있는 '탁랑'이란 말이 일제강점기 1930년대 초 당시의 압제적이고 궁핍한 현실을 요약해서 보여주고 있다. 여기에서 압제적이고 궁핍한 현실은 시적 화자의 분노하는 격정적인 어조에 의하여 직접적으로 드러나 있다. 〔…중략…〕 여기서 수탈된 장소로 등장하는 '낙동강'은 이곳에만 한정되지 않고 조선 전체로 확장될 수가 있다. 이 점은 이러한 성향의 시에 드러나 있는 역사의식을 더욱 뒷받침하고 있는 것이 된다(고현철 1).[61]

말하자면 본문에서 김대봉의 시 「탁랑의 낙동강」에 나타나는 고향에 대한 친연성 해명은 김대봉이 경남·부산 지역시인일 수 있는 터무니로서 가져온 것이 아니다. 거꾸로 고향 단위를 뛰어넘는 시대 현실과 역사 의식이라는 일반화를 위한 터무니로 가져다 놓았던 터다. 그러니 이번 재반박문에서, 김대봉의 「환향」과 「탁랑의 낙동강」를 본

---

61) 84쪽.

보기로 내놓으면서 그것이 고향 경남·부산에 대한 '강한' 친연성을 보여주는 까닭에 김대봉을 지역시인으로 당연히 보아야 한다고 했던 자신의 새로운 진술과는 그 목표가 처음부터 달랐다. 알맞는 본보기가 아니다.

어쨌던 고현철이 생각하고 있는 지역시인의 조건에 고향 지역에 대한 강한 작품 내적 친연성이라는 항이 이제 와서 새로 마련된 셈이다. 처음 글을 쓸 때 잘 헤아려서 다루었더라면 자신의 지역시인 규정이 좀더 섬세해졌을지 모를 일이다. 그런데 이렇게 새로운 조건을 하나 더 덧붙여 지역시인을 규정한다 하더라도 고현철이 내리고 있는 바 출생 지역과 출생지 거주를 중심으로 보는, 곧 굳어진 속지주의 쪽 지역시인 규정에서 보면 그로 말미암아 더 큰 문제가 나타난다. 왜냐하면 자신의 고향에 대한 친연성을 '강하게' 드러내지 않는 지역문인도 있을 수 있는 까닭이다. 게다가 거꾸로 그곳 출생이 아니라 하더라도 해당 지역에 대한 "아주 강한" 친연성을 드러내고 있는 문인에 대한 처리마저 남아 있다. 물론 속지주의를 따르는 고현철로서는 당연히 지역시인이 될 수 없는 경우겠다.

앞에서 살펴본 바와 같이 지역문인 규정과 관련된 고현철 재반박문 '셋째' 해명 사항은 설득력이 없다. 고현철이 처음부터 지역문인 규정에 잘못을 저질렀고 그 잘못 그대로 김대봉 시인의 실상에 벗어난 덮어씌우기를 하였기 때문에 문제가 나타나게 된 것이다. 내가 짚었던 사실을 뒤짚을 만한 구체적인 해명을 하지 못한 셈이다. 오히려 고현철은 "내가 실제로 표현한 말과는" "차이가 있는" 가져다 붙이기에다 뒤늦게 걸맞지도 않은 새로운 규정을 끌어다 딴죽을 걸며 자신의 정당함을 강변하고자 했다.

거듭하거니와 지역문인 규정에서 고현철과 같이 출신지에 초점을 두는 경직된 속지주의에는 문제가 많다. 그래서 박태일 1에서 거듭 말한 바와 같이 개방적인 지연주의로 가야 한다. 고현철이 내 책 『가려뽑은 경남·부산의 시 ① 두류산에서 낙동강에서』를 읽고 옮겨준 바와 같이 지역문학은 "그 지역을 삶의 친밀 영역으로 사랑하고 추억을 가꾸며, 섬기는 이의 문학"이다. 또한 지역문인은 "그 지역에서 태어나 자랐거나, '중요한 문학 생애를 거친' 사람"이다. 한발 더 나아간 지연주의를 내가 규정한 것이다. 그 지역 출신뿐 아니라, 그렇지 않더라도 해당 지역에서 '중요한 문학 생애를 거친 사람'을 지역시인으로 아우르는 열린 생각을 가져야만 지역문학의 실상에 온당하고 미래지향적인 눈길을 갖출 수 있는 까닭이다. 자신이 내린 지역문인 규정에서부터 종잡을 수 없는 잘못을 저질러 놓고 있는 고현철의 속지주의 입장과 달리 지연주의를 따르고 있는 내 입장에서 볼 때 김대봉은 누구보다 뚜렷한 경남·부산 지역시인인 까닭에 당연히 내 책 『가려뽑은 경남·부산의 시 ① 두류산에서 낙동강에서』에 이름과 작품을 올린 것이다. 오해 없기 바란다.

이제 고현철에게 이 자리를 빌려 고마운 마음을 전해야겠다. 비록 문제가 된 고현철의 참고문헌에다 이름을 올리지는 않았지만, 내가 일찍이 1997년에 냈던 『가려뽑은 경남·부산의 시 ① 두류산에서 낙동강에서』를 보았다는 사실을 확인한 까닭이다. 그 책은 1962년 12월, 경상남도와 부산직할시가 따로 떨어지기 앞서 활동한 지역시인 200명의 300편에 이르는 대표작을 가려 뽑아둔 시선집이다. 거기에서는 1945년 을유광복에 이르는 나라잃은시대[62]로만 시기를 묶어놓고 보더라도 고현철이 다룬 김대봉은 물론, 이른바 '발굴'을 이제나저제나 기다리며 학계에 처음으로 이름을 올린 경남·부산 미발굴 지역시인이 20명을 넘게 간략한 해적이와 함께 실려 있다. 고현철이 그

---

62) 고현철은 '일제 강점기'라 쓰고 있다.

가운데 몇 명만이라도 작품을 찾고 사람을 찾아 자신이 뜻한 바 '일제 강점기 부산·경남 지역 시인 발굴 및 재조명 연구'를 했더라면, 이렇듯 얌체연구로 곤욕을 치르지 않아도 될 일이었는데 아쉽다.

2) 김대봉의 생애 짜깁기

이저런 지역문인 규정에 나타나고 있는 혼란으로 보아, 고현철은 어쩌면 김대봉의 삶을 규정할 만한 눈길을 제대로 갖추지 못한 것이 아닌가 의심스럽다. 한정호(1995)가 마련해둔 작가의 생애 죽보기에 드러난 외적 문맥을 파악하는 일에도 미치지 못하는 앎으로 김대봉에 다가선 것이 아닌가 싶다. 그러니 김대봉의 삶에 대한 기술에서도 어쩔 수없이 한정호의 연구 성과를 얼기설기 짜깁기할 수밖에 없었을 것이다. 이제 아래에 세 글을 옮긴다. 처음과 다음은 김대봉의 생애를 두고 쓰여진 한정호(1995)·한정호(1998)의 해당 자리다. 셋째로 올린 글은 고현철 '서론' 뒤쪽에 마련된 글로서, 김대봉의 삶을 다룬 곳이다. 이미 앞쪽에서 '서론' 전문을 따올 때 들어 있었던 것이나 읽는 편의를 좇아 다시 한번 올린다.

김대봉은 1908년 경남 김해에서 태어났다. 그는 1929년 평양의학전문학교를 다니면서부터 문학에 뜻을 두고, 1929년 10월 29일 『동아일보』에 「무제」를 발표하면서부터 문단에 얼굴을 내맨 것으로 보인다. 1934년 고향 김해로 돌아와 의원을 운영하면서 계속 작품을 쓰다가, 1937년 서울로 올라가 경성제대 세균학교실에서 연구활동을 하였고, 그 이듬해 의원(중앙의원)을 개업하면서 본격적으로 창작 활동을 했다. 그 뒤 신문 또는 여러 잡지에 시 또는 소설을 부지런히 발표하면서 문학활동에 온 힘을 쏟았다. 그리고 그는 1938년 6월에 창간된 『맥』[63] 동인으로 활동했으며, 10월

에 50편의 시를 실은 시집 『無心』(맥사)을 펴냄으로써 그 무렵 문단의 눈
길을 끌었다. 또한 그는 1939년에는 의학의 대중화를 지향한 잡지 『대중
의학』을 주재하기도 하였으며, 여러 잡지에 작품을 꾸준히 발표하였다. 그
러다가 그는 1943년 3월 환자로부터 발진티푸스가 전염되어 한창 작품활
동을 할 나이인 36세에 세상을 떠났다(한정호 1995).[64]

포백 김대봉[65]은 나라잃은시기라는 절망적 시대 상황 속에서 잊혀져 간
시인 가운데 한 사람이다. 그는 1927년 9월 13일 『조선일보』에 「농부의 노
래」를 발표하면서부터 문단에 얼굴을 내밀었다. 그 뒤부터 그는 여러 지면
에 꾸준히 작품을 발표하고, 1938년에 50편의 시를 실은 『無心』을 펴내게
된다. 이제껏 글쓴이가 조사한 바에 따르면, 그는 모두 101편의 시와 11편
의 동시, 3편의 시조, 4편의 단편소설, 8편의 수필, 그리고 6편의 비평을
남기고 있다(한정호 1998).[66]

포백 김대봉은 1908년 경남 김해에서 출생하여 동래고보를 거쳐 평양의
학전문학교를 졸업한 후 의원을 개업하여 진료하고 세균학 교실에서 연구
활동도 하였으며 『대중의학』을 주재하기도 하는 등 ① 의사로서 투철한 삶

---

63) 한정호(1995)에서는 각주 2로 처리되어 있다. 그것을 죄 옮긴다.
　　『맥』은 1938년 6월에 창간된 시전문지로 왜인들의 탄압에 못 이겨 통권 제5집을 내고 ― 이
　　가운데 제5집은 미확인―1939년 4월에 종간되었는데, 편집 겸 발행은 김정기였다. 제1집에
　　15명의 17편, 제2집에 19명의 22편, 제3집에 32명의 38편, 제4집에 29명의 38편, 제5집에
　　15명의 27편으로 모두 142편의 작품이 실려 있다. 이 잡지는 동인지 성격을 지니지도 않았
　　을 뿐 아니라, 또 특별한 유파를 내세워 문학인들을 제한하지도 않았다. 그런데 뜻밖에도 그
　　때의 동인 가운데 한 사람이었던 김상옥을 주축으로 하여, 폐간된 지 57년 만에 재창간
　　(1995. 12)되어 눈길을 끌고 있다.
64) 232~233쪽.
65) 본문에서는 각주 1로 처리된 자리다.
　　"의사시인 김대봉은 1908년 경남 김해에서 나서 동래고보를 거쳐 평양의전을 졸업했다.
　　1934년 고향 김해에서 의원을 운영하였고, 1937년 경성제대에서 연구활동을 하였으며, 그
　　이듬해부터 '중앙의원'을 운영하였다. 그러다가 그는 1943년 3월 환자로부터 발진티푸스가
　　전염되어 36세의 나이에 세상을 떠났다.
66) 9쪽.

을 살아간 인물이다. 그는 동래고보 재학시절 『조선일보』(1927. 9. 13)에 「농부의 노래」를 발표하면서 문단활동을 시작하였다. 1938년 6월에 창간되고 1939년 4월에 종간된 「맥」 동인으로 활동하였으며, 1938년 10월에는 이 동인지를 낸 맥사에서 시집 『無心』을 출간하였다. ② 평생을 시인이면서 의사로 살아간 그는 1943년 환자로부터 발진티푸스가 전염되어 짧은 생애를 마감하였다[67](고현철 1).

한정호(1995)는 앞에 올린 본문 말고도 논문 끝에 이르러 작품 연보와 함께 보다 꼼꼼한 작가 해적이까지 만들었다. 이부순의 논문에서는 밝혀내지 못한 자리다. 그런데 고현철의 기술을 잘 살피면, 그 연보까지 갈 것도 없이 한정호가 두 글에서 애써 마련해 둔 본문 내용을 신기할 정도로 잘 갈무리하고 있다. 김대봉의 생애 이력은 크게 둘로 나누어 볼 수 있다. 출생지·성장·학력·사망과 같은 일반 이력과 등단사항·동인활동·기타 문필활동과 같은 문학적 이력이 그것이다. 그런데 고현철의 김대봉 생애 이력에는 한정호의 연구 성과에서 더한 사항이 그 둘 다에 걸쳐 하나도 없다. 달라짐이 있다면, 한정호에 대한 간추림이 큰 얼개라는 점과 구체적인 명명이 필요한 부분에서 오히려 어름해졌다는 사실이겠다.[68] '세균학 교실'이니 '의원'이니 하는 것이 그것이다. 어느 학교의 세균학 교실인지, 병원명은 무엇인

---

67) 고현철 1의 본문에서는 각주 1(64쪽)이다. 그것을 죄 옮긴다.
　　작가의 생애에 대한 자세한 사항은 한정호, 「포백 김대봉의 삶과 문학」, 『경남어문논집』 제 7·8합집, 경남대 국문과, 1995. 12. 특히, 이 논문에서 작성하고 있는 「작가 해적이」를 참고하기 바란다. 다만 이 연보 가운데, 김해읍에서 의원을 개업한 연도가 이 논문의 본문과 달리 1935년으로 되어 있는데 본문과 같이 1934년으로 통일되어야 한다. 그리고 이 연보에서는 『동아일보』(1929. 10. 29)에 「무제」를 발표하여 등단한 것으로 되어 있는데, 이는 이후의 논문인 한정호, 「김대봉의 동시관과 동시 세계」, 『지역문학연구』 제3호, 경남지역문학회, 1998. 9.에서 『조선일보』(1927. 9. 13)에 「농부의 노래」를 발표하여 등단한 것으로 바로 잡혀져 있음을 이 자리에서 밝힌다.
68) 유일하게 한정호에서 덧붙여지고 있는 말마디가 ① "의사로서 투철한 삶을 살아간 인물", ② "평생을 시인이면서 의사로 살아간 그"다. 의사며 시인이었던 김대봉에 대한 수사적 췌사에 지나지 않는다.

지 한정호가 밝혀 둔 것에서 더 소홀하게 다룬 일이 특이하다면 특이
한 점이다. 그래야만 한정호의 연구 내용과 달라질 수 있을 법했던
까닭이겠다. 이른바 담론의 축소 재생산이다. 일이 이런 사정이니,
고현철로서는 읽는이들에게 무엇인가 새로운 생애 이력 사항이 연
구·'재조명'된 것인 양 꾸며댈 필요가 있었다. 그리하여 나타나게 된
것이 우스꽝스러운 각주 59), 곧 고현철 각주 1의 처리다.

　　작가의 생애에 대한 자세한 사항은 한정호,「포백 김대봉의 삶과 문학」,
『경남어문논집』 제7·8합집, 경남대 국문과, 1995. 12. 특히, 이 논문에서
작성하고 있는「작가 해적이」를 참고하기 바란다. 다만 이 연보 가운데, 김
해읍에서 의원을 개업한 연도가 이 논문의 본문과 달리 1935년으로 되어
있는데 본문과 같이 1934년으로 통일되어야 한다. 그리고 이 연보에서는
『동아일보』(1929. 10. 29)에「무제」를 발표하여 등단한 것으로 되어 있는
데, 이는 이후의 논문인 한정호,「김대봉의 동시관과 동시 세계」,『지역문
학연구』 제3호, 경남지역문학회, 1998. 9.에서『조선일보』(1927. 9. 13)에
「농부의 노래」를 발표하여 등단한 것으로 바로잡혀져 있음을 이 자리에서
밝힌다(고현철 1).[69]

한정호가 자신의 첫 글에서 놓쳤다가 다시 두 번째 글에서 등단작
으로 발굴해 바로잡았던「농부의 노래」에 대한 앞뒤 경과는 마땅하게
기술되어 있다. 한정호가 바로잡았다는 사실이 문맥 속에서 드러난
다. 그러나 그 앞에 실려 있는 대로, 김대봉이 "김해읍에서 의원을 개
업한 연도가 이 논문의 본문과 달리 1935년으로 되어 있는데 본문과
같이 1934년으로 통일되어야 한다"라고 쓴 월이 문제다. 얼렁뚱땅

---

69) 64쪽.

읽는이들이 속아 넘어가도록 쓰여져있다. "이 논문의 본문과 달리"에서 "이 논문"은 분명히 고현철을 뜻한다. 그 뒤에 이어진 "본문과 같이" 또한 고현철의 본문을 뜻한다. 그렇다면 김대봉이 김해읍에서 병원을 개업한 해가 "1934년으로 통일되어야 한다"는 생각은 고현철 자신이 "논문의 본문"에서 주장한 것이 된다. 말하자면 한정호가 저질렀던 연도 추정의 잘못을 고현철이 '재조명'해 바로잡은 연구결과를 보여준 것으로 처리된 셈이다. 그리고 그것이 자랑스럽게, 그것도 각주 맨 앞 1)번으로 제시되어 있다.

그런데 실상은 크게 다르다. 앞서 든 한정호(1995)는 김대봉이 고향에 돌아와 개업한 연도를 1934년으로 잡았다. "1934년 고향 김해로 돌아와 의원을 운영하면서 계속 작품을 쓰다가"라 적고 있다. 그러나 해당 논문 끝에다 작품 연보와 함께 붙인 생애 연보, 곧 '작가 해적이'에서는 "고향에서 돌아와 김해읍에서 의원 개업"한 해를 1935년으로 적어 두었다. 한 글 속에서 같은 사실을 놓고 그 기술에 차이가 생긴 것이다. 그리고 그 뒤에 쓰여진 한정호(1998)의 각주 1)에서 한정호는 "1934년 고향 김해에서 의원을 운영하였고"라 적었다. 말하자면 한정호가 세 차례 마련한 김대봉의 생애 기술 가운데서 연도 변증에 1934년 개업과 1935년 개업이라는 둘 사이 혼란이 나타났다.

따라서 고현철이 쓰고 있는 바 한정호의 생애 "연보 가운데, 김해읍에서 의원을 개업한 연도가 이 논문의 본문과 달리 1935년으로 되어 있는데 본문과 같이 1934년으로 통일되어야 한다"라는 월은 다음과 같이 마련되어야 했다. 곧 한정호의 생애 '연보 가운데 김해읍에서 의원을 개업한 연도가 그 본문 쪽 1934년과는 달리 뒤의 작가 해적이에서는 1935년으로 쓰여져 있다. 그리고 그 뒤 쓴 한정호(1998) 각주에서는 1934년으로 적혀 있다. 개업 연도를 두고 한정호의 생각

에 혼란이 있어 보인다. 그러나 뒤에 쓰여진 한정호(1998)에서 1934
년으로 쓰고 있는 것을 보니, 앞선 글의 작가 해적이에 실렸던 1935
년은 1934년의 실수로 보인다. 따라서 내(고현철) 글에서는 1934년
개업 연도를 따랐다'가 그것이다. 그런데도 고현철은 그러한 사실을
밝히지 않고, 자신이 김대봉의 개업 연도를 바로잡는 '발굴'이나 '재
조명'을 한 것으로 슬그머니 적어둔 것이다. 고현철이 마련해 둔 월과
내가 바로잡아 본 월 사이에 얼마나 큰 뜻 차이가 있는가.

이러한 글 처리가 속임수가 아니라고 고현철은 우길지 모른다. 그
럴 경우를 생각해서 고현철에게 한 가지 묻겠다. 어느 것이 옳은 연
도냐 하는 사실 확인 문제는 뒤로 미룬다. 김대봉이 고향 김해읍에
내려와 개업을 했으며 손수 "통일되어야 한다"고 고현철이 썼던 바,
그 1934년이나 1935년이라는 해는 어떠한 터무니에서 나온 생각인
가 명료하게 답변해보기 바란다. 만약 답변하지 못한다면 고현철이
김대봉 작가 생애 부분에서도 한정호의 연구에서 한발도 벗어나지
못하고 짜깁기했다는 증거가 될 참이다. 해당 연도는 그 표기에서 나
타난 잘잘못을 떠나서 오로지 한정호에 의해, 그리고 그의 논문에서
만 세 차례 기록으로 밝혀져 있을 뿐인 사실이다. 고현철은 그러한
점들을 인용이나 각주 처리를 통해 밝히지 않았다. 그러면서도 굳이
불필요한 자리에 슬며시 1)과 같은 잘못된 각주를 달아 논문 격식을
갖춘 글이라는 분위기까지 더하고자 했다. 연도 확정이 자신의 힘으
로 '통일'된 것인 양 읽는이를 속이려 들었다.

"선행연구인 발굴논문의 오류를 정정 및 보완하고 이를 통해 새로
운 사항들을 새롭게 밝혀내는 재발굴논문은 발굴 논문 못지않게 의
미가 있다"고 줄곧 강변하고 있는 이가 고현철이다. 그로서는 김대봉
의 삶에 대한 "오류 정정"이나 '보완'은커녕, 오히려 선행 연구의 성
과조차 제대로 반영하지 않았을 뿐 아니라 영향관계를 오히려 얼렁

뚱땅 왜곡하는 버릇만을 거듭했다. 이미 잘못된 지역시인 규정을 김대봉에 적용시킨 데 따른 문제점은 앞에서 본 바와 같거니와, 김대봉의 삶에 대한 앎마저도 짜깁기에 기대 씌어지다 보니 심각한 문제점이 고현철 글 곳곳에 도사리고 있음을 다시 한번 살핀 셈이다.

6. '논문 게재 심사'와 불투명성의 증폭

이제 열네째 단락이다. 고현철의 논문 게재 심사의 의심스러운 경과와 관련하여 조심스럽게 해명을 요구한 나에 대한 반박으로 이루어져 있다. 먼저 내가 고현철에게 반론문을 통해 건넨 해당 물음을 옮긴다. 이어 고현철의 재반박문 자리도 보인다.

열두째, 자신의 글이 "세 명의 전공심사위원으로부터 엄격한 심사를 받은 뒤" 게재 결정이 이루어진 것이라 고현철은 반박문에 적고 있다. 나는 고현철의 글이 스스로 의도한 바 "'발굴과 재조명' 한 결과가 거의 없이 선행 연구에 고스란히 기대고 있어" "제대로 된 심사였다면 게재 결정"이 어려웠을 법하다고 적었다. 그 심사위원과 심사서, 그 경과를 죄 공개하라고 요구하기란 학회 관행으로 볼 때 어려운 일이다.

① 다만 자신이 학회 총무로서 심사를 의뢰하여 "엄격한 심사"를 했다고 말하고 있으니, 그 세 전공 심사위원 가운데서 자신이 몸담고 있는 부산대학교나 부산·경남 지역에서 벗어난 곳에서 일하는 심사위원이 한 사람이라도 있었기를 바랄 뿐이다. 그러면서 한 가지만 묻겠다. 자신의 논문이 ② "엄격한 심사"를 거친 뒤 "게재 판정을 받아서 게재"했노라 말하고 있는 고현철의 말은 예사로 보면 심사위원 세 사람 모두에게서 '게재 가' 판정을 받은 것으로 읽힌다. 사실이 그런지 매우 의심스럽다. 두리뭉실하게

"게재 판정"이라 표현하지 말고, 그 세 사람이 내린 '판정'의 결과를 밝혀 주기 바란다. '게재 가', '수정후 게재', '게재 불가(반려)'와 같이 한국 어문학회 논문심사에서 널리 쓰이고 있는 공통의 잣대가 그것이다(박태일 2).

박태일 교수는 내 눈문이 한국학술진흥재단 등재 후 학술지『한국문학논총』의 ③ 심사규정에 따라 지역이 각각 다른 세 명의 전공 심사위원으로부터 엄격한 심사를 받아 '게재' 판정을 받아서 게재된 것임을 밝혔는데도 불구하고, '게재', '수정후 게재', '게재 불가'라는 표현이 있는데 이 가운데 무엇인가를 묻고 있다. 참으로 어처구니가 없다. 우선, ④ 자신이 무슨 권리로 이것을 묻는가. 또 내가 그런 것까지 대답할 의무가 있는가. 학회 활동을 하는 사람이라면, '게재'는 '게재'고 '수정후 게재'는 '수정후 게재'고 '게재 불가'는 '게재 불가'인 줄을 누구나 다 안다. 그리고 ⑤ '게재'는 심사위원 가운데 세 명 모두 '게재'와 두 명 '게재' 한 명 '수정후 게재'의 경우에 해당한다. 자신도 학회 활동을 하는 사람으로서 어떻게 이런 것을 모르는 척할 수 있는가. 그리고 지역이 각각 다른 세 명의 심사위원이라면, 당연히 부산·경남 지역 외의 다른 지역 심사위원이 포함되어야 가능하지 그렇지 않다면 어떻게 가능하겠는가. 학술지『한국문학논총』 부록에 첨부되어 있는 '한국문학회 논문심사' 규정을 보면, 심사위원은 논문의 주제와 관련된 전문학자라는 규정이 있고 그 중에서도 심사위원에 선정될 수 있는 자격이 규정되어 있고 또한 ③ 심사위원의 지역별 안배라는 규정이 있다. 박태일 교수는 학계의 이런 사항을 모르는가(고현철 3).

고현철의 글이 실린『한국문학논총』은 투고되었을 때, 총무가 그것을 모으고 회장이 편집위원회에 심사를 맡긴다. 고현철의 글은 내가 썼듯이 "스스로 의도한 바 '발굴과 재조명' 한 결과가 거의 없이 선행 연구에 고스란히 기대고 있어 "제대로 된 심사였다면 게재 결정"이 어려웠을 법한 글이다. 문제는 제대로 된 심사였는가 아닌가라는 데 있다. 그러나 이 문제는 학회 안쪽 일이다. 관련자 말고는 속내를 알기 힘들다. 학회에서는 공개/비공개 여부와 그 수준에 대한 규정을 마련해 두고 있다. 다만 고현철 스스로 ③ "지역이 각각 다른 세 명의 전공 심사위원으로부터 엄격한 심사를 받아 '게재' 판정을 받아서 게재된 것이라 말했다. 그런데 그 점이 의심스럽다. 자신이 총무로 일하고 있었으니, 무엇보다 '게재'에 따른 결과 부분은 밝힐 수 있지 않겠는가 하는 뜻에서 물었던 것이다.

왜냐하면 고현철의 글 경우는 들리는 바에 따르면 세 사람의 심사위원들로부터 '게재 가'(게재), '수정후 게재'(수정), 그리고 '게재 불가'(반려)로 각각 판정을 받았다 한다.[70] 그런데 심사위원회의 '종합 심의하여 최종 게재 여부를 결정'(한국문학회 논문심사 규정)하는 과정에서 '수정후 게재(수정)'로 결정되어 게재가 되었다는 이야기다. 만약 이런 소문이 사실이라면 고현철이 당당하게 밝히고 있는 바와 같이 "'게재' 판정을 받아서 게재된 것"과는 사뭇 큰 차이가 있다. 게다가 심사위원회에서 규정에 따라 고현철이 통지했을 '수정 내용'을 본인은 어떻게 했을까도 궁금한 사항이다. 그 통지도 총무인 고현철이 자신에게 했을 터이니 말이다. 심사를 거쳐 논문집에 실려 있는 고현철의 얌체 글을 읽어본 사람 입장에서는 그 일의 경과가 몹시 궁금하지 않을 수 없다. 그리고 고현철의 글을 심사했을 세 사람의 심사위원이 투고자 고현철의 연고지를 중심으로 기울어지게 짜일 수도 있는 일이다. ①과 같이 경남·부산지역을 벗어난 심사위원이 한 사람이라도 있었기를 바란다라고 내가 썼던 까닭이다.

---

70) 심사 결과 '게재불가(반려)'가 한 사람이라도 나올 경우, 거의 모든 학회에서는 게재 불허를 규정으로 삼고 있음을 참고로 적어둔다.

　그런데 고현철은 목소리를 드높여 항변하고 있다. 말하자면 ⑤ "'게재'는 심사위원 가운데 세 명 모두 '게재'와 두 명 '게재' 한 명 '수정 후 게재'의 경우에 해당한다"가 그것이다. 월 짜임이 요상하나, 뜻을 새겨보자면 한국문학회 심사규정을 따르면 최종 논문 게재가 결정되는 경우는 둘이 있다. 심사위원 세 명 모두에게서 '게재 가'(게재)를 받아 실리는 경우가 그 하나다. 두 사람에게서는 '게재 가'(게재)를 받고, 나머지 한 사람에게서는 '수정 후 게재'(수정)를 받는 경우가 그 둘이다. 이 두 가지 경우에만 게재가 결정된다는 뜻이다. 그리고 고현철 경우는 앞선 두 경우 가운데 어느 하나에 해당된다는 말이겠다. 들리는 소문과 같이 고현철이 '게재 가'(게재), '수정후 게재'(수정), '게제 불가'(반려)를 받은 것이라면, 이 경우는 고현철의 답변과 달리 게재가 될 수 없다. 어떻게 실렸을까. 그 심사결과와 처리문제는 이제 더욱 궁금한 일이 된 셈이다.

　그리고 고현철 글이 실릴 무렵 한국문학회의 '논문심사 규정'과 '논문투고 규정'에는 고현철이 적고 있는 바와 같이 "지역이 각각 다른 세 명의 전공 심사위원"에게 심사를 맡긴다는 규정은 어디에도 없다. 관련되는 항으로는 '논문심사 규정' 제4조 ④에 "심사위원은 한 해 동안 간행되는 학술지 전체를 기준으로 지역별로 고르게 안배가 되도록 선정한다"가 있을 따름이다. 말하자면 "지열별로 고르게 안배 되도록"이라는 권고 규정이 있을 뿐이지, 고현철이 목소리 높여 말하고 있는 바와 같이 ③ "지역이 각각 다른 세 명의 전공 심사위원"에게 심사를 맡긴다는 규정은 없다. 그런데도 고현철은 자신의 글이 "심사 규정에 따라 지역이 각각 다른 세 명의 전공 심사위원으로부터 엄격한 심사를 받아 '게재' 판정을 받아서 게재된 것"이라는 거짓말을 하고 있다.

　한국문학회 규정에서는 심사위원 명단 공개 금지와 심사 논문 평가에 대한 직무상 비밀 준수를 의무 사항으로 삼고 있다. 밝힐 수 없는 일이다. 하지만 이와 같이 고현철 글 게재에 따른 학계의 심사 결과에 대한 소문에다, 학회 게재 조건 규정과 실제 게재 사이에 가로놓인 거리가 환하다. 게다가 그 심사위원 짜임에서도 "지역이 다른 세 명의 전공심사위원"이라는 학회 규정에도 없는 말을 둘러대 고현철은 자신의 글 게재가 매우 마땅한 것이었음을 강조하려 들었다. 그러니 이제는 최소한 자신의 글 게재에 심사를 맡았던 그 세 심사위원의 지역별 분포는 물론 소문의 진상 수준까지는 스스로 밝혀야 하게 된 셈이다. 고현철은 ④와 같이 "무슨 권리"로 심사와 관련된 사항들을 내가 자신에게 묻는가라고 되묻고 있다. 바로 이와 같이 앞뒤 말이 다르고 거짓말까지 보태니, 학회지에 발표된 글을 읽고 같은 "학회 활동을 하는" 한 사람으로서 어찌 궁금하지 않겠는가.[71]

7. 김대봉에 대한 관심의 두 방향

마지막 열다섯째 단락이다. 죄 옮긴다.

박태일 교수가 설사 또 다른 사항을 들고 나오더라도 내가 거기에 일일이 답변할 의무는 없다. 박 교수도 김대봉의 시에 대하여 많은 관심을 갖고 있는 것으로 보이는데, 지금까지 쓰여진 몇 편의 김대봉에 대한 논문에 새롭게 추가하고 보완할 사항이 있으면 학계의 일정한 절차를 거쳐 게재가 되는 학술지의 논문을 통하여 해주면 관심 있는 동학과 후학들에게 도

---

71) 게다가 고현철은 게재 결정 과정을 잘 알 만한 사람인 내가 자신의 게재 결정 결과에 대하여 "모르는 척 할 수 있는가 했다." 그것은 모르는 척한 게 아니다. 고현철이 한국문학회 총무로 일하기 앞서 그런 규정을 처음 만들었던 시기에 내가 한국문학회 총무로 일했던 까닭에 염려스러워서 짚은 것일 따름이다.

움이 될 것으로 생각한다.

고현철은 내가 "설사 또 다른 사항을 들고 나오더라도" "거기에 일일이 답변할 의무는 없다"고 말하고 있다. 자의적으로 내 글을 또 왜곡했다. 나는 「지역문학의 현실과 과제」에서 이미 다룬 고현철 관련 내용을 제쳐두고 "또 다른 사항을 들고" 나온 적이 없다. 이제껏 이어진 두 차례의 반론문을 포함하여 이 글 또한 마찬가지다. 게다가 특별한 경우가 아니라면 앞으로도 그럴 생각은 없다. 보기를 들어, 고현철의 글 속에 들어 있는 바 국어국문학 전공 교수의 글이라고는 생각하기 힘들 정도로 많은 교정 잘못과 비문·오문 문제를 두고 그것을 '수정·보완'하여 '재조명'하는 일이라든가, 이번에 문제가 된 「일제 강점기 부산·경남 지역 시인 발굴 및 재조명 연구 ― 김대봉의 재발굴 및 재조명」은 제쳐두고, 가까운 시기에 이루어진 고현철의 다른 암체연구로 옮겨가는 일과 같은 것이다.

1) '결론'의 피상성과 발뺌

본디 「지역문학의 현실과 과제」에서 제기했던 문제는 물론 앞선 박태일 2에서 질문 형식으로 내놓았던 12가지 사항에 대하여 하나하나 답하지 않았던 이가 고현철이다. 이번 재반박문에서는 앞에서 내가 죽 살펴온 바와 같은 4가지[72]만 선별해 밝히는 형식을 취했다. 그러다 보니 앞서 제시된 나의 12가지 물음 가운데서 그 정·부당성 여부와는 관계없이 호의적으로 답변이 이루어진 것으로 볼 수 있는 항은 모두 6개[73]에 지나지 않는다. 나머지 6개에 대해서는 한마디 없이 그

---

72) 한정호 연보 짜깁기 문제, 내용 폄하와 관련된 여러 문제점들, 지역시인 규정 잘못, 논문 게재 심사의 불투명성.

낭 건너뛰었다. 고현철이 답하기 쉽도록 구체적이고도 단답형으로 마련된 물음이었다. 당당하게 답변했더라면 논의가 더욱 생산적이었을 것이다.

고현철이야말로 내 간명한 물음에 대한 답변 요구를 묵살했다. 게다가 앞선 이저 곳에서 살폈듯이 자신의 본디 글에 없었던 조건들을 끌고 들어와 우기고 있다. 그러니 내가 또 다른 사항을 들고 나올 것이라는 지레짐작으로 부담을 느끼지 않았으면 좋겠다. 이번 글에서 내가 고현철의 재반박 내용에 따라 되짚고 되물었던 사항들은 크게 네 가지였다. 이것들에 대한 재해명에다 앞서 내 반론문에서 묵묵부답이었던 여섯 가지 물음에 대한 답변만이라도 다음 기회에는 제대로 마무리해 봄이 어떨지 고현철에게 은근히 권해 본다. 당당하게 물어준다면 당당하게 답하겠다고 말하는 자세가 자신의 학문적 정당성을 널리 인정받았다고 서둘러 둘러대고 있는 고현철이 보여줄 마땅한 자세가 아닌가.

그런데 고현철은 내 물음에 자신이 "일일이 답변할 의무는" 없다고 적었다. 내 물음에 답변하고 하지 않고는 고현철 개인이 지닌 자유다. 그러나 발뺌으로 끝날 일이 아닌 성싶다. 마땅히 고현철은 처음 문제 제기자인 나를 향해 답변해야 할 의무가 있다. 자신이 쓴 글에 대한 내 문제 제기가 크게 잘못되었다고 생각하고 있는 고현철로서는 답변 못할 아무런 까닭이 없다. 더 무거운 답변 대상이 있다. 현실적이든 잠재적이든 고현철이나 나와 마찬가지 일을 하고 있는 학문 공동체의 동료들이다. 그들에 대한 답변이야말로 사실은 나에 대한 답변보다 훨씬 무겁다. 왜냐하면 고현철 스스로 엄정한 학자연하고 있으며, 앞으로도 그렇게 살 사람인 까닭이다. 또 있다. 인문학의 위

---

73) 첫째, 둘째, 셋째, 넷째, 열한째, 열두째 물음.

기담론이 널리 퍼져 있는 이 시대에도 아직까지 문학연구가 뜻있는 일이라는 기대를 버리지 않고 있을, 그러나 눈에 띄지는 않는 그 많은 보통 사람들이 세 번째다. 두렵고도 고마운 이들이다. 고현철은 일의 경중을 혼돈하지 말아야 할 듯싶다.

그리고 고현철은 "박교수도 김대봉의 시에 대하여 많은 관심을 갖고 있는 것으로 보이는데"라고 썼다. "김대봉에 대한 논문에 새롭게 추가하고 보완할 사항이 있으면 학계의 일정한 절차를 거쳐 게재가 되는 학술지의 논문을 통하여 해주면" 좋을 것이라고 친절하게 권하기까지 하면서 딴전을 피웠다. 그런데 내가 문제 제기한 것은 고현철이 스스로 이루어 내겠다고 한 연구 논제와 그 방법에도 불구하고 턱없이 길에서 벗어난 채 선행 연구에 대한 짜깁기와 그에 따라 온통 얼룩져 있는 얌체 연구 결과물이다. 스스로 내놓은 논리 안에서 나타나게 된 자가 당착을 짚은 것이다. 한 연구자로서 내가 김대봉 시인을 어떻게 보는가, 내가 김대봉론을 쓴다면 어떻게 쓸 것인가 하는 관점의 문제가 끼어들 자리가 아니다.

거듭하거니와 내 본디 글과 이어진 반론에서 "문제 제기의 기본 전제"는 주장을 펴거나, 관점 차이에서 나타나게 된 이론의 우열, 정·부당성을 따지는 논쟁이 아니다. "김대봉에 대한" "새롭게 추가하고 보완할 사항"과는 자리가 완연히 다르다. 다만 이번 재반론문에서는 김대봉 연구에 앞선 연구자들, 곧 이부순과 한정호 게다가 고현철이 모두 변죽만 울리고 있는 김대봉의 의사 체험시 경우에 내 생각의 한 가지를 슬몃 끼워 넣어 보았을 따름이다. 사실 고현철이 내놓은 글이 중요한 연구 결과거나 내적·외적 타당성을 두루 갖춘 바 엄격한 논문이었더라면 얼마나 좋았을까. 나와 생각이 다른 자리는 즐겁게 반론을 펴서 내 생각을 키우고, 내가 기워줄 수 있는 자리는 기꺼이 기워주는 논문을 생각했을 것이다. 착각이 이어지지 않기를 바란다.

일이 그러했으니, 마침내 고현철의 '결론'은 피상적인 동어반복으로 한결같다. 고현철의 학자적 가설은 어디로 숨었는지 어디에도 보이지 않는다. 능력에 문제가 있더라도 논점을 잘 잡고 선행연구에 대한 비판적 안목을 제대로 키운 다음, 마땅한 가설을 세워 연구에 이른다면 굳이 새로운 연구 결과를 얻지 못한다 할 수 없다. 그런데 고현철의 경우는 그와 차원이 다른 문제였다. 학자적 양식과 윤리란 문제에 깊이 연관되어 있는 것이어서 심각성이 크다. 게다가 고현철은 그 점에 대한 학문적 부끄러움이 하나도 없다. 사태가 더욱 무거운 것이다. 그러다 보니 '결론'이 얼토당토않게 거의 '서론'의 재탕으로 버젓이 올라 있다. 이제 고현철 '결론'을 죄 옮긴다. 그리고 자신의 글이 지니고 있는 의의를 강변하고 있는 이번 재반박문 부분도 함께 올린다.

본 연구는, 한국문학사에서 누락된 역량 있는 문인을 발굴하여 재조명함으로써 한국문학의 지형을 넓혀 새로 짜고 그 연구를 심화시키는 데에 기여하고자 하여, 일제 강점기 부산·경남 지역 시인 발굴 및 재조명 연구의 일환으로 김대봉을 재발굴하여 재조명한 연구이다. 그 연구의 결과를 간략하게 정리하면 다음과 같다.

첫째, 기존에 작성된 김대봉의 시작품 연보의 오류를 몇 유형으로 나누어 밝히고 그 연보를 정확하게 재작성함으로써, 김대봉의 시에 대해 올바로 접근할 수 있는 기초작업을 새롭게 하였다.

둘째, 김대봉이 펴낸 유일한 시집인 『無心』의 구성원리를, 각 부의 시세계와 그 바탕이 되는 미학이 연관되어 구분되고 있다는 점을 바탕으로 하여, 자세히 밝혀내었다.

셋째, 시집 『無心』의 구성원리와 시작품 연보를 연관시켜 시집의 각 부에 수록되어 있는 시작품의 원래 발표 및 창작 시기를 견주어 살펴보고 또한 시집에 수록되어 있지 않은 시작품의 경우도 비교함으로써, 김대봉의 시세계의 공시적 다양성을 밝혀내었다.

넷째, 김대봉의 시세계의 공시적 다양성을 내용적인 측면과 형식적인 측면의 상관성에 입각하여, 현실주의 성향의 동시·비극적 정조의 단시·이향과 향수의 시·의사 체험의 시·무심과 심적의 시·결단과 비장함의 시·역사의식이 두드러진 시 등 크게 7가지로 구분하여 자세히 살펴보았다.

다섯째, 김대봉 시의 시사적 의의를, 1930년대의 시적 지향에서 다양한 시적 성향을 탐색한 점과 현실주의 성향의 동시의 모범적인 사례를 남긴 점 그리고 한국 근현대시사에서 의사 시인의 한 원형으로서 의사 체험 시라는 독특한 시적 지향을 보인 점 등으로 파악하였다.

일제 강점기 부산·경남 시인 발굴 및 재조명 연구의 일환으로 김대봉을 재발굴하여 재조명한 본 연구는, 연구의 후속 연구과제로 일제 강점기 이후로 그 시기를 확대하여 부산·경남지역의 시인들을 재조명할 수 있는 토대가 마련될 것으로 기대된다. 그리고 다른 지역에 이와 유사한 연구를 할 수 있는 충분한 계기와 그 틀을 마련해 줄 것으로 기대된다. 따라서 부산·경남지역의 시인을 재발굴하여 재조명하는 본 논문과 같은 연구는, 지역 문학인의 재발굴 및 재조명을 바탕으로 함으로써 지역문학은 물론 한국문학 전체에 균형 잡힌 지형을 구성한 바탕 위에 풍요로운 연구가 이루어질 수 있도록 하는 밑거름이 될 것으로 기대된다(고현철 1).[74]

발굴논문(한정호의 논문)의 작품 연보의 오류를 정정 및 보완한 데다가 원칙에 의하여 작품연보를 새롭게 재작성하고 나아가 이를 바탕으로 하여 시세계의 동시적 다양성, 시집 구성의 원리와의 연관성, 시사적 의의까지

---

[74] 「7. 결론」 전문, 86~87쪽.

새롭게 밝혀내고 고찰한 내 논문은 그래서 재발굴논문으로서의 역할을 충실히 하고 그 중요성을 부각시킨 것이 된다(고현철 3).

고현철 3에서 따온 진술로 볼 때 그 위에 길게 따놓은 '결론'의 내용은 과연 어떤 학술적인 의의를 지니는 결과일까. 구체적인 내용 진전이 없이 동어반복 수준이라고밖에 할 말이 없다. 게다가 앞서 든 바 있는 '서론'의 문제 제기나 연구 목표에 대한 진술 내용과 '결론' 진술 사이에 얼마마한 학술적 편차가 있는가를 고현철은 잘 따져 보아야 할 마련이다. 이것이 연구 결과라면 무엇을 파들어 어떤 연구를 이루었다는 말인지 궁금할 따름이다. 경남·부산 지역시인으로서 1930년대 여느 시인과 다른 김대봉 시의 독특한 됨됨이와 그 위상에 대한 '발굴'과 '재조명'이 이루어지지 않아, '결론'의 진술 자체가 겉치레 일반론에서 멀지 않다. 선행연구에서 더 깊어지거나 새롭게 나아간 성과가 무엇인가를 묻기가 힘든 자리로 여겨지니 안타깝다 할 따름이다.

2) 논문 발굴에서 작가 발굴로

내가 자신의 글에 보여준 관심이 고현철로서는 부담스러울 것이다. 사실 내 제자 가운데 한 사람인 한정호 교수가 박사과정 1학년 때 쓴 논문을 크게 '재발굴'해 주어서 나로서는 고마운 일이다. 그런데 그 속내가 제자 보기에 부끄러운 경우였다. 그냥 넘어갈 수 없었다. 세상 사람들이 속속들이 관심을 가지면 가질수록 글쓴이가 부담스럽고 부끄러워질 글을 그냥 묻어버릴 수 없었다. 고현철이 내게 해준 말과 같이 내가 김대봉과 "김대봉 시에 대하여 많은 관심을 갖고 있는 것"은 너무나 당연한 사실이다. 그러나 말을 뭇이 아니라는 판단이 서면

남의 연구에 엉거주춤 붙어 서지는 않을 만큼 그 연구 대상과 기존 연구자들에 대한 상식적인 예의는 지니고 있다. 그 이룬 바에 견주어 세상에 알려져 있지 않은, 그래서 발굴을 기다리고 있는 문학인을 다루는 경우는 그렇지 않은 이들보다 더욱 엄밀하게 남다른 공을 들여 다가서고 따져야 될 일이다. 그럴듯한 욕심만으로 이저리 기웃거리며 침을 발라보다 지나쳐 갈 자리가 아니다.

어느덧 김대봉에 대한 내 관심을 고현철도 짐작하고 있는 듯하니, 이번 기회에 개인적인 이야기를 조금 덧붙이겠다. 나는 일찍부터 지역문학의 필요성을 자각하고 관련 자료를 모아오던 사람 가운데 하나다. 한정호(1995)와 한정호(1998)를 쓴 한 교수와 나는 앞서 얼핏 보인 바와 같이 사제의 연을 가지고 있다. 학부를 거쳐 석사 과정에서 나와 인연을 같이했던 그가 대학원 박사과정에 입학했던 해는 1995년이었다. 입학과 더불어 김대봉 연구의 필요성을 이야기하고 김대봉 관련 자료와 정보를 처음으로 한정호에게 귀띔해준 사람이나다. 그리하여 한정호가 여러 차례 자료를 찾고 연보를 만들고 삶을 되살리기 위해 고향 김해로 명지로, 아니면 그가 활동했던 서울로 오르내리면서 많은 '발굴'을 할 수 있도록 격려하고 곁에서 뜻을 같이한 처지다. 그러니 고현철과 같이 스스로 내놓은 연구 과제를 감당할 수 없어 허겁지겁 남의 연구물을 슬쩍 끌어들이다 어려움을 겪게 된 바, 작가에 대한 상식 밖의 관심과는 처음부터 차원이 다른 '관심'을 가지고 있었던 셈이다.

박사과정 1학년 때 쓴 논문이 교수 고현철에 의해 8년 만에 크게 '재발굴'되는 영광을 누릴 만큼 뛰어난(?) 김대봉론을 쓴 제자 한정호가 곁에 있다. 내가 무엇하러 김대봉론을 새삼스럽게 넘본단 말인가. 고현철이 '발굴'이니 '재발굴'이니 헛말을 날렸으면서도 한 편도 발굴해 내지 못한 김대봉의 작품을 그는 어느새 36편이나 조용히 더 발굴해 갈무리해 두었다. 게다가 생애 연보도 고현철이 끌어다 쓴 두 편 논문 뒤로 한껏 기웠다. 김대봉 연구에 적임자며 가장 앞서 나간 연구자다. 모름지기 한정호 교수가 뜻한 바 『김대봉 전집』이 빨리 나올 수 있도록 고현철도 마음으로 도와줄 것을 믿는다. 나는 김대봉 연구가 아니라도 일이 겹겹인 마당이다. 내가 엮은 『가려뽑은 경남·부산의 시 ① 두류산에서 낙동강에서』를 고현철도 읽어 보았으니 한 번 더 그 사실을 떠올려 주기 바란다. 거기서 장차 '발굴'과 '재조명'이 이루어져야 할 이로 변죽을 울려둔 지역시인만도 스물이 넘는다.

8. 마무리

이제까지 「박태일 교수에 답하는 글」의 열다섯 개 단락 순서를 따라가면서 고현철이 묶어서 해명했던 문제항 네 가지와 머리말·마무리를 포함하여, 모두 여섯 장으로 글토막을 나누어 내 생각을 담았다. 그 과정에서 고현철 2, 고현철 3의 해명이 지니고 있는 허구와 고현철 1 본문에 가까이 다가서 얌체연구로 얼룩투성이인 속내를 보다 꼼꼼하게 들여다볼 수 있었다. 게다가 내가 앞서 제기한 문제점을 더욱 뚜렷이 하면서, 고현철의 재반박에 대한 구체적인 되물음까지 이루어졌다. 먼저 짚어나온 바를 줄여 보인다.

첫째, 고현철이 신문에 실린 반박 투고문으로 자신의 학문적 정당성을 인증받았음을 둘러대고 있는 데 따른 문제 제기다. 짜깁기 연구 파문 기사가 실려 이번 논란을 공식화한 『국제신문』 지상에 당사자인 고현철의 기명 투고 반박문은 실렸으나 문제를 제기한 내 반론문은 실리지 않았다. 이 일을 고현철은 정당성 인증의 도구로 삼았다. 상식에 어긋난 이 착각으로 말미암은 바가 신문사 기자의 기사문과 독자 투고문, 둘 가운데서 어느 것이 신문사 쪽에서 볼 때 공신력을 갖춘 글인가라는 인식 문제였다. 이에 대하여 나는 기자에 의해 이저런 객관적 검증과정을 충실히 거친 다음 실리게 된 처음의 기사문이 더욱 공신력이 있는 글임을 고현철에게 여러 길로 깨우쳐 주었다. 그리고 자신의 학문적 정당성을 읽는이들에게 서둘러 기정사실로 둘러대지 말고 세상이 납득할 만한 방법으로 얻을 것을 권했다. 제기된 문제만이라도 또박또박 빠뜨리지 않고 답변하는 일이 그 처음이다.

둘째, 고현철 1은 한정호의 작품 연보를 고스란히 짜깁기하였다. 그것으로 자신의 연구를 감당했음을 밝힌 내 문제 제기에 대한 고현철의 해명에 큰 잘못이 있음을 보인 자리다. 고현철은 한정호의 작품 연보에서 한 편도 더 발굴해내지 못한 처지다. 보통 연구자와는 거꾸로 한정호 연보에 매달려 영인본 자료 14종에서 김대봉 작품들을 찾아내고 그 속에서 한정호의 실수와 출판 교정의 잘못, 연보 작성자의 관점 차이로 나타나게 된 바, 자구 단위에 머무는 스무 가지 수정·보완 사항을 거듭 '재발굴'이라 부풀리면서 자신의 작품 연보 짜깁기 사실을 부정하고자 했다. 그러나 나는 고현철이 재작성한 연보의 속내를 속속들이 짚으면서 그 안에 담긴 왜곡과 과장, 비학문적인 노림수를 하나하나 살폈다. 고현철이 연보 짜깁기를 바탕으로 이루어진 겉치레 암체연구일 수밖에 없는 밑뿌리를 드러낸 셈이다.

셋째, 고현철 1이 짜깁기로 말미암은 것이 아니라 매우 의의 있는 연구 내용임을 항변한 데 따른 나의 반론이다. 나는 짜깁기가 연보에만 걸리는 것이 아니라 본문 내용에도 덕지덕지 나타나고 있으며, 선행 연구로부터 받은 그러한 일방적인 영향관계를 숨기기 위해 고현철의 어름한 글에 드러나게 된 자의적인 왜곡과 자기 모순, 논리 오류를 본문 전개에 따라 하나하나 짚었다. 곧 헛말에 그친 '연보 활용', 작품 부별 편성이라는 시집 간행 무렵 시인의 의도와 작품이 발표된 실제 시기 사이의 시간적 차이를 깨닫지 못한 '시집 구성원리' 파악의 잘못, 그로부터 말미암은 김대봉의 '시적 지향' 곧 '공시적 다양성' 설정에 나타난 잘못과 왜곡, 겉치레 흉내에 머문 '내용과 형식의 상관성', 거기다 피상적인 일반화로 한결같은 '시사적 의의' 인식과 같은 것이다. 고현철의 내용에 죄 걸쳐 이루어진 일이다. 앞선 박태일 1과 박태일 2에서는 깊이 들어서지 않았던 밑자리까지 밝혀진 까닭에 고현철로서는 앞으로 꼼꼼하게 답변해야 할 문젯거리가 더욱 많아졌다.

넷째, 지역문인 규정의 잘못을 두고 고현철이 해명한 자리다. 고현철은 시인의 태생지·주거지에 초점을 두는 속지주의 입장에서 스스로 성글고도 어름한 지역문인 규정을 내렸다. 거기에다 경남 김해에서 태어나 평양에서 한때 머문 적이 있긴 하지만, 서울 지역에서 거주하며 중요한 문학적 생애를 죄 보내면서 활발하게 활동했던 김대봉을 귀속시키고자 했다. 그런 까닭에 엉뚱하게 고현철의 연구 대상인 김대봉은 경남·부산 지역문인이 아니라는 자가당착에 빠지게 된 것이다. 고현철은 이에 대하여 발표 매체의 소재지나 작품 안에 드러나는 바 고향지역에 대한 강한 작품 내적 친연성을 새롭게 지역문인 규정의 조건으로 끌어들이면서 자신의 김대봉 귀속에 잘못이 없음을 둘러대고자 했다. 나는 그러한 혼란이 김대봉의 생애마저도 한정호의 짜깁기에 얼기설기 기댈 수밖에 없었던 고현철의 얕은 김대봉 이해 수준에서 말미암았음을 짚으면서 해명의 허황됨을 일깨웠다.

다섯째, 논문 게재 심사의 불투명성 문제다. 엄격한 심사였더라면 논문집에 실리기 힘들었음 직한 고현철 1의 게재로 말미암았던 내 의문에 대하여 고현철이 마련한 해명 자리다. 이곳에서 고현철은 목소리를 높여 자신의 논문 게재가 학회의 명료한 심사규정에 따라 엄격하게 이루어진 것이라 다시 한번 밝혔다. 그러나 고현철의 이번 해명에서는 학회에서 마련한 최소 게재 조건과 다른 게재 판정을 받아 실렸음이 밝혀졌다. 떠도는 소문과 다른 게재 심사 결과도 문제다. 더 나아가 학회 게재 규정에 없는 거짓 조건까지 끌어들였다. 자신의 논문 게재 심사가 투명하게 이루어졌음을 주장해야 할 자리에서 오히려 그 불투명성과 의문만을 더욱 키워놓고 만 셈이다. 해당 학회는 심사 과정과 심사 결과의 비공개를 원칙으로 삼고 있다. 그럼에도 이제 고현철에게는 스스로 공개 가능한 수준까지 심사 과정과 그 결과를 간명하게 밝혀야 할 새로운 일거리가 주어졌다.

여섯째, 자신의 글에 대한 관심을 두고 고현철이 느끼고 있을 불편한 마음자리를 짐작해 내 생각을 펼친 자리다. 내가 새로운 의제를 끌고 들어와 딴죽을 걸며 논박을 어렵게 하고 있다는 투로 내 반론문의 진술을 왜곡하면서 발뺌한 이가 고현철이다. 나는 일이 그렇지 않음을 찬찬히 밝혔다. 거꾸로 고현철에게 내가 건넨 여러 물음을 묵살하지 말고 또박또박 죄 답변하여 학문적 엄밀성과 정당성을 스스로 마련하도록 충고했다. 덧붙여 제자인 한정호 교수와 내가 김대봉을 이음매로 맺고 있는 해묵은 관심과 연원도 밝혔다. 그리하여 학자적 상식과 거리가 먼 욕심만으로 김대봉에 뛰어들어 연구 흉내를 내다 겉치레 얌체연구 결과로 스스로 곤경을 불러온 고현철의 입장과 나의 차이를 일깨웠다.

이제껏 살펴본 바와 같이 고현철은 연보 짜깁기를 처음으로 시사적 의의 구명에 이르기까지 내용 모두에 걸쳐 선행연구에 대한 얼룩진 뒤섞기로 어지러웠다. 작가론·작품론은 1차 원전 텍스트에 대한 연구자의 2차 텍스트다. 그런데 고현철은 우스꽝스럽게도 앞선 연구자의 2차 텍스트를 1차 텍스트로 삼아 자신의 2차 텍스트를 마련하고자 한 셈이다. 보통의 논문들이 거치게 되는 기본 문헌·연구사에 대한 비판적 검토를 제대로 할 까닭이 없었다. 그 사실을 눈가림하기 위해 마련한 서툰 왜곡과 논리 모순에다 더듬수가 한 둘이 아님을 밝혔다. 고현철이 스스로 정당하다는 "사실을 보다 구체화할 필요성에" 따라 내놓았던 이번 재반박은 마침내 어느 곳에서도 설득력을 찾을 수 없었다. 내가 제기했던 고현철의 짜깁기 암체연구에 대한 시비점은 하나도 벗어나지 못했다. 오히려 앞으로 고현철이 해명하고 답해야 할 일만 더욱 많아지고 깊어졌다.

앞에서 살핀 바와 같은 연구 경과와 결과는 일찌감치 고현철에게 따라다녔던 '표절'이니 '짜깁기' 시비로 볼 때 어쩌면 자연스러운 귀결인지 모른다. 연구의 출발인 문제 인식에서부터 기존 연구사 검토나 연구방법 검토, 그리고 그에 따른 해석과 결론 도출에 이르는 긴 기술 과정에서 스스로 지닌 바 능력 유무와는 또 따로 떨어진 자리에서 학문적 엄밀성을 예사롭게 생각하는 버릇에서 말미암은 바다. 아마 고현철이 생각하기로, 나는 자신의 정당한 학문적 업적에 대해 잘못된 생각을 퍼뜨린 매우 못마땅한 사람일 성싶다. 고현철은 스스로 "반박의 정당성을 널리 인정받았다고 판단"하고 있다. 공개사과를 요구하는 나를 두고 오히려 "사과를 요구할 사람은 반박의 정당성을 인정받은" 자신이었다고 목청을 높였다.

게다가 스스로 "이 문제를 어떻게 할까 고민하고 있었다"고 말한다. 이제 자신이 생각하는 가장 바람직한 방법으로 내 '사과'를 받아내고, 자신이 지금 겪고 있는 깊은 '고민'을 떨쳐버릴 마땅한 길을 찾아주기 바란다. 고현철로부터 논문이 '재발굴'되는 기쁨을 누린 핵심 당사자인 한정호에게 어떤 생각을 가지고 있는가 물어보는 소극적인 길이 있다. 아니면 고현철이 연구비 수혜를 받았던 한국학술진흥재단이라는 공적 장치를 빌려 적극적인 공개 검증을 요청하는 길도 있다. 소박하지만 가장 바쁜 걸음은 내가 올리는 이 글에 대한 답변만이라도 얼버무리지 말고 또박또박 제대로 해주어 관심 있는 이들에게 자신의 정당성을 웅변하는 일이다. 내가 명예 회복을 위해 고현철 교수에게 요구했던 '공개사과'는 이제 천천히 그 뒤로 미루어둘 생각이다.

그리고 마무리하는 이 자리에서 내 반론이 지니고 있는 기본 전제 세 가지를 다시 한번 짚어둔다. 아직까지 고현철이 깨닫지 못한 것 같은 기우 탓이다. 첫째, 고현철은 재반박문 내내 "내 논문은"이라는 주어를 줄기차게 거듭하고 있다. 논문집에 실렸으니 겉꼴은 논문임에 틀림없다. 그러나 그 속은 함량미달인 얌체 글일 따름이다. 미화시키지 말기 바란다. 둘째, 내 반론문은 고현철이 적고 있는 바와 같이 "논문 내용의 일부를 폄하하는 주장"이 아니다. 미안한 노릇이지만 학술 논문으로서 외적 타당성은 물론, 내적 타당성조차 엷은 고현철의 글을 죄 '폄하' 하니 핵심을 벗어나지 말기 바란다. 셋째, 고현철과 나 사이에 있는 이번 논란은 이론 논쟁이나 학술적인 관점 논박이 아니다. 짜깁기 얌체연구로 말미암은 학문 윤리 문제일 따름이다. 제대로 자각할 일이다.

이번 일로 고현철은 많이 섭섭하고 분할 것이다.[75] 서로 아는 처지에 왜 사사로운 소통방식을 거치지 않았는가 탓하고 싶을 것이다. 고현철은 일찌감치 반성할 수 있는 기회가 있었다. 그런데도 달라지지 않았다. 지역단위의 삶은 흔히 근대 시기 국가단위 삶이 불러온 폐해를 가장 많이 입은 곳이라 일컬어진다. 하지만 지역이야말로 국가보다 더 단단하고 구체적인 모순 덩어리다. 그것을 드러내고 맞부딪치면서 만들어가는 역장이 지역이다. 지역문학 연구가 지역 형성에 이

---

75) 고현철로서는 이번 논란이 억울하다 느낄 수도 있겠다. 아직까지도 구조적 약자인 대학원생이나 제자에게 대필을 일삼는 파렴치연구가 가까운 대학 공동체 안에서 버젓이 저질러지고 있는 터다. 자신과 같이 짜깁기로 말미암은 얌체연구는 그에 견주면 가벼운 일인 까닭이다. 그러나 대필 경우는 그 당사자끼리 입을 다물면 그냥 묻힐 일이다. 고현철과 같이 짜깁기로 얼룩진 글은 원텍스트와 짜깁기 텍스트가 함께 드러나 있는 마당이다. 짜깁기 사실이 밝혀지는 것은 시간 문제일 따름이다. 다소 억울한 마음이 들더라도 하는 수가 없겠다.

바지해야 할 바 적극적인 첫자리가 바로 거기다. 이번 논란의 빌미와 핵심은 무엇보다 지역의 문학 연구자 가운데 한 사람인 고현철의 해 묵은 비학문적 태도에 있다. 다른 일은 죄 곁가지일 따름이다. 이 점을 깨닫지 못한다면 누구보다 고현철에게 불행이다. 앞으로는 더한 곤경을 겪을 수 있다는 사실을 잊지 말 일이다.

이번 논란이 당사자 고현철은 물론 비슷한 잘못에 눈을 주고 있는 "동학과 후학들에게"는 좋은 학자로 거듭날 수 있는 기회가 될 것이다. 어느덧 생각과 달리 감정적인 용어를 물리지치 못한 채 길고 거친 글이 되고 말았다. 그러나 그 속뜻은 무겁게 되살아날 것으로 믿는다. 고현철도 나와 마찬가지로 글 배운 이가 지닐 바 세상 삶에 대한 두려움과 부끄러움을 아울러 깊이 자각하고 있을 듯싶다. 이룬 바가 잘 알려져 있지 않으나 찾아 받들 만한 작가·작품에 대한 '발굴'이나 '조명'은 그 보람이 참으로 오롯하다. 권할 만한 일이다. 아무쪼록 고현철은 앞으로 남이 힘껏 이룬 논문을 '발굴'하고 '조명'하는 일로 그런 일을 감당하려 애쓰지 말기 바란다. 성실한 답변을 기다린다.

세상을 녹이는 납물의 언어

1

허만하 시인은 과작이었다. 1969년 첫 시집 『해조』를 낸 지 스무 해만인 1999년 두 번째 시집 『비는 수직으로 서서 죽는다』를 낼 때까지 매체에 크게 이름을 오내리지 않았던 이다. 부산 지역시 자리에서 보자면 최계락이 유명을 달리하고, 이형기·이수익이 서울로 썰물처럼 나서버린 뒷자리를 혼자서 감당하기 어려웠으리라. 게다가 1980년대 젊은 시인들이 벌인 활발한 활동과 시대 변화는 1950년대 끝머리 시인 허만하가 맡았던 역할을 느슨하게 만드는 데 일조를 했다.

그럼에도 그는 쏠쏠하게 작품을 선뵌 쪽이었다. 허만하 특유의 언어 구사에 대한 관심은 식지 않았다. 글쓴이 또한 부산지역 시단에서 지닌 바 상징적인 걸음걸이를 꾸준히 지켜보고 있었던 사람 가운데 하나다. 이제 시집 『물은 목마름 쪽으로 흐른다』를 손에 쥔다. 무엇보다 과작이었던 그가 이렇게 문학마당 한가운데 다작의 시인으로 내

몰리게 된 앞뒤 사정이 궁금하지 않을 수 없다. 그의 문학 이력 안쪽에 어떤 운명적인 데가 있었던 것인가.

2

『물은 목마름 쪽으로 흐른다』는 세 번째 시집이다. 두 번째 시집에서 크게 달라지지 않은 느낌을 준다. 세계 인식 틀로서 수직의 높이와 수평의 너비로 이원화된 단단한 시공간적 발상은 한결같다. 첫 시집부터 오래도록 고집스럽게 되풀이하고 있는 본이다. 오히려 더욱 다양해진 것 같다. 오내리고 떨어지며 수직의 깊이·높이가 이끌어내는 수평 공간 영역은 허만하 시가 지닌 독특한 매무새인 셈이다.

그러한 수직·수평의 교직이 때로 시인을 막무가내 '산정'에서부터, '우랄'과 '시베리아'를 거쳐 우주 바깥 공간으로 훌쩍 끌어올린다. '쥐라기' 캄캄한 석탄층의 시간 깊이까지 시인을 한껏 끌어내린다. "빛과 어둠 사이 아득한 균열의 거리"(「눈부신 어둠의 벼랑」) 어디라도 시인은 못 갈 데가 없다는 몸짓이다. 초기시에서는 그 곳곳에 불모와 폐허가 잔뜩 묻어 있었다. 시인은 그 교직에 갇혀 아프게 짓눌리곤 했다.

그것은
오후의 산비탈을 건너다
일순의 오차를 헛디디어
끝없는 단애를 굴러 떨어져 간 원시의 그가
남긴 괴이한 외마디.

—「동백」 부분

낯선 지형이 풍경이 될 때까지 날개를 젓는 새. 길이 없는 곳에서 길을 여는 날개를 위하여 하늘은 있다. 하늘은 해맑은 가을의 깊이를 위하여 있다. 빈 하늘에 걸려 있는 눈부신 옥양목 한 필. 길이 없는 땅 끝에서 물줄기는 수직으로 선다. 냉혹한 낙차를 부들부들 떨며 떨어지는 물소리. 일거에 몸을 던지는 결단의 수위를 아슬아슬 한 뼘 더 높이 날아오르는 시 한 줄의 외로운 높이.

—「길이 끝난 곳에서 길은 시작한다 : 정방폭포에서」

앞세운 「동백」은 첫 시집에 실린 것이다. 붉은 동백 한 송이는 "원시의 그가" "끝없는 단애를 굴러 떨어져 간" "괴이한 외마디"로 되살아나고 있다. 수직 상상이 마련하는 한 극점을 보여준다. 뒤는 이번 시집에 실린 작품이다. "냉혹한 낙차"를 지닌 폭포라는 수직 대상과 그 위를 '아슬아슬'하게 '날아오르는' 한 마리 새에 대한 깨달음이 단호하다. 그에게 시란 "한 줄의 외로운 높이"로 날아오르는 새를 일컫는 다른 이름이었던 셈이다.

이렇듯 첨단공포에 가깝도록 거듭하고 있는 수직·수평의 교직은 어떤 뜻을 지니는 것일까. 단순히 "중력과 싸우는 싱싱한 힘"(「육십령재에서 눈을 만나다」)에 머무는 것인가. 또는 무의식적 엘리띠즘의 다른 표현일까. 시인은 말한다, "결별하는 것은 높이의 속성"(「내리막의 끝」)이라고. "눈사태처럼 정신이 무너져"(「정신의 피」)내리는 비극적 황홀을 꿈꾸는 것일까. 시인은 "그날 내가 보았던 것은" "떨어지고 있는 수천의 가을 잎새가 아니라" 오히려 "다시 파란 하늘의 높이를 찾아 올라가고 있는 맑은 물의 한정 없는 가벼움"(「떨어지기 위하여 높이를 가진다」)이라 적고 있다. 시인은 다시 말한다.

있는 것은 보이는 것만이 아니다.

꽃의 마음은 눈에 보이지 않는다.

보이지 않는 정밀한 시계가 또 있다

—「세 개의 시계」 부분

수직·수평의 고집스런 매무새는 마침내 "보이지 않는 정밀한" '질서', "완벽한 구도"(「내호리 감나무」)를 찾아내기 위한 "맑은 정신의 힘"(「대정 고을 수선화」)에서 말미암은 것은 아닌가. 김종길 시인이 일컬었던 '과학적'이라는 특성, 곧 합리적 이성에 대한 믿음이다. 근대 시인으로서 그가 언어 '제작자'로서 갖출 바 자기단련이 수직·수평의 교직에 대한 끈질긴 관심을 이끌고 있는 것이다. 여느 시인과 다른 허만하다운 풍광이 비롯된 바다.

3

허만하 시를 읽는 다른 한 고리는 시어다. 우리 근대시에서 시어는 크게 두 흐름으로 나누어 살필 수 있다. 토박이말 지향과 외래어 지향이 그것이다. 앞은 될 수 있는 대로 노래시로 나아간 길이다. 거기에 견주어 뒤는 근대어로서 왜풍 한자어나 서양말을 전경화하는 문자시로 나아간 길이다. 그 둘 사이 너른 자장 위에 특별한 언어관습으로서 우리 근대시가 놓여 있다.

소월에서 비롯하여, 서정주로 이어지는 길은 노래시로 나선 경우다. 이상, 김광균, 유치환과 같은 이들은 문자시로서 우리말을 닦았다. 1950년대 전후 시인들이나 1960년대 '현대시' 동인은 어김없이 이 길에 뿌리를 둔다. 앞선 시대 김수영이나 박인환은 그런대로 그 길에서 가벼운 댄디즘에 빠진 경우나, 조향과 같은 이는 질 나쁜 한 경우를 드러낸다. 근대 일반 지식언어라는 이름으로 들어앉은 외래 관념어나 추상어휘는 사실 근대어로서 한글이 겪은 식민성 가운데 하나이기도 하다.

허만하 시도 뒤선 경우에 그 뿌리를 둔다. 읽는 문자시·인쇄시로서 근대시가 내달을 수밖에 없었을 길이다. 말이 지닌 바 현존감을 글로서 얻어내기 위해 마련한 강렬한 묘사 욕구와 개성 오롯한 구체성 획득은 허만하 시에서도 그대로 드러난다. 거듭되는 꾸밈말 첨가와 현란한 되풀이로 얻게 되는 바 묵직한 언어 질량감이 그것이다.

> 인적 없는 해안선 물가를 걷고 있는 지금 아득한 탄생의 중심에서 밀려드는 파도가 남색 엷은 껍질을 찢고 흰 속살을 드러내며 격렬하게 쓰러지고 있는 다른 별의 바닷가를 걸으면서 누군가 나를 닮은 겨울 나그네가 나와 꼭 같은 발자국을 밀물에 지우고 있는 것이 보이는 군청색 바다 마른 번개 같은 번쩍임.

—「겨울 동해 나들이」 부분

숨가쁘게 이어져 내닫는 시줄을 따라 읽다보면 맺고 끊김이 쉬 드러나지 않는다. 꼼꼼히 눈 여겨 읽어야만 그 얼개가 눈에 든다. 먼저 '지금'과 '걸으면서', 그리고 '보이는'이라는 세 말 뒤에 쉼표를 찍어 제대로 흐름을 잡아 볼 일이다. 그런 뒤 뼈대만을 남기고 얹힌 말을 죄 떨어 내리면, 옮긴 시줄은 '지금', "나를 닮은" '누군가'가 "다른 별의 바닷가"를 걸으면서 "발자국을 지우고 있는 것"이 보이는, "군청색 바다"의 '번쩍임'을 말한 것임을 알 수 있다. 시인은 "겨울 동해 나들이"에서 만난 풍경을 되살려내면서 켜켜로 환청과 같이 묵직한 언어다발을 만드는 데 여념이 없다. 전형적인 문자시 모습이다.

압축과 가락을 좇는 대신 무거운 언어 자장에 시를 내맡기는 이러한 길은 허만하 시를 이해하는 주요한 가늠쇠다. 그런 점에서 이즈음 들어 토박이말에 대한 비중이 높아지고 있는 점은 눈여겨볼 일이다. 단순히 시대 흐름을 받아들인 일이라기보다는 더 뜻있는 내력이 숨었음 직하다. 우리 근대시에서 넘치는 왜풍 한자어를 빌려 독특한 관념시의 한 자리를 끌고 갔던 유치환이 만년에 새삼스레 현실을 발견하면서 토박이말 쓰임새를 드높였던 일이나, 동시·사랑시와 같은 노래시 경험에 한 자리를 내놓았던 모습과 맞물리는 까닭이다.

4

문자시로서 글의 양감에 기대는 허만하 시의 특성은 그 표현법에서도 아낌없이 드러난다. 무엇보다 그는 비유의 시인이다. 직유와 은유 사이에 가로놓인 널찍한 공간이 시인이 즐겨 머무는 자리다. 성공한 작품 대부분이 참신한 은유적 동일시를 보이고 있는 것은 뜻밖이 아닌 셈이다. 시인 스스로도 "하나의 은유를 위하여 시인은 태어난다"(「대정 고을 수선화」)고 힘주어 말하고 있지 않은가. 직유 또한 난만한 바 있다. 그런데 재미있는 점은 그것이 비유적 구체성과는 거리를 둔다는 데 있다.

목어는 ① 주문처럼 고백하고 있다. 그 침묵의 울림이 범종의 해맑은 ② 파장처럼 산과 들 땅 끝까지 퍼지는 때 무수한 가랑잎들은 ③ 순장殉葬처럼 누워 있는 천 년을 넘는 캄캄한 목어의 잠 곁에서 번득이는 초록색 창을 들고 ④ 병사들처럼 일어선다. 사라짐으로써 새로운 모습으로 되살아나는 목숨의 길.

—「목어와 가랑잎」 부분

줄친 바와 같이 짧은 줄글시에 네 번에 걸쳐 직유를 끌어들였다. 그러나 그 넷은 하나하나가 감각적 구체성에 이바지하기보다는 통사 연결을 자연스럽게 만드는 데 이바지하고 있다. 보조관념으로 끌어들인 ① '주문처럼'은 바로 이어진 '고백'과, ② '파장처럼'은 '울림'과, ③ '순장처럼'은 '누워 있는'과, 그리고 ④ '병사들처럼'은 '창을 들고'와 의미적 친연성이 높은 말이다. 따라서 서로 응집성은 강한 대신, 구체성이 약한 쪽이다.

비유는 본래 마음으로 잡을 수밖에 없는 생각이나 느낌, 곧 원관념을 현실세계나 사물, 또는 움직임과 같은 직접적·구체적 보조관념을 빌려 드러내는 세계 인식 방식 가운데 하나다. 원관념과 보조관념 사이에는 추상과 추상의 결합이 아니라, 추상과 구체 또는 구체와 구체의 결합이 얼개인 까닭이 거기에 있다. 그런데 허만하 시에서는 보조관념이 지닐 바 감각성은 뚜렷하게 뒤로 물러서고 있다. 비유적 자질보다는 보조관념과 원관념이 서로 서로를 기위주는 결합 방식으로 기능한다.

그런 까닭에 보조관념과 원관념 사이에 거리가 가까울 뿐 아니라, 아예 추상적인 보조관념조차 피하지 않는다. "이성처럼", "고요처럼", "사상처럼", "재앙처럼", "비밀처럼"과 같은 표현이 버젓이 살아 있는 것이다. 겉으로는 직유 꼴을 하고 있으나, 비유로서 지닐 바 감각적 구체성과는 거리를 둔 이러한 비교 표현은 시의 양감을 드높이는 데 한몫을 하고 있음이 분명하다. 원관념과 보조관념 그 둘이 포개져 마련하는 상승적 무게를 시인은 즐기고 있는 셈이다. 물론 그러한 표현법이 사뭇 공소한 쪽으로 나아간 데에서 "차별의 슬픔을 분노한 싱싱한 에스피리"(「나의 계절은 가을뿐이다」)나 "이성의 바다"와 같은 보기도 눈에 뜨인다.

(단아하게) 흩어져 있는 크고 작은 섬 그늘진 암벽에 쥐라기의 소금처럼
아침노을이 묻어나기 시작하는 순간, 나는 잠에서 깨어나는 다도해가 사
막의 다른 얼굴이란 사실을 깨달았다. 잘린 속살을 갯바람에 내어맡긴 암
반층 발치를 옥색 파도가 (집요하게) 쓰다듬고 금빛 물보라가 빈대떡만한
아기 공룡 발자국을 사라진 이끼처럼 (부드럽게) 핥는 그때 내 몸은 이미
잔모래 쓸리는 소리가 되어 안개처럼 (천천히) 흐르고 있었다.

—「검은 염소 떼와 미루나무」 부분

짧은 본보기를 골랐다. 시인이 보고 있는 '섬'은 크고 작다. 그것은
흩어져 있을 뿐 아니라, 단아하기까지 하다. 그 벼랑에 '아침' 노을이
묻어나기 시작한다고 했다. 시간 배경이 암시된다. 따라서 그 다음에
"잠에서 깨어나는"이라는 말은 군더더기에 가깝다. 이어서 "다도해
가 사막"이라는 핍진한 은유로 들어설 기회 앞에서 시인은 "사막의
다른 얼굴"이라며 숨길을 한 박자 늦춘다. "옥색 파도가" '발치를'
'쓰다듬'는다는 표현 또한 바로 이어진 "금빛 물보라가" "공룡 발자국
을" "부드럽게 핥는"다는 시줄과 가족유사성이 높다. 괄호를 친 데는
어찌말이다. 그들을 지운 채 읽다보면, 시인이 언어적 질량감을 높이
기 위해 매달렸음을 거꾸로 알 수 있다.

우랄의 산정에서 눈사태처럼 무너진 바람이 지상에서 (거세게) 너울대
는 바람의 속도에 부딪혀 (거대한) 포르테처럼 밤하늘에 솟구쳐 올라 부서
지는 것을 보고 있다. (치열하게) 내리는 눈발이 중천의 높이에서 커튼처
럼 펄럭이고 있다. 소용돌이치는 어둠 속으로 몸을 던지는 (눈부신) 눈송
이들은 최후의 몸짓을 스스로 지운다. 탄생의 흔적을 뒤에 남기지 않는다.

(자욱한) 눈보라 속을 다리를 저는 한 마리 순록이 무리를 떠나 혼자서

자작나무 숲속으로 걸어 들어가고 있다. 기우뚱거리는 한 줄기 발자국을
은백색 눈이 지우고 있다. 스스로 원시림의 한 부분이 되기로 결심한 다리
절던 한 마리 순록의 (외로운) 결심이 (정갈한) 숲 그늘을 찾고 있는 예니
세이강 기슭.

—「슬픔이 의지가 되는 때」 부분

시인이 지닌 특징 가운데 하나인 수직·수평의 상상적 교직이 잘 드
러났다. 게다가 언어적 질량을 더하기 위해 시의 주요 됨됨이 가운데
하나인 생략까지도 거리낌없이 내치는 자세를 잘 엿볼 수 있다. 괄호
친 부분은 그림씨나 어찌말이다. 부풀린 느낌을 주고 있음에도, 읽는
이들에게 시인이 지니고 있는 생각의 무게를 따라오도록 이끌기 위
한 꾸밈쇠로 작용하고 있다. 그것들을 죄 지워놓고 다시 읽어보면 그
차이를 쉬 느낄 수 있을 것이다.

줄친 데는 직유의 보조관념, 토씨 '의'에 기댄 꾸밈 표현, 그리고 동
어반복에 가까운 표현들이다. 죄 시적 양감을 드높이는 데 이바지하
고 있는 요소다. 둘째 도막에 보이는 "다리를 저는"은 이어진 '기우
뚱거리는'과 바로 이어진다. '혼자서'도 마찬가지다. 앞선 "무리를 떠
나"에 대한 되새김이다. 마지막 월에서는 '결심'이 거듭되고 있다. 게
다가 "한 마리", "한 줄기", "한 마리"로 세 번에 걸쳐 되풀이하고 있
는 단수형 표현이 '외로운'이라는 그림씨를 강조해준다.

이러한 본보기는 시집 곳곳에서 엿볼 수 있다. "다람쥐는 겨울 참
나무가 내뿜는 미나리 냄새 같은 가랑잎 향기를 좋아한다"(「겨울 참나
무 숲」)와 같은 표현이 자연스럽게 쓰인다. "미나리 냄새"와 "가랑잎
향기", 그 둘 사이에서 드러나는 친연성 높은 양감과 그 공간영역에
시인이 눈길을 준 결과다. "가랑잎이 내뿜는 미나리 냄새"로 내달리
는 돌연한 변형을 시인은 노리지 않는다. 그렇다 보니, 표현 방법에

서 볼 때 그의 시는 말밭이 넓지 않은 느낌을 주는 것도 사실이다. 가족유사성이 두드러진 낱말끼리 이루어내는 내밀한 결속이 문제다. 그로 말미암아 얻게 되는 바, 단단하고 커다란 관념 공간이야말로 시인이 즐겨 눈을 두는 곳이다.

자신의 좋은 시줄들이 참신한 비유에 기대고 있음에도, 이렇듯 더 많은 곳에서 비유적 기능을 뛰어넘어 언어의 질량을 좇는 데 기울어져 있다. 그 까닭은 무엇보다 그가 현상론자가 아닌 데 있다. 따라서 그가 끈질기게 매달리는 풍경은 현실이 아니라, 거기에 힘껏 투사된 시인의 관념일 경우가 대부분이다. 무엇보다 시인이란 자신을 세계에 실천하고, 세계를 힘껏 끌어 쥐는 언어 연금술사라는 사실을 허만하는 잘 보여주고 있는 셈이다.

5

허만하 시인이 애써 나아가고자 한 길을 짐작하기는 쉽지 않다. 뚜렷한 점은 물질로서 언어와 현실 사이에 가로놓은 거리를 하나로 묶고자 하는 일에 한결같이 매달리고 있다는 사실이다. 그 둘 사이에서 거듭되는 메아리 속에 그가 올려 앉힌 언어 풍경이 들앉아 있다. 물질 언어로 나아갔다 마침내 현실을 언어에서 죄 말려버리는 길이 한쪽에 열려 있다. 현실 속으로 내려앉아 오롯한 체험시로 살려 나가는 길도 맞선 쪽에 열려 있다. 둘 사이 너른 어느 곳에 그의 발걸음이 자주 머문다. 그 긴 지구대를 천천히 시인은 걷고 또 걷는다.

그 점을 엿볼 수 있는 한 터무니가 현실 풍경에 대한 태도에 있다. 그에게 있어 풍경은 "굽이를 돌 때마다 지평선같이 떠올랐다 가라앉는 낯익은 지명"(「7번 국도와 꽃잎의 힘」)과 같이 적힌다. 현실 공간이 그에게는 한 '지명'으로 관념화되는 경험 과정을 거치고 있는 셈이다.

국립지리원 지도기능사는 눈을 비비며 등고선 한 자리를 짚어 지명을
써넣는다. 질매재. 이때부터 길은 하나의 지명을 위하여 오르막과 내리막
두 토막으로 갈라져 서로 다른 두 방향으로 굽이치기 시작한다.

—「풍경의 변신」 부분

'질매재'라는 낯선 풍경과 마주친 놀라움을 그린 시줄이다. 그런데
시인은 '지도기능사'가 등고선에 땅이름을 써넣음으로써, 비로소 그
재가 '굽이치기' 시작했다고 적는다. 풍경과 명명 사이 서열을 뒤바
꾸어, 맞닥뜨린 '풍경'이 주는 놀라움을 효과 있게 드러내고 있는 셈
이다. 무엇보다 시인의 상상, 곧 '지도기능사'의 행위가 앞섰다. 따라
서 시인은 새롭게 마주치는 풍경을 예사롭게 "처음으로 밟아보는"
'지명'(「지명에 대하여」)이라 표현한다.
　시인에게 있어 현실 풍경에 대한 경험은 모름지기 언어에 대한 것
이다. 그러한 태도가 "반도의 지명에는 흔히 엷은 연기 같은 화약 냄
새가 아직 묻어 있다"(「지명에 대하여」)라는 시줄이나, "산청에서 남원
으로 흩어져 있는 지명"(「가을 싸리는 연기를 내지 않는다」)과 같이 관
념화에 성공한 시줄을 낳게 한다. 시인은 본디부터 언어주의자였다.
"시는 한 번도 본 적이 없는 풍경에 대한 추억"이라 시집 들머리에 의
뭉스럽게 올린 역설은 그래서 그에게는 참이다.

세계와 언어의 틈새를 기고 있는 행보를 바라본다. 말이 빚어내는 미학
적 공간에 갇힌 시인처럼 살아가는 자기가 분비한 언어의 성채 바깥을 나
서지 못하는 다슬기.

—「다슬기」 부분

세상을 녹이는 납물의 언어　273

'다슬기'라는 대상을 빌려 자신의 시법을 드러냈다. "자기가 분비한 언어의 성채 바깥을 나서지 못하는 다슬기"란 문득 시인의 자기반영이 아니겠는가. 시인은 이즈음 산수유 숲 환한 두류산 꽃 그늘을 찾아다녔다. 자락자락 돌담길을 염주알 세듯 걸어 오르기도 했다. 다슬기가 몸으로 그리는 궤적같이 느린 속도가 열어주는 그 새로운 세계를 향한 다정한 눈길이 새삼 빛나는 가편들도 있다. "한여름 포도 위를 한 마리 지렁이가 배밀이로 몸으로 몸을 미는 모진 걸음을"(「한밤에 외로운 책을 읽는다」)에서 보듯 언어에 기울이는 미학적 헌신이 시인이 나아가고 있는 길이다.

온몸에 눈발을 묻히며 더욱 커져가는 눈덩이처럼, 검은 자석을 온몸에 묻히며 더욱 커져가는 쇳덩이처럼 시인의 생각과 언어는 더욱 다듬질될 것이다. 다만 언어적 양감에 대한 그 헌신이 작품과 작품, 시집과 시집 사이 거리를 좁히는 결과를 끌어오기도 한다. 말하자면 그 안쪽 요소끼리 자장은 오히려 약한 쪽이어서, 비슷한 낱말과 풍경에 갇혀 있다는 느낌을 줄 만하다. 단단하고 커다란 언어공간 구축이라는, 개성화를 향해 시인이 지니고 있는 강한 욕망과는 다른 길로 그를 내려놓을 수도 있다.

6

허만하는 수직·수평의 시공간 위에 올라앉은 은빛 언어풍경을 우리에게 선사하고 있는 시인이다. 초기에는 어두웠던 과거와 1950년대 전후의 데드 마스크를 보는 듯한 불안도 짙었다. 이즈음 들어 눈길은 훨씬 부드러워졌다. 그리고 세상을 느릿느릿 달팽이처럼 기는 납물의 흔적이 빛난다. 오늘날 그의 시는 그 납물에 데인 흔적이다.

납물이 식어 만든 커다란 입상이다. 그럼에도 나는 부드러운 토박이 말로 감싸인 아래와 같이 작은 은유적 변주를 더 즐긴다. 순전히 내 취향 탓이리라.

비가 수직으로 죽어 물이 되고(『비는 수직으로 서서 죽는다』), 그 물이 다시 목마름 쪽으로 힘껏 흘러 마련하는(『물은 목마름 쪽으로 흐른다』) 그 높이와 너비에 그가 있다. 그 사이를 느릿느릿 납물처럼 온몸을 달군 채 걸어간다. 숲이, 벼랑이, 강이, 그리고 하늘이 일순 빨갛게 데었다 녹아 내린다. 피지직 타는 소리도 들린다. 그 길 한 곳에 '낙엽' 같이 시인이 머물렀던 자리가 흔들린다.

김종길 시인은 이번 시집 발문에 '과학과 철학과 시'라 이름을 붙였다. 의미심장하고도 적확한 표현이다. 합리적인 이성과 관념적 언어, 그리고 그 위에서 한껏 달구어진 시를 그렇게 한마디로 줄이기는 쉽지 않았을 것이다. 그러나 무엇보다도 허만하는 시인이었다. 앞으로도 시인으로 남을 것이다. 이 점이 그를 더욱 가혹하게 하리라. 자신의 핏줄까지 더듬더듬 태우며 가는 뜨거운 납물.

시의 운명, 운명의 시

　　내 서평[1]의 쓰기 전략은 둘이었다. 서평이 지닐 바 '호의적 해설'이 그 처음이다. 불만을 숨기지 않겠다는 뜻이 그 둘이다. 그들은 앞뒤로 이어지거나, 속겉으로 겹치면서 문맥을 이루었다. 꼼꼼한 독자라면 '비판적 논조'를 쉬 알아차릴 수 있었을 것이다. 그리고 될 수 있는 대로 시인의 논리 안쪽에서 말머리를 찾고자 했다.

---

1) 서평 「세상을 녹이는 납물의 언어—허만하 시집 『물은 목마름 쪽으로 흐른다』」가 『현대시』 (2003. 2월호) 지면을 빌려 나가고 난 뒤, 『국제신문』에서 내용을 기사로 다루었다. 「부산시단 비평 새바람」(2003. 2. 11)이 그것이다. 이어서 구모룡의 반론 「허만하 시에 대한 오해—박태일의 평문을 읽고」(2. 26)가 실렸다. 이 글 「시의 운명, 운명의 시」(3. 12)는 그에 대한 재반론이다. 해당 기사와 구모룡의 반론을 아래에 올린다. 그리고 한 차례 논박 뒤에 다시 두 차례 더 반론·재반론과 중재글이 이어졌다. 「오독을 넘어선 왜곡」(구모룡. 3. 19), 「오독을 넘어선 왜곡?」(박태일. 4. 2), 「생산적인 논쟁을 위하여」(남송우. 4. 9), 「맑고 투명한 물의 시」(구모룡. 4. 23), 「논점을 회피하지 말았으면」(박태일. 5. 15)이 그것이다. 이 글 뒤에 차례대로 올렸다. 다만 책의 됨됨이 탓에 구모룡·남송우의 해당 글은 내 글과 나란히 본문에 싣지 못하고 내 글 아래 각주 꼴로 처리했다. 양해 바란다.

부산시단 비평 새바람

　　현재 우리 문단에서 쉽게 찾아볼 수 없는 현상이다. '주례사 비평'이란 말이 유행한 지 오래다. 고작 해설비평, 서발비평(서문·발문)이다. 그래서 비평의 부재란 말도 많다. 부산도 별반 다를 게 없다.

일찌감치 첫 시집 후기에서 밝힌 바 '발표된 작품'은 '독자적인 에너지를 가지는 객관적인 존재'로서 자신은 '제작자'일 따름이라는 생각, 곧 허만하가 방법적 시인이라는 데 착목했다. '비판적 논조'에서 보면 대상 시집은 오래 겪었음 직한 방법적 각고에도 불구하고 불만스런 결과물이라는 뜻을 드러낸 셈이다. 구모룡이 '오해'나 '오류'라며 든 점들을 묶어보면 셋이다.

첫째, 시사적 이해. 그는 내가 나눈 '노래시'와 '문자시'에 대해 '오해'했다. 그것은 허만하 시를 '거칠게 재단' 하기 위해 끌어 온 것이 아니다. 토박이말보다 외래어 지향을 보이는 허만하 시어의 위상을 설명하기 위해 끌어온 더 상위 개념이다. 게다가 내 글 어디에도 '전통적 리듬을 버린 현대시를 싸잡아 문자시로 자리매김'한 데는 없다.

근대시는 운명적으로 문자시 형식을 지닌다. 그 가운데는 전근대

이런 가운데 부산의 중견 시인이 선배, 그것도 부산의 내로라하는 원로 시인의 시를 신랄하게 비판했다. 부산 문단에 신선한 충격이 아닐 수 없다. 뿐만 아니라 이 비평에 대한 반론도 잇따를 것으로 예상돼 모처럼 부산 문단이 활기를 띨 것으로 기대된다.

시 전문 월간지 『현대시』 2월호의 리뷰·서평란에 박태일(시인·경남대) 교수의 시평이 실렸다. 대상 시집은 허만하 시인의 세 번째 시집 『물은 목마름 쪽으로 흐른다』.

「세상을 녹이는 납물의 언어」란 제목이 붙은 이 시평은 언뜻 보면 비판도 칭찬도 아닌 무덤덤한 비평 같다. 언어가 정제돼 있는데다 에두른 표현이 많은 까닭이다.

그러나 이 시평을 자세히 보면 행간에는 허 시인의 시에 대해 신랄한 비판의 칼날을 들이대고 있음을 감지할 수 있다. 박 교수가 지적한 부분은 시어와 표현법으로서의 비유 그리고 언어 조직력 등 크게 세 가지.

먼저 허 시인의 시어와 관련, 박 교수는 근대 지식언어라는 이름으로 우리 나라에 들어앉은 외래 관념어나 추상어휘가 주를 이룬다고 지적했다. 허 시인은 김광균 유치환과 같은 문자시 계열인데, 왜풍 한자어나 서양 외래어의 한계를 극복하지 못하고 '거듭되는 꾸밈말 첨가와 현란한 되풀이로 묵직한 언어 질량감'을 보여 주고 있다고 박 교수는 꼬집었다.

시편 「겨울 동해 나들이」를 분석하면서 박 교수는 '시인은 겨울 동해 나들이에서 만난 풍경을 되살려내면서 켜켜이 환청과 같은 묵직한 언어다발을 만드는데 여념이 없다'며 정제되지 못한 군더더기 시어가 많음을 지적했다.

허 시인의 표현법으로서의 비유와 관련, 박 교수는 구체성을 획득하지 못한 채 관념에 머무르고 있다고 비판한다.

'시인 스스로도 "하나의 은유를 위하여 시인은 태어난다"(「대정고을 수선화」)고 힘주어 말하고 있지 않은가. 직유 또한 난만한 바 있다. 그런데 재미있는 점은 그것이 비유적 구체성과는 거리를 둔다는 데 있다'.

박 교수는 시편 「목어와 가랑잎」을 분석하면서 '이성처럼' '고요처럼' '사상처럼' '재앙처럼' 등 추상적인 보조관념 시어들을 지적했다. 겉으로는 직유꼴을 하고 있으나 비유로서 지녀야할 감각적 구체성을 주지 못한다는 비판이다.

시기 노래 전통을 꿈꾸는 노래시 길도 있고, 이름에 걸맞은 문자시 길도 있다. 그 둘 사이에 우리 시가 있다. 허만하 시에 두드러진 '지나친 꾸밈, 동어반복, 비유의 남용'은 문자시 일반의 '한계'가 아니다. 외래어 지향 경험 가운데서도 일본식 한자 관념어에 지나치게 기대 나타나게 된 시인 개인의 문제점일 따름이다.

둘째, 시적 주체의 됨됨이. 구모룡은 시인이 '언어 연금술사'가 아니라 '의식 현상학자'이며, '실재에 다가가기' 위해 늘 '도상의 과정을 중시'한다고 했다. '언어 연금술사'라는 나의 표현은 '의식 현상학자'에 '반대'되는 뜻으로 쓴 게 아니다. 의식과 언어는 시인의 안과 바깥 문제다. '의식'이란 어떠한 것이든 언어 표현물로 드러날 수밖에 없는 까닭이다.

시인이 추상적·장식적 언어 구사를 빌려 실재나 현실을 오히려 자신에게 동화시키려는, 강한 자기화 욕구를 강조하기 위해 쓴 말이 언

박 교수는 또 「검은 염소 떼와 미루나무」「겨울 참나무 숲」 등의 시편을 분석, 몇몇 시어들을 괄호로 표시하며 언어 조직력 문제를 제기했다. '그들을 지운 채 읽다 보면, 시인이 언어적 질량감을 높이기 위해 매달렸음을 거꾸로 알 수 있다' '그가 끈질기게 매달리는 풍경은 현실이 아니라, 거기에 힘껏 투사된 시인의 관념인 경우가 대부분이다'.

이 말은 에두른 표현에 지나지 않는다. 사실상 더없이 신랄한 비판이다. 시의 미덕인 간결성과 압축성은 온데간데 없고 군더더기 관념어의 화려한 교직, 혹은 언어의 허장성세만을 추구하고 있다는.(조송현기자 pine@kookje.co.kr)

허만하 시에 대한 오해 : 박태일의 평문을 읽고
— 구모룡

실재에 대한 시인의 태도에 따라 시쓰기의 양상은 달라진다. 실재를 포기한 시인들은 언어의 세계에 집착할 수밖에 없다. 현대의 많은 시인들이 보이는 언어회의는 세계회의에 상응한다. 반면 시를 실재에 이르는 도정으로 생각하는 시인들도 있다. 이들에게 시는 언어와 이미지를 통해 사물을 드러내는 방식이 된다. 허만하의 경우 근작에 이르러 후자의 경향은 매우 뚜렷하다. 그는 매우 섬세한 의식으로 사물의 풍경에 다가가고 있다.

그런데 최근 시인 박태일은, 「세상을 녹이는 납물의 언어」(『현대시』 2월호)라는 평문에서 허만하를 실재를 그리는 현상론자가 아니라 납물의 언어로 세상을 녹이는 언어 연금술사라 규정하는 한편, 그의 시가 실재의 풍경이 아니라 그에 투사된 시인의 관념을 언어적 양감에 치중하여 표현하고 있다고 비판한다. 일견 그럴듯한 논리를 지닌 것처럼 보이는 박태일의 이러한 지적은, 다음 몇 가지 사실에서 중대한 오해를 품고 있는 것이라 생각된다.

먼저 그는 우리 시의 갈래를 노래시와 문자시(인쇄시)로 나누는 이분법적 전제로 허만하의 시를 거칠게 재단하는 오류를 범했다. 그는 전통적 리듬을 버린 현대시를 싸잡아 문자시로 자리매김하면서 허만하의 시를 문자시로서 언어의 양감에 헌신하고 있다고 평가한다. 따라서 허

어연금술이다. 그리고 시인이 다가가고자 하는 '실재'의 감각은 독서 행위로 되살려지는 결과이지 시인의 '의식', 곧 의도나 '과정'으로 드러나는 것이 아니다. 그 '과정'을 드러내려 한다면 차라리 메타시 꼴이 더 효과적이다.

셋째, 표현법. 구모룡은 시인이 '풍경의 실재에 더욱 가까이 가기 위해' '유사한 표현의 반복 변주'나 '꾸밈말로 그 구체성을 더하고자 한다'고 적고 있다. 그들을 포함해 내가 '언어적 양감을 더하는 장치들로 비판한 것', 과도한 직유 쓰임에다 비유적 감각성에서 벗어난 짜임, 군더더기 표현이 오히려 '시적 질감'을 더하는 것으로 보았다.

그러나 그들은 오히려 독서 과정에서 신선함과 지각적 긴장을 누그러뜨려 구체성을 죽인다. 어름어름한 분위기 마련에 이바지할 뿐, '시적 질감'을 빼앗는 요인이다. 시인의 경험적 구체성과 텍스트의 시적 구체성 사이에 놓인 거리를 모를 리 없는 그다. 게다가 직유는

만하의 시는 언어의 양감을 드높이기 위해 지나친 꾸밈, 동어반복, 비유의 남용 등을 일삼는 문자시의 한계를 지니고 있는 것으로 설명된다.

그러나 문자시에 대한 편견까지 포함된 이러한 설명은 노래를 버린 시는 모두 언어에 집착한다는 단순논리를 벗어나지 못한다. 허만하 시에서 중요한 것은 박태일 특유의 분류법에 따른 문자시의 성취 여부가 아니라 시인이 어떠한 의식과 방법으로 사물과 풍경에 다가가서 그것을 어떻게 말하고 있는가, 라는 시적 과정의 문제이다.

박태일의 규정과 달리 허만하 시의 주체는 일방적인 투사로써 사물을 관념의 포로로 만들고 있지 않다. 오히려 그의 시에서 주체는 늘 새로운 풍경을 찾아가며 사물을 새롭게 보고 느끼려 한다. 이러한 과정에서 몸을 지닌 의식 주체와 사물의 관계는 지각의 현상학으로 표출된다.

이렇게 보면 허만하는, 박태일의 규정과 반대로, 언어 연금술사가 아니라 의식 현상학자이다. 그는 언어로써 실재를 죽이기보다 가능한 의식에서 실재에 다가가려 한다. 그리고 그는 이러한 실재에 이를 수 없는 안타까움에서 시를 '한 번도 본적이 없는 풍경에 대한 추억'이라는 모순 어법으로 정의한다.

실재에 다가가려는 허만하의 시법은 항상 도상의 과정을 중시한다. 그의 시가 끊임없이 풍경을 향한 까닭이 여기에 있다. 또한 그의 시는 그가 만난 풍경의 실재에 더욱 가까이 가기 위해 유사한 표현을 반복 변주하여 서술하거나 꾸밈말로 그 구체성을 더하고자 한다. 직유에 대한 그의 유별난 선호도 사물에 다가가려는 그의 의식현상에 기인한다. 그가 직유의 직접성에서 시적 효과를 찾고 있는 것이다.

이러한 점에서 박태일이 조사(措辭) 차원에서 언어적 양감을 더하는 장치들로 비판한 것들은 오히려 허만하 시의 문맥에서 시적 질감을 더하는 것으로 달리 이해되어야 한다. 허만하의 시는 사물을 태우는 납물의 언어가 결코 아니며 사물과 함께 살고자 하는 지각(지성화된 감성)의 언어, 몸의 언어이다. 그는 자신을 언어의 성채에 유폐하지 않을 뿐만 아니라 쉼없이 몸으로 또 다른 세계를 보고 느끼려 움직이고 있다.

핍진하는 '직접성'에서 효과가 떨어지는 비유법이다.

시는 언어 경제에 따라 생략·압축을 빌려 적게 말하면서 많은 해석공간을 마련하는, 역설적 갈래다. 대상 시집은 그 열정에도 불구하고 기대에 못 미쳤다. 손질된 보기까지 들며 그 점을 짚었다. 시인은 더 긴밀한 언어 조직력과 냉정한 작품 통어력을 보였어야 했다. 자신뿐 아니라 부산 지역시의 발전을 위해.

오독을 넘어선 왜곡?

구모룡의 글[1]을 보니 어느새 나는 해묵은 상식과 주관적 관점을 오가다, 자신이 저지른 오독·왜곡을 변호하기 위해 말초지엽에 지나지 않을 비본질적 문제나 끌어대는 명민하지 못한 사람이 되어 있다. 하지만 사실이 그렇지 않으니 딱하다. 명민한 시인은 못 될지 모르지만 명민한 비평가는 모를 일이다. 내 답변에 대한 기대를 거두지 말기 바란다.

---

1) 아래에 그대로 옮긴다.

오독을 넘어선 왜곡
— 구모룡

내가 박태일의 서평을 문제 삼은 것은 그가 한 시인의 시세계를 왜곡하고 있다는 데 기인한다. 허만하의 시가 '세상을 녹이는 납물의 언어'라니. 납물의 언어!?. 이는 단순한 오독이 아니라 왜곡이 아닌가? 박태일을 향한 나의 문제제기는 이러한 문제의식에서 시작되었다.

나는 이미 「허만하 시에 대한 오해—박태일의 평문을 읽고」라는 글을 통해, 허만하의 시를 세상을 녹이는 납물의 언어라고 주장하는 박태일의 견해와 달리, 그의 시가 사물과 함께 살고자 하는 지각의 언어, 몸의 언어임을 주장한 바 있다.

이러한 나의 반론에 대하여 박태일은 「시의 운명, 운명의 시인」이라는 재반론을 제기했다. 하지만 박태일의 글은 나에게 실망을 안겼다. 그것은 그가 내가 제기한 가장 근본적인 문제 제기를 회피하고 있어 토론의 바람직한 진전을 얻을 수 없었기 때문이다. 그래서 나는 그에게 다시 묻는다. 아직도 허만하의 시를 '세상을 녹이는 납물의 언어'라고 생각하는가?

구모룡이 낱말 단위에서 집착하고 있는 '납물'과 '녹이다'의 문제. 이 말은 언어 양감과 같이, 서평 전체 맥락에 걸리는 호의적 해설 쪽의 수사다. 제목에 올린 일로 알아챘더라면 좋았다.

구모룡식으로 되친다면, 허만하가 몸으로 존재와 사물에 도달하고자 시쓰기를 거쳐 발표한 시, 곧 '존재와 사물의 언어'는 비기능적 언어통어와 표현으로 말미암아 그 '존재성'과 '사물성'을 뜻대로 살려내지 못하고, 오히려 그들에 대한 감상성만 두드러졌다. 그러한 시쓰기 과정과 결과를 시를 찾아 천천히 납물같이 흐르는 시인의 걸음걸이와 세상 녹임이라는 비유로 담은 것이다.

30년이나 지난 시집 후기를 시인의 안쪽 논리로 끌어온 데 대한 못

박태일은 이번 글에서 허만하의 첫 시집 후기의 한 구절을 들어 그가 '시인의 논리 안쪽에서 말머리를 찾고자 했다'라고 말한다. 1969년의 첫시집 『海藻』의 후기를 말함이니 그가 이번에 서평대상으로 삼은 시집과는 30년 이상의 거리를 지니고 있다.

과연 박태일이 시인의 논리 안쪽에서 시인을 보려 했을까? 최근 허만하는 그의 시론이 내포된 에세이집을 연이어 간행한 바 있다. 박태일의 서평 대상이 된 새 시집이 발간될 때 같이 나온 『길과 풍경과 시』에서 허만하는 '시인은 끊임없이 변신하고 싶은 존재다. 끊임없이 새로운 시론을 만들어가고 있는 것이다'라고 말한 바 있다.

이러한 말에서처럼 그의 시적 편력이나 시론의 변화 과정은 결코 쉽게 요약될 수 없다. 가령 하이데거와 사르트르의 실존적 존재론과 메를로 퐁티의 지각의 현상학, 릴케 · 횔더린 · 말라르메 · 발레리 · 엘리엇 · 프랑시스 퐁주 등의 시론은 허만하 시의 논리 안쪽을 이해하는 데 피할 수 없는 내용들이다.

적어도 이러한 '시인의 논리 안쪽'을 좇을 때 그 누구도 허만하의 시가 존재와 사물을 향해 있음을 알 수 있을 것이다. 허만하의 시쓰기에서 가장 중요한 것은 존재와 사물의 언어에 도달하려는 과정이다.

왜 과정인가? 굳이 설명하지 않더라도 명민한 시인이라면 이것이 과정이라는 사실을 모를 리없지 않을까. 그의 시는 사물과 존재가 되려는 언어의 지난한 몸짓으로 읽힌다. 그런데 내가 시인의 이러한 의식현상을 두고 '과정'이라 한 것을 박태일은 전혀 다른 문맥의 메타시와 관련시킨다. 또한 의식과 언어의 이분법이라는 해묵은 상식을 들추고 있다. 이러한 점에서 문자시니 노래시니 하는 용어들의 문제도 말초지엽에 불과하다. 이들은 학문적인 엄밀성도 없을 뿐 아니라 현대시를 설명하는 틀로도 거친 개념이어서 내게 소용이 닿는 것이 아니다. 그래서 나는 이를 두고 '특유의 분류법'이라 비판한 바 있다.

박태일은 나의 반론에 대한 재반론에서 비본질적인 문제들을 변호하는 데 치중하고 있다. 무엇보다 허만하에 대한 나의 해석과 평가에 대한 답변을 기다린다. 그러나 이에 대한 나의 기대는 그리 크지 않다.

왜냐하면 그의 이번 글에서 보듯이 그는, '시는 언어 경제에 따라 생략 · 압축을 빌려 적게 말하면서 많은 해석공간을 마련하는, 역설적 갈래'라고 규정하는, 특정 개념의 시관을 고수하는 입장에 서 있기 때문이다. 허만하에 대한 오독과 왜곡은 바로 이와 같은 그의 주관적 관점을 타자에게 강요한 데서 비롯한 것이 아닐까? 나의 입장에서 허만하는 더 많은 해석을 기다리고 있는 우리 시의 수준 높은 개성이라 생각한다.

마땅함. 시인의 시적 편력이나 시론의 변화 과정과는 달리 시의 변화 과정은 이미 세 권의 시집으로 뚜렷하다. 30년이라는 긴 생리적 시간 경과에도 불구하고, 그의 문학적 시간 경과는 뜻밖에 짧다. 게다가 시인의 화려한(?) 독서 편력을 드러내기 위해 끌어온 '발레리·엘리어트……' 야말로 내가 시인의 안쪽 논리로 전제한 바로 그 방법에서 대표적인 시인들이다.

구모룡이 말초지엽에다 해묵은 상식이라 내친 '의식과 언어의 이분법'을 문제틀로 치열하게 사물과 존재를 안고 뒹굴어 작품·시론 둘 다에서 성공한 매우 해묵은 사람들인 사실을 모르진 않으리라. 시적 편력의 실상을 드러내려 했다면 차라리 가장 이즈음 시인인 퐁주와 허만하 시 사이의 유사성을 따지는 일이 훨씬 생산적이었다.

그래도 혹 내가 주관적 관점에 빠져 오독을 넘어선 왜곡을 하고 있다고 왜곡할까 봐, 뒤늦게 읽게 된 2001년도 어느 심사평의 허만하 부분을 보인다(내가 논리가 궁색하여 남의 권위에 기대는 잘못을 저지르고 있다는 쪽으로 끌어가지 않기를 바란다).

그의 전통은 삼십여 년 전 '현대시'의 전통이다(다른 동인들은 변했는데 덜 변해서 신선하다). 그리고 타인이나 자기, 즉 삶과 싸운 기록이 적다. 그래서 반드시 필요하지 않은 자리에……와 같은 감상적인 멋진 생각의 조각들이 들어가 찬란히 제작된 그의 언어가 겉돌곤 하는 것이다.

큰 문학상의 공개평이라는 점을 고려하면서, 얼마나 할 말을 누르고 쓴 글인가 새겨볼 일이다.

시는 언어 경제에 따라 생략·압축을 빌려 적게 말하면서 많은 해석 공간을 마련하는, 역설적 갈래라는 내 규정을 문학을 가르치는 이가 특정 개념의 주관적 관점으로 몰고가는 데는 놀랄 따름이다. 해묵은

상식 수준의 정의인 까닭이다. 참말로 허만하 시가 그러한 일반 정의
로는 감당할 수 없을 만큼 '수준 높은 개성'을 지녔다고 생각하는가.

명민한 비평가는 작품 바깥의 명성이나 시인의 의도에 쉽게 매몰되
지 않는다. 시인의 방법론에 따라, 낮은 수준의 '언어' 요건과 시사적
전통에서만 볼 때도 허만하 시는 많은 부분 '허약한 개성'을 보여 주
고 있다는 점이 내 서평의 요체다. 구모룡에 따르면 수준 높은 그 '의
식' 부분은 아직까지 끌어들이지도 않았다. 답변을 기다린다.[2]

---

2) 이 글이 나가고 난 뒤 남송우의 기고가 있었다. 그대로 옮기면 아래와 같다.

생산적인 논쟁을 위하여
― 남송우

　　한국 현대 문예비평사를 잠시만 훑어 보면, 비평사의 주요한 맥의 하나가 논쟁사임을 쉽게
알아챌 수 있다. 문학의 활성화뿐만 아니라, 비평사의 풍성함을 위해서는 논쟁의 필요성은 재
론의 여지가 없다.
　　이런 측면에서, 신문지면이란 한계는 있지만 그동안 허만하 시인의 작품을 두고 계속되어
온 시인 박태일(경남대) 교수와 문학평론가 구모룡(한국해양대) 교수 사이의 논쟁이 갖는 의
미는 아무리 강조하더라도 지나치지 않는다.
　　그러나 이 논쟁이 논쟁으로 끝나지 않고, 우리 시의 한 지향점을 제대로 설정하는 데 보탬
이 되고, 논쟁사적 의미를 갖기 위해서는 논쟁의 초점이 분명하게 정리되어야 할 것 같아 이와
관련된 몇 가지를 주문하고 싶다.
　　사실 논쟁의 시발이 된, 박 교수가 허만하 시인의 시집『물은 목마름쪽으로 흐른다』의 서평
에서 논의한 내용은 크게 세 가지 정도로 요약할 수 있지만, 논쟁의 핵심 사안은 두 가지라고
할 수 있다.
　　첫째 시어의 측면에서 허 시인의 시는 전형적인 문자시의 모습을 보인다는 점, 둘째 표현법
에서 허 시인은 비유의 시인이기는 하나 그의 시에 나타나는 비유는 비유적 기능을 뛰어넘어
언어의 질량을 좇는 데로 기울어져 있는 언어 연금술사라는 점 등이다.
　　그래서 박 교수는 허만하 시인의 시작업을 납물에 데인 흔적이며 납물이 식어 만든 커다란
입상으로 본다. 즉 허 시인의 시는 '세상을 녹이는 납물의 언어'라는 것이다.
　　이러한 허 시인의 시에 대한 박 교수의 평가를 구 교수는 오독이라고 생각한다. 오독이라고
생각하며, 반론으로 제기한 핵심적인 사항은 첫째, 허 시인은 언어의 연금술사가 아니며 실재

에 다가가기 위해 늘 도상의 과정을 중시하는 의식현상학자라는 점, 둘째 박 교수가 부정적으로 평가한 유사한 표현의 반복 변주나 꾸밈의 표현법을 구 교수는 구체성과 시적 질감을 더하는 것으로 긍정적으로 평가한 점 등이다.

그래서 구 교수는 허만하 시인의 언어가 사물과 함께 살고자 하는 지각의 언어, 몸의 언어이지 박 교수가 생각하는 납물의 언어가 아니라고 반론을 제기하고 있다. 이러한 구 교수의 문제 제기에 대해 박 교수가 재반론으로 응수했지만, 구 교수는 이에 대해 이것은 오독이 아니라, 허만하 시인의 시를 왜곡하고 있다는 선으로 나아갔으며, 반론이 실망을 안겨 주었다는 입장이다.

이러한 반응을 보인 이유는 자신이 제기한 가장 근본적인 문제 제기를 회피하고 있어 토론의 바람직한 진전을 얻을 수 없었기 때문으로 본다. 그래서 급기야는 박 교수에게서 많은 것을 기대하지 않는다는, 논쟁을 관전하는 독자들에게는 재미없는 논쟁장으로 비칠 선으로까지 나아갔다.

그러나 박 교수가 다시 재재반론을 제기하여 내 답변에 대한 기대를 거둘 때가 아니라고 응수함으로써 논쟁은 계속되고 있다. 독자들의 관심이 집중되는 생산적인 논쟁을 위해 두 사람에게 한 가지를 주문하고 싶다.

논쟁의 출발점이 되었던 허만하 시인의 작품을 구체적 대상으로 삼아 일반 독자들도 논의 대상의 작품에서 두 사람이 주장하는 서로 다른 입장을 확인할 수 있는 배려가 필요하다. 짧은 지면에서 한계는 있지만, 논의 내용을 구체적으로 확인할 수 있는 작품이 제시되지 않고 있어 논의가 공허해질 염려가 있다.

그러므로 논쟁 대상이 되는 특정 작품을 제시하면서 논의가 이루어져 독자의 참여가 가능할 수 있게 해야 한다. 그리고 논쟁은 하나의 주제나 대상으로 한정해야 깊이를 추구하고, 소정의 성과를 기대할 수 있다는 원칙에 귀기울일 필요가 있다.

그러므로 이 논쟁이 생산적이기 위해서는 지금이라도 허만하 시인의 특정 시를 대상으로 그의 언어가 왜 납물의 언어인지 몸의 언어인지를 따지는 본격적인 논쟁을 시작해야 한다.

논점을 회피하지 말았으면

이번 세 번째 글[1]에서 구모룡은 느닷없이 지면 부족을 탓하고 있다. 그러면서도 '시원적 생명', '존재시학'과 같은 화려한 말들을 내세우며 허만하 시의 의식 내용, 곧 이미지 해석에 글을 허비하고 있다. 내 서평의 논지에서 벗어났을 뿐더러, 지금 이루어지고 있는 논의의 논점에서도 빗나간 일이다.

이번 논의는 의도와 언어의 거리, 시인의 통어력, 의식 구성법의 특

---

1) 아래에 그대로 옮긴다.

맑고 투명한 물의 시
— 구모룡

과연 '납물'이라는 비유가 낱말단위에 그치는 의미만 지닐까? 박태일은 재재반론에서 이와 관련하여 '시를 찾아 천천히 납물 같이 흐르는 시인의 걸음걸이와 세상 녹임이라는 비유'로 썼다고 말한다. 이러한 그의 지적은 틀림이 없다.

그는 논쟁의 단초가 되었던 서평에서 허만하의 시를 '달팽이처럼 기는 납물의 흔적'이라고 하면서, 시인의 행로를 '느릿느릿 납물처럼 온몸을 달군 채 걸어간다. 숲이, 벼랑이, 강이, 그리고 하늘이 일순 빨갛게 데었다 녹아내린다. 피지직 타는 소리도 들린다'라고 표현한다.

아울러 서평의 끝에서 '자신의 핏줄까지 더듬더듬 태우며 가는 뜨거운 납물'이라고 부연 강조한다. 다시 읽어도 너무 기괴하고 적절치 못한 비유이다. 그럼에도 그는 이를 '서평 전체 맥락에 걸리는 호의적 해설 쪽의 수사'라고 주장한다. 결코 '호의적'이라 하기 어려운 독설이지만 글 전체 맥락과 연관된 수사임엔 분명하다. 그러니 낱말 단위 집착 운운은 자가당착에 가

성, 시사적 위상과 영향 관계들이 여러 논점으로 묶일 수 있었음에도
거듭 겉돌고 있다. 구모룡은 내가 제기한 가장 근본적인 문제제기를
회피하고 있어, 바람직한 진전을 위해 서평에서 다루었던 본보기 가
운데 넷만 끌어다 놓고 되묻겠다. 간단 명료한 답변을 기다린다.

첫째, 시어문제. 지형·풍경·수직·냉혹·낙차·일거·결단·수위,
「길이 끝나는 곳에서……」라는 시의, 그것도 짧은 한 토막에서 뽑은
한자어다. 오늘날 우리 시인 가운데서 가장 잦고도 무겁게 왜풍을 포
함한 한자 관념어·추상어에 기대 시를 쓰고 있는 이가 허만하다. 현
대 민족시의 전개과정에서 볼 때, 이 일은 수준 높은 개성에 이른 일

그렇다면 이제 허만하의 시를 텍스트 해석과정을 좇아 읽어 보자. 먼저 박태일이 자신의 서
평이 내건 표제를 중시한 것처럼 허만하의 '물은 목마름 쪽으로 흐른다'를 읽고자 했다면 어떨
까? 물에 대한 탐구? 말할 것도 없이 물은 뿌리 은유이다.

그렇다면 목마름과 결합된 물의 이미지는 시원적 생명에 대한 갈망과 연관이 있을 터. 아니
나 다를까 허만하의 이 시집은 많은 부분 물에 대한 탐구에 바쳐지고 있다. 물은 시집 전반을
관류하고 있는 주제적 이미지이다. 특히 2부는 물 이미지 그리기에 집중한다. '탈레스의 각
성'이 말하듯 그는 사물의 근원을 물에서 찾고 있다.

그는 사막을 걷는 낙타처럼 물냄새를 맡는 시인이다. 그의 시가 가지는 '높이와 너비'는 물
의 근원성에서 유인된다. 초기시부터 유래한 수직과 수평의 기하학적 정신조차 물과 만나 생
명의 흐름으로 그려진다. 그의 시는 '언어의 심연에 비치는 옥색 물빛 같은 풍경'을 좇는다. 아
니 그가 목말라 하기에 물(혹은 사물)이 그를 부른다.

허만하의 물의 시학은 또한 죽음의 시학이다. 이 도저한 역설에 허만하의 존재시학이 놓여
있다. 물의 시원적 푸름과 낙엽의 위태한 노랑이 공존하고 초록의 사상과 가을의 사상이 함께
하는 것이다. 이는 시집 1부에서 5부까지 다양하게 편집된 시선의 지점들을 확인하는 과정에
서 분명하게 드러난다.

그의 시는 죽음이라는 단독자의 극한의식에서 시원의 생명으로 회귀한다. 죽음을 인식한
이의 광학은 허만하의 후기시를 해석하는, 가장 중요한 단서이다. 풍경과 사물을 맑고 투명한
의식으로 지각하는 까닭도 여기에 있다. 그만큼 시원의 생명에 대한 그의 갈망이 큰 것이다.
그의 시는 '내 몸의 일부이면서 내가 다스릴 수 없는 몸'이라는 목숨의 '아름다운 모순'에서
시작되고 끝난다.

시인이 언어를 낭패로 생각하는 것은 '말이 태어나기 이전의 야생의 침묵'을 그리기 때문이
다. 그래서 그는 '다슬기'처럼 '세계와 언어의 틈새'를 기어간다. '맑은 물냄새를 더듬어' 아름
다운 몸짓의 언어를 찾기 위해 생명의 세계로 나아가는 것이다. 의식현상학자가 그러하듯 언
어를 넘어 순수의식에 상응하는 대상과 만나려 하는 것이다.

허만하에게 시는 이러한 과정 그 자체이다. 이러한 과정을 뺀 언어 가공물을 시라고 일컫는
다면 그는 아마 자신의 시가 시로 불리지 않아도 좋을 것이라고 생각할 것이다.

나는 허만하의 시를 통하여 한 시인의 맑고 투명한 지각의 세계와 만난다. 그리고 그를 이
해하고 그의 시를 해석하면서 그가 수준 높은 심미적 이성의 소유자임을 다시 확신한다. 그의
시를 해석하는 단계는 여럿이다. 그의 시가 높은 단계의 해석을 기다리고 있음에도 지면의 제
약으로 다음 기회를 엿볼 수밖에 없음이 아쉽다.

인가, 아닌가?

둘째, 비유의 특성. 나는 '목어와 가랑잎'의 부분을 내세워, 시인의 직유가 겉꼴과 달리 비유로서 비기능적인 것임을 짚었다. 게다가 '이성처럼', '사상처럼', '비밀처럼'과 같이 전혀 비유적 자질을 갖지 못한 장식적·추상적 표현이 버젓이 쓰이고 있음을 꼬집었다. 구모룡은 나의 판단이 옳다고 생각하는가? 그리고 그 본문 '가랑잎들은 병사들처럼 일어선다'라는 직유와 그것을 고친 '가랑잎 병사들이 일어선다'라는 은유 가운데서 어느 것이 구체성이 강한, 곧 '사물과 하나가 된' 표현이라 생각하는가?

셋째, 문장 통어력.

① (자욱한) 눈보라 속을 다리를 저는 한 마리 순록이 무리를 떠나 혼자서 자작나무 숲속으로 걸어들어가고 있다. 기우뚱거리는 한 줄기 발자국을 은백색 눈이 지우고 있다. 스스로 원시림의 한 부분이 되기로 결심한 다리 절던 한 마리 순록의 (외로운) 결심이 (정갈한) 숲 그늘을 찾고 있는 예니세이강 기슭.

② 다리를 저는 한 마리 순록이 자작나무 숲속으로 걸어들어가고 있다. 기우뚱거리는 발자국을 (자욱한) 눈보라가 지우고 있다. 무리를 떠나 스스로 원시림의 한 부분이 되기로 결심한 순록이 찾고 있는 예니세이강 기슭.

①에서 괄호 친 데는 퇴고 과정에서 간추려졌어야 될, 동어반복적인 군더더기거나 멋스러운 꾸밈말이다. 최소한의 손질을 한 것이 ②다. 시인의 원문 ①과 ②, 둘을 견주어 볼 때 어느 쪽이 수준 높은, 곧 '대상과 순수하게 만나는' 시줄로 보이는가?

넷째, 시사적 위상과 영향 관계. 첫시집 『해조』에 실린 작품들의 한

자어를 전부 한글로 고쳐 놓고 이번 시집과 견주어보면, 30년을 넘는 생리적 시간 경과에도 불구하고 문학적 시간 경과는 짧다는 말을 쉬 알 수 있었을 것이다. 게다가 구모룡이 끌어들인 바와 같이 허만하와 풍주 사이 영향 관계는 크다. 그의 시가 현대시의 수준 높은 개성이라는 판단에 이르게 된 과정에서 『해조』와 풍주의 시를 읽어 본 적은 있는가?

내 서평은 시인의 방법론에 따라서, 시인에게 실제적인 도움이 되도록 쓴 글이다. 논의가 거듭됨에 따라 부정적인 쪽만 돋보이게 된 점은 미안한 일이다. 그럼에도 이 번 세 번째 시집 발간은 성급했다. 허만하는 오랜 시력을 지녔음에도 불행스럽게 실제 비평에는 많이 노출되지 않았던 시인이다. 우리는 장차 시인의 손으로 크게 손질된 세 번째 시집을 싣고 있는 『허만하 전집』을 기대한다.

■ 참고문헌

『경남명감』, 부산일보사 사업부, 1936.

『경남지지』, 경상남도교육회, 1930.

『경상남도 도세개람』, 경상남도, 1937.

『부산 안내』, 조선총독부철도국, 1929.

『부산 안내』, 조선총독부철도국, 1932.

『부산부세요람』, 부산부, 1923.

『부산안내』, 부산관광협회, 1936.

『부산안내』, 부산관광협회, 1939.

『부산안내』, 부산시관광협회, 1940.

『부산의 산업』, 부산부, 1942.

『부산항 개요』, 미상, 1927.

『부산항경제통계요람』, 부산항업회의소, 1926.

『한국현대시사자료집성 7』, 태학사, 1982.

강소영, 「부산지방 개화가사 연구」, 부산대학교 대학원 석사학위 논문, 1998.

김승환·강우원·김묵한, 「정보화시대의 사회·공간론」, 『새로운 공간환경론의
　　　　모색』(한국공간환경학회 엮음), 한울 아카데미, 1995.

경남문인협회, 『경남문학사』, 불휘, 1995.

경북문인협회 엮음, 『경북문인전집』, 새암기획, 1996.

고석규, 「지방사 연구의 새로운 모색」, 『지방사와 지방문화』 1집, 학연문화사,
　　　　1998.

고현철, 「김대봉 시 연구 ─ 재발굴 및 재조명」, 『2003년 우리말글학회 전국학술
　　　　발표대회 발표논문집』, 우리말글학회, 2003.

　　　　, 「일제 강점기 부산·경남 지역 시인 발굴 및 재조명 연구 ─ 김대봉 재발
　　　　굴 및 재조명」, 『한국문학논총』 33집, 한국문학회, 2003.

광주문인협회, 『광주문학사』, 한림, 1994.

구광모, 『문화정책과 예술진흥』, 중앙대학교 출판부, 2001.

구연식과 여럿, 『재부작고시인연구 : 별은 아직 빛나는데』, 아성출판사, 1988.

권태환·이상섭 엮음, 『한국의 지역 연구』, 서울대학교출판부, 1989.

김광억, 「지역연구 방법론 개발을 위한 시론」, 『지방사와 지방문화』 2집, 학연문
　　　화사, 2000.

김기덕과 여럿, 『우리 인문학과 영상』, 푸른역사, 2002.

김대봉, 『무심』, 맥사, 1938.

김도혼과 여럿, 『디지털 시대의 인문학, 무엇을 할 것인가』, 사회평론, 2001.

김상훈과 여럿, 『부산문학사』, 부산문인협회, 1997.

김승환, 「지역예술의 전망을 찾아서」, 옥천민예총 문화예술세미나, 2000. 11.
　　　18.

김영화 엮음, 『탐라문학 — 1900~1949』, 제주대학교 탐라문화연구소, 1995.

＿＿＿, 『변방인의 세계 — 제주문학론』, 제주대학교출판부, 1998.

김용창, 「생활공간의 관점과 생활세계의 식민화」, 『일상공간과 생활정치』, 대윤,
　　　1995.

김형국, 『고장의 문화판측』, 학고재, 2002.

남송우, 「지역문학의 현황과 과제」, 『생명과 정신의 시학』, 전망, 1996.

대구문인협회 엮음, 『대구문학선집』, 대일, 1995.

문옥표, 「지방자치와 지역문화의 활성화」, 『정신문화연구』 통권 50호, 한국정신
　　　문화연구원, 1995.

박경수, 「일제 강점기 재일 한국인의 일어시에 나타난 민족적 정체성」, 『우리말
　　　글』 21집, 우리말글학회, 2001.

＿＿＿, 「일제하 재일 한국인의 일어시 연구」, 『성곡논총』 33집, 성곡학술문화재
　　　단, 2002.

＿＿＿, 「계급주의 동시 이해의 밑거름」, 『지역문학연구』 8집, 경남·부산지역문
　　　학회, 2003.

＿＿＿, 「일제 강점기 부산·경남 시인의 일어시 발굴 및 재조명 연구」, 『한국문

학논총』 33집, 한국문학회, 2003.

박태일, 「지역시가 나아갈 바」, 『경남문학』 겨울호, 경남문인협회, 1996.

______ 엮음, 『가려뽑은 경남·부산의 시 **1** 두류산에서 낙동강에서』, 경남대출판부, 1997.

______, 「근대 통영지역 시문학의 전통」, 『통영·거제지역 연구』, 경남대학교 경남지역문제연구원, 1999.

______, 「김영수 시와 문학지리학」, 『한국 근대시의 공간과 장소』, 소명출판, 1999.

______, 「동래 온천과 노자영의 시」, 『시와사상』 겨울호, 동남기획, 1999.

______, 「대학의 국문학 교육과 영상문화」, 『인문논총』 14집, 경남대학교 인문과학연구소, 2001.

______, 「경남지역 계급주의 시문학 연구」, 『어문학』 80집, 한국어문학회, 2003.

______ 엮음, 『김상훈 시 전집』, 세종출판사, 2003.

______ 엮음, 『예술문화와 지역가치』, 경남대학교출판부, 2004.

발간위원회 엮음, 『광주문학대표작전집』, 광주광역시문인협회, 1997.

송창우, 「경남지역 문예지 연구」, 경남대학교 대학원 석사 학위논문, 1995.

양동기 엮음, 『보성문학대간 — 보성문학 600년의 발자취』, 보성문학회, 1997.

오규환, 「지방사연구 : 그 이론과 실제」, 『현대의 역사이론』(이광주·이민호 엮음), 한길사, 1989.

이각범, 「세계화와 지방화 : 그 이론적 연계」, 『정신문화연구』 59호, 한국정신문화연구원, 1995.

이부순, 「시인 김대봉의 작품세계 연구」, 『서강어문』 10집, 서강어문학회, 1994.

이중한과 여럿, 『기업의 문화예술 지원과 방법』, 신구미디어, 1994.

임재해, 「지역문화 연구를 위한 몇 가지 구상과 전망」, 『안동문화연구』 8집, 안동문화연구소, 1994.

정영자, 『부산시인연구(1)』, 빛남, 1991.

조동일, 『인문학문의 사명』, 서울대출판부, 1997.

지역문학 발굴자료 『불별』, 『지역문학연구』 8집, 경남·부산지역문학회, 2003.

최광식, 「남창 손진태」, 『낙동강 사람들』 14호, 부산 북구 낙동문화원, 2003.

최원식, 「지방을 보는 눈」, 『생산적 대화를 위하여』, 창작과비평사, 1997.

추진위원회 엮음, 『전남문학 변천사』, 전남문인협회, 1997.

충북문인협회 엮음, 『충북문학전집』, 뒷목, 1983.

편찬위원회 엮음, 『부산문학선집』, 부산문인협회, 1999.

한국문인협회 강원도지회, 『강원도 문인의 등단 및 대표작 선집』, 강원일보사 출판국, 1996.

한정호, 「김대봉의 동시관과 동시 세계」, 『지역문학연구』 3호, 경남지역문학회, 1998.

______, 「포백 김대봉의 삶과 문학」, 『경남어문논집』 7·8합집, 경남대 국어국문학과, 1995.

______ 엮음, 『김상훈 시 연구』, 세종출판사, 2003.

허문령, 「민족의 거화」, 『수양』, 수양문화연구회, 1956.

현길언, 『제주문화론』, 탐라목석원, 2001.

호남대학교 국어국문학과 엮음, 『호남문화』, 학문사, 1995.

홍승찬, 『예술경영 입문』, 민음사, 1995.

Charles Gore(고영종과 여럿 옮김), 『Regions in Question(현대지역이론과 정책)』, 한울, 1997.

J. Rennie Short(이현욱·이부귀 옮김), 『The Urban Order(문화와 권력으로 본 도시탐구)』, 한울, 2001.

J. W. Miller, 「Anytime the Ground Is Uneven : The Outlook for Regional Studies — and What to Look Out For」, 『Geography and Literature』(W. E. Mallory and P. Simpson-Housley ed.), Syracuse Univ. Press, 1987.

James Heilbrun and Charles M. Gray(이홍재 옮김), 『The Economics of Art and Culture(문화예술경제학)』, 살림, 2000.

K. V. Mulcahy, 「The Rationale for Public Culture」, 『Public Policy and the Arts』(K. V. Mulcahy and C. R. Swaim ed.), Westview Press, 1984.

T. J. Roberts, 『An aesthetics of junk fiction』, The Univ. of Georgia Press, 1990.

W. A. Douglas Jackson(임덕순 옮김), 『A Geography of Politics(정치의 지리학)』, 일지
　　사, 1974.
池上淳(강응선 옮김), 『文化經濟學のすすめ(문화경제학 입문)』, 매일경제신문
　　사, 1996.
森浩一, 『地域學のすすぬ』, 岩波書店, 2002.
木村礎·林英夫編, 『地方史硏究の方法』, 八木書店, 1970.
辛島昇·高山博編, 『地域の成立り立ち』, 山川出版社, 2000.

찾아보기

1. 인명